더원

더 원

존 마스 장편소설

강동혁 옮김

THE ONE

JOHN MARRS

love

다른
책방

사랑하거나 사랑했다는 것, 그것으로 충분하다.
더 이상은 요구하지 마라. 인생의 어두운 굴곡에서 찾아낼 진주는 그것밖에 없다.

−빅토르 위고, 『레 미제라블』

1

° 맨디
....

맨디는 컴퓨터 화면 속 사진을 바라보며 숨을 참았다.

상체를 드러낸 그 남자는 짧게 깎은 엷은 갈색 머리카락에, 서핑 슈트가 허리까지 말려 내려온 채로 두 다리를 벌리고 해변에서 포즈를 취하고 있었다. 두 눈은 맑디맑은 파란색이었고, 활짝 웃는 얼굴에서 보이는 흰 치아는 완벽하게 가지런했다. 그의 가슴에서 발치에 놓아둔 서프보드로 뚝뚝 떨어지는 소금물 맛이 느껴지는 것만 같았다.

"세상에." 맨디는 혼잣말로 속삭이며 참고 있는 줄도 몰랐던 긴 숨을 내뱉었다. 손가락 끝이 얼얼해지고 얼굴이 붉어졌다. 겨우 사진 한 장에도 이런데, 직접 그를 만난다면 몸이 대체 어떤 반응을 보일지 궁금했다.

폴리스티렌 컵에 담긴 커피는 차갑게 식어 있었다. 하지만 맨디는 그 커피를 끝까지 마셨다. 그녀는 사진을 캡처한 다음 바탕화면에 새로 만든 '리처드 테일러'라는 폴더에 저장했다. 맨디는 자신이 칸막이 책상에서 하는 일을 누가 지켜보지는 않는지 사무실을 훑어보았지만, 아무도 그녀에게 관심이 없었다.

맨디는 스크롤을 내려 리처드 테일러의 페이스북에 있는 '세계여행'이라는 앨범 속 다른 사진들을 살펴보았다. 그는 확실히 여행 경험이 많아 보였다. 맨디가 TV나 영화로만 봤던 많은 곳에 가본 듯했다. 여러 장의 사진에서 그는 주점이나 산길, 사원에 있거나 랜드마크 근처에서 포즈를 취하며 황금빛 해안과 일렁이는 파도를 즐기고 있었다. 혼자 있는 경우는 거의 없었다. 맨디는 그가 사교적인 성격이라는 점이 마음에 들었다.

호기심을 느낀 맨디는 리처드의 타임라인을 더 파고들었다. 리처드가 SNS에 처음으로 가입한, 대학 입학을 준비하던 때부터 3년간의 대학 시절까지. 키만 커서 흐느적거리던 10대의 리처드조차 매력적으로 느껴졌다.

맨디는 한 시간 반 동안 처음 보는 잘생긴 남자의 역사를 거의 샅샅이, 얼빠진 듯 구경한 다음, 리처드가 세상과 무엇을 공유하려 했는지 보려고 그의 트위터 피드에까지 접속했다. 하지만 리처드가 소리 높여 떠들어댄 이야기는 프리미어리그를 치르는 동안 아스널이 기록한 승패뿐이었다. 동물들이 넘어지거나 가만히 서 있는 물건에 부딪히는 영상의 리트윗이 간간이 그 흐름을 끊을 뿐이었다.

자신과 그의 관심사는 천지 차이였다. 맨디는 자신이 그와 매치된 이유가 정확히 무엇인지, 둘 사이에 무슨 공통점이 있을지 의심스러웠다. 그러다가 그녀는 데이트 사이트나 어플을 이용할 때 필요했던 마음가짐이 더는 필요하지 않다는 사실을 떠올렸다. 'DNA 매치'는 생물학과 화학물질, 과학에 기초를 두고 있었다. 맨디는 전혀 모르는 분야였다. 하지만 그녀는 온 마음을 다해 이 서비스를 신뢰했다. 수십억 명의 다른 사람들이 그렇듯이.

맨디는 리처드의 링크드인 프로필로 옮겨갔다. 그가 2년 전 우스터대학교를 졸업한 이후 맨디가 사는 곳과 대략 65킬로미터쯤 떨어진 마을에서 줄곧 개인 트레이너로 일해왔다는 사실을 알 수 있었다. 맨디는 그의 몸매가 그렇게 탄탄한 것도 무리는 아니라고 생각하며, 그 몸이 자기 위에 올라오면 어떤 느낌일지 상상했다.

맨디는 1년 전 유도분만을 하고 나서, 동생들이 실패한 결혼은 그만 애도하고 회복에 집중하라며 억지로 끌고 갔을 때 이후로 헬스장에는 발 한번 들인 적이 없었다. 동생들은 맨디를 근처 호텔의 스파 숍으로 납치해 가다시피 했고, 그곳에서 맨디는 뭉쳐 있던 등과 어깨, 피부의 온갖 막힌 땀구멍에서 전남편에 대한 모든 기억이 빠져나갈 때까지 안마를 받고 털이 뽑히고 왁싱을 하고 핫 스톤 마사지를 받고 선탠을 하고 다시 안마를 받았다. 스파 숍에서 잡아준 운동 일정에 따르겠다고 약속하자 헬스장 회원권이 따라왔다. 당시의 맨디는 규칙적으로 운동하겠다고 일주일에 한 번씩 다짐하는 일상을 받아들일 준비가 되어 있지 않았지만, 어쨌든 돈을 내고 회원권을 샀다.

맨디는 리처드와 아이를 낳는다면 이렇게 생겼을지 상상하기 시작했다. 아빠의 파란 눈을 물려받을지, 그녀의 갈색 눈을 물려받을

지. 자신처럼 짙은 색 머리에 올리브색 피부를 갖게 될지, 리처드처럼 흰 피부를 갖게 될지. 맨디는 자기도 모르게 미소 지었다.

"누구야?"

"깜짝이야!" 맨디가 소리쳤다. 방금 들린 목소리 때문에 의자에서 튀어 오를 뻔했다. "간 떨어질 뻔했네."

"그럼 직장에서 포르노를 보지 말았어야지." 올리비아가 씩 웃더니, 봉지에서 하리보 젤리를 하나 꺼내 내밀었다. 맨디는 고개를 저으며 거절했다.

"포르노 아니야. 옛날부터 알고 지낸 친구야."

"그래그래. 그러시든가. 그래도 찰리는 조심해. 네 매출액을 눈여겨보고 있더라."

맨디는 눈알을 굴려댄 다음 화면 구석의 시계를 보고 조만간 일을 시작하지 않으면 집에까지 일거리를 가져가야 한다는 걸 깨달았다. 맨디는 구석의 작은 빨간색 엑스(✗)를 클릭하면서 'DNA 매치' 확인 메일을 스팸으로 분류한 핫메일 계정을 욕했다. 확인 메일은 오늘 이른 오후에 맨디가 우연히 발견할 때까지 지난 6주 동안이나 스팸메일함에 들어 있었다.

"리처드 테일러의 아내 맨디 테일러 씨, 만나서 반갑습니다." 맨디가 속삭였다. 자신도 모르게 맨디는 왼손 약지에 끼워진 보이지 않는 반지를 멍하니 빙빙 돌리고 있었다.

2

° 크리스토퍼
....

크리스토퍼는 안락의자에서 이쪽저쪽으로 몸을 움직이다가 편안한 자세를 찾았다.

그는 팔걸이에 팔꿈치를 90도 각도로 올려놓고 가죽 덮개의 향기를 들이마시려고 깊이 숨을 쉬었다. 보아하니 이 여자는 좋은 물건에 돈을 아끼지 않는 모양이었다. 가죽의 냄새나 부드러운 촉감으로 볼 때 소파가 시내 중심가의 흔한 가게에서 산 물건은 아니라는 확신이 들었다.

여자가 근처 주방에 머무르던 동안 크리스토퍼는 그녀의 집을 훑어보았다. 여자는 티 하나 없이 깔끔하게 복원된 빅토리아풍 건물의 1층에 살았다. 정문 위쪽의 스테인드글라스 그림을 보니 한때 이 건물은 수도원으로 쓰인 듯했다. 벽난로 위쪽 벽감에 선반 여러 개가 설치되어 있었고, 그 위에는 도자기 장식품들이 놓여 있었다.

크리스토퍼는 여자의 도자기 취향에 감탄했다. 하지만 책 취향에는 개선할 점이 많았다. 그는 제임스 패터슨, 재키 콜린스, J. K. 롤링의 문고판을 보고 비웃었다.

방의 다른 곳에는 부드러운 가죽을 씌운 네모난 쟁반이 땅딸막한 커피 테이블 가운데에 놓여 있고, 그 쟁반에 리모컨 두 개가 올려져 있었다. 색깔을 맞춘 식탁용 접시받침 네 개가 모서리마다 완벽하게 놓여 있었다. 여자가 물건을 대칭으로 둔 걸 보니 마음이 한결 편안해졌다.

크리스토퍼는 혀로 치아를 쓸어보다가 앞니 바깥쪽과 송곳니 사이에 낀 피스타치오 조각에서 멈췄다. 혀로 밀어도 조각이 빠지지 않아 손톱을 써봤지만, 조각은 꼼짝하지 않았다. 그는 집을 나서기 전 여자의 욕실 찬장에서 치실을 찾아봐야겠다고 머릿속으로 메모했다. 이에 낀 음식 조각처럼 그를 짜증나게 하는 것도 없었다. 한번은 데이트 상대의 이에 엉뚱하게 케일 조각이 끼어 있는 걸 보고, 밥을 먹다 말고 자리를 박차고 일어난 적도 있었다.

바지 주머니가 진동하면서 사타구니를 간지럽혔다. 아주 불쾌한 경험은 아니었다. 원칙적으로 크리스토퍼는 상황에 맞게 핸드폰을 꺼두어야 한다는 규칙을 상당히 엄격하게 지키는 편이었으며, 자신에게도 똑같이 예의를 갖추지 않는 사람들을 아주 싫어했다. 하지만 오늘만큼은 예외였다.

그는 핸드폰을 꺼내 화면의 메시지를 읽었다. 'DNA 매치'에서 온 이메일이었다. 몇 달 전, 입속을 닦은 면봉을 충동적으로 그 회사에 보냈던 게 기억났다. 하지만 지금까지는 등록된 '매치'에 대한 정보를 받지 못했다. 지금 이 순간까지는. 이메일은 그에게 돈을 내고 연락처 정보를 받아보겠느냐고 물었다. *그럴까?* 그는 생각했다. *진짜로?* 크리스토퍼는 핸드폰을 치워놓고 자신의 매치가 어떻게 생겼을지 곰곰이 생각하다가, 아직 첫 번째 여자와 함께 있으면서 두 번째 여자에 대해 생각하는 건 부적절하다는 결론을 내렸다.

그는 일어서서 주방으로 돌아갔다. 몇 분 전 그가 놔둔 자리에 그대로 있는 여자가 보였다. 그녀는 차가운 슬레이트 바닥에 누워 있었다. 목에 여전히 교살용 흉기가 파고든 채였다. 피는 더 이상 흐르지 않았다. 마지막 몇 방울이 블라우스 옷깃 주변에 웅덩이를 이루고 있었다.

그는 재킷에서 디지털 폴라로이드 카메라를 꺼내 여자의 얼굴을 연달아 두 번 찍은 뒤, 사진이 현상되기를 참을성 있게 기다렸다. 그는 사진 두 장을 모두 두꺼운 A5 봉투에 담고 재킷 주머니에 넣었다.

그런 다음 크리스토퍼는 작업 도구를 배낭에 챙겨 떠났다. 그는 어두운 정원을 빠져나간 다음에야 비닐 덧신과 마스크, 방한모를 벗었다.

3

° **제이드**
....

케빈이 보낸 메시지가 핸드폰 화면에 뜨자 제이드는 미소를 지었다.

"안녕, 예쁜 아가씨. 오늘은 어때?" 메시지에는 그렇게 적혀 있었다. 제이드는 케빈이 항상 같은 말로 메시지를 시작하는 게 마음에 들었다.

"잘 있어. 고마워." 제이드는 그 뒤에 미소 짓는 노란색 얼굴 이모티콘을 덧붙였다. "근데 좀 지치네."

"이제야 메시지 보내서 미안해. 바쁜 날이었어. 화난 건 아니지?"

"음, 좀 화나긴 했어. 하지만 이 정도는 나한테 성질 낼 거리도 못 돼. 뭐 하고 있었어?"

나무로 만든 헛간과 밝은 햇빛을 받으며 서 있는 트랙터 한 대를 찍은 사진이 화면에 떴다. 철창 뒤로 헛간 안 소들과 그 소들의 젖꼭지에 부착된 젖 짜는 기계들이 보일락 말락 했다.

"외양간 지붕을 고치고 있었어. 아직 비가 올 것 같지는 않지만 지금 하는 게 좋을 것 같아서. 넌?"

"잠옷 입고 침대에 누워서, 네가 얘기했던 론리플래닛 웹사이트에 들어가 이상한 호텔들을 구경하는 중이야." 제이드는 노트북을 바닥에 내려놓고, 즐겨찾기에 등록해놓은 가고 싶은 장소들 목록을 보았다.

"멋지지? 언젠가 같이 세계 여행을 떠나자."

"이걸 보니까 대학 졸업하고 1년쯤 쉬면서 친구들하고 배낭여행을 갈걸 그랬다는 생각이 들어."

"왜 안 갔어?"

"바보 같은 질문이네. 내가 사는 동네에는 땅 파도 돈이 안 나와." 제이드는 그랬으면 얼마나 좋았게, 라고 생각했다. 제이드의 부모님은 돈이 그렇게 많지 않았고, 그녀는 직접 학비를 대야 했다. 대학 시절 룸메이트들이 꿈꾸던 삶을 찾아 미국으로 여행을 떠날 때도 그녀는 타인강* 규모의 학자금 대출을 갚아야 했다. 친구들이 모두 그녀를 빼놓고 재미있게 지내는 사진이 페이스북에 계속 올라올 때마다 제이드는 속이 부글부글 끓었다.

"자기야, 더 얘기하고 싶은데 아빠가 여물 주는 것 좀 도와달라고 하셔. 이따 문자 할래?"

"장난해?" 밤새 그와 이야기할 시간만을 기다려온 제이드는 함

---

* 잉글랜드 북동부에서 북해로 흐르는 강.

께하는 시간이 이토록 짧게 끝난다는 것이 짜증스러웠다.

"사랑해." 케빈이 문자를 보냈다.

"그래, 그러시든지." 제이드는 그렇게 답장을 보내고 핸드폰을 내려놓았다가 잠시 후 다시 핸드폰을 들어 입력했다. "나도 사랑해."

제이드는 두꺼운 이불 밑에서 기어 나와 핸드폰을 침대 옆 탁자의 충전용 패드에 올려놓았다. 그녀는 여행을 떠나고 없는 친구들 사진이 틀에 붙어 있는 전신거울을 힐끗 보며, 잠도 더 오래 자고 물도 더 많이 마셔서 푸른 눈 주변의 다크서클을 줄이겠다고 다짐했다. 주말에는 빨간 곱슬머리를 다듬고 자신에게 스프레이 선탠이라는 선물을 주어야겠다고 생각했다. 창백한 피부에 색깔을 입히면 언제나 기분이 좀 나아졌다.

제이드는 다시 침대로 들어가, 과도기가 되어버린 그 한 해를 친구들과 함께 보냈다면 삶이 어떻게 달라졌을지 생각했다. 그랬다면 러프버러에서 3년을 보낸 그녀더러 선덜랜드로 돌아오라고 했던 부모님의 압박을 무시할 용기가 생겼을지도 몰랐다. 제이드는 가족 중 처음으로 대학 입학 자격을 따낸 사람이었고, 가족은 그녀가 졸업한 순간부터 고용주들이 일자리를 들고 찾아와 문을 두드려대지 않는 이유를 이해하지 못했다. 게다가 신용카드 청구서와 대출금은 쌓여만 갔다. 그녀에게는 스물한 살이라는 어린 나이에 파산 선언을 하거나, 탈출했다고 생각했던 테라스식 시골집으로 돌아가는 것밖에는 선택지가 없었다.

그녀는 앙심을 품은 패배자가 되어버렸다. 그런 자신의 모습이 싫었지만, 어떻게 달라져야 할지 알 수 없었다. 그녀는 자신을 집으로 돌아오게 만든 부모님이 원망스러워 그들과 거리를 두었다. 직접 아파트에 세 들어 살 여유가 생기고부터는 부모님과 거의 말도 섞지 않고 지냈다.

제이드는 자신이 여행이나 관광 업계에 취직하지 못한 것도, 마을 외곽의 호텔 접수대에서 평일 근무를 하게 된 것도 부모님 탓이라고 생각했다. 임시직이었어야 할 그 일자리는 어쩌다 보니 일상이 되었다. 제이드는 모든 사람에게 화가 나는 게 지긋지긋했고, 과거로 돌아가서 애초에 누릴 거라 상상했던 인생을 살고만 싶었다.

매일같이 반복되는 인생에서 유일하게 빛나는 순간은 'DNA 매치'에서 짝지어준 남자, 케빈과 이야기할 때뿐이었다.

제이드는 케빈의 최근 사진을 보고 살짝 미소 지었다. 사진 속 그는 책장 틀에서 그녀를 내려다보고 있었다. 그는 거의 하얘 보이는 금발과 눈썹, 한쪽 귀에서 다른 쪽 귀까지 번지는 미소를 지녔고, 햇볕에 탄 몸은 말랐지만 근육질이었다. 상상으로 만들어내려 해도 할 수 없을 만큼 멋진 사람이었다.

케빈은 제이드와 이야기를 나눈 지난 7개월 동안 사진만 겨우 몇 장 보내주었지만, 그와의 첫 통화에서 잡지에서나 읽었던 전율을 경험한 순간부터 제이드는 자신에게 케빈만큼 어울리는 남자는 없을 거라고 확신했다.

제이드는 운명이 개자식 같다고 생각했다. 그녀의 매치를 지구 반대편 호주에 두다니 말이다. 어쩌면 언젠가는 그를 만날 수 있을지도 몰랐다. 그럴 여유가 생길지는 모르겠지만.

4

° **닉**
....

"정말이지, 너희들도 꼭 해봐야 한다니까." 수마이라는 활짝 미소 지으며, 장난기 가득한 눈으로 그들을 설득하려 했다.

"왜? 난 영혼의 동반자를 찾았는걸." 샐리가 닉과 손깍지를 끼며 말했다.

닉은 식탁 저편으로 몸을 숙이며 다른 손으로 남아 있는 프로세코* 몇 방울을 자기 잔에 부었다. "더 마실 사람?" 닉이 물었다. 다른 세 손님이 쾌활하게 더 마시겠다고 말하자 닉은 약혼자의 손에서 자기 손을 빼내고는 주방으로 갔다.

"그래도 확인하고 싶잖아?" 수마이라가 밀어붙였다. "내 말은, 너희들이 아주 잘 어울리기는 하지만 저기 어딘가에 다른 누가 있

_____

* 이탈리아산 백포도주의 일종.

을지는 알 수 없다는 거야…….."

닉이 그날 저녁만 다섯 병째 술을 가지고 주방에서 돌아와 수마이라의 잔을 채워주려 했다.

디팩이 아내의 유리잔 위에 손을 놓았다. "수마이라는 이제 그만 마실게. 여기 촉새 여사께서 오늘 주량을 다 채우신 것 같다."

"분위기 깨기는." 수마이라가 비난하며 얼굴을 축 늘어뜨렸다. 수마이라는 다시 샐리를 보았다. "내 말은, 결혼식장에 들어가기 전에 한 번쯤은 운명의 상대를 찾았는지 확인하는 게 좋다는 거지."

"낭만적이게도 말하네." 디팩은 그렇게 말하며 눈알을 굴려댔다. "당신이 대신 결정해줄 문제는 아니잖아? 괜히 긁어 부스럼 만들지 말라고."

"그래도 우리한테는 그 검사가 유용했잖아? 어차피 알고 있긴 했지만, 검사를 받고 나서 우리가 아주 오래전부터 서로를 만날 운명이었다고 좀 더 확신하게 됐잖아."

"부탁이니 다른 부부들처럼 잘난 척하면서 우쭐대지 말자, 응?"

"꼭 부부가 되어야만 잘난 척하면서 우쭐댈 수 있는 건 아냐, 자기야."

이제는 수마이라가 눈알을 굴려댈 차례였다. 수마이라는 남편 디팩이 지켜보는 앞에서 잔에 남은 술을 단숨에 입에 털어 넣었다.

닉은 약혼자 샐리의 어깨에 머리를 얹은 채 창밖으로 번쩍이는 자동차 헤드라이트와 술집 밖 인도에 몰려다니는 사람들을 보았다. 그들은 공장을 개조한 아파트에 살았다. 창문이 바닥부터 천장까지 이어져 있었다. 바깥의 붐비는 거리나 예전에 누리던 삶에서 눈을 돌릴 방법은 없었다. 얼마 전까지만 해도 닉에게 완벽한 저녁이란, 버밍엄에서 새로 주목받는 '힙'한 동네에서 이 술집 저 술집을 전전하다가 심야 버스에서 잠이 들어 자기 집을 몇 정거장이나 지나쳐 깨어나는 그런 저녁이었다.

하지만 샐리를 만난 순간 닉의 우선순위는 하룻밤 사이에 바뀌어버렸다. 샐리는 30대 초반으로 닉보다 다섯 살 연상이었다. 닉은 오래된 히치콕 영화에 대해 처음 대화를 나누었던 순간 샐리에게는 뭔가 남다른 점이 있다는 걸 알아차렸다. 연애 초반에 샐리는 새로운 여행지와 음식, 새로운 화가와 음악을 닉에게 알려주며 짜릿해했고, 닉은 세상을 전과는 다른 시각으로 보기 시작했다. 샐리의 믿을 수 없을 만큼 두드러진 광대뼈와 짧게 자른 밤색 머리카락, 회색 눈동자를 보면서, 닉은 언젠가 태어날 그들의 아이들도 엄마의 멋진 외모와 개방적인 마음가짐을 닮았으면 좋겠다고 생각했다.

닉은 샐리에게 어떻게 보답해야 좋을지 잘 몰랐다. 하지만 닉이 3주년 기념일에 산토리니의 레스토랑에서 청혼하자, 샐리는 받아들이겠다는 건지 거절하겠다는 건지 알 수 없을 만큼 심하게 울었다.

"너희가 매치된 부부의 표본이라면, 난 지금 샐리랑 나의 상태로 만족할래." 닉이 놀려대며 안경을 콧등으로 미끄러뜨리더니 피곤한 두 눈을 문질렀다. 그러고는 전자담배에 손을 뻗어 몇 모금을 피웠다. "우리가 사귄 지도 이제 거의 4년이야. 지금은 샐리가 날 사랑하고 존경하고 나한테 순종하겠다고까지 약속했고. 그러니까 난 우리가 서로의 반쪽이라고 백 퍼센트 확신해."

"잠깐, '순종'한다고?" 수마이라가 눈썹을 치켜들며 끼어들었다.

"운도 좋아."

"당신도 나한테 순종하잖아." 디팩이 자신감 있게 덧붙였다. "우리 둘 중 누가 주도권을 쥐고 있는지는 모두가 안다고."

"당신이 주도권을 쥐고 있는지는 모르겠지만, 그 주도권을 준 사람이 누군지 잘 생각해봐."

"근데 아니면 어쩌지?" 샐리가 불쑥 물었다. "우리가 서로의 반쪽이 아니라면?"

그때까지만 해도 닉은 'DNA 매치' 검사를 받으라는 수마이라의 설득을 분명 재미로 듣고 있었다. 서로 알고 지낸 2년 동안 수마이라가 이 이야기를 꺼낸 게 처음도 아니고, 닉이 보기에 이번이 마지막도 아닐 터였다. 샐리의 친구는 공격적이면서도 설득력 있게 말하는 재주가 있었다. 하지만 샐리가 이런 말을 하다니 놀라웠다. 닉처럼 샐리도 늘 'DNA 매치'에 반대해왔다. "뭐라고?" 닉이 말했다.

"너도 알다시피 난 진심으로 널 사랑하고 남은 평생을 너와 함께하고 싶지만…… 우리가 사실은 영혼의 동반자가 아니라면?"

닉은 인상을 썼다. "왜 그런 소리를 하는 거야?"

"아, 별 얘기 아니야, 걱정하지 마. 이제 와서 마음을 바꾸겠다거나 그런 건 아니니까." 샐리는 안심시키려는 듯 닉의 팔을 토닥였다. "그냥 우리가 서로의 짝이라고 *생각하는* 것만으로도 만족할지, 그 사실을 확신하고 싶어질지가 궁금할 뿐이야."

"너 취했구나." 닉은 샐리의 말을 일축해버리며 까칠한 수염을 긁었다. "난 지금 내가 알고 있는 것만으로도 만족해. 내가 이미 아는 사실을 확인해줄 검사 따위는 필요 없어."

"온라인에서 'DNA 매치'로 약 3백만 쌍의 부부가 이혼할 거라는 얘기를 읽었어. 하지만 한 세대도 지나기 전에 이혼은 신경 쓸 문제 축에도 못 끼게 될 거래." 수마이라가 말했다.

"그야 결혼도 신경 쓸 문제가 아니게 될 테니까 그렇지." 디팩이 대꾸했다. "결혼은 구식 제도가 될 거야. 내 말 잘 기억해둬. 모두가 운명의 짝과 함께하게 되면, 누구도 다른 사람한테 무언갈 증명하기 위해 결혼할 필요가 없어질 거야."

"넌 참 도움이 안 된다." 닉은 그렇게 말하더니 샐리가 남긴, 잘 부스러지는 라즈베리 치즈케이크에 포크를 박아 넣었다.

"미안해, 친구야. 네 말이 맞아. 건배나 하자. 확률의 확실성을 위하여."

"확률의 확실성을 위하여." 다른 사람들이 대답하며 닉과 잔을 부딪쳤다.

오직 샐리의 잔만이 닉에게 닿지 않았다.

5

° 엘리

엘리는 태블릿 화면을 넘기며 그날이 가기 전에 끝내야만 하는 기나긴 업무 목록을 못마땅하게 바라보았다.

엘리의 비서인 울라는 무서울 정도로 능력이 좋아서, 하루에도 다섯 번씩 그 목록을 업데이트하고 우선순위를 매겼다. 엘리가 시키지도 않았는데 말이다. 엘리는 그 목록이 유용하다고 여기기보다는, 목록의 끝에 도달하지 못했다는 사실을 끊임없이 일깨워주는 태블릿과 울라 둘 다에게 적대감을 느끼는 경우가 많았다. 가끔은 태블릿을 울라의 목구멍에 쑤셔 넣고 싶은 충동도 들었다.

엘리는 사장이 되면 업무를 상당 부분 위임할 믿음직한 직원을 고용할 수 있으리라고 생각했다. 하지만 시간이 지나면서 엘리는 옛 남자친구가 그녀에게 붙인 '빌어먹을 통제광'이라는 딱지를 점차 받아들이기 시작했다.

엘리는 시계를 힐끗 보았다. 밤 10시 10분이었다. 엘리는 최근 아들을 낳은 영업부장을 축하해주기엔 이미 시간이 늦었다는 사실을 깨달았다. 엘리는 파티에 참석하겠다고 약속했지만, 그 약속을 믿은 사람이 한 명이라도 있을지는 의심스러웠다(엘리는 팀워크를 다지기 위한 시간을 낸 적이 거의 없었다). 엘리는 직원들이 이런 행사에 참여하도록 독려하고, 심지어 사내 동아리에 보조금까지 지원했지만, 생각과 달리 자신이 참여할 시간은 도무지 낼 수 없었다.

엘리는 길게 하품을 하고 한쪽 면을 가득 채운 유리창을 내다보았다. 수수하면서도 뽐내는 듯 보이는 엘리의 사무실은 런던 샤드 빌딩 72층에 있었다. 전망이 탁 트여 있어 그녀는 템스강 너머까지 볼 수 있었다. 시야의 끝, 밤하늘을 밝히는 알록달록한 불빛들이 있는 저곳까지.

엘리는 미우미우 힐을 벗고 바닥을 장식한 두꺼운 흰색 러그를 맨발로 가로질러 사무실 구석에 있는 주류 보관장으로 갔다. 샴페인, 와인, 위스키, 보드카는 못 본 체하고 차가운 에너지 드링크 열두 캔 중 한 캔을 골랐다. 엘리는 네모난 얼음 한 줌이 들어 있는 유리잔에 음료를 붓고 한 모금 마셨다. 이제 보니 엘리의 사무실도 그녀의 집처럼 장식이 드물었다. 엘리라는 사람에 대해 말해주는 물건은 아무것도 없었다. 하지만 어차피 장식품을 고르는 데 별 관심이 없는 엘리는 인테리어 디자이너들에게 대신 신경 써달라고 부탁하는 게 훨씬 편했다.

엘리는 침대를 덮고 있는 이집트산 면직물이 얼마나 고운지, 픽처 레일에 데이비드 호크니 그림이 몇 점이나 걸려 있는지, 복도의 상들리에에 얼마나 많은 스와로브스키 크리스털이 사용되었는지 보다 사업을 훨씬 더 중요하게 여겼다.

엘리는 책상으로 돌아가, 울라가 이미 정리해둔 내일의 할 일 목록을 못마땅한 눈으로 훑어보았다. 엘리는 운전기사이자 경호팀장인 안드레이가 와서 집으로 데려다주기를 기다렸다. 집에 가면 어플 업데이트에 대한 언론 발표를 준비하고 있는 홍보부의 제안서를 읽을 계획이었다. 이번 업데이트는 업계 전반에 혁명을 일으킬 것이므로, 제대로 발표해야 했다.

그런 다음 내일 새벽 5시 30분에는 헤어 스타일리스트와 메이크업 아티스트가 벨그레이비어에 있는 엘리의 집으로 찾아올 예정이었다. CNN, BBC 뉴스 24, 폭스 뉴스, 알 자지라와의 텔레비전 인터뷰 사전 녹화에 대비한 일정이었다. 그 이후에 《이코노미스트》기자와 이야기를 나누고, 통신사 뉴스에 실을 사진을 찍은 다음, 가능하면 오전 10시가 되기 전에 집으로 돌아오고 싶었다. 딱히 토요일을 시작하기에 좋은 방법은 아닌 것 같지만.

홍보 담당자는 엘리가 준비한 연설 내용은 업무에 관한 것뿐이며, 사생활 질문은 엄격히 금지할 예정이라고 언론사에 미리 경고해두었다. 전설적인 사진작가 애니 리버비츠가 찍은 사진까지 싣겠다던 《보그》의 인물 특집기사를 최근에 거절한 이유도 같았다. 어마어마하게 긴 칼럼이 전 세계에 간행될 테지만, 그렇다 해도 사생활을 희생할 가치는 없었다. 지난 세월 동안 그런 일은 이미 충분히 겪었다.

엘리는 업무 외 사생활을 꽁꽁 숨기기로 악명이 높기도 했지만,

회사가 받고 있는 강도 높은 비판에 공개적으로 대응하고 싶지도 않았다. 홍보팀이 자신을 대신해 모든 부정적인 내용을 처리해주리라 믿었다. 엘리는 작고한 스티브 잡스가 아이폰4의 안테나 문제를 처리하며 저지른 실수들과, 당시에 그 실수들이 브랜드나 대표의 명성에 얼마나 큰 해를 끼쳤는지를 타산지석으로 삼았다.

책상 위에 놓인 엘리의 개인 핸드폰에 불이 들어왔다. 이 핸드폰 번호나 엘리의 개인 이메일 주소를 아는 특권을 누리는 사람은 거의 없었다. 전 세계에 퍼져 있는 엘리의 직원 4천 명 중 겨우 열두 명과, 시간이 없다는 핑계로 거의 만나지도 못하는 그녀의 가족뿐이었다. 그렇다고 엘리가 가족을 자주 생각하지 않는 건 아니었다. 엘리는 함께하지 못한 시간을 보상하려고 지난 세월 동안 그들에게 충분한 돈을 주었다. 하지만 하루 24시간이 모자라고 서로 이해할 여유도 없다는 게 문제였다. 엘리에게는 자녀가 없었지만, 가족들에게는 있었다. 가족들에게는 운영해야 하는 수십억 파운드짜리 다국적 기업이 없었지만 엘리에게는 있었다.

엘리는 핸드폰을 집어 들고 화면에 뜬 이메일 주소를 보았다. 궁금증을 느끼며 이메일을 열었다. 'DNA 매치가 확인되었습니다'라는 내용이었다. 엘리는 눈살을 찌푸렸다. 오래전 사이트에 DNA 정보를 등록해두기는 했지만, 엘리가 즉각적으로 떠올린 생각은 직원 중 누군가가 장난친 것일지도 모른다는 불신이었다.

"엘리 에일링 고객님의 매치는 영국 레이턴 버저드에 거주하는 남성 티모시입니다. 상세 프로필에 접근하는 방법을 보려면 아래의 지시사항을 읽어주세요."

엘리는 핸드폰을 탁자에 올려놓고 눈을 감았다. "아무짝에도 쓸모없어." 엘리는 혼잣말로 중얼거린 다음 핸드폰을 껐다.

6

° 맨디

"아직 소식 못 들었어?"

"문자나 이메일은 못 받았어?"

"어디 사람이래?"

"직업은 뭐고?"

"목소리는 어때? 섹시한 중저음이야? 사투리를 써?"

맨디의 가족들은 속사포처럼 질문을 던져댔다. 맨디의 세 여동
생과 어머니가 식탁 주변에 구부정하게 둘러앉아 다들 맨디의 매
치인 리처드에 대해 알고 싶어 안달했다. 눈앞에 펼쳐놓은 테이크
아웃 피자 네 상자와 소스에 찍어 먹는 마늘빵에도 똑같이 안달 나
있긴 했지만.

"응, 피터버러 사람이야. 직업은 개인 트레이너고, 목소리가 어떤
지는 몰라." 맨디가 대답했다.

"그럼 사진이라도 보여줘!" 커스틴이 말했다. "보고 싶어 죽겠다."

"페이스북 프로필에서 긁어온 두어 장밖에 없어." 사실 사진이 최소한 50장은 있었지만, 맨디는 자신이 얼마나 그에게 빠져 있는지 가족에게 알리고 싶지 않았다.

"세상에, 그 사람이 거시기 사진을 보내서 우리한테 안 보여주는 거 아니니?" 어머니가 소리쳤다.

"엄마!" 맨디가 헉 소리를 냈다. "말했잖아, 아직 얘기도 안 해봤다니까. 그 사람 거기 사진은 못 봤어."

"거시기 얘기가 나와서 말인데, 난 고기 파티를 시작할 참이야." 폴라가 그렇게 말하더니 피자 한 조각을 언니에게 내밀었다. 맨디는 고개를 저었다. 결혼한 동생들이야 승리를 만끽하며 마음도 배도 풍족하게 불릴 여유가 있을지 모르지만, 자신은 음식을 조심해야 한다는 게 맨디의 확고한 신념이었다. 오늘만은 예외라지만 그럴 수 없었다. 《그라치아》에 따르면, 44 사이즈와 66 사이즈는 때로 겨우 한 입 차이로 결정됐다.

맨디는 리처드의 사진 중 상체를 드러내놓고 서핑하는 사진을 골라 띄우고 식탁 둘레에 앉은 가족들에게 핸드폰을 돌렸다.

"쩐다, 몸매 엄청 좋네!" 폴라가 소리를 질렀다. "언니보다 열두 살은 어리겠다! 연하 애인이 생기셨구먼. 언니가 바로 도둑이구나. 그치?"

"그래서 언제 만날 건데?" 커스틴이 물었다.

"아직은 모르겠어. 일단 대화를 해봐야지."

"어디 쓸 만한가 보려고 그 녀석 거시기 사진을 기다리나 보지."

캐런이 말했고, 다들 웃음을 터뜨렸다.

"음란 마귀들." 맨디가 말했다. "이럴 줄 알았으면 아무 말도 하지 말걸."

이번만큼은 맨디도 연애사와 관련해 가족과 좋은 소식을 나눌 수 있어 기뻤다. 결혼해 정착한 세 여동생은 모두 DNA 매치와 결혼했다. 맨디는 불안감에 마음이 싱숭생숭하고 자기 혼자만 재고품이 된 듯한 기분이 들던 차였다. 동생들이 아이를 낳기 시작한 뒤로는 특히 더 그랬다. 맨디는 서른일곱 살의 이혼녀였다. 그 밖의 다른 어떤 존재도 될 수 없을 것 같았다. 하지만 리처드가 맨디의 삶에 들어온 이후—아직 직접 들어온 것은 아니지만—모든 것이 나아지고 있었다. 앞으로 좋아질 거라는 생각밖에 들지 않았다.

'DNA 매치'에서 받은 확인 이메일은 리처드가 체크 박스에 체크를 했다고 알려주었다. 그 말은 매치가 이루어지면 리처드의 연락처 정보를 전송받을 수 있다는 뜻이었다. 리처드도 맨디의 연락처 정보와 이 사실을 알려주는 통지를 받았을 테지만 아직 연락을 해오지 않았다. 맨디는 긴장돼 죽을 것 같았다. 그러나 그녀는 마음속 깊은 곳에서부터 구식이었기에 구애는 남자가 해야 한다고 믿었다.

"좋아, 어떻게 해야 할지 알려줄게." 커스틴이 입을 열었다. "일단은 문자를 보내. 적극적으로 나서서 직접 만날 날짜를 정하는 거야. 레스토랑이든 어디든…… 칼루치오나 제이미 같은 화려한 데 있잖아. 그런 다음에 며칠 기다렸다가 입술을 내줘. 다른 건 당연히 좀 기다려야 하겠지만."

"무슨 헛소리야." 전자담배를 깊이 빨아들인 폴라가 끼어들었다. "매치의 좋은 점은, 그런 장난질에 정신이 팔려서 시간을 낭비할 필요가 없다는 거야. 둘이 서로에게 완벽한 존재라는 걸 아니까. 가서 해버리고 혼을 쏙 빼놓으면 돼."

맨디는 얼굴이 새빨개지는 것을 느꼈다.

어머니가 고개를 젓더니 눈알을 굴려댔다.

"맨디가 너니?" 캐런이 말했다. "언닌 항상 받아들이는 게 느려."

"그래서 뭐 좋은 꼴 봤나?" 폴라가 맨디를 돌아보며 말했다. "기분 나빠지라고 하는 말은 아냐. 하지만 내 말은, 언니도 더는 그렇게 느릿하게 굴 필요가 없다는 거야. 엄마야 손주만 한 명 더 볼 수 있다면 오른팔이라도 내놓을걸. 하지만 캐런이랑 나는 명품 성기를 만드느라 힘이 다 빠졌기 때문에 애를 또 뽑아내긴 싫어. 그리고 커스틴, 레즈비언도 아기를 가질 수 있다는 건 나도 알아. 하지만 넌 현역으로 뛰기에 바빠서 정착은 생각조차 안 하잖아. 그러니까 4호 손주는 맨디 언니 어깨에 달려 있어. 그냥 생각만 해봐. 내년 이맘때는 언니도 결혼해서 임신할 수 있단 말이야."

모두가 폴라에게 경고하는 눈빛을 던졌고, 폴라는 재빨리 말했다. "미안. 생각이 짧았어."

"괜찮아." 맨디가 식탁을 내려다보았다.

맨디는 오래전부터 아이를 낳고 싶어 했지만 션과 결혼했을 때 두 차례 유산했다. 맨디는 학교를 졸업하자마자 어린 시절 첫사랑이던 션과 결혼했고, 힘들게 돈을 모아 함께 집을 산 다음 가족을 꾸리려 노력했다. 그러나 아이를 잃고 맨디의 세상은 완전히 흔들렸다. 유산은 맨디의 결혼이 파탄에 이른 이유 중 하나이기도 했다. 가끔 침실에 함께하는 존재가 침묵밖에 없는 밤이면, 몸의 생물학적 시계가 째깍째깍 움직이는 소리가 들리는 것 같았다. 맨디에게는 자연임신을 할 시간이 10년도 채 남지 않았을지 몰랐고, 10년 안에 임신한다 해도 합병증에 걸리기 십상이었다. 수많은 저녁에 조카들을 돌봐주면서 맨디는 자신에게도 똑같은 존재가, 무조건 사랑할 사람이 있기를 아플 정도로 바랐다. 물론 맨디는 동생의 아이들을 사랑했지만 그건 전혀 다른 문제였다. 맨디는 자신이 창조에 기여한 사람이 생기는 꿈을 꾸었다. 자신에게 의지하고, 자신을 필요로 하며, 언제나 자신에게서 조언을 구하고 죽는 날까지 자신을 '엄마'라고 부를 누군가가.

자식 하나 없는 늙은 여자가 된다니 생각만으로도 끔찍했다. 세월이 빠르게 흐르면서 맨디는 그 생각이 단순한 가능성을 지나 실현될 확률이 높아지고 있다는 걱정에 시달렸다.

"내가 볼 땐 네가 좀 앞서나가는 것 같아." 맨디가 말했다. "난 그 사람이 먼저 움직이게 놔둘 거야. 그런 다음에 어떻게 되는지 보자는 거지. 알았어?"

가족들은 마지못해 고개를 끄덕였다. 맨디는 그리 멀지 않은 지난날, 'DNA 매치'에 등록하기까지 자신이 얼마나 조심스러웠는지 떠올렸다. 원래도 맨디의 결혼 생활은 유산 때문에 불안정했지만, 션이 갑자기 열한 살 연상의 다른 여자를 찾아 떠나버린 사건이 최후의 일격을 날렸다. 션은 맨디 몰래 검사를 받고 매치되었다. 션은 맨디와의 결혼 생활을 빠르게 끝냈고, 집이 팔리자마자 프랑스인인 매치와 함께하기 위해 보르도의 시골 성으로 이주했다. 맨디는 혼자 남겨진 채로 산산조각 난 것들을, 작디작은 첫 집과 상처 입은 마음을 주워 모을 수밖에 없었다.

하지만 'DNA 매치'는 더 이상 적이 아니었다. 시간은 맨디가 DNA 매치에 대해 품고 있던 생각과 화해하도록 도와주었다. 홀로 3년을 보낸 지금 맨디는 다른 사람과 다시 한번 인생을 공유할 준비가 되어 있었다. 이번에는 확률에 의존하지 않고 운명의 상대와 함께 인생을 나눌 터였다. 잘못될 일이 뭐가 있겠는가?

맨디는 자신의 매치도 같은 생각이기를 바랐다. 그가 연락하는 데 뜸을 들이고 있긴 하지만 말이다. 리처드가 이미 결혼한 것만은 아니기를, 자신이 정당하게 남편과 아이를 얻겠다고 행복한 가정을 깨뜨리는 일만은 없기를 기도했다. 레지나가 그녀에게 벌인 그런 일만큼은 저지르지 않게 되기를.

7

° 크리스토퍼

크리스토퍼는 자신의 2층짜리 아파트 뒤쪽에 자리한 작은 방의 고풍스러운 나무 책상 앞에 앉아 있었다.

그는 컴퓨터 모니터 두 개와 무선 블루투스 키보드 두 개를 모두 켜고, 그것들이 서로 완벽한 평행을 이루도록 위치를 조정했다. 첫 번째 화면에서 이메일을 열었고, 두 번째 화면에서 프로그램 몇 개를 획획 넘긴 뒤에야 몇 달 전 다운로드 받아둔 '핸드폰 위치 찾기' 링크를 클릭했다. 화면에는 스물네 개의 서로 다른 핸드폰 번호가 나타났지만, 그중 두 개만이 밝은 초록색으로 반짝이며 사용자들이 움직이고 있다는 걸 알려주었다. 저녁 이 시간쯤에는 평범한 일이라고 그는 생각했다.

크리스토퍼의 호기심을 자극한 건 끝에서 두 번째 핸드폰 번호였다. 그는 툴바에서 지도를 열고, 사용자가 있는 곳을 가리키는 빨간색 동그라미를 추가했다. 여자의 핸드폰 GPS 시스템에 따르면 그녀는 지금 집 근처 거리에 있었다.

평소의 행동 패턴에 비추어 보면, 7호는 밤 11시 즈음까지 일하는 소호의 닭고기 전문 식당에서 교대근무를 마쳤을 것이다. 그리고 29번 버스를 타고 집으로 향했겠지. 크리스토퍼는 그녀가 아침 6시에 런던 중심부에서 사무실 청소부로 두 번째 업무를 시작하기 전인 지금 이 시간이 다 가기 전에 잠자리에 들 거라고 예상했다. 크리스토퍼가 일을 시작할 수 있는 시간은 그사이의 어느 때였다.

선택지를 좁혀나갈 때면 크리스토퍼는 대상에게 접근할 방법을 고려했다. 그리고 그는 자신의 집과 그들 각각의 집이 얼마나 떨어져 있는지 아주 잘 알고 있었다. 그는 자신과 비슷한 다른 사람들이 저지른 실수를 보고 표적의 위치에는 일정한 패턴이 없어야 한다는 것을 알게 되었다. 겉보기에는 모든 것이 무작위적으로 보이되 속으로는 완벽한 질서를 지킬 것. 시간이 지나면서 크리스토퍼는 누구의 집으로 차를 몰아야 하는지, 누구를 찾아갈 때 오토바이가 가장 어울리는지, 어떤 장소가 도보로 가는 게 나은지 알게 되었다.

7호의 아파트는 크리스토퍼의 집에서 도보로 겨우 20분 거리에 있었다. "완벽하네." 그는 만족해서 웅얼거렸다.

하지만 크리스토퍼는 빨간 동그라미에서 다른 컴퓨터 화면으로 관심을 빼앗겼다. 화면은 족히 수십 개는 되는 그의 이메일 계정을 보여주었다. 'DNA 매치'에서 온 이메일이 나흘 전 밤, 그가 6호에게 정신이 팔려 있을 때 수신함에 들어온 이래 열리지 않은 상태로 남아 있었다. 그 이메일이 다시 눈에 띄자 크리스토퍼는 자신의 생물학적 특징에 따라 가장 잘 어울리는 인물로 결정된 여자에게 호기심이 일었다. 최소한 여자였으면 좋겠다는 생각이 들었다. 그는 동성이나 수십 년 연상인 사람과 매치된 사람들에 대한 이야기를 읽은 적이 있었다. 성 소수자나 노인의 사랑을 받고 싶지는 않았다. 사실 크리스토퍼는 그 누구에게도 별로 사랑받고 싶지 않았다. 그는 33년 평생을 살아오면서 짧은 연애에 시간을 충분히 낭비한 끝에 다른 사람을 만족시키려면 얼마나 많이 노력해야 하는지 알게 되었다. 그에게는 맞지 않는 일이었다.

하지만 매치가 이루어졌을 경우에 생길 모든 문제에도 불구하고 크리스토퍼는 자신의 매치가 누구일지 무척 궁금했다. 창밖의 어두운 정원을 내다보며, 커플의 반쪽이라는 평범하고도 재미없는 존재로 행세하면서 프로젝트를 계속해나간다면 얼마나 재미있을지 잠시 상상해보았다.

크리스토퍼는 이메일을 열었다. '에이미 브룩뱅크스, 여성, 31세, 영국 런던'이라는 내용이 그녀의 이메일 주소와 함께 적혀 있었다. 이 여자가 핸드폰 번호를 공개하지 않은 게 마음에 들었다. 신중한 성격이 드러났다. 크리스토퍼의 명단에 올라 있는 많은 여자들은 그 정도의 선견지명을 보여주지 못했다. 앞으로도 그럴 테고 그 점이 그들의 몰락을 자초했다. 크리스토퍼는 그날 밤늦게 집에 돌아가면 에이미에게 이메일을 보내 자기소개를 하기로 했다. 그냥 그녀가 뭐라고 하는지 볼 생각이었다.

예상했던 대로 크리스토퍼의 다른 화면에서는 7호의 핸드폰 위치가 멈춰 있었다. 그는 만족감을 느끼며 곧장 모니터 두 개를 모두

끄고 방문을 잠근 다음 꾸려놓은 가방을 보관해둔 주방 찬장으로 갔다. 나무 손잡이가 달린, 새로 소독한 치즈와이어*와 뒤쪽에 여자의 전화번호를 테이프로 붙여놓은 선불 핸드폰, 장갑과 폴라로이드 카메라를 함께 가방에 넣었다.

크리스토퍼는 장갑을 끼고 외투를 입으며 카메라를 힐끗 보았다. 현상할 때마다 인화지가 필요한 1970년대의 오리지널 폴라로이드 카메라는 사용하지 않았다. 경찰들에게 추적당하기 쉬워서였다. 크리스토퍼의 폴라로이드 카메라는 인화지도 쉽게 구할 수 있고, 카메라 자체도 색 보정 같은 최신 기능을 자랑하는 디지털카메라였다. 그의 목록에 올라 있는 모든 여자는 똑같은 사진을 인스타그램에도 올리고 프로필 사진으로도 썼다. 크리스토퍼는 집 문을 닫고 배낭끈을 조절한 뒤 조용한 거리를 활기차게 걸어가면서, 그들 모두가 죽어서까지도 가장 아름다운 모습을 간직하고 싶어 할 거라고 확신했다.

---

* 치즈의 가장자리를 자르거나 치즈를 커다란 원 모양으로 자르는 가늘고 긴 철사.

8

° **제이드**
....

제이드는 호텔 스파의 미용치료사인 쇼나와 루시가 알디* 비닐봉
지를 열어 형편없는 도시락을 꺼내는 모습을 즐겁게 바라보았다.

쇼나의 도시락에는 랩으로 싼, 두껍게 썬 셀러리 조각 대여섯 개
와 저칼로리 피리피리 후무스**가 담겨 있었고, 루시는 견과류가 들
어간 글루텐프리 롤빵과 구내식당 전자레인지에서 데워 김이 나는
닭고기 컵 수프를 입에 쑤셔 넣고 있었다.

제이드는 핸드백에서 타파웨어에 담긴 자기 도시락을 꺼냈다.
그녀는 양파 피클이 들어간 몬스터 먼치 한 봉지와 작은 몰티저스
초콜릿 한 팩, 문 버팀쇠 대신 써도 될 만큼 두꺼운 햄 피클 샌드위
치, 펩시 한 캔을 싸 왔다. 30대 동료들의 식단을 따라 할 마음은 조

---

* 식료품, 생활용품 등을 판매하는 독일계 저가형 슈퍼마켓 체인.
** 병아리콩 으깬 것과 오일, 마늘을 섞은 중동 지방 음식.

금도 없었다. *비키니 따위 엿이나 먹으라지.* 제이드는 샌드위치를 한 입 베어 물며 생각했다.

"그래서, 클럽에서 만났다는 그 남자랑은 어떻게 되어가?" 쇼나가 루시에게 묻고는 인조 손톱에 떨어진 후무스 한 방울을 핥았다.

"머저리야." 루시가 코웃음을 쳤다. "어젯밤에는 외식하자더니 보니까 난도스에 가자는 거였어. 거기다 그날 밤 내내 계산대에서 일하는 싸가지 없는 계집애를 쳐다보는 거야. 아니, 대체 누가 데이트 중에 그런 짓을 해? 너무 예의 없었어."

"진짜? 바람둥이네."

"그렇다니까. 그래도 오늘 밤에는 우리 집에 오기로 했어. 내가 밥해주기로 했거든. 넌 어때? 틴더에서 만난 문신남은?"

"덴절 말이야? 말로는 내가 너무 좋다면서 나흘 동안 연락이 없네. 뭐가 그러나?"

제이드는 고개를 젓고 샌드위치를 한 입 더 베어 물었다. "끔찍하네요. 언니들은 어떻게 그런 걸 참고 사는지 모르겠어요. 난 더 이상 그런 걸 안 해도 돼서 너무 다행이야." 제이드는 입 안에 음식을 가득 문 채 말했다. 바로 이런 대화가 'DNA 매치'에서 케빈을 찾아낸 것이 얼마나 행운인지 다시 일깨워주곤 했다. 하지만 제이드는 케빈이 다른 곳도 아닌 지구 반대편 호주에 산다는 사실에 짜증이 났다. 매치를 확인하는 이메일을 받기 전에는 제이드도 직장 동료들과 같은 처지였다. 단지 제이드는 자신의 남자 보는 눈이 그들보다는 낫다고 종종 생각했다. 현실에서는 제이드 역시 수많은 '찌질이' 혹은 《코스모폴리탄》에서 이름 붙인 대로 '임시방편'들을 만나왔지만 말이다.

"그래, 너한테야 쉬운 일이겠지." 루시가 말했다. "넌 짝을 찾았으니까."

"그렇다고 그 사람이 우리 집 문 앞에 있지는 않잖아요." 제이드가 대답했다. "가볍게 만나서 저녁 한 끼 먹고 키스하고가 안 된다니까 그러네. 최소한 언니들은 그 남자들이랑 실제로 소통하고 있잖아요. 그 남자들이 아무리 언니들을 쓰레기같이 대한다지만."

"남자들이야 원래 그렇잖아?" 쇼나가 말했다. "이미 매치된 수백만 명의 명단에 올라 있는 사람이 아니고서야 백마 탄 왕자가 나타날 때까지 되는대로 때울 수밖에. 하긴, 그것도 언젠가 왕자가 *나타난다면* 말이지만."

"그때까지는 똥 덩어리들을 끝없이 참아줘야지, 뭐." 루시가 덧붙였다.

"아니, 그건 잘못된 생각이에요." 제이드는 그들에게 이래라저래라 할 수 있어서 기뻤다. "우리 여자들은 머리를 모으고 규칙을 바꿔야 해요. 가만히 쓰레기 취급당하는 일을 그만두면 남자들도 좀더 노력하는 것밖에 선택지가 없을걸요. 그전까지는 남자들이 계속 그런 식으로 나오겠죠. 우리가 그렇게 하게 내버려두니까."

"내가 도저히 모르겠는 건, 네가 왜 호주로 가서 케빈이랑 영원히 행복하게 살지 않느냐는 거야." 쇼나가 말했다. "과학이 케빈을 네 천생연분으로 점찍어줬는데 왜 여기서 인생을 낭비해?"

"그냥 모든 걸 버리고 떠날 수는 없잖아요." 제이드가 단호하게 고개를 저었다. "호주행 비행기 표가 얼마인 줄이나 알아요? 이제야 겨우 신용카드 빚 하나를 다 갚았다고요. 거기다가 아파트도 있지, 직장도 있지, 가족들도 생각해야지…….”

“아파트는 빌린 거고, 직장이라고 해봐야 별것 아니잖아. 넌 이 일을 싫어하니까. 우리 모두 여기를 싫어하니까 알아. 가족은 거의 만나지도 않고. 그러니까 잘 따져보면 사실 너한텐 핑계가 없어.”

“사실 긴가민가 불안한 결정도 아니잖아?” 루시가 말을 이었다. “너희 두 사람은 말 그대로 서로의 운명이니까. 케빈의 어디가 마음에 드는지 말해봐.”

제이드는 웃었다. 케빈에게는 싫은 점이 하나도 없었다. 주소를 빼면 말이다. “재미있기도 하고, 날 항상 응원해줘요. 친절한 데다가 미소도 멋지고…….”

“서로 야한 셀카도 찍어 보내니?”

“당연히 아니죠.” 제이드는 단호했다. “난 그런 싸구려가 아니에요.” 사실 제이드는 한 번 사진을 보냈지만, 케빈이 별 열의를 보이지 않는 듯했다.

“세상에.” 루시가 웃었다. “난 사이버 공간에 떠다니는 내 알몸 사진만으로도 인터넷을 터뜨릴 수 있을 지경인데.”

제이드는 맞장구를 치며 모두가 그녀를 사랑하게 만드는 그 시끌벅적한 웃음을 터뜨렸다.

“사진은 안 보내도 섹시지는 보내지?” 쇼나가 끼어들었다.

“섹시지라뇨?”

“음란한 문자메시지나 전화로 야한 얘기를 하는 것 말이야. 만나면 케빈을 어떻게 하고 싶은지 얘기한다거나.”

제이드가 고개를 저었다.

"스카이프로 섹시한 시간을 보내는 건? 페이스타임이나?"

"케빈이 둘 다 안 해요." 제이드는 두어 번 스카이프를 해보자고 제안했지만, 케빈에게는 노트북도 스마트폰도 없었다. 제이드는 자기도 주머니 사정이 넉넉하지 않다고 생각했지만 케빈이나 그가 사는 오지 마을에 비하면 아무것도 아니었다. 그건 둘의 수많은 공통점 중 하나였다.

"케빈이라는 사람, 호주에 사는 거 맞지? 1950년대에 사는 게 아니라." 쇼나가 말을 이었다. "남자가 얼렁뚱땅 넘어가려는 걸 봐주다니 너답지 않다."

"케빈에 대한 감정쯤은 개가 멍청이처럼 우스꽝스러운 표정을 짓고 돌아다니는 걸 보지 않아도 알 수 있거든요."

쇼나와 루시가 눈을 마주치더니 동시에 고개를 끄덕였다.

"그럼 확실히 사랑이네." 쇼나가 말했다. "우리 제이드 슈얼 씨께는 무슨 말을 해도 씨알도 안 먹히겠는걸. 하지만 케빈이 네 말처럼 멋진 사람이라면 시간 낭비는 그만두고 얼른 가서 케빈을 만나."

"아니면 우리 꼴 난다." 루시가 낄낄거렸지만, 제이드는 그녀의 말투에서 경고 비슷한 뭔가를 느꼈다. "진심이야, 제이드. 여기서는 남자를 고르려고 해도 고를 물건이 없어. 괜찮은 남자는 매일매일 매치되고, 매치된 사람이 그 남자를 채 가잖아. 나랑 쇼나는 먹고 남은 뼈다귀나 쪼아대는 독수리나 마찬가지야. 정말이지, 이건 별로 똑똑한 일이 아니라니까. 정말이야. 나한테 매치랑 함께할 기회가 있다면 난 지금 당장 비행기를 잡아 타고 여기를 떠날 거야. 호텔 종업원용 출입구 주변의 바닥에 앉아서 도시락이나 먹고 있지는 않을 거라고."

"그래, 핑계는 그만 대." 쇼나가 덧붙였다.

"우리 같은 사람이 어떻게 그래요." 제이드는 루시의 직설적인 말에 깜짝 놀라 말했다. "다 내려놓고 그냥 떠날 수는 없잖아요. 아까도 말했지만, 호주로 가는 비행기 푯값이 한두 푼도 아니고."

"신용카드 빚은 얼마나 갚아야 하는데?"

"뭐, 방금 하나 다 갚았으니까……."

"한도는 얼마야?"

"한 2천 파운드 될걸요."

"그럼 휴가비로 쓴다 치고 긁어버려. 손해 볼 게 뭐 있어? 깡을 좀 키우셔야겠네요, 예쁜 아가씨."

"그 깡으로 언니 뺨을 쳐버리는 수가 있어요. 남자를 쫓아서 지구 반대편으로 가다니, 나답지 않은 행동이라고요."

쇼나와 루시는 제이드를 노려보았다. 둘 다 문신한 눈썹을 보톡스가 허락하는 한도까지 치켜올렸다. "남자를 쫓아가는 게 아니지, 꼬맹아. 그 남자는 이미 네 거잖아."

"못 가요." 제이드가 다시 말하다가 잠시 멈췄다. "갈 수 있나?"

9

° 닉

"해야겠어." 샐리가 웅얼거렸다. 샐리는 드러누운 채 침실 천장의 서까래가 바깥에서 들어오는 가로등 빛을 받는 광경을 바라보고 있었다.

"평소에는 이것보다 오래 걸렸는데. 뭐, 나야 불만 없지." 닉이 샐리의 두 다리 사이에서 고개를 들고 이불 밑에서 나오며 말했다. 닉은 샐리가 그들의 장난감을 보관하는 침대 옆 수납장으로 손을 뻗었다.

"섹스를 해야 한다는 게 아니라." 샐리가 말했다. "'DNA 매치' 검사를 받아봐야 할 것 같다고."

닉은 침대의 자기 자리로 어렵사리 돌아갔다. "진짜 확 식는다, 자기야."

"미안."

"왜 지금 받아야 하는데? 수마이라랑 디팩이 저녁 먹으러 와서 그 얘기를 하기 전까지는 단호하게 안 받아도 된다며."

"자기야, 지금도 같은 생각이야." 샐리는 닉을 안심시키려는 듯 손가락으로 닉의 가슴털을 만지작거리며 말했다. "하지만 수마이라가 말했다시피 그 검사를 받으면 안전장치가 하나 더 생기는 셈이잖아. 그냥 알아보자. 정말로 알아보자는 거야."

망할 수마이라. 닉은 그렇게 생각했지만, 불평을 입 밖에 내지는 않았다. "결혼 전에 괜히 불안해서 그러는 건 아니고?"

"당연히 아니지, 바보야." 샐리는 닉의 머리를 끌어당겨 입 맞추었다. "하지만 너도 내가 어떤지 알잖아. 너야 괜찮겠지. 너희 부모님은 중세시대부터 함께하신 것 같으니까. 하지만 우리 엄마는 세 번 결혼했고, 아빠는 네 번째 부인하고 살고 있어. 둘 다 자기들한테 없다고 생각되는 뭔가를 항상 찾고 있다고. 난 그 둘처럼 되고 싶지 않아. 난 최소한 우리한테는 기회가 있다고 믿고 싶어."

"우리의 DNA가 매치되지 않는다고 밝혀지면?"

"그럼 우리 관계를 위해 더 큰 노력을 기울여야 한다는 사실을 명심해야겠지. 존 레넌도 말했지만, 「필요한 건 사랑뿐이야」."

"그래, 하지만 존 레넌은 「나는 바다코끼리다」라는 노래도 했어. 존 레넌의 지혜를 너무 믿지는 말자."

"아무튼, 할 거지?" 샐리는 닉에게 애원하는 눈길을 던졌다.

닉은 강아지 같은 그 두 눈에 대고 싫다고 말할 수 없었다. "자기가 행복해진다면야 알았어, 할게. 이제 자기를 행복하게 해주는 다른 일을 다시 해볼까?"

닉의 머리가 이불 밑 샐리의 두 다리 사이로 돌아가기 직전에 샐리는 언뜻 그의 미소를 보았다.

10

○ **엘리**

엘리는 라디오 시계가 새벽 3시 40분을 알리고서야 잠들려는 노력을 그만두었다.

바쁜 날을 앞두고 있는 만큼 조금이라도 쉬고 싶은 마음이 간절했지만, 왕성한 두뇌가 도저히 말을 듣지 않았다. 오히려 뇌는 새로 개선한 어플을 홍보하기 위해 다음 몇 시간 동안 해야만 하는 일들을 생각하며 탈선한 기차처럼 빠르게 질주하고 있었다. 보통 상황에서라면 주치의가 처방해준 수면제를 한 알 먹었겠지만, 날이 서 있어야 할 시점에 정신이 혼미해지는 위험을 감수할 수는 없었다.

전 세계 언론과의 인터뷰는 엘리가 뜻하지 않게 공인이 된 이후로 점점 싫어하게 된 일이었다. 10년 전만 해도 엘리는 눈에 띄지 않는 곳에서 바쁘게 일하는, 이름 없는 한 마리 꿀벌에 불과했다. 그러다가 정신을 차리고 보니 온 세상의 매체가 엘리를 찬양하는 동시에 매질하고 있었다. 덕분에 엘리는 더욱 자신만만하고 단호한 사람이 되었으며, 자신의 회사를 세계에서 가장 성공한 기업으로 만들기 위해 가차 없이 나아가는 사람이라는 명성을 빠르게 얻었다. 사람들은 엘리가 그 자리에 오르기까지 썼을지 모르는 부도덕한 방법을 은근슬쩍 이야기하곤 했지만, 구체적인 증거가 없으므로 모든 건 소문일 뿐이었다. 엘리는 사업 초창기의 일이 절대로 완전히 드러나지 않도록 사람들에게 충분한 돈을 쥐여주었다.

대중이 엘리의 이야기에 점점 더 관심을 가지면서 타블로이드 신문들은 그녀 사생활의 아주 작은 조각까지도 체로 걸러내서 재판이라도 하려는 듯 과거사를 살폈다. 그들은 엘리의 지난 연애사를 파헤쳤고, 그녀가 인간으로서, 여자친구로서, 애인으로서 어땠는지 정보를 흘려보라며 그녀의 옛 연인들에게 현금을 뿌려댔다.

이제 엘리는 언론만이 아니라 모든 사람을 경계했으며, 그녀에게 데이트란 거의 불가능한 일이 되었다. 모든 남자를 싸잡아 똑같이 취급하는 일이 불공평하다는 걸 알면서도 엘리는 새로운 사람을 만날 때마다 마음의 벽을 높였고, 남자들이 보이는 관심 이면의 동기를 지레짐작하게 되었다. 이 사람도 그저 내 재산에만 관심이 있지는 않을까? 억만장자와 해봤다는 게 친구들에게 자랑하기에 좋은 일이지 않을까? 《선 온 선데이》에서 연애를 폭로하는 헤드라인을 또 보게 되려나? 엘리는 사람들이 빌 게이츠나 마크 저커버그, 팀 쿡의 성생활을 두고 닦달하는 모습을 본 기억이 없었다. 그러나 엘리에게만은 이런 일이 정신 못 차릴 정도로 자주 일어나는 것 같았다.

엘리는 옆으로 돌아누워 두 다리를 쭉 뻗고, 언론이 허튼수작을 하려는 것 같을 때마다 경고를 날리는 일을 전담할 법무팀을 고용해야 했던 시절을 떠올렸다. 법무팀이 여섯 건의 명예훼손 재판에서 이긴 뒤부터 엘리는 허위사실을 유포하기에는 너무 비싼 대상이 되었다. 그래서 언론은 흥미를 잃었다. 엘리의 언론 대응팀이 기자들의 모든 질의를 맡아 처리했고, 엘리는 사람들이 자신에 대해 뭐라고 써대는지 알고 싶은 유혹을 뿌리치려고 구글 알림을 끄고 페이스북과 트위터 계정을 비활성화했다. 엘리는 꼭 필요한 경우에만 회사 대표자로서 공적인 장소에 모습을 드러냈다.

엘리는 피로가 충분히 밀려오지 않자 답답해하며 신음한 다음, 이불을 한쪽으로 젖히고 침대 옆 전등을 켰다. 몇 시간 전에 받은 이메일이 생각났다. 그녀의 DNA 매치가 발견되었다는 확인 메일이었다. 엘리는 10년쯤 전, 회사가 아직 초창기였을 때 회원 등록을 했다. 회사의 인기가 빠르게 상승하면서 엘리는 자신의 매치를 발견하는 것도 시간문제라고 생각했다.

하지만 회원 숫자가 10억 명을 돌파했을 때부터는 희망을 버리기 시작했다. 엘리의 매치는 다른 누군가와 행복한 관계를 맺고 있거나, 이런 검사를 받을 수도 없고 알 수도 없는 개발도상국에 살거나, 그냥 별로 알고 싶어 하지 않는 듯했다.

그래서 엘리는 혼자 사는 데 익숙해졌고, 최근에는 일에 너무 정신을 빼앗긴 나머지 매치에 관심조차 없어졌다. 그녀는 연애하지 않아도 만족할 수 있었다. 혼자서 모든 걸 할 수 있었으니까. 아무리 매치라 해도 과연 엘리가 직접 찾지 못한 뭔가를 인생에 더해줄 수 있을까?

그러나 엘리도 인정할 수밖에 없었다. 자신의 마음속 아주 작은 부분은 그 사람이 누군지 알고 싶어 했다.

"젠장." 엘리는 큰 소리로 말하고 핸드폰을 집어 들었다. 이메일을 열고 매치의 자세한 정보를 보기 위해 9.99파운드를 낸 다음 기다리자 2분 뒤 자동 답장이 수신함에 들어왔다.

"이름: 티모시 헌트. 나이: 38세. 직업: 시스템 분석가. 눈동자: 적갈색. 머리카락: 검은색. 키: 175.2센티미터."

엘리가 보기에 그를 묘사한 내용은 서구 세계의 남자 절반에 해당하는 것이었다.

"울라." 엘리는 비서에게 보낼 이메일을 작성하기 시작했다. "레이턴 버저드에 사는 시스템 분석가 티모시 헌트에 대해서 알아볼 수 있는 건 전부 알아봐주세요. 이메일 주소를 아래에 붙여놨어요. 알아낸 내용은 아침에 알려주길. 고마워요."

놀랍게도 울라는 즉시 답장을 보냈다. 빌어먹을, 얜 자긴 자는 거야? 엘리는 궁금했다. "우리 회사에 취업 면접이 잡혀 있는 사람인가요? 제가 가지고 있는 명단에는 없어서요." 울라가 물었다.

"그런 셈이에요." 엘리가 답장했다. "사진도 꼭 찾아보세요. 필요하면 외부에 도움을 구해도 됩니다."

엘리는 침실용 탁자에 핸드폰을 내려놓고 다시 이불 밑으로 기어들어갔다. 그녀는 반대쪽으로 돌아누워 비어 있는 침대 반쪽을 빤히 바라보았다. 그날 아침 가사도우미가 정돈해둔 그대로 빳빳하고 주름 하나 없는 그곳을.

5년여 만에 처음으로, 엘리는 이 공간을 다른 누군가와 함께 쓴다면 어떤 기분이 들지 감히 상상해보았다.

11

° **맨디**

맨디는 리처드의 페이스북 페이지에 적힌 주소지의 돌담 주변을 맴돌았다. 맨디는 눈앞에 보이는 모든 사람이 부슬비를 피해 서둘러 걸어가는 것을 지켜보며, 그 뒤를 따라갈 준비를 했다.

맨디는 사교생활에서 벌어지는 대부분의 상황에 대체로 자신 있는 편이었지만, 모르는 사람이 잔뜩 있을 때는 입을 꾹 다문 채 말 한마디 못 하곤 했다. 누가 말을 걸어오면 뭐라고 해야 할지 너무 막막해서 사람들 눈에 띄지 않으려 했다. 몇 분 늦어도 별문제는 아닐 터였다. 맨디를 아는 사람도, 기다리는 사람도 없었으니까.

맨디는 이것저것 생각할 것도 없이 병가를 내고 동생들에게는 당분간 연락이 되지 않을 거라고 말해두었다. 그게 거짓말이라는 걸 누군가 알아낸다 한들, 다들 그 거짓말이 그녀의 DNA 매치인 리처드 테일러와 관련된 일일 거라고 생각할 터였다.

맨디는 핸드백에서 무설탕 폴로 한 팩을 꺼내 입에 까 넣었다. 그러고는 손거울을 꺼내 이리저리 돌려보며 두 시간 동안 자동차를 타고 여행한 뒤에도 남에게 보일 만한 꼴은 되는지 확인했다. 맨디는 습기 탓에 너무 심하게 곱슬곱슬해지지 않기를 바라며 머리카락을 헝클어뜨렸다.

마침내 안에서 음악이 연주되는 소리가 들려왔다. 맨디는 천천히 문으로 다가가며 안에서 맞닥뜨릴 일에 대한 각오를 다졌다.

잔인할 만큼 정직하게 말하자면, 자신이 이곳에서 뭘 하고 있는지, 이런 일로 대체 뭘 얻으려는 건지 알 수 없었다. 맨디는 단지 자신이 리처드와 뭔가를 함께할 운명이라는 것만 생각할 뿐이었다. 그게 아무리 복잡한 일이라 해도. 그래서 맨디는 안으로 들어가 맨 뒤의 빈자리를 찾아 앉았다.

맨디는 장의자 끝에 놓여 있던 식순 안내장을 집어 들고 넘겨 보며 마음을 진정시키려 애썼다. 기타 연주자 두 명이 앞쪽 단상의 마이크 옆에서 맨디가 모르는 발라드를 연주하며 노래하고 있었다. 연주가 끝나자마자 한 남자가 진심 어린 미소를 지으며 그들의 자리를 대신했다.

"고맙습니다, 스튜어트, 데렉." 그가 입을 열었다. "먼저, 모두 와주셔서 감사합니다. 그리고 두 번째로, 테일러 가족을 대신해 성 베드로 올 세인츠 교회에 오셔서 우리의 사랑하는 친구, 리처드를 추억하는 특별한 예배에 참석해주신 여러분 모두를 환영합니다."

12

○ 크리스토퍼
....

크리스토퍼는 레스토랑 창문 너머로 그녀를 빤히 바라보며 그녀의 보디랭귀지를 해독해보려 했다.

'DNA 매치'에서 찾아준 크리스토퍼의 매치 상대 에이미는 팔짱을 끼고 발목께에서 다리를 꼰 채로 식탁에 앉아 있었다. 긴장한 듯했다. 하지만 크리스토퍼가 유튜브에서 보았던 수많은 영상 중 한 편에 따르면, 이 행동은 그녀가 방어적인 성격이라는 뜻이기도 했다. 어쨌든 크리스토퍼에게는 잘된 일이었다. 덕분에 자신이 유리해질 테니까.

에이미는 핸드폰 화면의 시계를 최소 1분에 한 번씩 들여다보았다. 머리카락을 자주 만지작거리며 발로 의자 다리를 톡톡 두드려댔다. 크리스토퍼는 에이미가 매력적인 여자고, 필터를 씌우긴 했겠지만 그에게 이메일로 보내준 사진과 똑같이 생겼다는 점을 인정했다.

에이미의 길고 검은 머리카락에는 살짝 웨이브가 들어가 있었다. 유행하는 검은 테 안경을 쓰고 있었으며, 흰 피부에는 화장기가 거의 없었다. 날씬한 체형이었지만 그 점을 거의 뽐내지 않았다. 바지를 입고 하이힐을 신고, 무늬 없는 파란색 윗옷과 재킷을 걸치고서 안전하게 가는 편을 택했다.

크리스토퍼는 데이트에 늦는 것이 예의 없는 행동으로 여겨진다는 점을 알고 있었다. 과학이 그의 짝이라고 판단한 사람과의 데이트라면 특히 그랬다. 하지만 상관없었다. 이 모든 게 게임의 일부였다. 그녀가 초조하게 기다리도록 만드는 편이 나았다. 그러면 자신이 상황을 통제하고 처음부터 우위를 점할 수 있으니까.

분주한 레스토랑 밖에서 시간을 벌던 크리스토퍼는 창문에 비친 자신의 모습을 보았다. 몇 주 동안 밤에 잠을 푹 자지 못해서 눈 밑에 드리워진 그림자에 찍어 바를, 부츠에서 산 커버업 스틱을 가져왔다. 4호의 욕실 수납장에서 가져온 틴티드 모이스처라이저도 썼다. 야간 프로젝트가 그의 멜라토닌 수치에 영향을 주고 있다는 사실을 감추기 위해서였다. 그는 보통 낮에 잠을 잤다.

면도할 시간은 냈지만 머리를 다듬기 위한 미용실 예약은 잡지 못했다. 그래서 크리스토퍼는 머리카락을 원래의 적갈색보다 훨씬 짙은 색으로 만드는 제품을 넉넉히 사용해 옆 가르마를 타는 선에서 최선을 다했다. 크리스토퍼는 수많은 옛 동창생과는 달리 주름이 거의 없었고 치아는 가지런했으며, 피부가 늘어져서 이목구비가 투실투실해지기보다는 각진 편에 가까웠다. 크리스토퍼는 그 점이 마음에 들어 혼자 미소 지었다. 그는 서른셋이라는 나이보다 최소 다섯 살은 어려 보였다.

크리스토퍼는 맞춤 재킷의 옷깃을 바로잡고, 에이미가 떠나려 할 때까지 조금 더 시간을 끌다가 레스토랑에 들어갔다.

그는 두 눈으로 데이트 상대를 찾는 척하면서 특이할 것 없는 가구들이 비치된 공간을 훑었다. 그의 지각으로 에이미에게 쌓였던 불만은 둘의 시선이 얽히는 순간 녹아내렸다. 크리스토퍼가 보기에는 눈에 보이지 않는 어떤 힘이 그녀를 다시 의자에 주저앉힌 듯했다. 에이미는 긴장한 목소리로 웅얼거렸다. "안녕하세요."

"에이미, 안녕하세요. 늦어서 정말 미안해요." 크리스토퍼는 자신감 있게 악수하고 에이미의 두 뺨에 입을 맞추며 사과했다.

"괜찮아요. 저도 겨우 몇 분 전에 왔는데요." 에이미는 거짓말을 하고는 꿀꺽 침을 삼켰다.

"작업 중인 새 잡지 때문에 직장에 잡혀 있었어요." 크리스토퍼가 자리에 앉으며 말했다. "그다음에는 차가 밀렸고요."

"이메일로는 그래픽 디자인을 하신다고 했죠?" 에이미가 물었다. 에이미가 넋을 잃고 자신을 바라보는 동안 크리스토퍼는 그녀가 일부러 여유 있는 태도를 취하고 있다는 걸 알아챘다.

"네, 프리랜서라서 늘 꽤 여러 프로젝트를 진행해요."

"뭘 디자인하세요?"

"주로 사치품을 다루는 상업 잡지요. 뭐랄까, 요트나 비행기를 만드는 회사라든지 토머스 쿡에서는 찾을 수 없는 휴가지에 관한 브로슈어죠." 그가 자랑했다. "아무나 보는 건 아니에요."

에이미는 그가 바란 만큼 깊은 인상을 받은 것 같지는 않았다. 그녀가 물었다. "주로 어디서 일하세요?"

"보통은 홀랜드 파크에 있는 집에서 일해요. 거기가 편하거든요. 마실 것 좀 주문할까요?"

크리스토퍼는 잔을 에이미 옆으로 옮긴 다음 와인 메뉴를 펼쳤다. 웨이트리스가 도착하자 그는 목록에서 가장 비싼 와인을 주문했다.

"식사도 하실 건가요?"

크리스토퍼는 웨이트리스의 눈을 들여다보면서 자신의 믿음직스러운 교살용 흉기가 목을 파고들어 갑상 연골을 절단하면 그녀가 어떤 소리를 낼지 생각했다. 지금까지의 '호구'들이 마지막 순간에는 모두 다른 꽥 소리를 냈다는 것이 그에게는 매력적이었다.

크리스토퍼는 에이미를 보며 눈썹을 치켜올렸다. "식사할 시간 있으신가요?" 그가 물었다.

"네, 좋아요." 에이미가 대답했다. 너무 좋아하는 티를 내지 않으려 했지만 실패했다.

둘 다 조용히 메뉴를 읽고 있을 때, 크리스토퍼는 에이미의 두 눈이 메뉴판을 떠나 자신의 얼굴로 향하는 것을 느꼈다. 크리스토퍼는 에이미를 힐끗 보았고, 그녀는 당황하며 미소 지었다. 그녀의 두 뺨이 붉어졌다. 그는 그녀의 동공이 확장되었는지 살펴보았다. 그는 인간 행동에 관한 글을 충분히 많이 읽었기에, 그게 그녀가 자신에게 매력을 느낀다는 뜻임을 알 수 있었다.

"죄송해요, 금방 화장실 좀 갔다 와도 될까요?" 에이미가 물었다.

"괜찮으시면 저 대신 주문하셔도 돼요. 우리가 서로에게 얼마나 어울리는 매치인지 살펴볼 첫 시험으로 생각하시고요."

"그럼요." 크리스토퍼는 그렇게 대답하고 에이미가 식탁에서 일어설 때 같이 자리에서 일어났다.

크리스토퍼는 신사인 척은 쉽게 했지만, 표정을 읽거나 사람의 감정을 배려하는 것 같은 다른 행동은 책이나 온라인으로 배워야만 했다. 그는 에이미가 돌아오기를 기다리며 몇 가지 서로 다른 미소를 연습해보고, 8호가 어디 있는지 보려고 핸드폰을 확인했다. 에이미와 디저트를 다 먹었을 때쯤엔 8호가 집에 돌아가 있기를 바랐다. 레스토랑에서 그 여자의 아파트까지는 자동차로 겨우 10분 거리였으니까.

크리스토퍼는 에이미가 화장실에서 나오며 핸드백에 핸드폰을 집어넣는 것을 보고, 매치와의 첫 데이트가 잘되고 있다고 친구에게 전화했을지 궁금해졌다. 에이미가 매치된 사람에게 곧바로 매력을 느끼는 92퍼센트의 사람 중 하나라는 사실은 분명했다.

에이미가 자리에 앉은 바로 그때, 그녀가 입술을 혀로 핥는 모습을 보자 웬일인지 크리스토퍼는 피가 부드럽게 머리로 솟구치는 것 같았다. 담배 첫 모금을 빨아들였을 때나 너무 빠르게 자리에서 일어났을 때처럼. 그는 그 느낌을 피로 탓으로 돌리고는 찾아올 때만큼 빠르게 떨쳐냈다.

"무슨 일 있으신 건 아니죠?" 크리스토퍼가 물었다. 에이미의 얼굴이 눈에 띄게 붉어져 있었다.

"네, 그냥 직장에 전화해야 해서요." 에이미가 대답했다. "몇 주

동안 정신없었거든요."

"어떤 일을 하시는지 안 여쭤본 것 같네요."

"아, 얘기한 줄 알았는데요?" 에이미가 음료를 한 모금 마셨다.
"전 경찰이에요."

13

° 제이드

제이드는 서른세 시간 동안 여행하며 잠깐씩, 대략 세 시간을 잤다. 이날까지 그녀가 비행기를 타고 가본 가장 먼 곳은 대학 동창들과 함께 갔던 마갈루프*였다. 그 여행은 제이드가 술에 취해 왼쪽 엉덩이에 '출입금지'라는 문신을 새기는 것으로 끝났다.

제이드는 히스로에서 태국 방콕까지, 이후 멜버른까지의 비행 시간 대부분을 좌석 팔걸이에 손톱을 박아 넣은 채로 보냈다. 난기류로 비행기가 덜컥거릴 때마다 추락할까 봐 겁이 났다. 제이드는 비행을 끔찍이도 두려워했다. 친구들이 같이 여행을 가자고 했을 때 제이드가 절대 말해주고 싶지 않았던 사실 중 하나였다. 그녀는 킨들에 내려받은 스릴러 소설들 중 한 편을 읽은 다음 생각을 다른

---

* 스페인 마요르카섬의 칼비아에 있는 리조트.

데로 돌리려고 영화 여섯 편을 처음부터 끝까지 보았다. 그녀는 착륙 직전이 되어서야 졸기 시작했다.

겉옷을 갈아입고 몸단장을 할 시간이 얼마 없었다. 그런 다음 예약해둔 세단형 렌터카를 찾았다. 호주도 영국과 운전석 방향이 같아 마음이 놓였다. 목적지의 주소를 자동차 위성 내비게이션에 입력했다. 제이드가 인생의 다음 단계이자 가장 큰 모험을 시작할 곳인 머리 베이슨의 에추카까지의 거리는 250킬로미터 남짓이었다. 그레이트 노던 고속도로를 따라 달리면서, 그녀는 에드 시런과 비욘세의 노래를 따라 부르며 긴장을 풀어보려 애썼다.

제이드는 겨우 열흘 전 루시와 쇼나와 나눈 대화를 생각했다. 구내식당 식탁 맞은편에 앉아 있는 그들을 바라볼수록, 제이드는 자신이 그들처럼 변해간다는 사실을 점점 더 의식하게 되었다. 과한 화장, 이어 붙인 가짜 머리, 갈수록 좁아지는 연애 시장에서 생존하기 위해 빼빼 마른 몸매를 유지하려는 집착까지. 하지만 그들이 이야기해준 뼈아픈 진실이 고마웠다. 그들의 말이 맞았다. 케빈을 만나러 호주로 가지 않을 이유는 아무것도 없었다. 그녀를 막는 것은 미지에 대한 공포뿐이었다. 비행을 완전히 끝내자 제이드는 아무것도 무섭지 않다는 생각에 흡족했다.

제이드는 그 주가 끝날 즈음, 돌아오는 날짜가 정해지지 않은 호주행 왕복 항공권을 신용카드로 샀다. 제이드가 임대한 아파트에는 쇼나가 들어오기로 했다. 그래서 제이드는 히스로 공항으로 가는 고속버스의 통로 쪽 좌석에 마음 편히 앉아 있을 수 있었다. 앞으로 몇 주간 벌어질 일들을 생각하자 황홀했다.

제이드는 공항에서 부모님에게 메시지를 보내 계획을 알렸다. 부모님이 전화를 건 속도로 보아 이 계획을 탐탁지 않아 한다는 생각이 들었다. 전화를 받지 않았으니 확신할 수는 없었지만 말이다. 제이드는 자신의 불같은 성질이 얼마나 빠르게 타오를 수 있는지 알고 있었고, 부모님의 부정적인 태도 때문에 지금의 이 초조한 기대감이 오염되지 않기를 바랐다.

제이드는 핸드폰 배경화면으로 설정해둔 케빈의 사진을 한 번 더 보고는 자신이 실망할 일은 없을 거라고 확신했다.

케빈의 농장까지 자동차를 타고 가는 세 시간은 빠르게 흘렀다. 제이드는 길가에 차를 대고 밖으로 나와 지친 두 다리를 뻗었다. 초조하고 흥분되어 신경이 곤두섰다. 차에서 내리자마자 살갗을 그을리는 열기에 놀랐다. 떠나기 전 몸에 SPF50 자외선 차단제를 발라 다행이었다. 제이드의 흰 피부는 이 열기를 절대 감당하지 못할 것이다. 이곳에서 대체 어떻게 지내야 할지 감도 잡히지 않았다.

제이드는 '윌리엄슨 농장'이라는 간판을 힐끗 보았다. 간판은 흙길을 따라 죽 늘어선 허리 높이의 철조망에 붙어 있었다. 키 크고 비쩍 마른 나무들이 건조한 흙 깊숙이 밑동을 파묻은 채 길가에 늘어서 있었고, 저 멀리 케빈의 사진에서 봤던 커다랗고 흰 집과 별채, 헛간의 지붕이 보였다.

제이드는 케빈을 직접 만나면 어떤 느낌일지 상상할 때마다 매번 그랬듯 가슴이 철렁했다. 이제는 그 순간이 코앞에 다가왔다. 제이드는 겁에 질려 있었다. 케빈은 그녀가 아무 예고 없이 자기가 사는 곳에 나타나리라고는 전혀 생각도 못 하고 있을 것이기에 특히 더 그랬다.

히스로 공항에서, 제이드는 케빈에게 선의의 거짓말이 담긴 문자를 보냈다. 핸드폰의 통신사를 바꿀 예정이라 하루 이틀쯤 연락이 되지 않을 거라는 내용이었다. 케빈은 이 소식에 불안해하는 것 같았지만, 제이드는 그와 헤어지려고 교묘한 수작을 부리는 게 아니라고 그를 안심시켜주었다. 오히려 그 반대라고, 그녀는 혼자 생각했다.

제이드는 핸드폰을 들고 카메라 모드로 바꾼 다음 케빈네 농장을 배경에 두고 셀카를 찍었다.

"안녕, 자기. 잘 지내?" 제이드는 그렇게 입력했다. 손가락이 너무 떨려서 문자의 자동완성 기능이 고마울 정도였다.

"와!" 케빈이 거의 곧바로 답장을 보냈다. "정말 보고 싶었어! 새 핸드폰 문제는 해결된 거야?"

"응, 덕분에."

"난 헛간에서 소들이랑 같이 있어. 냄새가 엄청 고약해!"

"이런, 안됐네. 내가 지금 어디게?"

"침대?"

"다시 맞혀봐."

"아직 회사야?"

"아니." 제이드는 답장을 보낸 뒤 방금 찍은 사진을 보냈다.

케빈의 문자를 기다리는 제이드의 가슴이 마구 두방망이질했다. 답장 대신 전화벨이 울렸다.

"짜잔!" 제이드가 소리쳤다. "나 여기 왔어!"

"오지 말았어야 해. 미안." 케빈은 짧게 말하더니 전화를 끊었다.

14

° 닉

"열어보지 마!" 샐리가 전화기 너머에서 닉에게 소리쳤다. 목소리가 불안했다. "집에 오면 같이 보자."

샐리는 스마트워치를 통해 'DNA 매치'에서 이메일이 도착했다는 걸 알아낸 순간부터 20층에서 추락하는 엘리베이터에 갇힌 것 같은 느낌이었다고 닉에게 말해왔다. 샐리는 이메일을 받자마자 닉에게 전화를 걸었고, 닉은 그녀가 전화기를 들고 있는 동안 수신함을 확인한 다음 자신도 통지서를 받았다는 걸 알게 되었다.

광고대행사에서 일하는 닉은 새로운 브랜드의 여성용 물티슈를 홍보할 산뜻하고 참신한 방법을 생각해내야 했다. 하지만 지금은 그보다 이메일 내용이 더 궁금했다.

닉이 정말로 걱정스러운 것은 샐리가 검사를 받자고 우겼다는 사실 그 자체였다. 닉은 둘 다 관계에 만족하고 있으며 미래를 함께하기로 합의했다고 생각했다. 하지만 샐리가 과학적 확인을 원한다는 사실은 자신이 미래의 신부에게 충분하지 않다는 뜻인 것만 같았다. 5년이라는 둘의 나이 차이가 너무 큰 건 아닐까, 샐리에 비하면 자신은 지금도 앞으로도 영원히 미성숙한 사람이지는 않을까 하는 걱정이 계속 들었다.

마침내 닉이 샐리보다 30분 늦게 집에 도착했을 때, 그녀는 이미 두 번째 레드와인 잔을 쥐고서 주방 아일랜드 식탁에 앉아 두 다리를 옆으로 늘어뜨리고 있었다.

"늦어서 미안." 닉이 입을 열었다. "회의가 길어져서……."

"그건 중요하지 않아." 샐리는 닉의 말을 끊고 불안한 듯 술을 꿀꺽 마셨다. "이 일, 이제 해치워버릴까?" 샐리는 다른 손으로 조리대 윗부분을 두드리고 있었다. 초조한 게 분명했다.

"한 가지만 먼저 말해도 돼?" 닉은 그렇게 물으며 샐리 옆 아일랜드 식탁에 걸터앉았다. "난 결과가 어떻든 상관없어. 설령 내가 제니퍼 로렌스랑 매치되더라도 달라질 건 하나도 없어. 내 운명의 상대는 너야. 이메일이야 뭐라고 하든."

샐리는 미소를 지으며 닉을 끌어안더니 핸드폰을 집어 들고 이메일 아이콘을 눌렀다. "준비됐어?" 샐리가 화면 스크롤을 내려 메시지를 열며 물었다. 그녀의 얼굴이 축 처졌다. "'매치 아님'이래."

불길한 침묵이 방을 가득 채웠다. 둘 다 서로에게 무슨 말을 해야 할지 몰랐다. 결국 닉이 샐리의 어깨를 감싸 안았다.

"우리는 잘 해낼 거야. 난 알아." 닉이 말했다. "수백만 명의 부부가 해낸 일이야. 우리도 예외가 아닐 테고. DNA 매치가 아니라고 해서 서로 함께할 운명이 아닌 건 아니지. 너, 지금도 나 사랑하는 거 맞지? 그 이메일을 읽었는데도 날 사랑해?"

"당연하지." 닉의 어깨에 얼굴을 묻은 샐리의 목소리는 꽉 막힌 것처럼 들렸다.

"그럼 화학이니 생물학 따위의 얘기가 다 무슨 소용이야? 달라질 건 아무것도 없어."

샐리는 침을 꿀꺽 삼키더니 흐느끼기 시작했다. "미안해." 샐리가 훌쩍였다. "난 그냥 우리한테 가망이 있다는 걸 확인하고 싶었어……. 우리가 함께할 운명이라는 걸 말이야."

"헛소리 마. 그 대신 도박을 해보면 되지."

샐리가 미소 지었다. 그들은 서로 이마를 맞대고 있었다. 샐리는 닉의 숱 많은 짙은 색 머리카락을 손가락으로 쓸어 넘기며, 그의 입술을 자기 입술로 끌어당겼다.

"나가서 일찍 저녁 먹자." 닉이 제안했다. "그때 시내에서 본 터키 식당이 문을 열었어. 내가 살게."

샐리는 고개를 끄덕였고 닉은 아일랜드에서 폴짝 뛰어내리며 문 뒤의 코트 걸이로 가 데님 재킷을 집어 들었다.

"자기 건?" 샐리가 머뭇거리며 물었다.

"내 거 뭐?"

"자기 결과 말이야."

"난 상관없어." 닉이 어깨를 으쓱했다. "난 알아야 할 건 다 알고 있어."

"하지만 난 네가 모르는 걸 알아야겠어. 네가 내 입장이라고 생각해봐. 내 약혼자가 나 아닌 다른 사람과 매치되었을지도 모른다니. 난 경쟁자가 누구인지 알고 싶어……. 그 사람이 검사를 받았다면 말이야."

"너한테 경쟁자 같은 건 없어."

"그래도. 부탁해, 자기야. 열어봐."

"자, 받아." 닉은 핸드폰을 그녀에게 던지며 말했다. 그녀는 핸드폰을 낚아채더니 이메일을 찾아보았다.

"이럴. 수. 가." 샐리가 큰 소리로 웃었다. 그러고는 손으로 입을 가리고 휘둥그레진 눈으로 닉을 보았다.

"왜? 매치가 있대?"

"확실히 있어." 샐리가 씩 웃었다.

"젠장, 혹시 너희 엄마랑 매치된 건 아니겠지."

"아니, 걱정하지 마. 우리 엄마는 아냐." 샐리가 대답했다. "네 매치는 알렉산더라는 남자야."

15

° 엘리
....

엘리는 콘크리트라도 바른 것처럼 얼굴이 뻣뻣하게 느껴졌다. 집으로 돌아가 두꺼운 화장을 한 겹 한 겹 지울 일이 목 빠지게 기다려졌다.

엘리는 다양한 국제 TV의 뉴스 채널 카메라 앞에서 아침을 보냈다. 그런 다음 《이코노미스트》에서 나온 기자가 회사 어플 업데이트가 아닌 엘리의 개인적 문제에 관한 이야기를 캐내려 했다. 하지만 지난 세월 동안 수없이 많은 총탄을 맞아본 엘리는 펜을 쥔 사람이 자신을 겨냥하고 있을 경우 어김없이 알아차렸다. 그녀는 예의 바른 미소를 던진 뒤 자신이 무슨 문제에 관해 이야기하러 왔는지 일깨워주는 방법으로 그의 공격을 피했다.

경호팀장 안드레이가 엘리를 런던 중심가에서 벨그레이비어에 있는 타운하우스까지 태워다주었다. 엘리가 태블릿으로 회사 내부의 보안 메시지 시스템을 열자 비서가 보낸 파일이 보였다.

폴더에는 '티모시 헌트'라고 적혀 있었다. 엘리는 자신이 요청한 DNA 매치에 관한 정보가 그 안에 들어 있다는 걸 알았다. 엘리는 아이콘 위에서 손가락을 머뭇거렸다. 예상보다 더 긴장되었다. 폴더에 무엇이 들어 있을지, 또 울라가 얼마나 자세히 파헤쳤을지 불안했다. 울라는 아마 자주 오는 협박 메일을 조사할 때나 채용 예정자의 배경을 조사할 때 회사 차원에서 고용하는 팀에 외주를 주라고 한 자신의 조언을 받아들였을 것이다.

엘리는 심호흡을 하고 이메일을 열었다. 대여섯 개의 파일이 들어 있었다. 티모시가 뛰는 지역 축구팀이 실린 지역 신문의 사진 한 장과 그의 링크드인 이력서, 최근 6개월간의 인터넷 사용기록, 은행 입출금 내역서와 몇몇 잡다한 이미지 파일이었다. 어떤 수상한 방법으로 이런 정보를 수집했을지 알고 싶지도 않았다.

엘리는 축구팀 사진을 먼저 클릭하고 그 아래의 사진 설명을 읽다가 팀 헌트라는 이름을 찾아냈다. 사진 속에서 그는 뒷줄에 서 있었다. 평범한 체격에 벗어져가는 짙은 색 짧은 머리카락과 턱수염, 얼굴 전체에 활짝 번진 큼지막한 미소. 딱 봐도 엘리가 평소에 좋아하는 스타일은 아니었다.

엘리는 티모시의 이력서를 훑어보고 그가 대학을 졸업한 이후 주로 컴퓨터 분야의 몇몇 회사에서 근무해왔다는 것을 알게 되었다. 인터넷 사용기록은 그 나이 또래 남자들의 전형적인 사용기록과 일치했다. 1990년대 뮤직비디오의 유튜브 링크와 「패밀리 가이」에서 잘라온 영상, 축구 그랑프리 결과를 검색한 기록, 가끔은 포르노 사이트도 있었다(다행히 그중 기괴한 건 없었다). 영화나 음악을 내려받으려고 정기적으로 아마존과 스포티파이에 들르기도 했다. 그는 콜드플레이, 푸 파이터스, 스테레오포닉스를 좋아했고 맷 데이먼이나 리어나도 디캐프리오가 나오는 영화는 전부 챙겨 본 듯했다. 그중 어느 것도 엘리의 취향은 아니었다. 티모시의 은행 입출금 내역서는 그가 좋아하는 슈퍼마켓이 테스코와 알디라는 점을 알려주었다. 옷은 대부분 버튼과 넥스트에서 샀다. 신용카드 자동결제를 이용해 알츠하이머 환자들과 유기견 재단에 정기적으로 기부하고 있었으며, 매달 연금도 조금씩 붓고 있었다.

유부남이라거나 결혼한 적이 있다거나 현재 배우자나 아이를 두고 있다고 알려주는 내용은 파일에 전혀 없었다. 전과 기록이나 파산 기록도 없었고, 뭐든 눈에 띄는 금전 문제도 없었다. 주택담보대출도 적정 수준이었고, 신용카드 대금도 제때제때 갚고 있었으며 남은 학자금대출도 없었다. 케임브리지 유나이티드FC 메시지 게시판에 남긴 몇몇 댓글을 제외하면 SNS에서는 거의 모습을 드러내지 않았다.

간단히 말해 티모시 헌트는 별 특징이 없는 사람처럼 보였다. 엘리와 특별하게 연결되어 있다는 점을 제외하면.

"킹스로드 쪽으로 돌아갈 수 있을까?" 엘리가 안드레이에게 물었다. 몇 분 후 안드레이는 엘리의 지시에 따라 실제 핸드폰 번호를 노출할 필요도 없고 잡다한 부가기능도 없는 새 선불 핸드폰을 사왔다. 엘리는 고학생 시절 이후로 이런 핸드폰을 써본 적이 없었다. 인생이 훨씬 덜 복잡하던 그때를 생각하자 자기도 모르게 미소가 떠올랐다.

엘리는 티모시의 번호를 입력하고 문자를 쓰기 시작했다. "안녕." 엘리가 말했다. "제 이름은 엘리예요. 우리 매치되었더군요!" 엘리는 잠시 멈추었다가 메시지를 지웠다. 말투가 너무 쾌활하다는 생각이 들었다. "안녕하세요. 'DNA 매치'에서 당신과 매치된 사람이에요. 언제 만날까요?" 너무 헤퍼 보였다. "안녕하세요, 티모시. 우린 남은 인생을 함께 보내게 되려나 봐요." 엘리는 그렇게 입력하고 웃는 얼굴을 덧붙였다.

엘리는 잠시 멈추어 손에 쥔 핸드폰을 가만히 들여다보다가 전송 버튼을 눌렀다. 방금 연 판도라의 상자에 무엇이 들어 있을지 몰라 두려웠다. 하지만 오래 기다릴 필요도 없었다. 핸드폰에서 시끄러운 알림음이 울리는 바람에 몸이 움찔했다.

"미래의 헌트 부인. 왜 이리 오래 걸리셨습니까?" 티모시가 답장을 보내며 윙크하는 얼굴을 덧붙였다. "팀이라고 불러주세요."

유머 감각은 있네. 엘리는 그렇게 생각했고, 긴장했던 어깨에서 바로 힘을 뺐다. "미안해요, 웨딩드레스 고르느라 바빠서." 엘리는 그렇게 입력하고, 베일을 쓴 여자 이모티콘을 보냈다.

"이런 우연이. 저도 그랬거든요. 제 미래의 아내에 관해서 좀 얘기해주세요. 저는 기본적인 것밖에 모르니까요. 시청에 결혼식을 예약하려는데, 그 전에 서로 공통점을 알면 좋을 것 같네요."

"교회에서 안 하고요?"

"네, 저 같은 악마 숭배자들은 교회에서 환영받지 못하거든요."

"그게 우리 공통점이네요." 엘리가 답장을 보내며, 미소 짓는 악마 이모티콘을 덧붙였다.

"무슨 일을 하세요?"

"영혼을 훔쳐요."

"아니, 악마 숭배자로서 하는 일 말고 직업요."

"미안. 루시퍼를 숭배할 뿐 난 지루한 회사원이에요. 당신은?"

"컴퓨터 중독자요."

이후 30분 동안 엘리는 자동차를 꼼짝 못 하게 잡아두는 교통체증이나 창문을 때려대며 쏟아지는 빗줄기도 알아차리지 못했다. 안드레이가 마침내 엘리의 집 앞에 차를 세웠을 때, 그녀는 팀과 계속 메시지를 주고받으며 여고생처럼 핸드폰에 붙박여 있었다. 안드레이가 자동차 문을 열어준 다음 우산을 폈다.

"언제 미래의 아내에게 술 한잔 사도 될까요?" 팀이 문자메시지를 보냈다.

"글쎄요……." 엘리가 답장했다.

"안 물게요, 진짜예요. 가끔은 우리 모두 운을 한번 믿어봐야죠."

엘리는 아랫입술을 깨물며 핸드폰을 가방에 집어넣었다. 안드레이가 엘리를 집으로 바래다주었다. 엘리는 잠시 멈춰 서서, 결정을 내리기에 앞서 인생에 낯선 사람을 끌어들일 때의 장단점을 가늠해보았다. 엘리는 바로 이 사람을 찾기 위해 'DNA 매치' 검사를 받았다. 그리고 이제는 그 사람이 살아 숨 쉬는 인간이 되어 나타났다. 그에게는 이름과 얼굴이 있었다. 그는 엘리도 자신을 만나고 싶어 하는지 궁금해하고 있었다. 하지만 그녀는 두려웠다. 엘리는 가방에서 핸드폰을 꺼낸 다음 그의 메시지를 읽고 또 읽은 뒤에야 답장을 보냈다.

"알았어요, 좋아요." 엘리가 불안해하면서 메시지를 입력했다.

"금요일 밤 괜찮아요?"

16

° 맨디

맨디는 자신의 DNA 매치에 관해 온라인 검색보다도 추도 예배를 통해 훨씬 더 많은 걸 알아냈다.

맨디는 성 베드로 올 세인츠 교회 뒷자리에 홀로 앉아서 리처드의 친구들이 사람들에게 리처드의 인생에 얽힌 일화들을, 무엇이 그의 마음을 움직였고 친구로서 그는 어땠는지 마음껏 이야기하는 소리를 들었다. 그러자니 남의 신분을 훔친 듯한 기분이 들었다. 맨디는 리처드가 스포츠를 할 때든, 일상생활에서든 팀 플레이어였다는 사실을 알게 되었다. 리처드는 의리 있는 친구이자 힘들 때 믿고 기댈 수 있는 사람이었다. 맨디는 리처드가 지역 하키팀과 배드민턴팀의 대표선수였다는 걸 알게 되었다. 리처드는 열두 살 때 채식주의자가 되었으며, 열일곱 살 때는 암을 이겨냈다. 그는 긍정적인 태도 덕에 항암치료를 견딜 수 있었다. 맨디는 페이스북에 올라와 있던 그의 세계 여행 사진들을 떠올리며, 그가 세계를 둘러보기로 마음먹은 이유가 투병 경험 때문이었을지 궁금해졌다.

리처드는 맥밀런 암 지원센터를 위한 기부금을 마련하고자 마라톤을 두 번 완주했으며, 학습 장애가 있는 지역 주민들을 위해 유격 훈련과 운동 프로그램에 참여할 수 있는 단체를 만들었다. 그에 비하면 맨디는 세상에서 가장 게으르고 이기적인 사람인 것만 같았다. 언젠가 맨디에게도 그날이 오면, 그녀는 분명 인류애가 가득했던 리처드와는 다르게 기억될 터였다.

맨디가 매치의 죽음이라는 엄청나게 충격적인 소식을 알게 된 건 보름쯤 전이었다.

리처드에게서 계속 아무 연락이 없자 답답해진 맨디는 먼저 움직이기로 했다. SNS에서 그를 찾아보았다거나, 저장한 사진들을 컴퓨터 폴더에 보관하고 있다는 이야기를 소개 이메일에 적지 않으려고 조심했다. 맨디는 이메일 주소와 핸드폰 번호 외에 자신의 사진도 첨부했다. 3년 전 사진이었다. 몸이 좀 더 날씬했을 때, 이혼 때문에 주름이 생기기 전에 찍은 기분 좋아지는 사진.

무척 실망스럽게도 답장은 오지 않았다. 처음 든 생각은 리처드가 그녀를 매력적으로 보지 않는다는 것이었다. 하지만 맨디는 매치에게 외모는 중요하지 않다는 걸 떠올렸다. 아무튼, 그렇다고들 했다. 리처드는 또다시 역마살이 도져 여행을 떠난 것일까? 온라인에는 증거가 전혀 없었다……. 어쩌면 그는 감옥에 있거나, 어디 모자란 사람처럼 부끄럼을 타거나, 난독증이 있거나, 두 손이 모두 부러져서 문자를 쓸 수 없는 건지도 몰랐다……. 맨디는 지푸라기라도 잡고 싶은 심정이었다.

맨디가 그날 벌써 여러 번째 리처드의 페이스북 페이지를 클릭하다 리처드의 누나가 그의 친구들에게 추도 예배 날짜와 장소를 알리기 위해 남긴 메시지를 본 건 우연이었다.

맨디는 화면을 뚫어지게 바라보며 그 메시지를 다시 읽었다. 추도라니? 대체 무슨 소리야? 말이 안 됐다. 리처드가 죽었을 리 없다. 그들은 이제야 서로를 발견했다. 그녀의 반쪽이 되어야 할, 이 세상에 하나뿐인 사람이 대체 어떻게 이 세상 사람이 아닐 수 있단 말인가? 왜 이 사실을 이제야 알게 되었단 말인가?

페이스북을 더 살펴본 맨디는 리처드의 프로필 사진은 공개되어 있지만, 모든 포스팅이 공개된 것은 아니라는 사실을 알게 되었다. 더 많은 것을 알고 싶어진 맨디는 리처드의 누나가 승인해주기를 바라며 그에게 친구 신청을 했다. 긴장 속에 며칠이 흐른 뒤 친구 요청이 승인되었다. 그러자 전 세계에 사는 리처드의 친구들이 보낸 추도사가 타래타래 달려 있는 게 보였다. 그 모든 사람이 자신에게 감동을 주었던 한 남자를 기리고 있었다.

맨디는 슬픔에 마음이 찢어졌고, 그에 맞서 싸우려 최선을 다했다. 맨디는 프로세코 한 잔을 따르고 온라인 지역 신문을 신중하게 살펴보며 리처드의 사고에 관한 정보를 모았다. 어느 날 저녁 하키 팀원들과 나가서 늦게까지 승리를 축하하던 리처드는 일행과 헤어진 뒤 휘청거리며 도로에 발을 디뎠다가 뺑소니 사고를 당했다. 그는 몇 시간이 지난 다음에야 심각한 머리 부상을 입은 채로 길가에서 발견되었다.

맨디는 감정이 북받쳐 그날 밤부터 다음 날 이른 새벽까지 울었다. 리처드의 사진들을 보고 또 보며, 그가 더는 그녀의 인생에 가져다줄 수 없는 모든 것에 가슴 아파했다.

둘은 그 중요하다는 첫 데이트를 할 일도 없을 것이고, 처음으로 사랑을 나눌 일도 없을 것이다. 맨디는 리처드에게 사랑한다는 말을 영영 듣지 못할 것이며, 그와 함께 삶을 살아가거나 가족을 꾸리지도 못할 것이다. 누군가의 인생에서 가장 중요한 단 하나의 존재가 된다는 게 어떤 기분인지 영원히 알지 못할 것이다. 맨디의 가장 큰 두려움이 실현되고 있었다. 이혼녀라는 신분으로 영원히 머물게 되리라는 두려움. 혼자서 멈춰 선 채로, 나이 서른일곱에 모든 가망을 잃고서.

맨디는 이제 삶을 어떻게 살아가야 할지 생각하며 거실을 서성였다. 일어난 일을 받아들일 준비가 되어 있지 않았다. 도둑맞은 그 남자에 대해 더 알아야만 했다. 그의 장례식은 놓쳤지만 초대받지 않은 추도 예배에는 참석하기로 했다.

리처드에게 추도사를 바치는 순서가 자연스럽게 끝나자 그의 친구들이 중앙 통로를 따라 열린 문으로 향했다. 문 쪽에 탄산음료 병과 플라스틱 컵, 종이 접시와 냅킨이 놓여 있었다. 맨디도 스스로 잘 알다시피 자신은 조문객이 아니었기에 망설였지만, 어쨌든 뭔가에 떠밀리듯 뒤따랐다.

소프트록 음악이 벽걸이 스피커에서 조용히 울려 퍼지는 가운데 늙은 얼굴과 젊은 얼굴, 온갖 얼굴이 음식을 먹고 이야기를 나누었다. 맨디는 어디에 있어야 할지 몰랐지만, 정신을 차려보니 남자 여

THE ONE

러 명과 젊은 여자 한 명으로 이루어진 생기 있는 사람들의 무리에 이끌려 가고 있었다. 젊은 여자는 리처드가 고소공포증이 있는데도 스카이다이빙을 해 유기견 재단에 기부할 돈을 모금했던 일을 생생하게 회상했다. 맨디는 대화의 가장자리를 맴돌며 그 여자의 이야기에서 리처드에 관한 추가 정보를 엿들었다. 무리의 또 다른 사람은 리처드가 자신에게 트레이닝을 받는 고객 몇 명을 설득해 런던의 연례 누드 자전거 행사에 참여하도록 했던 일을 이야기했다. 이번에도 기부금 마련 행사였다. 모든 사람이 리처드에 관한 유쾌한 기억을 간직하고 있었다. 맨디는 그들의 이야기를 들으며 부러운 마음을 억누를 수 없었다.

"리처드가 해파리한테 쏘인 이야기도 하던가요?" 그 말이 입에서 불쑥 튀어나왔다. 맨디 자신조차 놀랄 겨를이 없었다.

"아뇨." 앞머리가 코까지 내려와 있는 남자가 말했고, 모두의 눈이 맨디를 향했다. "그건 무슨 얘기예요?"

맨디는 앞서 보았던 리처드의 사진들을 빠르게 떠올렸다. 그중 한 장이 특히 눈에 띄었다. 리처드가 커다란 흰색 쌍동선 옆에 서서 배에 올라 관광할 준비를 하는 사진이었다.

"리처드랑 저는 케언스의 바다에서 수영하고 있었어요." 맨디가 입을 열었다. "그때 해파리 떼가 둥둥 떠서 다가오는 거예요. 리처드는 제가 허우적허우적 해변으로 돌아가려는 걸 보고, 보드를 타고 와서 제가 뭍에 오르도록 도와줬어요. 그 전에 먼저 해파리 떼를 지나쳐야 해서 두 다리를 모두 쏘였지만요." 맨디는 자신이 말하는 모든 내용을 또렷하고 선명하게 그려볼 수 있었다.

"딱 리치가 할 만한 행동이네요." 젊은 여자가 말하자 다른 사람들도 미소 지으며 고개를 끄덕였다. 맨디도 미소를 지으며 등에 소름이 끼치는 것을 느꼈다. 들키지 않았다. 아무도 그녀의 말이 틀렸다는 걸 증명할 수 없었다.

"하지만 그 일도 리처드가 다시 물에 들어가는 걸 막을 수는 없었어요." 맨디가 덧붙였다. "시드니에서 하버브리지 맞은편 식당에 앉아 리처드와 늦은 아침까지 술을 마시며 여행 이야기를 주고받았던 일은 언제까지고 기억에 남을 거예요. 정말 그립네요." 최소한 맨디의 마지막 몇 마디에는 약간의 진실이 담겨 있었다.

"죄송하지만 우리 서로 소개를 안 한 것 같네요." 여자가 말했다. 그녀는 맨디의 팔에 가만히 손을 올려놓은 채로 그녀를 다른 사람들에게서 먼 곳으로 데려갔다.

"저는 맨디예요." 맨디는 그렇게 말하며 손을 내밀었다.

"클로에예요." 여자가 대답했다. "리치는 어떻게 만나셨나요?"

맨디는 마음속에 빠르게 차오르는 두려움을 애써 감췄다. 재빨리 대응해야만 했다. "우리는…… 어…… 리처드가 여행하고 있을 때 호주에서 만났어요. 그런 다음 여기 돌아와서도 계속 연락하며 지냈고요."

"호주에는 얼마나 계셨어요?"

"음…… 몇 달요."

"정확히 어디서 만나셨죠?"

"제 생각에, 리처드는 그레이트 배리어 리프를 보려고 친구 몇 명과 함께 케언스에 와 있었던 것 같아요. 그런 다음에는 시드니에서 잠깐 어울렸고요."

"정말요? 그거 흥미롭네요." 여자가 가짜 미소를 지었다. "리치가 호주로 여행을 갔을 때는 저도 함께했고, 시드니에서는 한 번도 서로의 눈 밖에서 벗어난 적이 없었거든요."

맨디가 선을 넘어버린 것이다. 여자가 격분해 노려보자 맨디는 가슴이 철렁했다.

"이제 정말로 누구신지, 왜 제 동생의 추도 예배에 와서 사람들에게 거짓말을 하고 있는 건지 말해주시죠."

17

° 크리스토퍼

크리스토퍼는 여러 면에서 자기 자신이 자랑스러웠다. 외모, 결단력, 사람을 조종하는 능력, 의표를 찔릴 여지를 거의 남기지 않는점 등등.

그는 자신이 감정을 철저하게 다스리고 있다고 생각하기를 좋아했다. 앞서 세운 계획에서 한눈 팔게 만드는 무언가와 마주칠 때마다, 본능은 필요한 만큼 그를 적응시켜 목표를 유지하도록 도왔다.

하지만 에이미가 경찰관이라는 말은 일종의 변화구였다. 크리스토퍼는 다른 활동을 관리하는 데 너무 몰두한 나머지 에이미의 배경은 확인해볼 생각조차 못 했다. 크리스토퍼는 모든 여자가 당연히 그의 목표물과 비슷할 거라고 생각했다. 속이기 쉽고, 그에게 있는 지능이 없으며, 사람을 너무 잘 믿을 거라고. 경찰관이라면 그와는 정반대였다.

크리스토퍼에게 매치를 찾는 일은 별 의미가 없었다. 에이미를 다시 만날 계획도 없었다. 그들의 데이트는 그저 가벼운 호기심 때문에 시작되었을 뿐이다. 하지만 이제는 이 만남이 갑자기 흥미로워졌다. 실은 아주 흥미로웠다.

"경찰관요?" 크리스토퍼는 계속 미소 지으며 반문했다. "매력적인 직업일 것 같네요."

"그럴지도요." 에이미가 자랑스럽게 대답했다. "저는 경사예요. 일이 힘들긴 하죠. 특히 런던 경찰에 적을 두고 있으면요. 온종일 일만 하게 될 수도 있거든요. 하지만 원한다면 평생 직업으로 삼을 수도 있어요."

"경찰 내부의 일은 잘 몰라요." 크리스토퍼가 거짓말했다. "경사는 어떤 일을 하나요? 아니, 일이 아니라 '수사'라고 해야 할까요?"

"어떻게 불러도 괜찮아요." 에이미는 그렇게 말하고는 빨대로 보드카와 오렌지주스가 섞인 음료를 마셨다. "지난 여섯 달 동안은 사기전담반 업무를 보조했어요."

"그럼 뭘 하는 거예요?"

크리스토퍼는 에이미의 대답을 제대로 듣지 못했다. 자신과 아무 관계 없는 부서에서 그녀가 무슨 일을 하든, 그 시시콜콜한 내용은 아무래도 상관없었기 때문이다. 그래서 그는 대화의 자동주행 기능을 켜고 흥미로운 척했다. 에이미가 이야기하는 동안 계속 눈을 맞추고, 고개를 끄덕여야 할 것 같은 대목에서는 끄덕이며 적절한 때 미소를 지었다. 하지만 마음속에 드는 생각이라고는 맞은편에 앉은 여자가 《더 선》이 '영국 최악의 살인마'라고 이름 붙인 남자와 매치되었다는 우스꽝스러운 아이러니뿐이었다.

크리스토퍼는 지난 3주간 모든 텔레비전 뉴스의 게시판을 점령한 사건에 관해 묻고 싶어 좀이 쑤셨지만, 지나치게 열의를 띠고 있다는 티는 내고 싶지 않았다. 그러나 예의 바른 대화가 30분쯤 이어지고 나서는 자의식 과잉에 지고 말았다.

"그런데 뉴스에 도배된 그 연쇄살인범 일은 어떻게 되어가는 거예요?" 크리스토퍼는 아무렇지 않게, 버섯 타르틴*을 자르며 물었다. "여자를 몇 명이나 죽였더라, 이제 다섯 명인가요?"

"여섯 명요. 뭐, 저희가 아는 건 여섯 명이에요. 수사팀에서 다양한 단서를 쫓고 있지만요." 에이미가 비밀스럽게 대답했다. 크리스토퍼가 텔레비전에 중계된 경찰 기자간담회에서 들은 공식 답변과 같은 대답이었다.

"그 얘기는 별로 하고 싶지 않으시군요?" 그가 말했다. "미안해요. 그런 걸 묻다니 제가 부적절했네요."

"얘기하기 싫어서가 아니에요." 에이미는 접시 옆에 포크를 놓았다. "연쇄살인마가 날뛰고 있을 때만큼 언론이 과열될 때도 없어서요. 최근에는 연쇄살인마가 많지도 않았고."

영국에서는 어느 시점에든 네 명의 연쇄살인마가 활동하고 있습니다. 크리스토퍼는 그녀에게 알려주고 싶었다. 그리고 당신은 그중 한 명과 저녁을 먹고 있죠.

에이미가 말을 이었다. "최근에 언론에 정보가 많이 샜어요. 그

---

* 버터 또는 잼 등을 바른 빵.

래서 저흰 누구와도 사건 이야기를 하면 안 돼요."

"나도 그냥 '아무나'인가요?" 크리스토퍼는 그렇게 묻고, 최선을 다해 강아지 같은 눈빛을 지어 보였다. 에이미의 두 뺨이 붉어졌다. 그녀를 구슬려 어떻게든 진실을 끌어낼 작정이었다. 크리스토퍼는 여태 어떤 방식으로도 조종할 수 없는 사람은 한 번도 만나본 적이 없었다.

"미안해요, 그런 뜻은 아니었는데." 에이미가 미소 지었다. 크리스토퍼는 그녀의 이 사이에 음식 조각이 끼지 않은 걸 보고 기분이 좋아졌다.

"다른 얘기 하죠." 크리스토퍼가 말했다. "어쩌다가 'DNA 매치' 검사를 받게 됐어요?"

에이미는 그의 눈을 들여다보았다. 첫 데이트에 더 어울리는 화제로 돌아와 마음이 놓인 기색이 역력했다. "저 같은 공무원들은 보통 연애할 상황이 안 돼서 그 검사를 받아요. 너무 계산적인 것같이 들리시겠지만, 그저 그런 사람을 솎아낼 가장 좋은 방법이거든요. 뭐랄까, 그 모든 미친 사람을 거치지 않고 천생연분을 찾을 수 있으니까요. 그쪽은요?"

크리스토퍼는 형광펜으로 밑줄을 그어가며 읽었던 인간관계에 관한 책들, 여자들이 연애 상대가 될 만한 사람에게서 듣고 싶어 하는 말을 발췌한 글들을 빠르게 떠올렸다. 공통의 DNA가 있다는 사실만으로도 에이미는 잡은 물고기나 마찬가지라고 자신했지만, 지금부터 할 말을 통해 뭐든 알맞은 감정선을 건드려야 했다.

"저를 완전하게 만들어줄 다른 반쪽을 찾으려고 가입했어요." 크리스토퍼는 그렇게 말했다. 책에서 가르쳐준 대로 그녀와 시선을 맞추고. "저를 있는 그대로 받아들이고 제 모든 잘못과 이상한 습관에도 불구하고 저를 사랑해주며, 우리 앞길에 어떤 난관이 닥치든 항상 제 곁에 있어줄 운명의 *상대*를 만나고 싶었죠."

크리스토퍼는 한쪽으로 고개를 약간 기울이고는 어깨를 으쓱했다. 거의 사과하듯 자신의 진정성을 강조하려는 태도였다. 어떤 이상한 느낌이 두 번째로 그를 감쌌다. 머리가 아찔하고 피부가 민감해졌다.

갑자기 에이미의 입가가 떨리기 시작했다. 그녀가 웃음을 터뜨렸다. "진심이에요?" 그녀가 낄낄거리며 말했다. "자기 계발서에서 방금 읽은 것처럼 말하네요."

크리스토퍼의 가면이 벗겨졌다. 그는 당혹감에 가까운 무언가를 느꼈다. 그로서는 존재한다고 알았을 뿐 거의 경험한 적 없는 수많은 감정 중 하나였다. "제가 뭔가 잘못된 말을 했나요?" 그는 진심으로 당황해서 물었다.

"아뇨, 아뇨. 아, 이런, 세상에." 에이미가 말했다. "진심이었군요? 아, 미안해요. 그냥 듣기에 좀…… 민망해서요, 그게 다예요."

"아." 크리스토퍼가 여전히 혼란스러워하며 말했다. 아마존이 제대로 된 책들을 추천해주고 있는 건지 의심스러워졌다.

에이미는 몸을 앞으로 숙이고 조용하지만 자신감 있게 말했다. "있잖아요, 크리스토퍼. 제가 보기엔 이래요. 당신이랑 나는 매치됐어요. 그 말은 다른 사람이랑 데이트할 때 했던 그 모든 일을 우리는 할 필요가 없다는 뜻이죠. 당신은 날 초조하게 만들려고 레스토랑 창밖에 서서 기다리며 일부러 지각할 필요도 없고, 당신이 사는 런던의 상류층 지역 이름을 은근슬쩍 말해서 깊은 인상을 남기려 할 필요도 없어요. 당신이 디자인하는 잡지들이 나 같은 사람들이 읽는 종류는 아니라는 걸 교묘하게 알려줄 필요도 없고, 메뉴에서 가장 비싼 와인을 선택할 필요도 확실히 없어요. 우리는 곧장 서로를 알아가는 단계로 들어가서, 그런 게임을 하지 않으면 무슨 일이 일어나는지 보면 돼요. 그리고 지금 나는 호르몬 때문인지 화학작용 때문인지 방금 마신 보드카 세 잔과 와인 한 잔 때문인지 모르겠지만, 아주아주 빨리 당신하고 섹스하지 않으면 터져버릴 것만 같아요. *지금 당장 말이죠.*"

크리스토퍼는 깜짝 놀랐다. 에이미처럼 직설적으로 말하는 여자는 한 번도 만나본 적이 없었다. 에이미는 그를 흥분시키기 시작했다. 무엇이 에이미를 움직이는지 알고 싶어졌다. 그녀가 경찰관이라는 사실이 두려워야 마땅했지만, 오히려 반대 효과가 있었다. 그는 서로의 질문에 엉뚱한 답을 해대는 이런 식의 상호작용에 흥분을 느꼈다.

"음, 물론이죠." 크리스토퍼가 대답하고, 웨이트리스에게 계산서를 달라고 손짓했다. 그는 언제나 그러듯 현금으로 계산했다. 10분 뒤 그들은 차를 타고 그녀의 집으로 가고 있었다.

18

○ 제이드
....

제이드는 귀에서 떼어낸 핸드폰을 손바닥에 놓고 가만히 노려보았다. 문제는 그 핸드폰이지, 매치가 방금 그녀를 만나고 싶지 않다고 말했다는 사실이 아니라는 듯이.

영국에서 거의 이틀에 걸쳐서 이곳에 온 제이드는 케빈의 집 진입로에 서서 그를 만날 준비를 하며 대체 무슨 일이 벌어지고 있는 건지 생각해보았다.

제이드는 케빈의 말을 잘못 들은 게 틀림없다고 자신을 타이르고 다시 전화를 걸었다. 바로 음성메시지함으로 연결되자 다시 전화를 걸었다. 혹시 모르니까 한 번 더 걸었다.

"도대체 무슨 일이야?" 제이드는 화가 나 대문자로 문자를 보내고, 핸드폰을 눈앞에 든 채로 답장을 기다렸지만 아무것도 오지 않았다.

숨 막히는 정오의 뙤약볕에 드러난 어깨와 목이 타는 게 느껴진 제이드는 렌터카로 돌아가 에어컨을 최대로 틀었다. 이렇게 먼 곳까지 왔다. 케빈이 그토록 가까이 있었다. 제이드는 그가 자신을 거부하는 이유를 전혀 알 수 없었다.

제이드는 눈앞의 농장을 찬찬히 바라보다가 자동차의 시동을 걸고 유턴을 해서 천천히, 왔던 방향으로 고속도로를 타기 시작했다. 상처받고 모욕당한 기분이었다.

제이드는 울지 않으려고 엄지와 검지 사이의 살을 꼬집었다. 무슨 이유가 있겠지. 제이드는 생각했다. 케빈이 너무 긴장되어 그녀를 마주 볼 수 없었겠지. 그런데 그녀가 그를 구석에 몰아넣은 것이다. 케빈이 아무 예고 없이 자신의 집 앞에 나타났다면 자신은 어떤 반응을 보였을지 생각해봤다(좋아서 펄펄 뛰었겠지. 제이드는 혼자 그렇게 생각했다. 하지만 한편으로 케빈이 자신보다 훨씬 조용한 성격이라는 건 알고 있었다). 자신은 케빈을 아주 어색한 입장으로 몰아넣은 셈이고, 그에게는 생각할 시간이 필요한 건지도 몰랐다. 그에게 그 시간을 좀 주고 다시 시도하기로 했다. 제이드는 막무가내로 행동한 자신의 어리석음을 꾸짖었다. 이 터무니없는 생각을 따르라고 자신을 부추긴 쇼나와 루시에게 화가 났다.

제이드는 32킬로미터쯤 전에 지나쳤던 마을 쪽으로 차를 몰았다. 일단 그곳에 도착하면 호텔에 체크인할 생각이었다. 그런 다음 내일이라도 케빈에게 문자를 보내 그를 설득하기로 했다.

너 바보야? 제이드는 갑자기 자신에게 그렇게 말했다. 눈을 세게 깜빡이고 이마를 찌푸렸다. 왜 이걸 네 잘못이라고 생각해? 언제부터 남자 때문에 너 자신을 의심하게 된 거야? 지금 잘못하고 있는 사람은 케빈이지 네가 아니야.

제이드의 생각은 마구 내달렸다. 동시에 완전히 다른 생각들이 머릿속에 잔뜩 밀려들었다. 케빈이 그녀를 만나고 싶어 하지 않는 온갖 이유에 관한 생각. 제이드는 MTV에서 「캣 피시」를 충분히 보았으므로, 희망에 찬 낭만주의자들이 온라인상에서 실제와 다른 모습을 꾸며내는 사람들에게 늘 속는다는 걸 알고 있었다. 어쩌면 케빈은 그녀와 이야기할 때마다 낮은 목소리를 꾸며내던 여자일지도 모른다. 아니면 제이드의 아버지뻘쯤 되는 나이라서 그 사실을 말하고 싶지 않은 걸지도 모른다. 아니면 농장에서 부모님과 함께 사는 것이 아니라 아내와 함께 사는 걸지도?

그게 틀림없다. 케빈은 유부남이라서 스카이프나 페이스타임을 하기 싫어했던 것이다. 아내에게 들킬까 봐. 제이드와 이야기할 때면 아내는 있는 줄도 모르는 두 번째 비밀 핸드폰을 썼겠지. 어쩌면 아이도 있을지 모른다. 아니면, 여러 아내에게서 여러 아이를 얻었을지도. 제이드가 본 일부다처제 옹호자들에 관한 TV 프로그램에서처럼. 제이드는 케빈이 루시나 쇼나가 데이트하던 그 모든 쓰레기와 다르다고 고소해했다. 하지만 알고 보니 똑같았다. 제이드는 좌절감에 핸들을 쾅 내리쳤다.

생각하면 할수록 그녀의 가설은 더욱 그럴듯했다. 점점 화가 솟구쳤다. 호주에서 사랑하는 사람들과 함께 지내며, 다른 나라에는 속여 넘길 여자친구를 두고 있었다니. 케빈한테는 얼마나 편안한 장치였을까? 조심성만 있다면 들킬 리가 없잖은가? 그의 매치가 지구 반대편까지 와서 불쑥 집 앞에 나타날 것도 아니고 말이다.

"안 나타나긴, 빌어먹을." 제이드는 그렇게 웅얼거렸다. 확신과 함께 성질이 솟구쳤다. 자동차 브레이크를 꽉 밟고 끼익 소리를 내며 미끄러져 멈춘 뒤 또 한 번 서둘러 유턴해서 농장으로, 그다음에는 눈앞의 흰 건물들로 흙길을 빠르게 되돌아갔다. 지나간 길에 자갈과 마른 흙이 튀겼다.

물결 모양의 은색 철 지붕이 얹혀 있는 1층짜리 흰색 목조 농가가 눈앞에 여러 방향으로 뻗어 있었다. 자동차와 트럭 대여섯 대가 그 앞에 주차되어 있었다. 자동차 창문은 내려져 있었지만 사람은 없었다. 농장치고는, 그것도 먼지투성이 농장치고는 모든 것이 놀라울 정도로 깔끔하고 반짝거렸다. 케빈의 태도 탓에 은연중에 생각했던 만큼 가난해 보이지도 않았다. 화분에 심어진 알록달록한 꽃 한 줄 옆에 호스가 놓여 있었고, 처마에 달아놓은 바구니에 더 많은 꽃이 늘어져 있었다. 제이드는 여자의 손길이 닿은 곳이라고 확신했다. 하지만 그네나 미끄럼틀, 장난감이 눈에 띄지 않는 걸 보면 윌리엄슨 부부는 아직 가족을 꾸리지 않은 듯했다.

몇백 미터 떨어진 커다란 헛간에서 소들이 듣기 싫게 울어대는 소리가 들렸고, 훨씬 더 떨어진 곳에서는 양 여러 마리가 지평선 그림에 붙여놓은 회전초처럼 보일락 말락 했다.

제이드는 돌아서서 집을 마주 보았다. 굳이 심호흡할 것도 없이 현관으로 당당히 걸어갔다. 무슨 말을 할지는 전혀 알 수 없었지만 어쨌든 자신의 흔적을 남길 작정이었다. 제이드는 안쪽에서 발을 질질 끄는 소리가 들릴 때까지 문고리를 두드려댔다. 마침내 문이 열리고 누군가가 얼굴을 내밀었다.

눈앞에 서 있는 남자는 꼭 그녀의 매치처럼 보였지만, 제이드는 본능적으로 아니라는 걸 알 수 있었다.

"당신은 케빈이 아니잖아." 제이드는 그렇게 말하고 뒤로 두 걸음 물러났다.

19

° 닉
∙∙

"하나도 재미없어. 내 진짜 매치가 누구기에 그래?" 닉이 물었다.

"농담 아냐. 여기 봐." 샐리는 닉이 읽을 수 있도록 핸드폰을 내밀었다. "여기 '니컬러스 월즈워스 고객님의 매치는 영국 버밍엄에 거주하는 남성 알렉산더입니다. 상세 프로필에 접근하는 방법을 보려면 아래의 지시사항을 읽어주세요'라고 적혀 있어."

"내봐." 닉은 그렇게 말하며 샐리의 손에서 핸드폰을 낚아챘다. 전혀 재미없는 장난이었다. 하지만 직접 이메일을 읽어본 닉은 샐리가 농담한 게 아니라는 걸 깨달았다.

"자기 게이였구나." 샐리가 웃었다. "내 남자친구, 아니, 내 약혼자가 게이라니!"

닉은 이메일을 다시 읽은 다음 핸드폰을 부엌 조리대에 내려놓았다. "말도 안 돼." 닉이 말했다. "무슨 실수가 있었거나, 누가 날

놀리는 거야."

"글쎄, 이건 99.9999997퍼센트 정확한 시험이야. 거짓말탐지기보다 훨씬 신뢰성이 높아."

"뭐, 그럼, 오차범위가 있긴 있는 거네. 오차범위가 있다면 이론적으로 오류는 있을 수밖에 없고. 이게 그 빌어먹을 오류가 일어났다는 증거야."

"자기야, 화내지 마." 샐리는 웃음을 틀어막으며 말했다. "하지만 정말 그렇다면 자기가 전 세계에서 처음으로 잘못 매치된 사람이 되는 거야. 15억 명의 회원 중 유일하게 말이지. 난 자기가 진실을 마주해야 한다고 생각해. 자기는 취향이 비슷한 다른 남자와 어울리고 싶어 하는 남자인 거야."

"아, 조용히 해, 샐리." 닉은 짜증이 나기 시작했다. "이 쓰레기 같은 'DNA 매치'는 그냥 돈을 벌려는 수작일 뿐이야. 그게 아니면 누구랑 매치됐는지 알려주겠다면서 10파운드를 내라고 하진 않겠지. 이것보다는 별자리 점이 더 믿음직스럽겠다."

"자기야, 게이인 게 무슨 잘못은 아니잖아." 샐리가 놀려댔다. "난 예전부터 아주 친한 게이 친구가 있었으면 했어. 이제 보니 그 게이 친구랑 결혼하게 생겼네."

닉이 눈알을 굴려댔다. "난 게이가 아니야, 알았어?"

"그럼 양성애자야? 난 그것도 상관없어. 자기도 알겠지만, 대학생 시절에는 나도 여자애들하고 즐기던 때가 있었거든."

"내가 게이였으면 지금쯤은 그 사실을 알았겠지. 스물일곱 살까지 다른 남자에게 끌린 적이 한 번도 없는데, 면봉 좀 가지고 한 검사에서 나를 게이라고 했다고 해서 내가 갑자기 양성애자나 게이가 되는 건 아니라고."

"자기가 그렇게 동성애를 혐오하는지 몰랐네."

"그런 거 아냐! 내가 게이나 양성애자였다면 자기랑 함께 살지도 않았겠지. 곧 결혼하지도 않을 테고. 내가 정말 게이였다면 나한테는 기회가 가득한 새로운 세상이 열렸을 거고, 나는 저 밖으로 나가 전혀 다른 곳에 내 물건을 쑤셔 넣으려 하고 있을걸."

"자기, 이 문제를 정말 심각하게 받아들이는구나."

"난 그냥 자기가 날 커밍아웃하지 않은 동성애자라고 생각하지 않았으면 해서 그래. 정말로 그렇다면 우리 관계가 통째로 거짓말이 될 테니까. 우리 사이는 내가 여태 맺어본 것 중 가장 정직한 관계란 말이야."

"자기야. 이리 와, 그냥 놀린 거야." 샐리가 말했다. "난 자기가 게이라고 생각하지 않아. 하지만 이게 재미있는 일이라는 건 자기도 인정해야 해. 꼭 그 R. 켈리 노래 같아…… '마음은 아니라고 하지만, 당신의 몸은…….'"

"안 웃겨." 닉은 샐리의 잔에 와인을 더 부어주고 자신도 한 모금을 꿀꺽 삼켰다.

"글쎄, 농담하는 것 말고 어떻게 반응해야 할지 모르겠는걸. 우린 서로 함께할 운명이 아닌 것 같으니까. 내 꿈의 남자는 아직 모습을 드러내지 않았지만, 자기의 꿈의 남자는 우리 옆 골목에 살고 있을 수도 있잖아. 그 사람도 버밍엄에 산다니. 이게 얼마나 이상한 우연이야? 어쩌면 우리가 이미 아는 사람일 수도 있어……."

"바보 같은 소리. 그리고 나한테 '꿈의 남자' 같은 건 없어……."

"이메일에는 다르게 적혀 있는데……."

닉은 눈알을 굴려댔다.

"페이스북에서 찾아볼까?" 샐리가 말을 이었다.

"뭐라고?"

"해보자. 내가 경쟁자를 찾을 수 있는지 한번 보는 거야."

"아니, 싫어."

"미래의 남편에게 반할까 봐 무서워?"

닉은 고개를 저었다. "저기, 우린 이 사람 성도 몰라."

샐리는 닉의 손에서 핸드폰을 가져가 키패드를 세 번 쓸어 넘기는 동작만으로 더 자세한 정보를 보는 데 필요한 9.99파운드를 냈다. "이름: 알렉산더 랜더스 카마이클." 샐리가 큰 소리로 읽었다. "나이: 32세. 직업: 물리치료사. 눈동자: 회색. 나랑 똑같네. 머리카락: 밤색. 나랑 같아." 샐리가 미소 지었다. "키: 172.7센티미터. 이번에도 나랑 같아. 자기야, 자기 취향 정말 확실하다. 그치? 이 사람 꼭 내 복제인간 같은걸."

"세 가지만 다르지. 양쪽 가슴이랑 성기."

"이 정도 정보면 페이스북으로 찾아보기에는 충분해."

"진짜 싫다니까……."

"왜 그래, 재미있을 거야."

샐리는 알렉산더의 이름을 입력하고, 화면에 뜬 우표 크기의 사진 목록을 스크롤했다. "버밍엄 지역에 알렉산더 카마이클이 네 명이나 있다니, 그럴 확률이 얼마나 될까? 미들네임도 입력해야겠어…… 랜더스는 그렇게 많지 않을 테니까."

"저 사람뿐인 것 같네." 닉이 화면을 가리키며 대답했다.

그들은 동시에 눈을 가늘게 뜨고 섬네일을 보았다. 샐리는 그의 프로필을 클릭해봤지만, 알렉산더 카마이클은 친구가 아닌 사람에게는 더 이상의 정보가 보이지 않도록 개인정보 보호 설정을 걸어놓은 모양이었다. 하지만 섬네일만으로도 둘은 그가 잘생긴 남자라는 걸 알 수 있었다. 길고 각진 턱은 까칠한 수염을 자랑했고, 약간 곱슬거리는 머리카락은 목깃까지 내려왔으며, 입술은 두툼하고 두 눈은 크고 따뜻했다.

"자기가 나보다 낫네." 샐리가 말했다. "자기의 DNA는 남자 취향이 정말 좋은걸."

20

○ **엘리**
....

안드레이가 문을 열어주었다. 엘리는 그를 길잡이 삼아 눈앞의 건물로 들어갔다.

"들어올 필요 없어요. 괜찮을 테니까." 엘리가 안드레이에게 말했다(그녀는 동네 술집에서 자신을 기다릴 위험은 거의 없으리라고 확신했다).

"이런 일을 하라고 저한테 돈을 주시는 거잖습니까." 안드레이는 허스키한 동유럽 억양으로 대답하더니, 어쨌든 안으로 들어가 그곳을 살폈다. 안드레이는 엘리에게 고용된 3년 내내 자신이 아주 귀한 인재임을 증명해왔다. 엘리 대신 두들겨 맞고, 심지어 깨진 병에 가슴을 찔리기도 했다. 엘리는 고개를 돌려, 타고 온 자동차 뒤쪽에 주차된 차 안의 다른 두 경호원을 보았다.

"알았어요." 엘리가 물러섰다. "하지만 그 사람한테 모습을 보이지는 마요. 눈에 띄지 말라는 거예요. 당신 때문에 그 사람이 겁먹는 건 바라지 않으니까요."

"눈에 안 띄는 게 제 특기입니다." 195.5센티미터의 거구가 대답했다. 안드레이는 혀로 뺨을 꾹 밀고 있었다.

문자로 아무 이상이 없다는 통지를 받자마자 엘리는 레이턴 버저드에 있는 컨트리 술집인 글로브에 들어가 떨면서 주위를 둘러보았다. 대학교를 갓 졸업한 시절, 엘리는 온갖 사이드 메뉴가 함께 나오는 값싼 일요일 런치를 먹으려고 이런 술집에 자주 들렀다. 이곳에 오니 고향에 온 듯했다. 요즘은 저녁에 외출할 때면 화려한 와인 바나 회원 전용 클럽, 호화로운 레스토랑에 가곤 했다.

엘리는 자신의 DNA 매치가 조금 마신 파인트 잔을 앞에 놓고 의자 두 개가 딸린 식탁에 혼자 앉아 있는 모습을 보았다. 팀은 매우 초조한 듯했다. 팀의 두 눈이 술집을 훨훨 날아다니다가 엘리의 눈과 마주쳤다. 엘리는 그가 신문을 보고 자신을 알아보지 않기를 바랐다. 일부러 평범한 청바지에 블라우스를 입었고, 머리도 뒤로 묶었다. 화장도 최소한만 했고 값비싼 보석은 집에 안전하게 보관했다.

손을 흔드는 팀의 얼굴에 활짝 미소가 번졌다. 엘리가 식탁에 이르자 팀은 일어나 악수하고 그녀를 끌어당기더니 뺨에 가볍게 입을 맞췄다. 엘리는 다른 뺨에도 입맞춤을 받으려고 했지만, 그만 팀의 코에 딱 부딪치고 말았다. 둘 다 웃었다. 첫 소개와 인사가 끝나자 팀은 엘리에게 술을 가져다주겠다며 바로 향했다. 팀은 엘리에게 줄 헨드릭스 진과 토닉워터, 자신이 마실 두 번째 맥주를 손에 들고 돌아왔다. 그의 입에서는 솔트 앤 비니거 칩 두 봉지가 달랑거렸다.

"미안, 배고파 죽을 것 같아서요." 팀이 가져온 것을 식탁에 내려놓으며 말했다. "일이 엄청 많아서 퇴근하자마자 바로 왔거든요. 저녁을 못 먹었어요. 마음껏 드세요." 팀은 첫 번째 감자 칩 봉지를 뜯어 엘리에게도 권했다.

"고마워요." 엘리는 미소 짓고 예의상 감자 칩 두어 개를 먹었다. 오후 6시 이후에 탄수화물을 먹는 자신을 보면 개인 트레이너가 얼마나 경악한 표정을 지을지 눈에 선했다.

둘의 대화는 문자메시지를 주고받았을 때처럼 수월하게 흘러갔다. 서로 잠시 떨어져 지내다가 만나 지난번에 하던 이야기를 바로 이어서 하는 옛 친구라도 된 것 같았다. 그들은 끔찍했던 지난 연애사를 주고받았고, 팀은 쿠엔틴 타란티노가 역사상 가장 위대한 영화감독이라고 엘리를 설득하려 했다. 엘리는 자연식 식단의 이점을 극찬했다. 그들은 공통의 관심사가 거의 없었지만 둘 다 신경 쓰지 않았다. 팀은 프리랜서 시스템 분석가이자 컴퓨터 프로그래머로서의 일에 관해 이야기했고, 엘리는 자신이 런던에 있는 어느 회사 CEO의 개인 비서라고 말했다. 진짜 직업을 드러냈다가 그가 겁먹을까 봐 두려웠고, 배역을 너무 설득력 있게 연기한 나머지 스스로 자기가 한 거짓말을 믿기 시작했다.

"그럼 당신은 'DNA 매치'를 믿는 거예요?" 데이트를 시작하고 나서 몇 시간이 흘렀을 때 팀이 물었다.

"네. 근데 말투를 보면 당신은 확신이 안 서나 보네요?"

"거짓말은 안 할게요. 처음엔 솔직히 긴가민가했어요." 팀이 말했다. "가입은 그냥 친구가 해보래서 한 거고요. 지금 그 녀석은 회원가입을 한 지 두 달이 지났는데도 매치를 못 찾았는데, 나는 일주일 만에 당신을 찾았다면서 화가 나 있어요. 하지만 그때도 나는 이게 진짜인지 확신이 서지 않았어요. 진짜라기엔 너무 좋잖아요. DNA를 통해 나와 진짜로 완벽하게 연결된 사람이, 내가 정신 못 차리고 사랑하게 될 사람이 이 세상에 딱 한 명 있다니⋯⋯. 그런 생각을 하고 있는데 당신이 이 술집에 걸어 들어왔어요. 심장이 철렁하다 못해 똥구멍으로 빠져나가는 줄 알았어요."

엘리는 팀을 빤히 바라봤다. 왜 이렇게까지 자신과 반대되는 성격을 가진 사람이 매치되었는지 궁금하기도 했고, 팀이 그녀가 여태 데이트했던 사람은 물론 만나본 사람 중에서도 가장 가식이 없는 사람이었기 때문이기도 했다. 그는 미소를 지었다.

"솔직히 엘리, 당신이 술집에 들어오는 걸 봤을 때 난 태어나서 가장 긴 방귀를 뀌었어요. 바람이 빠지는 풍선처럼 방 건너편으로 날아가는 줄 알았다니까요."

엘리는 참지 못하고 그와 함께 웃었다.

"내가 보기엔 사랑에 빠져서거나 맥주가 맛이 가서 그런 걸 거예요." 팀이 농담했다. "누가 알겠어요?"

"그럼 첫 방귀에 반한 사랑이네요?"

"정말 뭔가 느껴졌어요. 당신은 이 상황이 어색하다거나 나와 생각이 다르다면 미안해요. 하지만 당신이 날 만나주기로 해서 정말 다행이에요."

"나도 그래요." 엘리가 대답했다. 몸속에서 뭔가 따뜻한 것이 움직이는 기분이었다. 진 토닉을 네 잔 마셔서인지 눈앞에 앉아 있는, 예상치 못했지만 사랑스러운 매치 때문인지는 모르지만, 본능은 엘리의 세상 속 풍경이 갑자기 기울어졌다고 말해주었다.

21

° 맨디

"죄송해요." 맨디가 웅얼거렸다. 토할 것 같은 느낌을 참기가 어려웠다. "정말 가야겠어요."

맨디는 한 번도 만나본 적 없는 남자의 추도 예배에 참석하고 싶은 마음이 싹 가셨다. 리처드의 누나에게서 왜 그에 대한 이야기를 지어냈느냐는 질문을 받게 될 거라고는 생각도 못 했다.

맨디는 사방의 벽이 밀려드는 것 같은 느낌에 여기 온 일을 후회했다. 하지만 맨디가 서둘러 가려 했을 때 리처드의 누나인 클로에가 맨디의 팔을 잡았다.

"아뇨." 클로에가 단호하게 말했다. "당신이 누구인지, 실제로는 그런 적도 없으면서 내 동생과 시간을 보냈다고 거짓말하는 이유가 뭔지 말해주셔야겠는데요."

"저는…… 전……." 맨디가 말을 더듬었다.

"리처드랑 친구이긴 해요?"

맨디는 아무 말도 하지 않았다.

"아닐 줄 알았어요. 당신, 리처드보다 한 열 살은 많지 않아요? 그러니까 같이 학교에 다니지는 않았겠죠. 혹시 헬스클럽에서 리처드한테 트레이닝을 받았던, 리처드랑 뭐라도 해보려고 계속해서 집적대던 발정 난 늙은 여자들 중 한 명인가요? 아니면 알지도 못하는 사람의 추도식을 망치는 데서 쾌감을 느끼는 무슨 변태 같은 건가요?"

"아니에요!" 맨디는 자신이 어떻게 보일지 알았지만, 리처드의 누나가 자신에 대해 나쁘게 생각하지 않기를 진심으로 바랐다. "전 그런 사람이 아니에요."

"그럼 누군데요? 여긴 왜 온 거죠?"

맨디는 눈을 꽉 감았다. "우린 DNA 매치예요."

"뭐라고요?"

"몇 주 전에 'DNA 매치' 검사를 받았는데, 제 매치도 검사를 받았다는 걸 알게 됐어요. 하지만 제가…… 제가 그 사람을 만나보고 싶어 했을 때는." 맨디는 바보가 된 기분으로 말을 멈추었다. "그 사람이…… 그 사람이 죽어 있었어요. 그게 리처드였고요."

클로에는 잠시 멈추어 맨디를 위아래로 훑어보았다. "또 거짓말이군요."

"정말이에요. 보세요." 맨디는 핸드백을 열어 클로에에게 이메일 프린트물을 보여주었다.

"여긴 왜 왔죠?" 눈앞의 정보를 이해한 클로에의 말투가 부드러워졌다.

"입 밖에 꺼내자니 미친 소리처럼 들리지만, 리처드에게 작별 인사를 하고 싶었어요. 전 지난 몇 주를 만나본 적도 없는 남자를 애도하면서 보냈고, 그에 대해 더 많은 걸 알아내고 싶었어요. 여기 있는 사람들은 모두 당신 남동생에 대한 멋진 기억을 가지고 있는데, 나한테는 아무것도 없잖아요. 이름과 온라인에서 찾은 사진 몇 장뿐이죠. 사람들이 리처드 얘기를 하는 걸 듣고는 나도 모르게 나만의 이야기를 지어낸 거예요. 미안해요. 바보 같고 생각 없는 짓이었어요. 이 나이 먹고 그래서는 안 되는 건데. 불쾌하시라고 한 일은 아니었어요."

"무슨 말인지 알겠네요." 클로에가 와인 잔 두 개를 식탁에서 집어 들더니 하나를 맨디에게 건네며 말했다. "그래서, 리치에 대해 뭘 알고 싶은데요?"

맨디의 두 뺨이 붉어졌다. "어디서부터 시작해야 할지 잘 모르겠어요."

"저기 저분은 우리 엄마예요. 소개해드릴게요……."

"아녜요!" 맨디는 크게 당황해 말했다. "그럴 준비는 안 된 것 같아요."

"음, 저한테 연락처를 남겨주면 어때요? 그쪽이 준비됐을 때 연락하고 지낼 수 있게요." 클로에가 자기 핸드폰을 맨디에게 건넸다. "언젠가는 우리 집에 와서 엄마를 만나볼 수 있겠죠."

맨디는 고개를 끄덕이고는 불안해하면서도 자기 핸드폰 번호를 입력했다. "가봐야겠어요." 맨디가 말했다. "만나서 반가웠어요. 리

더 원   107

처드 일은 정말 유감이에요."

"나도 그렇게 생각해요." 클로에가 대답했다. "당신도, 리처드도 너무 안됐어요."

교회를 나서면서 맨디는 고개를 푹 숙이고 리처드의 어머니를 지나쳐 서둘러 자기 자동차로 향했다. 세상을 떠난 매치에 대해 알아보려고 시작한 이 일은, 계획대로라면 맨디가 사태를 정리하는 데 도움이 되어야 했다.

하지만 맨디는 왠지 이게 시작일 뿐이라는 생각이 들었다.

22

° **크리스토퍼**
···

"이 좆같은 년!" 크리스토퍼는 장갑 안에서 욱신거리는 엄지를 여자의 입 안에서 비틀어 빼내며 소리쳤다.

여자가 하도 세게 물어뜯어서 크리스토퍼는 그녀의 치아가 손가락뼈까지 파고들겠다고 생각했다. 하지만 일이 마무리될 때까지 여자의 목에 감은 와이어를 놓을 수 없었다.

5주의 간격을 두고 진행된 그의 아홉 번째 살인은 다른 모든 살인처럼 간단했어야 했다. 다른 여자들을 처리했을 때처럼. 그는 가장 최근의 목표물을 철저히 조사했고, 그녀가 사는 집도 확실히 정찰해두었다.

보안카메라는 어느 범죄자에게든 몰락의 실마리가 될 수 있었다. 그래서 크리스토퍼는 가로등 기둥이나 가게, 학교, 사무실 혹은 아파트 단지 등 카메라가 설치된 인구 밀집 지역에 사는 여자들은

더 원

제외했다. 버스에 달린 카메라나 버스 전용차선 단속카메라, 택시나 전철역에 설치된 카메라, 과속 단속용 카메라나 번호판 인식 시스템에 달린 CCTV도 피해야 했다. 문제의 소지가 될 만한 장소만 피하면 사건이 발생할 때마다 그가 아주 가까운 곳에 있었다는 사실은 전혀 관심을 끌지 않을 것이다.

일단 9호의 집을 나선 크리스토퍼는 GPS로 그녀의 위치를 다시 확인했고, 인내심 있게 얼마간 기다리며 그녀가 혼자 있다는 걸 확인한 다음, 특정한 흔적을 남기지 않으려고 운동화에 비닐 덧신을 신었다. 그는 믿어 의심치 않는 자신의 도구들을 사용해 뒷문 자물쇠를 따고 아파트로 들어가 조용히 문을 닫았다.

크리스토퍼는 적당한 위치에 자리를 잡자마자 배낭에서 흰 당구공을 꺼내 바닥에 떨어뜨렸다. 공이 아주 시끄러운 쿵 소리를 내며 바닥에 떨어지도록. 그는 두 손으로 치즈와이어의 나무 손잡이를 꽉 잡은 채 제자리에 서서, 여자가 침실 문을 열고 소리 난 곳을 살펴보러 나오기를 기다렸다.

9호의 죽음은 익숙하게, 무난한 패턴을 따랐어야 했다. 크리스토퍼는 그녀가 자기 앞에 다가오자마자 불쑥 행동을 개시했다. 교살용 흉기로 9호의 마지막 숨결을 폐에서 억지로 빼내고, 아직 따뜻한 몸을 주방 바닥에 섬뜩한 대칭 형태로 눕힌 다음, 폴라로이드 사진 두 장을 찍을 생각이었다. 1호부터 8호까지, 여자들은 전부 너무 놀라서 별다른 저항을 하지 못했다. 와이어를 풀어보겠다고 서툴게 손톱으로 긁어댈 뿐이었다. 하지만 크리스토퍼의 힘과 결단, 거기에 기습이라는 요소를 극복하기에는 역부족이었다. 크리스토퍼는

와이어가 그들의 피부를 찢고 근육을 저미는 게 느껴질 때가 되어
서야 멈추었다. 와이어가 그 이상 깊이 파고들도록 놔두면 일이 너
무 지저분해질 것이고, 그는 남은 밤을 본격적인 청소로 보내고 싶
은 생각이 없었다.

하지만 그로서는 무척 놀랍게도, 9호에게는 반전이 있었다. 당구
공이 떨어진 다음 열린 문이 화장실 문이었던 것이다. 그녀는 크리
스토퍼의 예상처럼 침실에서 잠들어 있지 않았다. 그는 그림자 속
에서 튀어 나갔고, 그녀는 그의 얼굴을 정면으로 보았다. 하지만 목
을 감는 와이어를 막기에는 너무 느렸다. 크리스토퍼는 재빨리 그
녀의 뒤로 돌아가 힘껏 와이어를 당겼다. 그녀는 아직 하이힐을 신
고 있었고, 하이힐과 타일 바닥의 마찰력이 적어서 제대로 서 있지
못했다. 그녀는 뒤쪽 바닥으로 넘어지면서 크리스토퍼의 균형을 무
너뜨렸고 그는 그녀와 함께 넘어졌다.

그 혼란 속에서 와이어가 느슨해졌다. 여자는 손가락을 와이어
밑으로 미끄러뜨려 넣는 데 성공하더니, 계속 숨을 쉴 여유를 만들
어냈다. 그녀는 동시에 고개를 돌려 그의 엄지손가락을 찾아내더니
엄청난 힘으로 치아를 박아 넣었다.

"씨바아아알!" 크리스토퍼가 가면과 방한모를 쓴 채 소리쳤다.
찰나의 순간 꽉 쥔 손을 풀까 생각했다. 엄지손가락의 고통이 심해
져갔다. 크리스토퍼는 여자의 머리를 뒤로 당겨 주방 바닥에 찧었
다. 두개골이 부서지는 소리를 들었을 때쯤, 여자의 입은 그가 엄지
손가락을 빼낼 수 있을 정도로 느슨해져 있었다. 그는 타일 사이 줄
눈으로 피 웅덩이가 번져갈 때까지 여자의 머리를 두 번 더 바닥에

쬈었다. 다시 살아날 가망이 없는 건 분명했다.

크리스토퍼는 서둘러 주방을 가로질러 스테인리스 싱크대로 간다음 장갑을 벗고 찬물에 상처를 씻어내며 고통을 진정시켰다. 그는 머뭇거리며 상처를 살폈다. 생각만큼 심한 상처는 아니었지만꿰매야 할 정도로는 깊었다. 간신히 분노를 다스린 끝에 엄지손가락을 행주로 감싸고 폴라로이드 카메라로 여자의 사진 두 장을 찍을 수 있었다.

그런 다음 시체를 내려다보며 서서 발로 얼굴을 걷어찼다. 그녀의 코가 수플레처럼 바스러졌다. 크리스토퍼는 여자가 감히 반격하는 뻔뻔함을 보인 데 화가 나 걷어차기 시작했고, 그녀의 갈비뼈가너무 여러 조각으로 부서져 더는 부러뜨릴 수 없게 되었을 때에야멈추었다. 크리스토퍼는 부엌 조리대에서 빵 칼을 가져다가 그녀의두 눈에 찔러 넣고, 똑같이 시계 방향으로 칼날을 돌려 남은 내용물을 전부 파낸 다음 여자의 얼굴에 문질러 닦았다. 이 여자는 부검의의 작업대에 올라갔을 때 다른 여자들처럼 잠을 자다 평화롭게 죽은 척할 자격이 없다. 누군지는 몰라도 크리스토퍼는 시체를 보고신원을 확인하게 될 불쌍한 가족이 그녀를 크리스토퍼의 작품인부러진 뼈들의 피투성이 조각보로만 기억하게 만들었다.

기진맥진했다. 이 여자를 버리고 집으로 돌아가 침대에 기어들고 싶은 마음이 굴뚝같았다. 하지만 할 일이 많이 남아 있었다. 크리스토퍼는 주방 서랍에서 튜브에 든 강력접착제를 찾아 엄지손가락의 상처를 봉하고 집에 돌아가 제대로 된 처치를 할 때까지 버텨줄 천 테이프로 감았다. 그의 피가 남긴 흔적을 전부 없애기 위해 싱크대를 표백한 다음, 자신과 여자의 피를 바닥에서 철저하게 닦고 여자의 입에 그 걸레 조각을 쑤셔 넣었다.

크리스토퍼는 조리대 위에서 밀방망이를 가져다가 필요 이상으로 세게 그녀의 이를 아주 작은 조각들로 부숴버렸다. 여자의 이가 들어 있는 천을 목구멍에서 꺼내 깔끔하게 접은 다음 자기 가방에 넣었다. 여자의 입에 든 자신의 DNA를 누구도 찾지 못하게 하기 위해서였다.

갑자기 그의 핸드폰이 진동했다. 에이미의 전화였다.

"안녕." 에이미가 입을 열었다. "뭐 해?"

"별거 안 해." 크리스토퍼는 거짓말을 했다. 9호의 입에 표백제를 부어 양옆으로 흘러내리도록 놔두고 뺨과 귀 사이에 핸드폰을 끼웠다. 이러면 남은 내 흔적이 전부 파괴되겠지. 그는 생각했다.

"소변보는 거 아니지? 물소리가 나는데."

"아냐! 그냥 이 닦고 있었어."

전화를 끊고 청소 작업을 마무리하고 싶었지만, 방금 살해한 여자의 소름 끼치는 유해를 바라보면서 여자친구와 통화하자니 어쩐지 흥분됐다. 같은 공간에 존재하지 않는 한, 두 여자가 이 이상 가까워질 방법은 없었다.

"오늘 시간 못 내서 미안. 그렇지만 내일도 괜찮지?" 에이미가 물었다. "일이 아주 지옥 같아."

"그래, 잘됐네."

"괜찮아? 정신이 딴 데 팔려 있는 것 같은데."

"그냥 피곤해서. 밤에 푹 자야겠어."

"좋은 생각이야. 다음번에 만날 때는 밤새 침실에서 못 나가게 할 테니까." 에이미가 희롱하듯 말했다. 크리스토퍼는 그 생각에 미소를 지었다.

크리스토퍼는 전화를 끊은 뒤 방을 둘러보며 성공적으로 청소를 마친 데 만족감을 느꼈다. 실수투성이였던 이번 작업 현장으로 돌아오고 싶은 마음은 전혀 없었다. 하지만 일을 마치고 자신의 상징을 남기려면 며칠 후 돌아와야 한다.

크리스토퍼는 엄지손가락 통증을 가라앉히려고 9호의 핸드백에서 발견한 진통제 두어 알을 삼킨 다음 조용히 그녀의 집을 나서서 다른 집 쪽으로 향했다. 4층짜리 신축 아파트들이 있는 조용한 거리로 우회했다. 누군가의 이목을 끌지는 않았는지 주의해서 살피며 아파트 뒤쪽으로 돌아가 여전히 자물쇠가 풀려 있는 1층 문을 찾아냈다.

방에서 뿜어져 나오는 냄새를 견딜 수 있는 사람은 별로 없었을 것이다. 하지만 악취는, 특히 썩어가는 시신에서 나오는 악취는 크리스토퍼의 신경을 거스르지 않았다. 그는 손전등을 휙 돌려 8호의 얼굴을 비췄다. 여자의 두 어깨와 머리, 목, 몸통 오른쪽에서 시랍화가 시작되고 있었다. 그 때문에 피부가 얼룩덜룩한 짙은 녹색으로 변하고 66사이즈인 몸은 장내 가스가 쌓여 부풀어 올랐다. 배와 혀가 튀어나오고 눈은 툭 불거졌다. 혈관은 대리석 무늬처럼 흑갈색으로 바뀌고 두 팔과 다리의 피부에는 물집이 생겨나고 있었다.

크리스토퍼는 한 시간 반 전에 찍은 9호의 사진을 꺼내 여자의 가슴에 조심스럽게 올려놓았다. 밖으로 나가자마자 배낭에서 스프레이를 꺼낸 뒤 단 한 번의 빠른 동작으로 인도에 검은색 그림을 남겼다. 그는 물러나 자신의 작품을 바라보았다. 아이를 안고 물을 건너는 남자의 초상이었다. 그는 혼자 미소를 지었다.

크리스토퍼는 8호가 머잖아 발견될 거라고 생각했다. 지금쯤이면 어떤 표시를 주의 깊게 봐야 할지 모두가 알고 있을 테니까.

23

○ **제이드**
....

농가의 열린 문 뒤에 서 있는 사람은 확실히 케빈이 아니었지만, 케빈과 닮은 데가 있었다.

아마 20대 중반일 것이다. 케빈보다 약간 나이 들어 보였다. 그도 놀랄 만큼 잘생겼고 금발을 자랑하고 있었지만, 머리카락이 케빈보다 색이 짙고 곧았다. 푸른 두 눈은 제이드가 사진으로 본 바로 그 눈처럼 반짝였지만, 코는 더 각지고 입술은 더 얇았다. 누가 봐도 공격할 태세인 제이드 때문에 불안해하는 모습이었다.

하지만 제이드는 화나고 놀라면서도 간신히 정신을 차리고 조심스럽게 행동했다. 자신과 낯선 사람 사이에 안전하게 거리를 두었다. 그녀는 자동차 문을 잠그지 않았고, 서둘러 물러나거나 상대를 찔러야 할 경우에 대비해 열쇠를 손에 쥐고 있었다.

"누구세요? 내가 지난 일곱 달 동안 이야기하던 남자는 확실히 아닌 것 같은데." 제이드가 소리쳤다.

남자는 호기심과 매혹, 두려움이 뒤섞인 표정으로 제이드를 바라보았다. 뭔가 말하려고 애쓰던 그의 입이 몇 차례 열렸다 닫혔다. 제이드는 그의 가슴이 빠르게 오르내리는 모습을 보고 무엇 때문인지 그가 곤혹스러워하고 있으며 자신이 우위를 점했다는 걸 깨달았다. 그녀는 그가 자신에게 위협이 되지 않는다고 판단했다. 사실, 위협이 되는 건 태양뿐이었다. 그녀는 가엾은 자신의 흰 어깨를 생각했다. "날 들여보내주는 게 좋을걸요." 제이드는 자신이 낯모르는 사람의 집에 들어가게 해달라고 요구하는 중이라는 사실을 잠시 잊고 말을 이었다.

남자는 고개를 끄덕이며 한쪽으로 비켜섰고, 제이드는 현관을 지나 에어컨이 나오는 시원한 거실로 들어갔다. 찬 공기가 땀에 젖은 목에 닿자 천국에 온 것 같았다.

뒤에서 문이 휙 닫혔고 제이드는 피아노 위 벽 전체가 가족사진 액자로 덮여 있는 것을 보았다. 평범하고 일반적인 가족처럼 보였다. 제이드는 제 발로 「텍사스 전기톱 연쇄살인사건」의 한 장면으로 걸어 들어간 게 아니라는 생각에 조금이나마 마음을 놓을 수 있었다. 한 사진에는 여자 한 명과 10대 남자아이 두 명을 데리고 있는 중년 남자가 있었다. 소년 중 한 명은 지금 제이드의 눈앞에 불편한 듯 서 있는 남자의 어린 시절 모습이었다. 다른 소년은 어려 보이는 케빈이었다.

"당신이 케빈의 형인가요?" 제이드가 묻자 남자는 고개를 끄덕였다.

"마크예요." 그가 웅얼거렸다.

제이드는 약간 성질을 죽였다. "그럼, 케빈은 어디 숨어 있어요?"

"시내에 갔어요." 마크가 조용히 대답했다. "언제 돌아올지 모르겠네요." 그는 눈을 마주치기가 어려운 듯 제이드 뒤에 있는 열린 문을 거듭 바라보면서 두 발을 바꿔 짚어댔다.

"거짓말 같은데요, 마크. 빌어먹을, 날 바보 취급하지 마요. 내가 누군지는 알아요?"

마크는 고개를 끄덕였다.

"그럼 당신 동생을 만나려고 내가 얼마나 멀리서 왔는지도 알겠네요. 당신 동생이 나에 대해 무슨 얘기라도 해줬는지 모르겠지만, 난 호구가 아니고 남한테 이용당하는 걸 좋아하지도 않아요. 그러니까 케빈이 내 얼굴을 보고 이야기할 용기를 내기 전까지는 여길 떠나지 않을 거예요. 케빈한테 아내나 여자친구가 있어도 상관없어요. 난 진실을 듣고 싶어요. 그 진실을 알게 될 때까지는 이 집에서 한 발짝도 나가지 않을 거예요."

마크는 당황한 듯 다시 알아들을 수 없는 소리를 웅얼거리기 시작했다.

"괜찮아, 마크." 케빈의 목소리가 문간에서 들려왔다.

제이드는 재빨리 고개를 돌려 자신의 DNA 매치를 마주 보았다. 그리고 입을 떡 벌리고 말았다.

"안녕, 제이드. 딱히 네가 기대하던 모습은 아니지?" 그가 물었다.

24

○ 닉
··

정오라 차가 잔뜩 막혔다. 닉과 샐리가 버밍엄의 콜모어 서커스
에 도착했을 때쯤에는 답답해진 운전자들이 경적을 울려대는 중이
었다.

퀸스웨이 터널에서 일어난 사고가 4차선 도로를 1차선으로 좁혀
놓았다. 최근 철거한 사무 단지의 콘크리트 잔해 위에 여러 층의 건
물을 새로 짓느라 쾅쾅거리는 공사장 소리와 인부들의 드릴 소리
가 끊임없이 들려왔다.

닉은 고개를 들어 목적지를 보고 그 사람의 이름이 3층 창문 두
개에 걸쳐 빨간색과 검은색 글자로 새겨져 있는 것을 발견했다.
"일대일 물리치료." 광고와 마케팅 업계에 종사하는 사람으로서,
닉은 한물간 폰트와 그래픽을 마음속으로 비웃었다.

"대체 이런 짓을 왜 해야 하는데?" 닉이 다시 샐리에게 물었다.

"자기랑 이 남자 사이에 조금이라도 불꽃이 튀는지 알아봐야 하니까."

"말도 안 돼." 닉이 주장했다. 남자와 DNA 매치가 이루어졌다는 걸 알게 된 뒤로 자주 하는 말이었다. "나는 남자에게 육체적 매력을 느끼지 않는 이성애자 남자라고. 첫째, 불꽃 같은 건 튀지 않을 거고, 둘째, 만에 하나 불꽃이 튄다 한들 그 불꽃의 정체는 아무도 짐작 못 해."

"자기가 나한테 그랬지? 바에서 날 처음 만난 날, 우리가 결국 결혼하게 되리라는 걸 바로 알았다고." 샐리가 말했다. "심장이 두근거렸다고 했잖아. 이젠 내 마음의 평화를 위해서라도 이 남자를 만나서 이 사람한테도 가슴이 두근거리는지 알아봤으면 해. 그러지 않으면 자긴 남은 평생 궁금해하게 될 거야."

"아냐, 자기야. *자기나* 남은 평생을 궁금해하겠지. 나는 미치도록 사랑하는 사람이 여자인데 왜 남자랑 매치 같은 게 됐는지 궁금해하면서 평생을 보낼 거야."

"매치 '같은' 건 없어, 닉. 이건 과학이고, 자기가 믿든 말든 과학은 사실에 근거를 두고 있어. 자긴 이 일을 해야만 해."

닉은 심호흡하고 샐리의 얼굴을 두 손으로 감싼 채 샐리의 입술에 깊이 입을 맞췄다. 겉으로는 매치를 만나는 데 아무 관심이 없는 척했지만, 닉의 마음속에서는 자신과 무슨 연관이 있다는 이 남자에 대한 호기심이 자라고 있었다.

"뭐, 해버리자." 닉이 한숨을 쉬었다.

"끝나고 나면 저쪽 길 건너 코스타로 와."

닉은 샐리에게 마지못해 미소 짓고, 문에 달린 버저를 누른 다음 문이 열리자마자 계단으로 세 개 층을 올라 접수대로 갔다.

"안녕하세요." 닉은 손에 장미 문신을 한 젊은 안내원에게 초조하게 미소 지었다. "2시 30분에 알렉산더에게 예약했는데요."

"데이비드 스미스 님이세요?" 그녀는 화면의 일정표를 힐끗 보며 물었다. 닉은 가명을 써서 다행이라고 생각하며 고개를 끄덕였다. 알렉산더도 매치에 관한 연락처 정보를 요청했을지 모르니까. 그랬을 경우 닉은 둘이 직접 만나게 되리라는 사실을 미리 알려주고 싶지 않았다. "목과 어깨에 물리치료를 받고 싶다고 하셨는데, 맞으세요?" 그녀가 말을 이었다.

"네."

"네, 이 서류만 작성하시면 몇 분 뒤 알렉스가 봐드릴 거예요."

닉은 안락의자에 털썩 주저앉아 가짜 질환에 관한 짧은 설문지를 채워나가기 시작했다. 이름과 함께 최근에 겪은 가상의 자동차 사고로 입은 편타성 상해도 지어냈다.

"데이비드 씨?" 닉으로서는 어디 억양인지 잘 모르는, 낮지만 친근한 목소리가 등 뒤에서 들려왔다. 돌아본 닉은 문 앞에서 미소 짓는 알렉산더를 발견했다.

"아…… 네." 닉이 말을 더듬었다.

"알렉스입니다." 알렉스가 손을 내밀어 닉과 악수했다. "들어오세요. 한번 보죠."

닉은 알렉스를 따라 방에 들어간 다음 물리치료 침대에 걸터앉았다. 알렉스는 맞은편 간이 의자에 앉았다.

"그럼, 어떤 통증이 있는지, 왜 통증이 생겼는지 말해보세요." 알렉스가 물었다.

닉은 이야기를 시작하면서 알렉스가 사고에 대해서 더 자세히 묻지 않기를 바랐다. 거짓말은 거기까지밖에 연습하지 않았으니까. 알렉스는 닉의 건강과 직업적 습관에 대한 간단하고 일반적인 질문만 몇 가지 던졌다. 그러는 동안 닉은 알렉스를 빤히 바라보지 않으려고 최선을 다했다. 알렉스가 사진에서 본 그대로 믿기지 않을 만큼 잘생겼다는 점만은 알 수 있었다.

"좋습니다. 티셔츠를 벗고 똑바로 누워주세요." 알렉스는 그렇게 말하며 두 손에 소독약을 조금 짜냈다. 닉은 문득 브이넥 티셔츠를 걸친 터질 듯한 알렉스의 넓은 가슴에 비해 자신의 몸이 아주 앙상하게 느껴졌다.

"잠깐 목과 어깨 주변을 만져볼 거예요." 알렉스가 그렇게 설명하고 닉의 등 뒤에 섰다.

젠장, 젠장, 젠장. 닉은 알렉스의 손길이 다가오기를 기다리며 생각했다. 몸이 자신을 배신하지 않기를. 젖꼭지가 서서 관심을 끈다든지, 성기가 움찔거린다든지 하는 식으로 말이다. 닉은 술에 취해서 남자인 친구들을 자주 끌어안곤 했지만, 그런 행동이 성적 반응을 이끌어낸 적은 한 번도 없었다. 알렉스의 두 손이 어깨에 닿았을 때 닉은 눈을 감고 기도했다. 그리고…… 아무 일도 없었다. 닉이 느낀 것은 주변을 찔러보고 뭉친 근육을 파고들며 그의 목을 여러 다른 자세로 돌려놓고 다양한 방향으로 기울여보라고 요구하는 알렉스의 손가락뿐이었다. 닉은 안도의 한숨을 쉬었다.

닉은 알렉스가 시키는 대로 몸을 돌려 엎드리고 얼굴을 마사지 침대의 구멍에 집어넣었다. 알렉스의 두 손은 환자의 척추를 따라 내려가면서 필요에 따라 딱 소리를 내며 척추 뼈를 군데군데 맞췄다. 닉은 가끔 불편하긴 했지만 한담을 나눌 수 있을 정도로는 긴장이 풀렸다.

"오지*예요?"

"아뇨, 키위요. 뉴질랜드 출신이에요."

"아, 여기에는 얼마나 계세요?"

"스무 달 정도요. 비자는 거의 만료됐지만요. 아버지 건강이 별로 좋지 않아서 곧 집으로 돌아갑니다."

"이런, 괜한 걸 물어 미안합니다. 아예 귀국하시는 건가요?"

"그럴 생각이에요. 지금은 여자친구가 뉴질랜드 워킹 비자를 받아야 해서 머무는 중이고요. 여자친구는 영국 사람이거든요."

여자친구가 있네. 게이가 아니잖아. 닉은 그렇게 생각하며 두 사람이 같은 배, 그러니까 성 소수자가 아닌 확실한 이성애자의 배를 탄 입장이라는 데 안심했다.

알렉스가 닉의 어깨와 목 주변을 계속 만지고 주무르는 동안, 그들은 직장 이야기와 사람 만나는 이야기를 가볍게 나눴다. 닉은 그들이 가끔 같은 바에 갈 뿐 다른 공통점은 거의 없다는 걸 알게 됐다. 알렉스는 주말이면 대개 아마추어 럭비 경기를 하거나 여자친구와 함께 언덕을 오르는 등 암벽등반을 하며 시간을 보내는, 운동

---

* 호주 사람을 이르는 말.

을 좋아하는 스타일이었다. 알렉스는 사무실 벽에 걸린, 자신이 속한 솔리헐 럭비팀의 사진을 자랑스럽게 보여주었다. 닉에게 운동에 가장 가까운 행동은 늦잠을 자고 나서 버스를 잡으러 뛰어가는 것이었다.

"됐어요, 친구. 오늘은 이 정도면 되겠네요." 알렉스가 말했다. "약간 뭉친 데가 있긴 한데 아주 심각한 건 없네요. 일주일 정도 쉬었다가 증상이 계속되면 다시 예약하고 오세요."

"잘됐네요. 고맙습니다." 닉은 티셔츠와 재킷을 입으며 대답했다. 약간 머리가 가벼워진 기분으로 일어섰을 때 창문 너머로 3층 아래의 커피숍에 있는 샐리가 보였다. 닉은 혼자 미소를 지으며, 이번 문제가 그들의 계획을 망쳐놓지 않았다는 데 안도감을 느꼈다. 그와 남은 인생을 함께할 운명의 상대는 길 건너편에 앉아 있는 사람이지 같은 방에 서 있는 사람이 아니었다.

닉은 알렉스와 악수하고 나서 접수대로 걸어갔다. 비용을 내려고 핸드폰을 리더기에 대며, 자신이 게이일지도 몰라 걱정했다니 참 어리석은 일이라고 생각했다. 이것이야말로 DNA 매치 검사가 사기라는 증거라고 그는 혼잣말을 했다.

닉은 치료실 쪽을 힐끗 보았다. 마침 그때 알렉스가 고개를 돌렸다. 그리고 둘의 눈이 마주친 순간, 닉은 본의 아니게 헉 하며 날카롭게 숨을 들이켰다. 가슴이 세차게 두근거리기 시작하고 눈이 휘둥그레지는 게 느껴졌다. 배 속이 금방이라도 뒤집힐 것 같았다. 알렉스의 얼굴에 문득 떠오른 당혹감으로 보아 그도 정확히 똑같이 느끼는 모양이었다.

"영수증 여기요." 안내원이 미소 지으며 닉을 마법에서 풀어주었다. 닉은 당황한 채 서둘러 계단을 내려가 건물을 나섰다.

닉은 잠시 인도에 서서 벽에 기댔다. 부드러운 여름 산들바람이 붉어진 얼굴을 식혀주기만을 바랐다. *방금 그건 대체 뭐지?* 그는 자문해보았다.

날카롭고 밭던 호흡이 느려지고 심장 박동이 다시 자제력을 발휘하기 시작하자, 닉은 샐리에게 갔다.

"그래서? 어땠어?" 닉이 샐리 옆의 스툴에 앉자 그녀가 불안한 듯 물었다.

"뭐, 괜찮았어. 근데 내 스타일은 아냐." 닉은 억지로 미소를 지어 보였다.

"그럼 내가 남자한테 약혼자를 빼앗길 일은 없는 거야?"

말투는 농담 같았지만, 닉은 그 질문이 진심이라는 걸 알 수 있었다.

"정말 그럴 수도 있다고 생각했어?"

"아니, 뭐, 그럴지도. 약간은. 맞아."

"당연히 아니지." 닉은 안심시키듯 샐리의 이마에 가볍게 입을 맞추며 말했다. 샐리가 두 팔을 뻗어 닉을 꼭 끌어안았을 때, 그의 두 눈은 길 건너 3층의 치료실을 올려다보고 있었다. 닉은 자신이 그곳에 마음을 두고 왔다는 걸 깨달았다.

25

° **엘리**

이 사람은 뭔가 문제가 있는 게 틀림없어. 엘리는 팀이 보낸 다른 문자메시지를 읽으며 생각했다.

두 사람이 깨어 있는 동안 서로 메시지를 보내지 않는 시간은 한 시간이 채 안 됐다. 주머니 속 핸드폰이 진동하면, 엘리는 팀이 무슨 말을 하려는 건지 궁금해 회의가 빨리 끝나기만을 기다리곤 했다. 엘리는 이미 선불 핸드폰 번호를 버리고 팀에게 개인 연락처를 주었다. 며칠 전 술집에서 만났을 때 곧바로 팀에게 육체적으로 끌리지는 않았지만, 확실히 그의 존재는 뭔가 사랑스러웠다.

팀은 시스템 분석가라는 직업을 선택한 자신을 비하했다. '뭣같이 지루하다'는 게 그가 사용한 표현이었다. 반면 엘리는 자신의 직업에 대해 좀 더 모호한 태도를 보였다. 엘리는 팀에게 자신이 런던의 큰 회사에서 일한다고 알려주었지만, 그가 뭘 하는 회사냐고 구

THE ONE

체적으로 물었을 때는 일부러 애매하게 굴며 경제와 관련된 일이라고만 말해뒀다. 엘리는 둘의 관계가 우정 이상의 뭔가로 발전하려면 영원히 팀에게 거짓말을 할 수는 없다는 걸 알고 있었다. 하지만 당분간은 평범한 사람인 척하며 즐기기로 했다. 팀이 온라인에서 엘리를 검색해봄으로써 일을 망치지 않기만을 바랄 뿐이었다.

오랫동안 실망에 실망을 거듭한 끝에, 엘리는 오래전부터 어떤 남자도 눈여겨보지 않게 되었다. 몇 명 되지도 않는 엘리의 최근 데이트 상대들은 그녀를 인맥을 만들 기회나 사업계획을 피칭해 투자를 따낼 대상으로만 이용했다. 첫 번째 데이트에서든 두 번째나 세 번째, 네 번째 데이트에서든 엘리의 재산을 화제로 끌어낼 궁리만 하는 사람도 있었다. 엘리는 그들이 저마다 불안한 사람이고, 자신에게 남성성을 빼앗길지도 모른다는 공포에 끊임없이 시달린다는 걸 깨달으면 그 즉시 마음이 식어버렸다. 알고 보니 많은 남자가 엘리처럼 독립적이고 부유하며 매력적인 여자를 통제해야 할 위험 요소로 보고 있었다.

20대 시절에 엘리는 매치되지 않은 사람과 미친 듯이 사랑에 빠지는 일도 가능하다고 믿었다. 어쨌거나 문제의 유전자가 발견되기 전까지는 그런 일이 수천 년 동안 벌어졌으니 말이다. 하지만 시간이 지나고 30대의 문턱을 넘어서면서, 엘리는 유전적으로 매치되지 않은 누군가와 자신이 공통점을 찾을 수 있을 거라는 믿음을 잃어버렸다. 데이트에서 불꽃이 튀는 느낌도 경험해보았지만, 그 불꽃은 상대의 진짜 의도를 알게 되면 늘 싹 식어버렸다. 엘리는 팀이 어떤 생각을 가지고 있을지 문득 궁금해졌다. 그래서 이제는 팀의 결점을 찾으려 들고 있었다. 그에게 흠잡을 구석이 아무것도 없다는 걸 알았을 때는 실망스러울 지경이었다.

"화요일에 런던으로 출장 갑니다. 막차 타고 집에 올 건데, 그 전에 같이 저녁 먹을까요?" 팀이 문자를 보냈다.

"그래요, 너무 좋겠네요." 엘리는 답장을 보내고 나서 마음속에서 온기가 솟구치는 걸 느꼈다.

매치된 커플의 92퍼센트가 상대를 처음 만난 지 48시간 이내에 곧바로 사랑을 느낀다고 보고되는데, 엘리는 아직 그런 것은 못 느꼈다. 그래도 팀은 어딘가 특별했다. 세상에 똑같은 연인은 한 쌍도 없고 가끔은 모든 것을 잠식하는 사랑에 이르기까지 몇 주가 걸리기도 하므로 엘리는 걱정하지 않았다. 팀과 함께 지내는 시간이 길어질수록 엘리는 자신의 마음이 녹아내리는 걸 자주 느꼈다.

하지만 팀이 자신의 비밀을 드러내도 될 만큼 특별한 사람인지는 아직 판단할 수 없었다.

26

° 맨디

맨디가 진입로에 발을 들이자마자 리처드가 한때 집이라고 불렀던 수수하고 외진 주택의 현관문이 열렸다.

클로에가 현관 앞에 서서 온 얼굴에 웃음을 활짝 띠고 있었다. 맨디가 추도 예배에서 우연히 만났던 의심 많은 여자와는 아주 달라 보였다.

"들어와요, 얼른." 클로에가 맨디를 안내했다. 맨디는 클로에를 따라 초조하게 복도를 지나서 탁 트인 주방으로 들어갔다. 교회에서 본 여자가 아일랜드 식탁의 스툴에 걸터앉아 있었다. 남매는 별로 닮은 점이 없었고 그런 점에서는 모자지간도 마찬가지였다. 하지만 그들이 서로를 바라보는 눈빛을 본 맨디는 왠지 자신도 이 가족의 일부가 되어야 한다는 생각이 들었다. 여기서조차 매치의 이끌림을 느꼈다.

여자의 안경테 너머에 자식 잃은 고통을 아직도 받아들이지 못해 슬퍼하는 어머니의 눈이 있었다. 맨디는 손을 내밀어 악수하려 했지만 여자는 그 대신 맨디의 어깨를 잡고 꽉 끌어안았다. "와줘서 너무 고마워요." 여자가 맨디의 귀에 속삭였다.

"됐어요, 엄마. 이제 놔줘요. 맨디, 이쪽은 우리 엄마 퍼트리샤예요." 클로에가 말했다.

"만나서 정말 반갑습니다." 맨디가 말했다.

"나도 마찬가지예요. 편하게 팻이라 불러요." 퍼트리샤는 그렇게 대답하며 아들의 매치를 위아래로 훑어보았다. "당신이라면 리처드가 정말 좋아했겠군요!"

맨디는 얼굴이 붉어졌다.

"맨디 좀 보렴, 클로에. 아름답지 않니?"

클로에는 조리대의 반대편에서 그들에게 줄 차를 준비하다가 고개를 끄덕였다. 맨디는 주방과 응접실을 둘러보다 사이드보드* 위를 뒤덮은 가족사진을 보았다. 런던 마라톤 완주 메달 옆에 놓인 코르크 게시판에 압정으로 리처드의 추도 예배에서 봤던 공로장이 박혀 있었다. 팻의 두 눈이 자신을 빨아들일 듯 바라보는 게 느껴졌지만, 불편하지 않았다.

"리처드는 당신이 어떻게 생겼을지 궁금해했어요." 결국 팻이 입을 열었다. "검사를 받아보고 나서 자기에게 선택된 사람이 누구일지, 당신이 어디에 사는지 궁금해했거든요. 클로에가 말해줬는지

---

* 주방에서 상에 내갈 음식을 얹어두는 작은 탁자.

모르겠지만 리처드는 여행을 좋아했어요. 내 생각엔 매치와 함께하기 위해서라면 지구 끝까지라도 갔을 거야."

"전 겨우 두 시간 떨어진 곳에 살아요. 바로 에식스 외곽에요." 맨디가 미소 지었다. "그러니까 멀리 여행 갈 필요는 없었겠네요. 리처드가 왜 검사를 받았는지 아세요?"

"다른 사람들과 같은 이유였겠지요. 스물다섯 살이니 젊었던 건 사실이지만, 그 애는 아주 오래전부터 정착해서 자기 가족을 꾸리고 싶어 했거든요. 리처드 아빠랑 내가 만났을 땐 물론 검사를 받을 수 없었어요. 하지만 우린 남편이 먼저 세상을 떠날 때까지 20년간 함께했답니다. 내 생각엔 한 번도 그 양반이랑 다퉈본 적이 없는 것 같아. 리처드도 바로 그런 관계를 원했을 거예요. 운에 맡기고 싶지 않았겠지."

"사정을 처음 알게 됐을 땐 어떠셨어요? 사고 말이에요……." 클로에가 그렇게 묻고 맨디에게 찻잔을 건넸다.

"리처드를 만나본 적도 없는 제가 이런 말을 하면 바보처럼 들리시겠지만, 절망했어요." 맨디는 인정했다. "아이를 낳을 수 없다는 걸 알면 아마 그런 기분이겠죠……. 선택권이 손을 떠나버린 셈이니까요. 한 번도 가져본 적 없는 것을 잃고 슬퍼하는 거죠. 제가 바로 그런 기분이었어요. 터무니없는 소리죠?" 맨디는 아이를 생각하자 찌르는 듯한 아픔이 느껴졌다. 수많은 검사를 받은 뒤, 맨디는 자신이 전에 유산하긴 했지만 실제로 임신할 수 있는 몸이라는 사실을 알게 됐다. 아이를 낳을 수 없는 가엾은 여자들에 대해 이야기하면서 자신이 그중 한 명이 아니라는 걸 늘 행운으로 여겨왔다. 하지만 이제 모든 것을 잃었다. 리처드도, 언젠가 아이를 낳을 수 있으리라는 가능성도, 미래도……

"바보 같은 소리." 팻이 말하며 맨디의 손에 자기 손을 올렸다. "당신이나 우리나 같은 사람을 잃었는데요, 뭐. 그저 우리는 리처드가 살아 있는 내내 그 애와 함께할 만큼 운이 좋았을 뿐이죠. 당신이 잃은 건…… 글쎄, 그건 너무 불공평한 일이지만."

팻의 말은 맨디에게 필요했던 안도감을 주었다. 맨디는 감정에 휩쓸려 마음을 방치하고 있는 게 아니었다. "다른 사람들은 아마 이해 못 할 거예요." 맨디는 조용히 말하고 꿀꺽 침을 삼켰다.

"리처드 방을 보여줄까요?"

"엄마." 클로에가 말을 끊었다. "맨디도 숨 좀 돌리게 해주세요, 이제 겨우 도착했는데. 전부 받아들이기엔 좀 벅찰지도 몰라요."

"아뇨, 괜찮아요. 저도 보고 싶어요." 맨디는 고개를 끄덕이고 팻을 따라 계단으로 향했다.

"리처드는 대학에 가면서 이사를 나갔다가 집으로 돌아왔어요. 그리고 여행을 가겠다고 다시 떠났지." 팻이 설명했다. "애가 하도 들락날락하니까, 클로에는 리처드를 위해 회전문이라도 설치해줘야겠다고 농담을 하곤 했지요. 그러다가 리처드의 개인 트레이닝 일이 잘되면서 저금한 돈으로 아파트 보증금을 마련했어요." 팻은 눈앞의 문을 열었다. "보고 싶으면 들어가서 한번 봐요. 혼자 있게 해줄 테니."

리처드의 방은 깔끔하고 널찍했다. 맨디는 리처드의 세계 여행을 담은 수백 장의 사진이 장식된 벽으로 향했다. 호주, 아시아, 남아메리카, 동유럽, 심지어 알래스카까지. 리처드의 침대 옆에는 그의 셔츠와 바지가 든 옷장이 있었는데, 보아하니 옷가지는 모두 깔끔하게 다려져 있었다. 맨디는 두툼하게 뜨개질한 스웨터를 손가락으로 쓸어보고 얼굴로 끌어당겨 냄새를 맡았다. 하지만 섬유유연제 냄새밖에 나지 않았다.

맨디는 방구석에 있는 안락의자로 향했다. 의자 등받이에는 스카프가 걸쳐져 있었다. 그녀는 스카프를 들어 코에 대고 깊이 숨을 들이쉬었다. 그와 연결되어 있다는 느낌이 간절했다. 문득 리처드의 애프터셰이브 향과 존재가 와락 느껴지면서 두 다리가 풀릴 것 같았다. 완전하게 묘사할 수는 없지만, 시간이 흐른 뒤에 따뜻하고 거품이 가득한 목욕물이나 힘세고 안심이 되는 누군가의 품에 몸을 내맡길 때와 비교하게 될 만한 느낌이었다.

그 순간 맨디는 문득 울기 시작했다. 자신조차 놀랐다. 리처드의 사진을 보고 그의 가족을 만나는 것과 그의 체취를 실제로 맡는 것은 완전히 달랐다. 그 일은 맨디에게 엄청난 충격을 주어서 그녀는 방에서 나가기 전 서랍장에 기대 마음을 가라앉혀야 했다. 문을 닫고 나오면서 그녀는 빨개진 눈언저리에서 눈물을 닦아냈다.

바로 그곳 그 자리에서 맨디는 죽은 남자와는 절대 불가능할 거라고 생각했던 깊은 사랑에 빠지고 말았다.

27

° **크리스토퍼**
....

크리스토퍼는 주방에서 바깥으로 연기가 새어나가도록 내리닫이창을 열었다. 스튜용 냄비에 칠리 오일을 너무 많이 넣은 자신을 욕하면서.

필레 스테이크 겉면이 그의 취향보다 타버렸으므로 크리스토퍼는 데워 먹는 페퍼콘 소스 한 봉지를 전자레인지에 돌리고 에이미가 전자레인지의 땡 소리를 듣지 못하도록 주방 문을 닫았다. 이미 집에서 만든 스테이크와 웨지 고구마, 소스가 자신의 특제 요리라고 자랑하며 에이미를 주방 밖으로 내보낸 뒤였다. 에이미에게 한 수많은 거짓말 중 하나였다. 어쩔 수 없었다. 크리스토퍼는 다른 사람에게 깊은 인상을 남기지 않고는 못 배겼다. 행동, 외모, 직업……. 이제는 익명으로 저지르는 살인을 통해서라도. 그리고 오늘 밤에는 그의 요리가 무대 한가운데를 차지할 차례였다.

9호가 잔인하게 물어뜯어 다친 그의 엄지손가락은 붕대에 싸인 채로 닷새가 지난 지금까지도 욱신거렸다. 하지만 에이미에게는 서툴게 굴다가 화장실 문에 꼈다고 설명했다. 에이미로서는 의심할 이유가 전혀 없었다.

크리스토퍼는 고기를 지나치게 익힌 걸 수면 부족 탓으로 돌렸다. 에이미를 만난 뒤로는 한 번에 몇 시간씩 통으로 여유를 내기가 거의 불가능했다. 에이미는 이틀에 한 번씩 그의 집에서 밤을 보냈다. 크리스토퍼의 집이 에이미의 집보다 직장인 런던 경찰 본부와 훨씬 가까웠기 때문이다. 게다가 에이미의 성욕은 그의 성욕만큼이나 끝이 없었다. 다시 말해 크리스토퍼는 명단에 적어둔 다른 표적들의 핸드폰 위치를 감시하며 보내던 시간을 혼자 지내는 몇 안 되는 밤에 욱여넣어야 했다.

에이미는 이미 복잡한 그의 인생에 더해진 또 하나의 문제가 되어갔다. 크리스토퍼는 전에도 여자친구를 여럿 사귀어봤다. 하지만 첫 데이트를 하고 나서 3주가 지났는데도 그녀를 죽이고 싶은 공상이 들지 않는다는 점에서 에이미는 정말로 달랐다. 에이미는 크리스토퍼의 매치였다. 그는 자신 같은 사람도 누군가를 향해 진짜 감정을 품을 수 있을지 생각해봤다. 에이미의 존재는 그를 좀 이상하게 만들었다. 에이미에게는 그녀를 곁에 두고 싶게 만드는 어떤 속성이 있었다. 최소한 당분간은 말이다.

크리스토퍼는 오븐에서 구운 웨지 고구마를 꺼내고 모든 것을 접시 위에 대칭으로 놓았다. 유기농 샐러드 채소에 발사믹 식초를 한 번 끼얹고, 저녁 식사를 응접실 식탁으로 가져갔다. 그런 다음 그의 성격과는 전혀 어울리지 않게도 다시 주방으로 달려와 페달 달린 휴지통 밑바닥에 빈 음식 포장지들을 감췄다.

"자기, 취향 음침하다?" 에이미가 말했다. 크리스토퍼가 돌아와 보니 에이미는 그의 책장 앞에 서서 고개를 한쪽으로 기울이고 책등에 인쇄된 제목을 읽고 있었다. 책장에는 선반마다 색깔에 맞춰 책들이 크기 순서로 정리되어 있었다. "『연쇄살인범의 정신세계』, 『조디악 살인마』, 『연쇄살인마 선집』." 에이미가 큰 소리로 읽었다. "잭 더 리퍼에 관한 책 네 권과 프레드와 로즈마리 웨스트에 관한 책 두 권까지…… 어떤 테마가 느껴지는데, 크리스."

"난 뭐가 사람들을 움직이는지 알고 싶어." 크리스토퍼는 아무렇지 않게 대답하고, 와인 두 잔을 따른 뒤 높이가 완전히 같은지 확인했다. "인간 행동이 흥미롭더라고. 음침하대도 말이야."

크리스토퍼는 요크셔 리퍼라고도 불리는 피터 서트클리프의 전기를 여러 권 읽은 게 떠올랐다. 서트클리프는 1970년대와 1980년대에 아무 의심도 하지 않는 아내의 코앞에서 열세 명의 여성을 살해한 인물이었다. 크리스토퍼는 어떻게 그가 그런 짓을 저지르고도 빠져나갔는지, 또 그런 위험을 감수하면서 그가 어떤 충족감을 얻었을지 궁금했다. 서트클리프는 정말로 아내를 사랑했을까? 아니면 편집증과 조현병으로 이루어진 서트클리프의 세계에서 아내만이 그가 완전히 미쳐버리는 걸 막는 닻과 같은 존재였던 걸까?

크리스토퍼는 자신과 서트클리프의 인생에서 비슷한 점들을 발견하기 시작했다. 정신병만 빼고는 모두 같았다. 자신이 서트클리프에 비해 유리한 여러 점 중 하나는 서트클리프의 정신병 같은 바닥침이 필요 없다는 점이었다. 자신은 미치지 않았으니까. 사실 정반대였다. 읽어본 논문들과 받아본 검사는 모두 그의 지능이 보통 사람보다 훨씬 높다는 사실을 증명해주었다. 그의 흥청망청 살인 잔치는 강박이 아니라 도전이었다.

"소설 취향까지 섬뜩하네." 에이미가 말을 이었다. "『한니발 라이징』, 『아메리칸 사이코』, 『케빈에 대하여』, 도널드 트럼프 자서전……."

크리스토퍼는 사이코패스에 관한 수많은 묘사를 읽고 또 보았지만 그들과는 거의 공통점이 없었다. 크리스토퍼와 비슷한 사람들은 소설가나 시나리오 작가에 의해 너무 자주 그 이미지가 잘못 사용되고 왜곡되고 과장되고 희화화되었다. 사이코패스는 쉬운 표적인데다가 관객들에게 충격을 주기 때문이다. 『아메리칸 사이코』의 패트릭 베이트먼, 한니발 렉터, 『나를 찾아줘』의 에이미 던이나 『에덴의 동쪽』에 나오는 캐시 에임스의 뒤틀린 영혼은 모두 다양한 정도로 사이코패스의 특성을 지니고 있었지만, 그중 크리스토퍼와 같은 성향은 하나도 없었다.

『재능 있는 리플리』*라는 소설의 주인공인, 제목과 이름이 같은 톰 리플리 정도가 크리스토퍼와 닮았다면 닮은 인물일 것이다. 그들은 삶의 세련된 것들을 사랑한다는 점에서 같았고, 그런 세련된 것을 취하는 데 아무 거리낌이 없다는 점도 비슷했다. 하지만 톰의 교묘한 책략들은 결국 승리감과 편집증의 기이한 조합이 되고 말

---

* 우리나라에서는 '태양은 가득히'라는 제목으로 출간됐다.

았다. 자신의 계략은 그렇지 않았다.

문득 에이미는 책등에 아무 이름도 적히지 않은 흰 책에 관심을 가졌다. 크리스토퍼는 가슴이 두근거렸다. 에이미가 책을 몇 센티미터쯤 빼내자 그는 숨을 참았다. 크리스토퍼는 위험을 즐기는 성향이었기 때문에 일부러 그 책을 그 자리에 놔두었다. 마음 한편에서는 에이미가 책을 꺼내 펼쳐보기를 바랐다. 하지만 주도권을 쥔건, 실제로 그런 일이 일어날 경우 에이미의 게임은 끝나버린다고 생각하는 다른 마음이었다.

"밥 다 식겠다." 크리스토퍼가 말하자 에이미는 책을 원래 있던 자리에 두고 그가 앉은 식탁에 함께 앉았다. "그런데 그 연쇄살인범한테는 왜 이름을 안 붙여주는 거야?" 크리스토퍼가 스테이크를 힘주어 자르며 물었다.

"무슨 말이야?"

"뭐, 연쇄살인범한테는 보통 별명이 붙잖아. 기자들이 붙이든 경찰이 붙이든. 요크셔 리퍼니 조디악 살인마니 죽음의 천사니……. 하지만 이 녀석한테는 아무도 이름을 붙여주지 않았어."

크리스토퍼는 자신의 노력이 아직 별명으로 보상받지 못했다는 게 진심으로 치욕스러웠다. 그래서 여자 아홉 명—내일 밤 명단에 한 명을 더 덧붙일 수 있다면 좋겠지만—이 죽었는데도 진지한 취급을 받지 못하는 이유가 무엇인지 물어볼 수밖에 없었다.

"몰라." 에이미가 대답했다. "보통은 언론에서 붙여. 직접 하나 지어볼래?"

"그건 좀 혐오스럽지 않아?"

"책장에 연쇄살인범 책을 스무 권이나 꽂아둔 사람이 할 말이야? 자기 아주 전문가더라."

"자기가 알고 있는 걸 먼저 말해줘야 이름을 고르지."

"음, 경위님한테 들은 얘기가 있어. 이번 주에 혹시라도 우리가 아는 사람 중 용의자가 있는지 알아보기 위한 전체 부서 회의가 잡혔는데, 경위님이 그 회의에 들어가셨거든. 프로파일링에 따르면 범인은 남자고 나이는 스무 살에서 마흔 살 사이야. 독신 여성을 표적으로 삼기를 좋아하고 살해 방법은 늘 같아. 자물쇠를 따고 1층 문이나 파티오 문으로 침입하는 거지. 피해자들의 문은 거의 항상 낡았거나 보안이 소홀했어. 그런 다음 범인은 피해자를 죽이고 시신을 주방에 뒀어. 두 팔을 몸통에 붙이고 다리는 쭉 뻗은 모습으로 말이야. 그러고 나서 이틀에서 닷새 정도 사이를 두고 다른 여자를 죽인 뒤 지난번 범죄 현장으로 돌아가 최근 피해자의 사진을 그 직전 피해자의 가슴에 올려놓는 거야. 우리가 아는 한 DNA는 전혀 남기지 않았어. 그러니까 꼼꼼한 놈인 셈이지. 표적이 된 여자들은 전부 런던에 살고 있었지만 범인은 피해자의 거주지를 무작위로 고른 것 같아. 그래서 그놈이 다음번에 공격할 곳이 어디인지 좁히기가 더 어려운 거고."

크리스토퍼는 배 속에 나비들이 잔뜩 모여들어 원을 그리다가 한꺼번에 떼 지어 날아가는 것 같은 기분이었다. 온몸이 흥분으로 떨려왔다. 다른 사람이 그토록 자세하게 그의 작품에 관해 이야기하는 것을 한 번도 들어본 적 없었다. 이 주제를 놓고 타인과 이야기해본 건 인터넷 익명 게시판에서 나눈 대화가 전부였다.

"그놈이 피해자들의 사진을 매번 남기는 이유는 우리 경찰을 조롱하거나 자신에게 범행을 멈출 계획이 없다는 걸 보여주기 위해서라는 게 우리 생각이야." 에이미가 말을 이었다. "그리고 범인은 각 피해자의 집 앞 보도에 페인트로 똑같은 그림을 그려뒀어. 피해자가 안에 있다는 걸 알리려고 말이지……. 뭔가를 업고 가는 남자처럼 보이더라."

"그래, 나도 《이브닝 스탠더드》에서 그 사진 봤어."

"그냥 사라졌다가 또 나타나는 걸 보면 유령 같아."

"유령 살인마."

에이미가 고개를 저었다. "그놈한테 붙이기엔 쓰레기 같은 이름이야."

"침묵의 살인마."

"침묵의 살인마는 일산화탄소 아냐?"

"치즈와이어 교살자."

"'치즈'라는 단어 때문에 자기가 그놈 짓을 사소하게 여긴다는 느낌이 들어." 에이미가 문득 말을 멈추었다. "범인이 치즈와이어를 쓴다는 걸 자기가 어떻게 알아?"

크리스토퍼는 실수를 깨닫고 잠시 말을 멈추었다. 살인 사건에 관해 그가 읽었던 모든 기사는 피해자들의 목을 조르는 데 와이어가 사용되었다고 보도했다. 하지만 치즈를 자르는 데 쓰는 와이어였다고 구체적으로 밝힌 경우는 없었다.

"그래야 말이 되지." 크리스토퍼가 임기응변으로 둘러댔다. "그렇게 질긴 와이어로 사람 목을 조르려면, 붙잡을 손잡이가 있어야 자기 손가락을 베일 위험이 없으니까."

"우리도 치즈와이어라고 생각해." 에이미가 말했다.

좋아, 내 거짓말을 믿는군.

"관통상의 폭이나 깊이, 또 피해자들의 상처에 남은 화학물질을 근거로 볼 때 치즈와이어는 살인 사이사이에 정기적으로 닦는 것 같아."

"흉기를 어디서 구했는지는 알아?"

에이미는 고개를 끄덕이고 스테이크를 한 입 더 먹었다.

"내 생각에는 아주 오랫동안 전국에서 구할 수 있는 물건이었을 것 같은데, 맞아?"

"존 루이스 제품이야. 최소 10년 동안 판매되던 물건이고. 조사 제대로 했네?"

크리스토퍼가 고개를 끄덕였다. 에이미는 그가 얼마나 많은 조사를 제대로 했는지, 방금 그녀가 자신을 얼마나 기쁘게 만들었는지 전혀 모르고 있었다.

"뭐, 붙여줄 이름이 생각나면 직장에서 한번 얘기해봐." 크리스토퍼가 보챘다. "연쇄살인범한테 별명 붙여줄 기회가 얼마나 자주 오겠어?"

"글쎄, 연쇄살인범하고 같이 시간을 보낼 기회 정도?"

28

° **제이드**
···

제이드 앞에 있는 남자는 확실히 케빈이었다. 하지만 그가 제이
드에게 보내준 사진들은 꽤 오래전에 찍은 게 분명했다.

제이드는 이 사람을 만나러 이렇게 멀리까지 온 게 아니었다. 케
빈은 어려 보였지만 두 눈에는 수많은 사진에 담겨 있던 초롱초롱
한 빛이 없었다. 머리는 거의 대머리였다. 가느다란 머리카락 몇 가
닥이 두피를 덮고 있을 뿐이었다. 두 팔엔 살이 없어 근육이 불거
져 있었으며, 한때는 딱 맞았을 운동복 바지와 티셔츠가 지금은 허
수아비에게 덮어씌운 듯 느슨하게 늘어져 있었다. 피부는 창백하고
파리했다. 그는 왼손에 바퀴 달린 금속 틀과 연결된 휴대용 링거를
들고 있었다. 제이드는 그를 머리부터 발끝까지 살펴보았다. 놀랍
기도 하고 혼란스럽기도 했다. 처음에 그에게 느꼈던 분노는 빠르
게 흩어졌다.

"앉아도 될까?" 케빈이 미소 짓자 제이드는 고개를 끄덕였다. 아무래도 대답할 말이 생각나지 않았다. 제이드는 케빈을 따라 널찍하고 밝은 응접실로 들어갔다. 커다란 거실 창문 너머로 눈이 닿는 데까지 수십 킬로미터나 펼쳐져 있는 들판이 보였다. 케빈은 의자 팔걸이에 기대 균형을 잡더니 천천히 의자에 앉았다.

"네가 전화했을 때 오지 말았어야 했다고 말해서 미안해. 하지만 뭐랄까, 놀랐어." 케빈이 입을 열었다. 목소리가 하도 젊게 들려서 그의 외모는 별것 아니게 느껴졌다. "네가 여기까지 나를 보러 올 거라고는 전혀 생각 못 했거든."

"겨우 며칠 전에 결정한 거야." 제이드가 속삭였다. "난…… 나는…… 미안해."

"와…… 서로 알고 지내는 동안 네가 미안하다고 말한 건 처음이야. 알아?" 케빈이 놀렸다.

"자주 쓰는 말이 아니라서."

"농담이야. 그리고 사과해야 할 사람은 네가 아니야, 나지. 난 너한테 모든 걸 솔직히 털어놓지 않았어. 뭐, 너도 봤으니까 알겠지. 어떻게 해야 이 말을 쉽게 전할 수 있을지 모르겠지만, 제이드, 난 림프종 4기야. 그 말은…… 좋지 않다는 거지."

제이드는 케빈과 눈을 맞추기 어려웠다. 전화와 문자메시지로 사랑에 빠졌던 남자와, 눈앞에 있는 인간의 파편 같은 존재가 도무지 연결되지 않았다.

"1년쯤 전에, 너랑 매치되기 전에 진단을 받았어." 케빈이 말을 이었다. "저 밖 어딘가에 나의 완벽한 짝이 있을지 알고 싶었어. 몇 달 뒤에 그게 너로 밝혀졌고. 그냥 가만히 있을까도 생각해봤어. 너한테 내 연락처 정보를 주지 않고 말이야. 너한테 연락하면 잘못을 저지르는 셈이 될 테니까. 하지만 호기심은 인간의 본성이잖아. 그리고 나처럼 병원과 집에만 틀어박혀서 너무 많은 시간을 보내게 되면, 생각나는 게 그것밖에 없거든. 정말이지 너에 대해 더 알고 싶은 마음을 참을 수가 없었어. 내가 이기적이었어. 미안해."

제이드는 고개를 끄덕였다. 자신이 그 입장이었다 해도 매치에 대해 모든 걸 알고 싶었으리라는 생각이 들었다. "얼마나……." 제이드의 목소리가 잦아들었다. 아무리 그녀라도 지금 던지려는 질문은 너무 매정하게 느껴졌다.

"얼마나 남았느냐고?" 케빈이 제이드 대신 말을 이었다. "아마 한두 달이 최대일 거야."

"네가 보내준 사진들은?"

"지난여름에 찍은 거고."

"그래서 스카이프나 페이스타임을 하지 않으려 했던 거야? 몇 분 전만 해도 난 널 갈기갈기 찢어버릴 생각이었어. 네가 결혼해서 아이도 있을 거라고 확신했거든."

"하!" 케빈이 웃었다. "나한테 결혼 가능성은 병아리 눈물만큼도 없을 것 같은데."

제이드는 그건 자기도 마찬가지라는 사실을 문득 깨닫고 아주아주 외로워졌다. 언젠가는 다른 사람과 사랑에 빠질지도 모르지만, 그 사람은 운명의 상대가 아닐 것이다. 케빈이 아니니까.

제이드는 공감한다는 뜻으로 그에게 미소 지었지만 의미 없는 말을 건네지는 않았다. 제이드가 할 수 있는 말 중에 뭔가를 아주 조금이라도 바꿀 수 있는 말은 거의 없었다.

"잘 들어봐." 케빈이 말을 이었다. "떠나고 싶대도 이해해. 정말이야. 내가 너였더라도, 부끄럽지만 아마 심각하게 그 방법을 생각해봤을 거야. 넌 이럴 줄 몰랐잖아."

제이드는 이를 악물고 운동화를 신은 발가락을 오므렸다. 케빈 앞에서 감히 기분 나쁜 내색은 하지 않을 생각이었다.

"너도 마찬가지잖아, 케빈." 제이드가 대답했다. "그러니까 너만 상관없다면 좀 더 머무를게. 우리가 서로를 직접 알아갈 수 있도록 말이야. 어때?"

케빈은 고개를 끄덕였다. 그는 얼굴에 번져가는 미소를 참지 못했다.

29

닉
....

"담배 끊는다며?"

"그러려고 했어. 끊었었지. 그냥 며칠간 좀…… 이상해서……."

"왜 그래? S&D 계정 때문이야?"

닉은 잠시 말을 멈추고, 회사 건물 비상구에 선 채로 버밍엄 도심 풍경을 바라보았다. 노면 전차들이 뉴 스트리트를 따라가며 경적을 울리는 소리가 들렸다. 아래쪽에서는 러시아워의 통근 차량이 코퍼레이션 가를 따라 기차역으로 부산스럽게 움직이고 있었다.

닉이 나타났을 때 리안은 전자담배를 뻐끔거리며 난간에 기대서 있었다. 닉도 책상 서랍에 전자담배가 있었지만, 오늘은 그저 그런 방법으로 때울 수 있는 날이 아니었다.

닉은 새해 다짐으로 담배를 끊겠다고 샐리에게 약속했다. 그 또한 빠르게 불어나는 거짓말 목록에 보태질 또 다른 거짓말이 될 터

였다. 닉은 샐리에게 그녀가 자신의 운명임을 백 퍼센트 확신한다
고 장담했다. 그들은 영원히 함께 행복하게 살 것이며, 알렉스를 만
난 이후로 그를 다시 생각한 적은 한 번도 없다고. 하지만 사실, 닉
이 생각한 건 알렉스뿐이었다.

"그래, S&D 계정 때문이야." 닉이 리안에게 말했다. "MD가 뭘
말하려는 건지 도저히 모르겠어. 짜증 나."

"돈 드레이퍼*랑 교신이라도 해봐. 뒤늦게라도 해결 방안을 찾아
봐야 할 테니까."

닉은 이 회사에서 대리급 카피라이터로 3년을 일했지만, 지금까
지 배정받아 관리한 어떤 계정에서도 애를 먹은 적이 없었다. 전에
는 들어본 적도 없고 존재할 거라 생각해본 적도 없는 수많은 애매
한 제품을 다뤄왔는데도 말이다. 닉은 신제품 효모 감염 크림과 발
기부전 허브 치료제를 시장의 선두주자로 만든 덕분에 사무실에서
생식기계의 대부라는 별명을 얻었고, 속으로는 그 사실이 재미있었
다. 똑 소리 나는 한 줄의 짧은 광고 문구로 누구에게나 뭐든 팔 수
있는 자신이 자랑스러웠지만, 이번 주에는 다른 데 정신이 팔려 있
어서 사면발니** 로션을 소비자들의 구미가 당기도록 만들어줄 기
분이 나지 않았다.

닉은 알렉스에게 마음이 끌리는 걸 막으려고 최선을 다했고, 알
렉스가 그의 마음속에 불러일으킨 감정이 상상의 산물이라고 자기

---

* TV 드라마 시리즈 「매드 맨」에 나오는 광고 회사 간부.
** 사람 음부의 거웃 속에 기생하며 피를 빨아 먹는 이.

자신을 설득하는 데에도 거의 성공했다. 하지만 닉은 필요한 줄도 몰랐던 물건을 사라고 고객을 설득하는 일로 밥벌이를 할지언정 자신을 속일 수만은 없다는 걸 알고 있었다. 닉은 정말로 뭔가를 느꼈고, 그건 지금껏 경험했던 무엇과도 달랐다. 알렉스도 마찬가지일 거라 확신했다.

닉은 알렉스와 만난 뒤 며칠 동안 거의 잠을 자지 못했고, 끊임없는 피로 때문에 샐리에게도 성마르게 굴며 자주 짜증을 냈다. 자기도 모르게 샐리의 모든 말과 행동을 비난하고 있었다. 집으로 오는 길에 웨이트로즈*에 들러 케일을 좀 더 사다달라는 악의 없는 부탁에서부터, 이번엔 넷플릭스에서 어떤 드라마를 보자는 제안에 이르기까지 전부.

마음속 무언가가 지금까지의 길에서 벗어나버렸다. 닉은 그래서 욕지기가 날 것 같았다. 아니, 이 순간 토하고 싶은 기분이 드는 건 담배 때문인지도 모른다. 확신할 수 없다.

리안이 건물 안으로 돌아가자 닉은 마지막으로 담배를 필터까지 길게 한 모금 빨아들이고 꽁초를 철제 계단에 눌러 껐다. 손가락 냄새를 맡아보고 얼굴을 돌렸다. 옷과 피부에서 나는 악취…… 니코틴의 노예가 될 때 일어나는 이런 부작용은 그립지 않았다.

핸드폰이 울리자 닉은 화면을 보았다. 발신자 번호 표시 제한이 걸려 있었지만, 어쨌든 전화를 받았다.

"닉 월즈워스입니다." 닉이 입을 열었다.

---

* 영국의 슈퍼마켓.

잠깐 침묵이 흘렀다. 닉은 PPI 환불금이 있으니 들어보라는 식의 ARS 메시지가 막 시작되려는 줄 알고 전화를 끊으려 했다. 그때 어떤 목소리가 들려왔다. 닉은 그 목소리를 바로 알아들었다.

"안녕하세요." 알렉스가 말했다.

닉의 심박수가 1초 만에 0에서 60으로 올라갔다. 조금은 두려웠지만 조금은 짜릿하기도 했다.

"그쪽이죠?" 알렉스가 말을 이었다. "날 보러 왔던 사람."

"네." 닉은 갑자기 입이 마르는 것을 느끼며 속삭였다. 둘 다 입을 열지 않았다. 마침내 알렉스가 침묵을 깼다.

"왜 당신이 누군지 말하지 않았어요?"

"당신이 날 미쳤다고 생각할까 봐서요. 'DNA 매치' 자체를 안 믿기도 하고요."

"나도 그래요. 뭐, 예전엔 그랬죠······."

"······내가 떠날 때까지는요."

"······그럼 그쪽도 뭔가 느낀 거군요? 나만의 상상이 아니고?"

"맞아요, 친구. 상상이 아니에요." 닉은 춥지 않은데도 몸이 떨려왔다. "이름을 속여서 미안해요. 날 어떻게 찾았어요?"

"'DNA 매치' 이메일을 받고 내 매치가 남자라는 걸 알게 됐어요. 그리고 당신이 떠날 때 그 매치가 바로 당신이라고 느꼈죠. 그래서 당신의 연락처 정보에 접근할 수 있도록 돈을 냈어요. 당신이 아마 가명을 썼을 거라는 생각이 들더군요."

"미안해요."

"괜찮아요, 나라도 똑같이 했을 테니까."

두 남자 모두 조용해지자 대화가 한 번 더 끊겼다. 닉은 떨림을 멈추려고 귀에 댄 전화기를 꽉 쥐었다.

"참 이상한 일이죠?" 알렉스가 말했다.

"그러게요."

"다 헛소리 맞죠? 검사 결과요. 헛소리예요."

"네, 그럼요. 완전히 헛소리죠."

"어쩌다 이런 일이 일어난 거죠?"

"기계에 무슨 오류나 결함이 있었나 보죠."

"아마 그랬을 겁니다."

"만나서 얘기해봐야 할까요? 그러니까, 언제 맥주나 한잔하면서 말이죠. 당신도 그러고 싶다면 말이지만."

"지금은 어때요?" 닉은 자기도 모르게 말했다.

"알겠습니다. 쇼핑센터의 바쿠스 바에서 30분 후에 만날까요?"

"네, 그러죠. 거기서 뵙겠습니다."

알렉스가 먼저 전화를 끊었다. 닉은 머리가 더는 핑핑 돌지 않기를 기다리다 서둘러 사무실로 돌아가 외투를 챙겼다.

30

° **엘리**

"미안, 나 정말 한심해 보이네요. 그쵸?" 팀은 자기 앞의 바에 놓여 있는 꽃다발을 엘리에게 내밀면서 쑥스러운 표정을 지었다. "그래도 묘지에서 집어 온 건 아니에요. 진짜로."

"무슨 소리예요, 정말 예쁜데." 엘리는 시들어가는 흰 카네이션과 빨간 장미들을 골라 만든 형편없는 꽃다발을 보며 답했다. 꽃줄기가 갈색 종이에 싸여 있었다. 하지만 이런 노력이 고마웠다.

팀은 믿을 수 없다는 듯 눈썹을 추켜세웠다.

"뭐, 아주 약간은 한심해 보여요. 하지만 이런 일을 하겠다는 생각 자체가 아주 다정하잖아요." 엘리가 미소 지었다.

"온종일 들고 다녔어요. 그래서 엉망이 된 거고요. 다른 꽃집을 못 찾을까 봐 오늘 아침에 사뒀거든요."

엘리는 런던에 꽃집이 딱 하나밖에 없을지도 모른다고 생각한 팀의 순진함에 감동했다.

엘리가 몇 분 늦게 도착하고 보니 팀은 이미 레스토랑에서 기다리고 있었다. 엘리는 경호팀장 안드레이의 바람과는 달리 혼자 택시를 타고 출발했다. 안드레이는 도시에 연쇄살인마가 돌아다니고 있는 만큼 지금이야말로 자신이 그녀를 경호해야 할 때라고 항의했지만 말이다. 두 번째 데이트 장소는 런던 노팅 힐 근처의 조용한 거리에 있었다. 팀이 선택한 곳이었다. 가족이 운영하는 그리 비싸지 않은 프랑스식 식당으로, 마거릿 대처 정부 이후로 실내장식에 페인트 한번 덧바른 적이 없는 것 같았다.

팀은 바 스툴에 앉아 수입 맥주병의 라벨을 벗기면서 엘리가 도착하기를 기다리고 있었다. 엘리는 가게 앞 인도에 서서 그가 짙은 색 정장을 입고 온 걸 보았다. 팀은 옆 가르마를 타서 머리를 빗어 넘긴 채 손톱을 깨물고 있었다. 이번에는 공을 좀 들인 듯했다. 훨씬 더 초조해하는 것처럼 보이기도 했다.

팀이 눈에 띄게 불안해하는 모습을 보자 엘리는 몸이 굳었다. 팀이 자신의 정체를 알아낸 건지, 그래서 좀 더 나은 인상을 심어줘야겠다는 압박에 시달리는 건지 궁금해졌다. 그건 전혀 엘리가 바라는 모습이 아니었다. 엘리는 너무도 여러 번 남자들이 자신과 경쟁할 생각에 선을 심하게 넘는 모습을 목격해왔다. 비싼 선물을 쏟아부으면 그녀의 마음을 얻을 수 있을 거라고 생각한 사람도 있었다. 엘리는 마돈나처럼 강한 여성 역할 모델을 존경했지만, 물질을 중요시하는 여자는 아니었다.

"헨드릭스 진토닉 한잔 마실 수 있을까요?" 엘리가 옆에 앉자 팀이 바텐더에게 물었다. 그녀가 가장 좋아하는 브랜드를 기억하고 있다니 마음에 들었다. "정말 멋지네요." 팀이 엘리의 검은색 상의와 무릎까지 오는 치마, 검은색 가죽 부츠를 보고 말했다.

"당신도요." 엘리가 대답했다. "새 정장이에요?"

"네, 어떻게 알았어요?"

"주머니에 이게 남아 있길래." 엘리는 씩 웃으며 가격표를 찢어냈다. 하지만 가격표를 당기다가 주머니의 솔기 부분도 뜯어내고 말았다. "아 이런, 미안해요!" 엘리는 너무 당황해 손으로 입을 가렸다.

"괜찮아요." 그가 말하더니, 주머니를 툭툭 쳐서 원래 자리로 돌려놓았다.

"미안해서 어쩌죠…… 이렇게 신경 썼는데……."

"아 사실은, 별로 신경 쓰진 않았어요."

"꽃에, 새 정장에, 애프터셰이브까지…… 지난번 술집에서 만났을 때처럼 편안해 보이지는 않네요. 괜찮은 거예요?"

"미안해요." 팀이 한숨을 쉬었다. "고백할 게 있어요."

빌어먹을. 엘리는 가슴이 철렁했다. 이거였다. 조사해봤더니 이젠 내가 자기 수준에 맞지 않는다고 생각하는 거야.

"내 친구 마이클한테 첫 데이트 이야기를 해줬더니 그 녀석이 바로 뭐라고 하더라고요." 팀이 말을 이었다.

"무슨 말이에요?"

"매치가 되어서 만났다고는 하지만, 당연히 당신한테 꽃을 사줬어야 한다는 거예요. 데이트 장소도 내가 자주 가는 동네 술집이 아니라 어딘가 멋진 곳으로 잡아야 했고. 옷도 잘 차려입고요. 그래서 새 옷을 샀죠. 내가 데이트를 해본 지 좀 됐어요, 엘리. 최근에 만난 몇 안 되는 데이트 상대는 틴더처럼 어장 관리나 하는 어플로 만난 사람들이었는데, 나만 안달복달하는 것 같았어요. 그래서 당신한테는 다르게 해본 거예요. 그런데 당신이 엄청나게 멋진 모습으로 나타났어요. 난 내가 뭘 잘못 생각했다는 걸 깨달았죠. 다른 사람들하고는, 그러니까 내가 드물게 진짜로 매력 있다고 느끼는 누군가를 만날 때는 상대방도 내게 비슷한 감정을 느끼는 경우가 없었어요. 난 항상, 거의 곧바로 친구 영역으로 분류됐죠. 하지만 당신을 만났을 때는 즐거운 시간이나 보내려고 나온 아가씨를 두고 공상하는 남자 이상의 뭔가가 된 것 같았어요. 왠지 당신과는 그냥 친구로만 남지는 않을 거라는 생각도 들었고요. 그래서 이제는 좀 긴장돼요. 다음에 무슨 일이 일어날지 모르니까요. 당신한테 부담을 주고 싶지는 않아요. 매치한테 부담을 준다는 게 가능한지는 모르겠지만…… 그건 그렇고, 내가 완전히 머저리처럼 보이기 전에 언제든 마음껏 말을 끊어줘요."

"솔직히 팀, 난 있는 그대로의 당신이 좋아요." 엘리가 말했다. 이렇게까지 드러내놓고 자신의 마음을 내보이는 사람을 언제 만나봤는지 기억나지 않았다.

"하지만 당신도 휴고보스 정장에 롤렉스 시계를 차고 수작을 걸어오는 저 모든 런던 사람을 만나고 나면, 웬 시골 촌뜨기랑 매치됐다는 걸 알고……."

"확실히 말하는데." 엘리가 말을 끊었다. "난 아이비에서 그런 사람들하고 보낸 시간보다 당신네 동네에서 당신과 함께 보낸 시간이 훨씬 좋았어요."

팀의 얼굴에 안도하는 표정이 스쳤다. "그럼 지금 처음 만났다고 치고 오늘 밤을 새로 시작해도 될까요?" 그가 물었다.

"아뇨, 난 속으로 이 어색한 상황을 즐기고 있었는걸요."

"그럼 식사가 준비됐는지 한번 보죠. 그러면 내가 셔츠에 수프를 몇 방울 흘리거나 무릎에 와인을 엎지를 수 있을 테고, 그걸로 오늘 밤 내내 웃을 수 있을 거예요."

"뭐, 그래도 최소한 당신이 또 한 번 '첫 방귀에 반하는' 일은 없었잖아요?"

"말도 마요. 그 꼴은 상상하고 싶지도 않을걸요."

엘리가 웃었다. 엘리가 보기에 팀은 사랑스러운 점이 많았다. 웃음을 터뜨리기 일보 직전에 입술 양끝이 말려 올라가는 모습이라든지, 턱수염에서 삐죽 튀어나와 있는 작은 회색 수염 가닥이라든지, 왼쪽 귀가 오른쪽 귀보다 약간 튀어나와 있는 점이라든지, 당황할 때면 얼굴 전체가 짙은 심홍색으로 변하는 모습이라든지.

엘리에게 팀은 첫눈에 반한 사랑도, 두 번째 만남에서 반한 사랑도 아니었다. 하지만 한 가지만은 확실했다. 팀에게는 그녀를 매료시키는 뭔가가 있었다.

31

° 맨디

맨디는 리처드의 어머니 팻이 하는 말에 골똘히 귀를 기울였다. 팻은 아들에 관한 일화들을 연신 이야기하면서 맨디가 자신의 매치인 리처드에 대해서, 또 그의 인생에 대해서 알고 있는 몇 안 되는 정보의 틈을 여기저기 메워주고 있었다.

그들은 이번 주에만 두 번째로 만났다. 이번 만남은 각자가 사는 곳의 중간 지점에 있는, 작은 마을의 원예용품점 겸 커피숍에서 이루어졌다.

"헬스장에서 리처드한테 트레이닝을 받은 여자들은 그 애를 아주 좋아했어." 팻이 낄낄거렸다. "애가 워낙 잘생겼으니까. 하지만 성격도 아주 마음에 들었겠지. 내 생각에는, 리처드가 사람들한테 관심을 기울여주고, 그 사람들이 하는 말을 잘 들어줬기 때문일 거야. 아마 다들 남편한테는 그런 대우를 못 받았던 모양이지. 그리고 물론 그 여자들 중에는 리처드의 그런 태도를 보고 자기한테 관심 있는 거라고 잘못 생각하는 사람도 있었어."

맨디는 그 여자들이 리처드의 어떤 면에 끌렸는지 알 것 같았다. 리처드를 가장 잘 아는 사람에게서 그에 대한 이야기를 들으면 들을수록, 맨디는 안 된다는 걸 알면서도 그에게 점점 더 깊이 빠져들었다.

맨디는 팻의 말 한마디 한마디에 매달리듯 컵 스카우트를 했던 리처드의 어린 시절 이야기, 그가 아버지로부터 모험심을 물려받았다는 이야기, 이 세상 어디에 있든 항상 이메일이나 전화로 가족들에게 정기적으로 연락했다는 이야기를 들었다. 팻은 리처드가 겨우 아홉 살 때 갑작스러운 심장마비로 아버지를 여의자마자 집안의 남자 구실을 했다는 얘기도 했다.

"리처드가 암을 앓았다는 얘기는 클로에가 해줬지? 리처드가 여행을 다녀야겠다고 결심한 이유 말이야."

"네, 들었어요."

"리처드의 고환에서 혹이 발견됐을 때 그 애는 열일곱 살이었어. 처음에 그 애는 아무 말도 하지 않았단다……. 10대 남자애가 엄마한테 절대 알리기 싫은 게 한 가지 있다면 거기에 뭔가 문제가 있다는 얘기일 테니까. 하지만 리처드도 결국은 문제를 인정했어. 난 그 애를 끌고 여러 의사를 만나러 다녔단다. 그리고 며칠 안 돼서 리처드는 혹을 제거하느라 병원에 입원했지. 악성종양이었어. 항암 치료도 몇 번 받아야 했고. 하지만 그 애는 여섯 달 만에 아주 건강해졌어."

"끔찍하셨겠어요."

"그래, 좋은 시절은 아니었지. 하지만 리처드한테는 그 일이 엄청난 변화의 씨앗이 된 거야. 마음속 뭔가가 이 땅에서 보낼 시간에도 끝이 있을지 모른다고 얘기해줬나 봐. 그래서 그 애는 그 시간을 최대한 활용하고 싶어 했지. 누가 그 애를 탓할 수 있겠니? 어쨌든 리처드가 옳았어. 그 애는 다른 사람이라면 평생에 걸쳐 했을 일들을 자기 삶에 욱여넣는 데 성공했단다."

"확실히 저보단 훨씬 많은 일을 해낸 것 같아요." 맨디가 말했다. 리처드의 이야기를 들으니 모험심이 부족한 자신이 부끄러워졌다. 운명이 방해하지만 않았다면 리처드와 함께 어떤 세상을 보게 됐을지 궁금해질 수밖에 없었다.

"얘길 들어보니 좀 어떠니?" 팻이 갑자기 물었다. "내 정신 좀 보렴. 리처드 얘기, 그 애가 어떤 애였다는 얘기만 잔뜩 떠들어댔지 네가 듣기엔 어떤지 한 번도 묻지 않았구나."

맨디는 커피가 담긴 머그잔을 쥐고 있던 손을 풀고, 화분을 들어 크기를 재보는 주변 손님들을 힐끗 보았다. 나이 든 부부가 서로 손을 잡고 벤치에 나란히 앉아 연못에서 헤엄치는 밝은 색깔 물고기들을 조용히 지켜보는 모습이 관심을 끌었다. 맨디와 리처드에게는 함께 늙어갈 기회가 절대 오지 않을 것이다.

"어머니가 리처드 얘기하시는 걸 들으면 제가 너무 많은 걸 놓쳤다는 기분이 들어요." 그녀가 대답했다. "가족을 꾸리고 싶어 했던 가정적인 남자라니…… 그게 제가 생각했던 완벽한 매치거든요. 마음이 찢어질 것 같아요……. 리처드랑 매치가 되어서 너무 기뻤는데, 만나거나 함께할 기회조차 없다니 너무 슬프네요. 남들은 가져본 적도 없는 걸 그리워할 수는 없다지만, 그 말은 사실이 아니에요. 전 리처드가 너무 그리워요. 리처드를 알았던 적이 없는데도."

팻은 맨디의 손에 자기 손을 얹었다. "내 생각이다만, 맨디 네가 내 며느리였으면 참 자랑스러웠을 거야."

맨디는 눈을 돌리고 입술이 떨리는 것을 막으려고 꽉 깨물었다. 하지만 두 뺨에 줄줄 흘러내리는 눈물을 멈추기에는 역부족이었다.

32

° 크리스토퍼

에스프레소에 넣은 엑스트라 샷이 크리스토퍼의 걸음에 생기를 불어넣었다.

이른 아침이었다. 매끄럽게, 어려울 것 없이 10호를 살해한 덕분에 지금껏 활기가 넘쳤다. 잠자리에 들어야 할 만큼 피곤하지 않았다. 너무 많은 계획을 세우느라 머릿속이 빙빙 돌았다. 그래서 크리스토퍼는 반바지와 민소매 조끼를 걸치고 운동화를 신고 매듭 크기가 똑같도록 신발 끈을 맨 다음 달리기를 하러 집을 나섰다. 생각이 마구 뒤섞일 때면 운동이 정신의 균형을 잡아주는 데 도움이 됐다.

크리스토퍼는 관심의 대상이 되는 게 황홀했다. 관심의 이유는 상관없었다. 살인을 익명으로 저지르는 바람에 받을 수 없었던 관심은 다른 방식으로 구했다. 새빌 거리에서 맞춘 최고급 정장을 입는다거나, 살 생각도 없는 자동차를 시승한다거나, 살 여유도 없으면서 즉시 입주 가능한 수백만 파운드짜리 집을 보러 부동산에 방문 약속을 잡는 식으로 말이다. 크리스토퍼는 쓸데없이 옷을 벗은 채 헬스장 탈의실을 걸어 다니는 경우가 잦았다. 다른 남자들이 부러워하리라고 자신하는 살짝 태닝한 몸매를 자랑하기 위해서였다. 달리기를 할 때면 지나가는 사람들에게 자신의 반바지 속 성기가 양옆으로 흔들리는 게 보이도록 일부러 속옷을 입지 않았다.

크리스토퍼의 고급 나이키 운동화가 런던의 붐비는 보도를 디디며 그를 하이드파크의 온실로 데려갔다. 달려가면서 크리스토퍼는 자신이 지금처럼 관심이나 관심으로부터 생기는 난관과 문제를 좋게 된 까닭이 사이코패스 성향 때문일지 생각했다. 사람을 죽인 뒤 피해자의 집에서 나와 시신이 발견될 때까지 기다리기만 한다면 인생은 훨씬 간단해질 것이다. 하지만 그는 위험을 감수하고 범죄 현장으로 돌아와 그다음 희생자의 시신을 찍은 사진을 두고, 피해자의 집 앞에 스프레이 스텐실을 그려 상징으로 남김으로써 일을 더 흥미롭게 만드는 편을 택했다.

크리스토퍼는 이것이 창의적인 장치이며, 그 정도면 언론이나 대중의 관심을 사로잡을 수 있을 거라고 믿었다. 그들은 연쇄살인범이 명함 남기는 것을 좋아하는 것처럼 보였으니까. 영화와 책이 그의 기대감을 높였고 그는 관객들에게 메시지를 전하게 되어 기뻤다. 크리스토퍼가 살인을 저지를 때마다 점점 부주의해져 실마리를 남길 거라는 희망을 품은 경찰도 언제까지나 다음번 여자의 신원을 특정하는 게임을 해야 할 것이다.

크리스토퍼는 늘 이틀이나 사흘 내에 피해자의 집으로 돌아가 사진과 스텐실을 남기는 것을 목표로 삼았다. 운이 따라줬는지 지금까지는 피해자들이 그 시점까지 발견되지 않았다. 크리스토퍼는 범죄 현장으로 돌아가는 자신의 행위를 보너스로 생각했다. 자신의 작품을 마지막으로 한번 볼 기회라고 말이다.

크리스토퍼는 팔에 감은 MP3의 볼륨을 높이고, 스포티파이 재생 목록의 리듬에 맞춰 달렸다. 무작위로 재생된 다음 곡은 아델의 노래였다. 크리스토퍼는 텔레비전 드라마에서 모든 살인자가 항상 악을 써대는 헤비메탈만 듣는 모습으로 묘사되는 이유가 대체 뭔지 궁금했다. 허구의 흑인 범죄자들이 언제나 랩 음악만 듣듯이. 리한나나 저스틴 비버의 노래에 맞춰 살인을 저지르거나 은행을 터는 사람은 아무도 없었다.

크리스토퍼는 길을 건넌 뒤 일렬로 늘어선 가게들을 지나며 그중 특히 한 가게의 문을 눈여겨보았다. 그는 절대 대상을 무작위로 고르지 않았다. 엄격한 기준이 있었다. 크리스토퍼의 표적은 연애 상대를 찾고 있는 젊은 독신 여성이었다. 그들은 도난경보기가 없고 현관에 낡은 자물쇠만 달린 오래된 건물에 살았다. 모두 가족과 멀리 떨어져 살았으며 너무도 크고 익명성이 강한 도시 런던에 사는 만큼 이웃과도 면식이 없었다. 사람이 없어졌다는 사실이 친구나 직장 동료에 의해 밝혀지고 마침내 경찰에게 신고가 들어가기까지는 거의 항상 하루 정도가 걸렸다.

크리스토퍼는 가게 문을 바라보며 거기에 살던 리투아니아 여자를 떠올렸다. 그는 그 여자와 몇 차례 온라인으로 채팅한 끝에 그녀를 후보자 명단에 올렸다. 그런 다음 그녀가 아파트 룸메이트를 구하는 광고를 냈다는 사실을 알아냈다. 하룻밤에 여자 두 명을 죽이면 얼마나 짜릿할지 알고 있었지만 그 정도의 위험을 감수할 만한 가치는 없었으므로 그녀를 명단에서 지웠다. 여자는 자신이 얼마나 운이 좋았는지 영영 모를 것이다.

언론에 나온 전문가들이 한 말 중에는 맞는 말이 거의 없었다. 여러 건의 살인이 '사이코패스 성향이 있는 남자'의 소행이라는 것 정도만이 예외였다. 그런 진단이야 크리스토퍼에게는 새로울 것도 없었다. 몇 년 전 그는 자신이 누구인지 보다 잘 알기 위해 혼자서 심리검사지를 채워 넣었다.

'사이코'라는 별명이 처음 붙은 건 학창 시절 럭비 태클에 일부러 과한 열정을 실어 한 아이의 빗장뼈를 부러뜨렸을 때였다. 한번은 하키 퍽을 너무 세게 쳐서 어떤 여자아이의 한쪽 눈을 멀게 만들기도 했다. 도롱뇽이 배를 뒤집은 채 수면으로 떠오르기까지 얼마나 걸리는지 보려고 학교 연못에 표백제를 부은 적도 있었다. 크리스토퍼는 그 별명이 거슬리지 않았다. 정확히 무슨 뜻인지 알 수 없기 때문이었다. 어쨌든 그 별명은 그에게 두려워해야 하는 아이라는 명성을 안겨준 듯했고 크리스토퍼는 그 점을 즐겼다.

이제야 깨달은 것이지만, 당시에 크리스토퍼의 부모는 막내아들이 어딘가 좀 다르다는 점을 틀림없이 알아차렸을 것이다. 크리스토퍼의 부모는 그에게 자폐증과 아스퍼거증후군 검사를 모두 받게 했으며, 검사 결과가 음성으로 나오자 그의 특이함을 감추고 그가 사회에 적응할 수 있도록 돕는 데 최선을 다했다. 그가 동정심부터 사랑에 이르기까지 뭐든 잘 느껴지지 않는다고 털어놓자 그들은 대신 사람들이 받아줄 만한 행동을 흉내 내라고 가르쳤다.

크리스토퍼는 10대가 되면서 사람들이 통제할 수 없는 상황에, 특히 그가 만들어낸 시나리오에 어떻게 반응하는지에 집착했다. 한 번은 이웃 돌쟁이를 정원에서 데려다가 3킬로미터 떨어진 숲에 놔 두었다. 아이가 사라진 걸 알면 부모가 어떤 반응을 보일지 알고 싶어서였다. 나중에 보니 그들은 미친 사람처럼 반응했다. 크리스토 퍼는 왜 자신은 같은 공포를 느낄 수 없는 건지, 왜 자신에게는 공감이라는 게 낯설기만 한지 궁금했다.

크리스토퍼는 사람들의 표정에 드러난 공포도 자연스럽게 알아채지 못했다. 누군가 비웃는 것도 알아보기 힘들었고, 죄책감이나 수치심, 후회도 느끼지 않았다. 한번은 열다섯 살 때 이웃의 딸과 온실에서 성관계를 하고 있는데 우연히 부모가 들어왔다. 그는 부모가 떠날 때까지 그냥 고개를 돌린 채 그들을 보기만 했다. 그는 하던 일을 계속하려 했고 여자애는 경악했다.

학교에서는 친구들이 연애를 하거나 여자친구를 찾기 시작했지만 그는 오르가슴에 이르는 데만 관심을 가졌다. 전희나 성관계 후의 포옹도 관심 밖이었다. 사랑은 가장 작은 보상만 따르는 시간과 에너지 낭비로 보였다.

크리스토퍼가 사이코패스라는 단어의 의미를 자세히 살펴봤을 때는 20대 초반이었다. 세상에는 그와 비슷한 다른 사람들이 있다고 했다. 그 말은 크리스토퍼가 정상이라는 뜻이었다. 그저 다른 형태의 정상이었을 뿐이다. 지난 세월 동안 사람들이 그에게 '냉혈한' 이라든지 '피도 눈물도 없는 개자식'이라는 말을 돌처럼 던져댄 이유가 이해가 됐다.

크리스토퍼는 '로버트 헤어의 1996년판 사이코패스 성격 목록'이라는 검사지를 풀어보았다. 사이코패스 성향의 행동을 판단하기 위한 스무 가지 질문에서 그가 받은 총점은 평균을 훨씬 웃도는 32점이었다.

크리스토퍼는 몇몇 과학자들이 사이코패스의 두뇌가 제대로 기능하고 있지 않다고 생각한다는 사실을 알게 되었다. 감정 체계를 구성하는 요소들 사이의 연결이 약해서, 크리스토퍼가 깊은 감정을 느끼지 못하는 것이라고 말이다.

크리스토퍼는 만족스러웠다. 충동 조절 능력이 없는 게 자기 탓이 아니라서 마음에 들었다. 만일 범죄를 저지르다 잡히더라도 그 사실을 핑계로 삼을 수 있을 터였다. 그는 자신을 연구하고 싶어 하거나 자신에 대해 더 많은 것을 알고 싶어 하는 사람들이 쏟아붓는 관심을 만끽하며 철저한 보안이 보장되는 정신병원에 가게 될 것이다. 다른 사람이 찾는 존재가 된다는 건 인생을 살아가는 꽤 괜찮은 방법이라고 크리스토퍼는 생각했다.

그는 하이드파크를 가로지른 뒤, 잠시 후 뒤쪽의 풀밭과 숲을 지나 래드브룩스 그로브의 골목들과 커다란 빅토리아풍 타운하우스들로 향했다. 노점상에 잠시 들러 에너지 드링크를 사고, 그의 반바지 속 움직임에서 눈을 떼지 못하는 게이 커플에게 다 안다는 듯 미소 지었다.

몇 분 후 크리스토퍼는 포토벨로 가의 건강식품 가게 앞에 잠시 멈추어 위쪽의 2층 아파트를 올려다보았다. 스마트폰으로 그곳에 사는 11호가 아직 직장에 있는 걸 확인한 다음, 자물쇠 따개를 사용해 현관을 열고 그녀의 집 구조를 익혔다. 라이트무브에 사진이 업로드된 이후 바뀐 것은 별로 없었다. 다음번 살인이 꽤 쉽게 이루어질 것 같았다.

집을 뒤지고 살인할 위치를 생각해내던 크리스토퍼는 이마를 찌푸렸다. 뭔가가 잘못된 것 같았다. 평소에는 명단에 올라온 후보자의 집에 들어서는 순간부터 앞으로의 살인이 기대되어 흥분에 살짝 몸이 떨리곤 했다. 하지만 오늘은 그런 열정이 느껴지지 않았다.

대신 이 프로젝트가 얼마나 시간 낭비처럼 느껴지는지 생각했다. 그 시간을 다른 곳에서, 예를 들면 에이미와 함께 보낼 수도 있을 텐데. 크리스토퍼는 에이미를 만난 뒤로 불행히도 부작용을 겪고 있었다. 연애 대상과 살해 대상을 불문하고 어떤 여자도 하지 못했던 방식으로 에이미가 그를 자극했던 것이다.

하지만 어떤 연구도 그 이유를 알려주지 않았다.

33

° **제이드**

··

케빈의 다른 가족들은 지구 반대편에서 온 깜짝 손님을 더없이 환영했다. 케빈의 형인 마크와는 뚜렷이 대조되는 반응이었다.

생필품을 사러 시내에 갔다가 돌아온 케빈의 부모 댄과 수전은 제이드 이야기를 아주 많이 전해 들었기에, 빨간 머리카락은 불꽃 같고 성격은 투지 넘치는 창백한 영국 여자가 거실에 앉아 있는 모습을 보고 기쁨을 감추지 못했다. 그들은 케빈이 보여준 사진 덕분에 제이드를 즉시 알아보았으며, 첫 놀라움이 가시자 그녀에게 질문을 쏟아놓고 최소한 그날 밤은 묵고 가야 한다고 고집을 부렸다.

"호주에는 얼마 동안 있을 거니?" 댄이 물었다. 그들은 저녁을 먹으려고 방금 응접실에 둘러앉은 참이었다.

"뒤쪽에 욕실 딸린 손님용 별채가 있으니까 이 냄새 나는 녀석들이랑 한 방을 쓸 필요는 없단다." 수전이 아들들을 힐끗 보며 농담을 던졌다. 수전은 평소 늘 그러는 듯 아들들에게 말을 걸기도 하고 아들들에 대해 말하기도 했다. 하지만 쾌활한 겉모습과는 달리 수전에게 깊은 슬픔이 깃들어 있는 게 느껴졌다.

"고맙습니다. 얼마나 머물지는 잘 모르겠어요." 제이드가 대답했다. 진심이었다. 제이드와 케빈의 로맨스는 상상했던 동화처럼 풀리지 않고 있었다. 지금 할 수 있는 가장 쉬운 일은 기회가 생기는 대로 서둘러 발을 빼는 것이었다. 하지만 제이드는 케빈을 볼 때마다 그의 황홀해하는 표정이 말로 다 못 한 이야기를 전해주는 듯이 느껴졌다. 케빈은 제이드가 머물러주기를 간절히 바라고 있었다. "아마 일주일 정도 있을 것 같은데, 괜찮으시겠어요?"

댄이 냉육과 감자, 샐러드가 가득 담긴 큰 접시들을 내왔고, 마크는 댄을 도와 작은 접시들을 식탁으로 날랐다. 음식을 입에 마구 쑤셔 넣지 않는 사람은 케빈뿐이었다. 케빈은 자기 접시에 놓인 얼마 안 되는 음식을 깨작거렸다. "음식을 삼키기가 힘들어." 나중에 케빈이 제이드에게 말해주었다. "소화기관에 암이 있어서, 음식이 얌전히 있지를 않거든."

제이드는 아직 '암'이라는 말을 케빈과 연관시키기가 불편했다. 나머지 가족은 눈 하나 깜짝 않고 그 말을 평소처럼 흘려보냈지만, 제이드는 암 이야기가 나올 때마다 자제력을 발휘해야만 움찔하지 않을 수 있었다. 제이드는 케빈의 가족이 이런 일에 적응하기까지는 훨씬 더 많은 시간이 필요했으리라는 걸 깨달았다.

"처음에 의사들이 예상한 시간보다 케빈이 우리 곁에 오래 머물 수 있었던 건 다 네 덕분이란다." 제이드와 함께 그릇의 물기를 닦던 수전이 말했다.

"어째서요?"

"그…… 시한부라는 얘기를 듣고 나서 케빈은 많이들 그러듯 우울증에 빠졌어. 하긴, 누가 뭐라 할 수 있겠니."

"저 같아도 엄청 화가 났을 거예요."

"케빈도 처음엔 그랬어. 자기는 앞길이 창창하다고 생각했는데, 생각만큼 인생이 길지 않을 거라는 얘기를 듣게 됐으니……." 수전은 잠시 말을 멈추고 제이드에게서 고개를 돌렸다. 문득 그 끔찍한 소식이 전달된 순간으로 다시 돌아간 듯했다. 수전은 목을 가다듬고 말을 이었다.

"정말 심각했단다, 제이드. 우리 중 누구도 케빈에게 어떻게 반응해야 할지, 그 애를 어떻게 도와줘야 할지 몰랐어. 그런데 케빈이 인생에서 가장 어두운 시간을 보내던 그때, 자기한테 DNA 매치가 이루어졌다는 걸 알게 된 거야. 그 사람이 다른 나라에 산다는 것도, 그 사람을 직접 만날 일은 영영 없을지도 모른다는 것도 케빈에게는 문제가 아니었어. 네가 저기 어딘가에 있고, 서로 연락하며 지내는 것만으로도 케빈한테는 계속 살아갈 이유가 됐으니까."

"전 전혀 몰랐어요……."

"케빈이 말을 해줬어야 하는 건데. 난 케빈더러 네가 알 자격이 있다고 말했단다. 하지만 케빈은 어떻게 말을 꺼내야 할지 모르겠다더구나. 케빈에게 너는 암 투병에서 눈을 돌릴 수 있게 해주는 반가운 사람이었어. 너랑 문자를 주고받거나 통화할 때면, 케빈은 자기 몸에 무슨 일이 일어나고 있는지 잊곤 했단다. 아예 딴사람이 됐지······. 다시 우리 꼬마 아들이 된 거야." 수전은 제이드의 손을 꼭 잡았다. "고마워." 수전이 속삭였다. "우리 아들의 친구가 되어줘서, 여기까지 그 애를 보러 와줘서 고맙구나."

"저도 여기 와서 다행이에요." 제이드가 미소 지었다. 길고도 특별한 날이었다. 그날이 문득 실감 나자 제이드는 울고 싶어졌다. 익숙한 기분은 아니었다. 제이드는 사람들이 자신을 나약하다고 생각하는 걸 끔찍이도 싫어했다. 그래서 세게 침을 삼키고 눈물을 참았다. 방금 한 말은 진심이라고 제이드는 생각했다. 케빈을 만난 것이 기뻤고, 벌써 그와 더 가까워진 기분이었다.

하지만 문제가 딱 하나 있었다. 매치를 만난 순간, 제이드는 자신이 그를 사랑하지 않는다는 사실을 깨달았다.

34

° 닉
....

닉이 알렉스의 치료실에서 그와 나누었던 감정은 우연이 아니었
던 것으로 밝혀졌다.

최신 유행풍의 버밍엄 바에서 알렉스를 발견한 순간 닉은 식탁
에 이르기도 전에 다리가 풀려버릴지도 모른다는 두려움에 사로잡
혔다. 두 남자는 예의 바르게 악수하고 서로 어색한 미소를 지어 보
였다.

"술을 한잔 사드려도 될까요?" 닉이 물었다.

"그럼요. 이걸로 한잔 사주세요. 고마워요, 친구." 알렉스는 그렇
게 대답하며 자기의 라거 병을 들어 보였다.

닉은 고개를 끄덕이고 바로 향했다. 술을 주문하면서 닉은 술병
들이 놓여 있는 곳 뒤의 거울에 비친 알렉스를 보았다. 알렉스가 잘
생겼다는 샐리의 말은 옳았다. 이성애자 남자가 봐도 알렉스는 충

분히 잘생겼다. 알렉스는 닉보다 훨씬 근육질이고 태도에도 자신감 있었다. 여자들이 몰려드는 그런 남자였다. 그리고 어째서인지 이렇게 생각하자 닉은 기분이 이상했다. 닉은 고객사와 회의해야 해서 늦을 거라는 자신의 문자메시지를 샐리가 받았는지 보려고 핸드폰을 확인했다. 그럴싸한 거짓말이라고 생각했다. 현재나 미래의 고객과 와인을 마시며 저녁 식사를 해야 하는 경우가 종종 있었으니까. "알았어, 자기야. 사랑해." 닉은 샐리의 답장을 읽었다. 거기에 다시 답장을 보내지는 않았다.

닉은 두 사람이 마실 술병을 들고 칸막이 자리로 돌아가 앉은 뒤 외투를 벗었다. 둘 다 어디서부터 이야기를 시작해야 할지 알 수 없었다.

"그래서, 잘 있었어요?" 결국 닉이 입을 열었다.

"네, 고마워요. 일이 좀 바빴죠, 뭐. 당신은요?"

"네, 저도 그래요. 마찬가지죠."

두 남자는 동시에 술을 내려다보았다. 오랫동안 눈을 마주치면 처음 만났을 때의 그 느낌이 다시 떠오를지도 몰랐다. 그런 위험을 감수할 수는 없었다. 둘 다 주체할 수 없을 만큼 일거수일투족이 신경 쓰여 한마디도 못 했다. 배경음악으로 옛 오아시스의 코러스가 연주됐다.

"사실은 그렇게 좋진 않았어요." 닉이 인정했다. "이 이야기를 멍청이처럼 들리지 않게 하려니 어렵네요. 하지만 물러설 때 물러서더라도 고백해야겠어요. 그 일을 생각하지 않으려고 노력하면 할수록 그 생각만 나요. 그러니까…… 우리가 처음 만났을 때 일어난

일 말이에요."

닉은 잠시 말을 멈추었다가, 자기가 한 말이 얼마나 터무니없게 들리는지 깨달았다. 알렉스가 같은 느낌을 받았다고 확인해주기를 바라며 그를 보았지만, 알렉스의 얼굴은 별다른 기색을 내비치지 않았다. *일단 시작했으니 끝을 봐야지.* 닉은 그렇게 생각하고 어쨌든 말을 이었다. "내가 당신 치료실을 떠나면서 당신을 봤을 때 받은 느낌 말입니다. 그때 이후로 천 번은 왜 그런 일이 일어났는지 생각해봤지만 아직도 제대로 설명할 수가 없어요. 하나도 말이 안돼요. 난 게이가 아닌데."

"나도 게이는 아니에요." 알렉스가 대답했다.

"그럼 우리가 왜 연결된 걸까요?"

"모르죠."

"장난으로든 술에 취해서든 남자랑은 입 맞춰본 적도 없는데."

"나도요."

"그럼 우리 둘 다 남자를 좋아하지 않잖아요. 대체 무슨 일이 일어난 걸까요?"

"간단하죠. 검사가 구린 거예요. 우리를 다른 사람하고 혼동했나 보죠." 알렉스가 결심한 듯 말했다.

"내 말이 그 말입니다. 난 다시 확인해달라는 이메일까지 보냈어요. 그런데 그쪽에서는 검사에 이상이 없고, 오늘까지 단 한 건도 잘못 매치된 사례가 없다는 기본적인 답장만 보내더라고요. 어쨌든 검사가 잘못됐다면 이런 내 느낌도 설명되지 않겠죠. 내 생각에는 우리 둘 다 느낀 감정이겠지만. 우리 지금 인정 못 하는 단계인 겁니까?"

알렉스는 불편한 듯 자리에서 몸을 움직이더니, 술병의 술을 몇 모금 마시고서 앞으로 몸을 숙인 다음 목소리를 낮춰 말했다. "친구, 내가 아는 건 당신한테 물리치료를 해주고 나서 뭔가 설명할 수 없는 일이 일어났다는 것뿐이에요. 처음 만났을 때도, 당신이 티셔츠를 벗었을 때도, 내가 당신 몸에 손을 댔을 때나 치료가 끝나고 나서 당신과 악수했을 때도 아무 느낌이 없었어요. 그런데…… 모르겠네요……. 뭔가 일어났어요."

닉은 알렉스도 자신과 똑같이 느꼈다는 말을 듣고 마음이 놓여 한숨을 쉬었다.

"당신은 어떤 느낌이었어요?" 닉이 물었다.

"솔직하게요? 몸속에서 수천 개의 작은 폭발이 동시에 일어나는 것 같았어요. 그런데 나쁜 느낌은 아니고…… 그 폭발 때문에 잠에서 깬 것 같았죠. 갑자기 여태껏 살아온 어느 순간보다 더 살아 있는 것 같은 기분이 들었어요. 그렇게밖에 설명 못 하겠네요. 형편없이 들리겠지만."

"아니, 아뇨. 멋진데요. 무슨 말을 하는지 알겠어요. 나도 정확히 똑같았습니다."

"근데 왜 당신하고 나냐고요. 지난번에 나눈 대화를 생각해보면 우리 둘은 공통점도 없잖아요? 난 스포츠를 좋아하고 당신은 컴퓨터게임을 좋아하고, 난 두 달 뒤면 뉴질랜드로 돌아가서 살 거고 그쪽은 도시 생활을 좋아하고."

"우리 둘 다 여자친구도 있고요."

"우리 둘 다 여자친구도 있죠." 알렉스가 동의했다.

"그럼 내가 독수리만 한 나비들이 배 속을 날아다니는 것 같은 기분으로 여기 앉아 있으면서 당신을 거의 보지도 못하고, 혹시라도 당신을 보게 되면 눈을 뗄 수 없는 이유는 뭐죠?"

닉은 당황해서 다리를 이리저리 움직이다가 잠깐 알렉스의 무릎을 스쳤다. 찰나의 순간, 닉은 온몸에 소름이 번져가는 느낌을 받았다. 잠시 후 알렉스는 둘의 다리가 계속 닿아 있도록 자기 다리를 뒤로 당겼다.

그들은 서로의 눈을 똑바로 바라보았다. 둘 다 말은 하지 않았지만 상대방의 기분을 알 수 있었다.

35

° **엘리**
··

엘리와 팀은 입에 음식을 빠르게 쑤셔 넣었고, 둘의 데이트는 눈 깜짝할 사이에 지나갔다.

엘리는 평론가들 사이에서 극찬받는 파리의 세 레스토랑인 얌 차, 라 세르 정 르퀴테르, 투르다장에서 식사해보았고, 장-크리스토 프 노벨리와 엘렌 다로즈가 그녀의 집에 와서 요리해준 적도 있었 지만, 이 수수한 프랑스식 식당에서 팀과 함께한 식사보다 더 맛있 게 먹었던 음식은 떠오르지 않았다. 분명 메뉴가 매력적이지는 않 았다. 그들이 주문한 모든 음식은 까맣게 타 있거나 마늘 범벅이었 다. 하지만 엘리는 두 사람의 밤을 준비하는 데 팀이 들인 노력이 달가워 아무 불평 없이 그 음식을 먹었다.

팀은 친절하면서도 진심 어린, 엘리가 아주 오랫동안 만나보지 못한 그런 사람이었다. 그에게 끌리는 걸까? 엘리는 그렇다고 생각했다. 하지만 엘리가 기대했던 방식은 아니었다. 엘리는 'DNA 매치'를 통해 만난 커플들과 충분히 어울려봤고, 넋이 나갈 만큼 사랑에 빠진 사람들이 어떤 모습인지 알고 있었다. 그녀와 팀은 그렇지는 않았다. 하긴, 엘리는 지난 몇 년간 너무 많은 마음의 장벽을 쌓아왔다. 그들의 사랑은 모든 것을 집어삼키는 불타오르는 관계보다는 서서히 타오르는 군불 같은 관계가 될 가능성이 컸다.

식사를 마치고 커피도 다 마신 뒤 엘리는 팀이 돈을 내도록 두었다. 팀은 엘리의 빈티지 알렉산더 맥퀸 코트를 펼쳐 그녀가 팔을 집어넣을 수 있게 해주었다. 엘리는 문득 그와 함께 있으면서 이런 옷을 입는다는 게 죄스러웠다. 이 옷은 팀의 월급보다도 비쌀 가능성이 컸다. 사실 엘리가 고용한 사립 탐정들이 팀의 은행 입출금 내역서를 보여주었으므로 그게 사실이라는 걸 확실히 알고 있었다. 하지만 엘리는 주제넘게 팀의 은행 잔고를 확인했던 것을 후회할 뿐, 좋은 물건을 샀다는 이유만으로 죄책감을 느껴서는 안 된다는 것도 알고 있었다. 엘리는 쓰고 싶은 대로 쓰려고 열심히 돈을 벌었다. 팀에게도 자신과 함께 있을 때 평소처럼 굴라고 격려했듯 자신역시 스스로에게 진실해져야 했다. 그리고 엘리는 옷을 아주 좋아하는 여자였다.

팀은 식당을 나서며 문을 잡아주었고, 엘리는 그와 팔짱을 끼고 싶은 충동에 굴복했다. 팀의 몸에서 뿜어져 나오는 온기가 피부에 직접 느껴졌다. 팀은 길을 가다 말고 문득 멈춰 서서 엘리에게 더없이 활짝 웃어 보이더니, 몸을 숙여 입을 맞췄다. 엘리는 눈을 감았고 둘의 입술이 만났을 때는 그간 말로만 들었던 페로몬이 예기치 못한 순간 온몸에 솟구치는 것을, 신경이 움찔거리고 심장이 펄떡이는 것을 느꼈다. 잠깐 별이라도 본 것만 같았다.

하지만 엘리의 황홀한 순간은 등 뒤에서 날카롭게 소리 지르는 여자의 목소리가 들려오자 갑자기 멈춰버렸다. "이 씨발년!"

그들은 동시에 뒤를 돌아보았다. 어떤 중년 여자가 그들을 쏘아보면서 뭔가를 던지고 있었다. 팀은 본능적으로 여자와 엘리 사이에 끼어들려 했고, 빨간 페인트가 한가득 담긴 통이 갑자기 날아와 그에게 부딪쳤다. 페인트는 이제 팀의 얼굴과 셔츠, 재킷에 온통 튀어 있었다. 엘리도 상당량을 맞았다. 페인트가 그녀의 두 팔과 머리카락, 양 볼과 등 뒤 식당 창문에까지 튀었다.

"그런 짓을 저질렀으니 손에 피가 묻은 거야." 여자는 엘리에게 소리친 다음, 페인트 통을 도랑에 던지더니 어두운 밤거리를 따라 종종걸음을 쳐 가버렸다.

깜짝 놀란 팀이 자기 얼굴에서 페인트를 닦아내는 동안 엘리는 그 자리에 얼어붙은 채 서 있었다.

"뭘 했는데요?" 팀이 물었다. 목소리에는 못 믿겠다는 기색이 가득했다.

엘리는 충격에 꼼짝도 못 했다. 공격당한 게 이번이 처음은 아니었다. 하지만 다른 공격은 대부분 사이버 공격이거나 언어폭력이었다. 깨진 병으로 안드레이를 찔렀던 종교적 광신도만 빼고. 그게 바로 엘리가 안드레이를 비롯한 경호원들을 고용해 공공장소에서 자신을 보호하도록 한 이유였다. 하지만 딱 하루, 그날 저녁만은 엘리도 평범한 사람이 되어 일반적인 데이트를 하러 가는 느낌을 다시 만끽해보고 싶었다. 엘리는 팀과 키스하면서 잠시 그 순간에 빠져 방심하고 말았다.

하지만 이제 엘리가 느낄 수 있는 것이라고는 두 뺨에서 뚝뚝 떨어지는 걸쭉하고 질척질척한 페인트뿐이었다. 그녀는 방금 팀의 질문을 들었지만, 놀라서 말도 못 할 지경이라 팀의 말을 제대로 이해할 수 없었다. 대신 멈춰 서서 얼빠진 듯 구경하는 사람들을 마주 노려보았다.

주변에 사람이 늘어나자 팀은 즉시 행동을 개시했다. 팀은 엘리의 팔을 잡고 근처에서 방금 승객을 내려준 검은 택시로 향했다. 운전기사는 페인트를 뒤집어쓴 커플에게 눈을 부라리며 탑승을 거부하기 일보 직전이었는데, 팀이 지갑에서 50파운드짜리 지폐를 한 손 가득 꺼내 승객석 창문으로 밀어 넣었다. 팀이 받는 월급으로 볼 때 그렇게 많은 현금은 어딘가 어울리지 않았지만, 엘리는 공격에 너무 정신을 빼앗겨 그 점은 생각하지 못했다.

"그거면 세차비는 될 겁니다." 팀은 그렇게 말하고 문을 열어 엘리를 들여보내며, 기사가 마음을 바꿀 기회를 주지 않았다. "어디 살아요?" 엘리는 여전히 너무 놀란 상태라 대답하지 못했다.

"엘리." 팀이 고집스럽게 말했다. "당신을 집에 데려다줘야 해요. 어디 살아요?"

"벨그레이비어의 풀러턴 테라스 345번지요." 엘리가 속삭였다. 팀은 그 말을 운전기사에게 그대로 전한 뒤 주머니에서 손수건을 꺼내 엘리의 입술에 묻은 빨간 페인트를 부드럽게 닦아냈다.

"괜찮아요?" 팀이 상냥하게 물었다.

"그냥 집에 가고 싶어요." 엘리는 치욕스럽고 부끄러운 기분으로 말했다. 그와 눈을 마주칠 수가 없었다.

"아는 여자였어요?"

"아뇨."

"경찰을 불러야겠어요."

"아니에요." 엘리는 더욱 힘주어 같은 말을 반복했다.

팀은 엘리가 더 설명해주기를 기다렸지만 그녀는 설명할 생각이 전혀 없었다. 팀이 답답해하는 게 느껴졌다. 엘리는 팀의 실망한 표정을 보지 않으려고 창밖을 내다보았다.

"당신 대체 누구예요, 엘리?" 팀이 고집스럽게 다시 물었다. "왜 누군가가 당신한테 그런 짓을 하고 싶어 하는 거죠?"

엘리는 집에 가는 15분 내내 어색한 침묵을 지켰다. 택시는 5층 짜리 커다란 흰색 타운하우스 앞에 멈춰 섰다. 팀은 아마 CEO의 개인 비서가 어떻게 이토록 비싼 동네에 살 수 있는지 궁금했을 것이다. 하지만 엘리는 진실을 털어놓을 기분이 아니었다.

엘리는 택시에서 내렸고, 그동안 팀이 기사에게 요금을 냈다. 기사가 거스름돈을 건넸을 때쯤 엘리는 이미 정문으로 달려가 키 카드를 꺼내 문에 대고 있었다. 문이 열리자 안에 서 있던 안드레이가 보였다. 안드레이는 감정이 북받친 자신의 고용주를 한번 보더니, 그때까지 길가에 서 있던 팀에게 달려들려 했다. 그러나 엘리가 집에 들어가면서 안드레이를 막았고, 안드레이는 팀을 추운 바깥에 내버려둔 채 문을 닫았다.

36

° 맨디

맨디는 조카인 벨라와 아무리 오래 있어도 질리지 않았다. 지금 벨라는 부모님의 식탁 주변에 놓인 높은 의자에 앉아 다른 작은 아이들 무리에 둘러싸여 있었다. 모두들 눈앞에서 벌어지는 파티를 이해하지 못하는 어린아이들이었다.

불빛이 희미해지고 엄마가 1이라는 숫자와 함께 커다란 양초로 장식된 분홍색 생일 케이크를 들고 방에 들어오자, 벨라의 통통한 두 다리가 신나서 버둥거렸다. 주변의 모두가 '생일 축하합니다' 노래를 불렀다. 맨디는 행복의 눈물을 참으려고 애쓰던 여동생 캐런과 눈이 마주쳤다. 벨라의 이모인 폴라가 초를 끌 수 있도록 벨라를 도와주자, 벨라는 커다란 침방울을 불더니 케이크를 잡으려고 팔을 뻗었다.

맨디는 세 조카를 모두 사랑했다. 놀 기회만 있으면 언제든 그 애들을 데리고 외출했다. 조카들이 태어난 이래 맨디는 자기 물건보다 그 아이들에게 입힐 명품 옷을 사느라 돈을 더 많이 썼다. 하지만 맨디에게는 인정하기조차 힘든 창피한 비밀이 하나 있었다. 조카들에게 뭔가 사줄 때마다, 그녀는 너무도 낳고 싶은 자신의 아이를 위해서도 똑같은 물건을 하나 더 샀다. 맨디는 남는 방 침대 밑에 각각 딱딱한 소재와 부드러운 소재로 된 여행용 가방 두 개를 두었는데, 그 두 가방은 영영 누구도 입지 못할 아주 작은 옷들로 가득했다.

하지만 최근에는 조카들과 함께 있기가 점점 더 힘들어졌다. 동생들과는 달리 자신은 DNA 매치와 아이를 낳을 수 없을 거라는 생각이 그녀를 병들게 했다. 머잖아 함께 가족을 꾸릴 누군가를 만난다 한들 그 사람은 맨디의 운명의 상대일 수 없었다. 그 운명의 상대는 죽었으니까. 리처드와의 사이에서 태어난 아이를 사랑했을 그 마음으로 다른 사람과의 사이에서 태어난 아이를 사랑할 수 있을까? 맨디는 걱정됐다. 그리고 자신이 꿈꾼 모든 것을 가진 폴라와 캐런에게 슬며시 화가 나기 시작했다. 커스틴이 함께 정착할 예쁜 여자를 찾을 수 있다면 다음 차례는 커스틴이 될 것이다. 그리고 그들을 갈라놓는 틈은 점점 넓어지겠지.

"좋아, 아가씨, 이리 오세요." 폴라는 그렇게 말하며 맨디의 팔을 꽉 잡아 그녀가 꼼짝 못 하게 한 뒤 정원으로, 다시 벨라의 플라스틱 인형의 집 안으로 데리고 갔다. 안에 들어간 그들은 작은 가구들 위에 쭈그리고 앉았다. 폴라는 주머니에서 담배 한 갑을 꺼내며 장난기 가득한 눈을 반짝였다. "대체 무슨 장난을 꾸미고 있는 거야?"

맨디는 동생이 뭘 알고 싶어 하는지 정확히 알고 있었지만 아무것도 모르는 척했다.

"리처드, 언니의 매치 말이야. 오늘 우리와 만나게 해주기로 했잖아. 그러더니 마지막 순간에 리처드가 '긴급 개인 트레이닝으로 바쁘다'고 했고. 대체 어떤 사람이 개인 트레이닝을 긴급하게 받는다는 거야? 자, 얼른 말해봐."

맨디는 침을 꿀꺽 삼켰다. 맨디는 가족들에게 리처드에 대해 알아야 할 사실을 거의 다 말해주었지만, 한 가지만은 예외였다. 그가 더는 살아 있지 않다는 사실 말이다. 맨디는 무슨 말을 해야 할지 몰라 폴라를 빤히 바라보았다.

"언니가 평생의 사랑을 만난 지 두 달이 지났는데, 우린 그 사람 그림자도 못 봤어." 폴라는 열린 창문으로 연기를 뿜어냈다. "그래서, 그 사람 뭐가 문제야?"

"문제는 없어." 맨디는 그렇게 말하고 깊이 연기를 빨아들였다. 연기가 목구멍 뒤쪽을 때리기 전까지 자신에게 담배가 그토록 절실하게 필요했는지도 몰랐다.

"이마에 엄청나게 큰 사마귀라도 있는 거야? 온몸에 문신이 있어? 팔다리 하나가 없어? 언니보다 30센티미터 정도 작아? 흑인이야? 우리의 인종차별주의자 할아버지라도 언니가 행복할 거라는 확신만 있다면 리처드의 피부색은 상관하지 않을……."

"아니, 아니, 그런 게 아냐." 맨디는 그런 쉬운 문제였더라면 좋았겠다고 생각했다.

"우리가 그 불쌍한 꼬마를 겁줘서 쫓아낼까 봐 그러는구나?"

"너희들이 가끔 심하기는 하지……." 맨디는 이런 이야기를 나눌 각오가 되어 있지 않았다. 적어도 지금은. 그래서 대신 이렇게 말했다. "리처드는 수줍음이 많아. 그 사람이 준비된 것처럼 보이면 소개해줄게."

"뭐, 좋아." 이상하게도 폴라는 그 설명에 만족하는 듯했다. "하지만 벨라의 두 번째 생일 전에는 형부를 소개해줘야 해."

"그럼, 당연하지." 맨디는 자신의 거짓말에 유효기간이 있다는 걸 알면서도 그렇게 말했다.

37

○ 크리스토퍼

에이미가 현관으로 들어와 두 팔로 꽉 끌어안자 크리스토퍼는
어떻게 반응해야 할지 몰랐다.

에이미의 표정을 읽을 수 없었기에, 크리스토퍼는 그녀의 동작
을 따라 그녀를 두 팔로 끌어안았다. 맞는 동작인 모양이었다.

"끔찍한 하루였어." 에이미가 조용히 말하더니 팔을 풀고 복도를
지나 거실로 들어갔다. 에이미는 부츠 지퍼를 풀어 방구석에 던지
고 나무로 된 둥근 사이드 테이블에 열쇠들을 던져놓았다. 크리스
토퍼는 에이미가 보지 않을 때 그녀의 열쇠들과 신발을 가지런히
정리했다.

"어젯밤에 여자가 한 명 더 발견됐어." 에이미는 크리스토퍼의
주류 저장고에서 꺼낸 텀블러에 보드카를 듬뿍 따르며 입을 열었
다. 토닉은 덜 넣었다. 그 잔이 아닌데. 크리스토퍼는 생각했지만,

지적하지 않는 게 나을 것 같았다. "이번에는 런던 남부야."

"이번 사건이 특별히 신경 쓰이는 이유라도 있어?" 크리스토퍼는 그렇게 대답하며, 다가올 대화에 대한 열띤 기대감을 다스리려 노력했다.

"이번에는 그놈이 더 심한 짓을 했거든. 그 불쌍한 여자를 곤죽이 되도록 때렸어. 치아도 다 부서졌고, 갈비뼈도 여러 대 부러진 데다 목구멍에는 표백제를 부었더라고. 눈도 파버렸어."

그럴 수밖에 없었는걸. 크리스토퍼가 생각했다.

"강간까지 했대도 놀랍지 않을 거야." 에이미가 덧붙였다.

크리스토퍼는 그 말에 불쾌함을 느꼈다. "이런." 대신 그는 대답했다. "넌 이런 걸 어떻게 다 아는 거야? 이 사건 담당이 아니라며."

"담당은 아냐. 하지만 놈을 잡을 때까지는 모두가 힘을 모아야 하거든. 오늘은 우리도 집집마다 들러서 탐문하라는 요청을 받았어. 이번이 아홉 번째 피해자야. 믿어져, 크리스토퍼? 불쌍한 여자들이 아홉 명이나……."

잠시 후면 10호를 발견하게 될 거야. 크리스토퍼는 그렇게 생각하며 만족스러운 마음에 팔짱을 꼈다.

"우리가 피해자의 이웃하고 이야기를 나누기 전에 사건 수사를 담당하는 경위님이 여자들 사진을 보여줬어. 한 사건에 그렇게 많은 시신이 연관된 건 한 번도 못 봤어."

크리스토퍼는 자신이 들인 노력의 결실에 대해 경찰이 뭐라고 논의하고 있을지 생각하며 간신히 미소를 참았다. 그와 가까운 사람이 그 논의에 참여하고 있다는 사실 때문에 더 좋았다.

"다른 피해자들은 전부 교살만 당했어." 에이미가 말했다. "하지만 이번 공격에는 개인적인 감정이 실려 있었어. 마치 놈이 그 여자를 알았던 것처럼…… 정말로 그 여자를 괴롭히고 싶어 했던 것처럼 말이야. 이번 사건으로 우리는 놈의 심리를 완전히 다르게 생각하게 됐어."

그건 계획한 게 아닌데. 크리스토퍼가 생각했다. *하지만 주의를 돌릴 수 있다면야 쓸모는 있겠네.*

"어떤 식으로?"

"뭐, 그놈이 사악한 개자식이라는 건 틀림없어." 에이미의 대답에 크리스토퍼는 발끈했다. "하지만 지금은 복수심이 강한 놈처럼 보이기도 해. 범인은 여자에게 초점을 맞추고 있어. 여자에 대한 증오심이 몸에 깊이 밴 것 같아. 그래서 이번 공격이 그토록 악랄했던 거야. 모르겠어, 어쩌면 범인의 엄마가 어린 시절에 범인을 학대했다거나 그랬을지도."

크리스토퍼는 무표정하려고 애썼다. 에이미의 생각은 진실과 정반대였다. 크리스토퍼는 자신이 원초적 사이코패스라고, 스스로 판단해보자면 타고난 *재능*을 지닌 사람이라고 생각했다. 크리스토퍼는 후천적 환경의 산물인 이차적 사이코패스와 반대되는 존재였다. 그는 사랑한다고 자주 말해주는 부모와 함께 교외의 완벽한 중산층 가정에서 자랐다. 그들이 말하는 사랑을 잘 느끼지는 못했지만.

크리스토퍼는 암과 심장병으로 부모를 일찍 여의었다. 하지만 그 일을 집에서 키우던 토끼가 죽었을 때처럼 무미건조하게 받아들였다. 그는 형제들, 특히 맏형 올리버와 이따금 연락을 이어갔다.

아무리 애를 써도 크리스토퍼는 돈의 중요성을 이해할 수 없었다. 아들들 각자가 받은 상당한 유산 중 크리스토퍼의 몫을 스스로 관리할 수 있게 도와준 사람이 올리버였다. 그 유산을 적절한 곳에 투자했기에, 크리스토퍼는 원할 때만 그래픽 디자인 일을 할 수 있을 만큼 충분한 수익을 매달 정기적으로 얻고 있었다.

"시신에서 다음 여자 사진이 발견됐어?" 크리스토퍼가 물었다. 그는 '피해자'라는 단어가 싫었다. 그 단어는 이 모든 일에서 그 여자들이 아무 잘못도 없다는 뜻이니 말이다. 그가 보기에 데이트 어플에서 수다를 떨며 핸드폰 번호를 내준 그들은 피해자라기보다 자원자에 가까웠다. 그들은 다른 사람이 너무 쉽게 다가올 수 있게 자신을 방치했다. 그런 짓을 하면 응당 대가가 따르기 마련이다. 그들 중 누구에게도 매치는 없었다. 그들은 전부 진정한 사랑을 찾은 사람들이 가엾게 여기는 2등 시민이었다.

크리스토퍼의 프로젝트는 관련된 사람 모두에게 이로운 것이었다. 이번 프로젝트가 끝나면 크리스토퍼는 계속 익명으로 남아 있겠지만 에이미가 말하는 '피해자'들은 보상으로 영국 범죄사에 길이길이 전해질 사건의 일부가 될 것이다. 그들은 책의 주제가 되고 TV 다큐멘터리와 드라마에서 다뤄질 것이다. 수십 년 동안 이 사건에 대한 이론이 나올 것이다. 그 여자들은 죽음으로써 지루한 삶에서 기대할 수 있는 것보다 훨씬 많은 것을 달성하게 될 터다.

"응, 또 사진이 한 장 있었어." 에이미가 응접실 식탁에 앉아 두 손으로 머리를 괴며 대답했다. "물론 다음 피해자가 죽었다는 건 거의 확실하지만, 시신 위치에 대한 단서는 없어. 우린 지금 기다리

THE ONE

기 게임을 하는 중이야. 누군가가 인도에 그려진 스텐실을 발견하기를 바라면서."

"언론에 그 여자 사진을 내보낼 수는 없는 거야?"

"어떤 신문이나 텔레비전도 죽었을지 모르는 여자의 얼굴을 내보내지 않으니까. 다행히 인터넷에는 그렇게 높은 도덕적 기준이 적용되지 않아. 덕분에 지금은 모든 피해자 사진이 온라인에 돌아다니고 있고. 신문과 TV에 내보내려고 최근 피해자의 몽타주를 그렸으니 수사가 좀 더 빨라질지도 몰라."

크리스토퍼는 자신이 남긴 스프레이 스텐실이 대중의 상상력을 확실히 휘어잡았다는 사실을 깨달았다. 그가 5호를 죽일 때까지도 경찰은 이번 사건을 연쇄살인이라고 생각하지 못했다. 하지만 스텐실이 공개되자 변변찮은 모방 그림들이 수도 곳곳에 나타났다.

수사관들은 아직 모든 피해 여성을 동일한 데이트 어플인 유플러트와 연관 짓지 못하고 있었다. 이 어플은 'DNA 매치'의 부산물로, 아직 매치를 찾지 못한 사람들이 같은 처지의 외로운 사람을 만날 수 있도록 고안된 것이었다. 후보자 명단이나 최종 대상자 명단을 작성하던 시절에 크리스토퍼는 다른 데이트 어플도 실험해보았고, 그 결과 몇몇 여자들이 다른 서비스에도 등록되어 있다는 사실을 알게 되었다. 그러므로 경찰이 그 여성들을 단 하나의 동일한 연결고리로 묶는 것은 어려울 터였다.

설령 경찰이 여자들의 핸드폰을 살펴본대도 메시지에서 크리스토퍼와의 연결점은 발견되지 않을 것이다. 크리스토퍼는 백 개가 넘는 이메일 주소를 만들고, 그것들을 추적이 불가능한 수십 개의 대포폰에 나눠서 등록했다. 그 핸드폰들은 크리스토퍼의 지하실에 있는, 사용하지 않는 냉동고에 숨겨져 있었다.

그는 핸드폰들의 문자메시지, 사진, SNS, 클라우드 저장 장치, GPS 위치들을 관리하느라 다크웹에서 내려받은 소프트웨어를 사용했지만, 그 여자들과 두 번 다시 이야기하지는 않았다. 그는 사람들이 인생 전체를 아무나 들여다볼 수 있게 13센티미터짜리 플라스틱에 넣어둘 만큼 멍청하다는 사실을 도무지 믿을 수 없었다.

"난 절대 이해 못 하겠어." 에이미가 말했다. "대체 얼마나 강박증이 심해야 이렇게 많은 사람을 죽일 수 있는 거지? 앞으로도 도저히 모를 것 같아. 대체 왜 이러는 걸까?"

도전이지. 크리스토퍼는 혼자 생각했다. 재미있기도 하고. 역사책에 실릴 수 있는 일이기도 해. 난 연쇄살인범으로 전락한 것도, 강박증 때문에 어쩔 수 없이 연쇄살인범이 된 것도 아니야. 이건 연쇄살인범이 되기로 결정할 배짱과 야심이 있느냐의 문제야. 적극적으로 이 삶을 시작하고 또 적극적으로 멈추는 문제. 예전에는 아무도 이런 식으로 해본 적이 없는 일이지. 타인의 인생을 통제하는 것만큼 기분 좋은 일이 없기도 하고.

"나도 모르겠어." 크리스토퍼는 이렇게 대답하며, 에이미를 다시 위로해주는 게 최선이라고 생각했다. 그는 에이미의 뒤에 서서 그녀의 어깨를 두 팔로 감싸고 자기 쪽으로 당겼다. "어쩌면 그냥 할 수 있으니까 하는 걸지도." 그는 그녀의 정수리에 입을 맞추며 덧붙였다. "그래서 하는 거야."

에이미는 남자친구의 힘세고 따뜻한 품이 주는 안정감에 잠시 몸을 맡겼다. 크리스토퍼는 에이미의 뒤에 서서, 자신이 무슨 짓을 저지를 수 있는 인간인지 말해주는 사진을 그녀가 본다면 과연 처음으로 어떤 표정을 지을지 보고 싶어졌다. 아무리 크리스토퍼라지만, 그때는 그 표정에서 혐오감을 알아볼 수 있을지 몰랐다.

38

○ 제이드

제이드는 호주에서의 첫날밤을 거의 뜬눈으로 지새웠다. 시차 때문만은 아니었다.

케빈이 시한부 질병을 앓고 있다는 사실이나, 자신이 그를 사랑하지 않는다는 깨달음을 받아들이자니 당혹스러웠다. 제이드는 케빈에게 화가 났고, 자기 자신에게는 더욱 화가 났다.

제이드는 농장의 조용한 게스트하우스에서 침대 옆 전등을 켜놓고 이런 일이, 그러니까 매치에 대해 아무런 감정이 느껴지지 않는 게 정상인지 알아보려고 와이파이에 접속했다. 둘 사이에 사랑이 있다는 건 분명했다. 하지만 그동안 영화나 TV 프로그램에서 보아왔던 알록달록하고 요란한 불꽃놀이나 무지개는 없었다. DNA 매치가 이루어진 허구 속 커플들은 언제나 상대를 만나자마자 홀딱 반하곤 했다. 왜 그녀에게는 그런 일이 일어나지 않은 걸까?

제이드는 'DNA 매치' 공식 웹사이트를 확인했다. "매치된 커플이 서로에게 느끼는 감정은 커플마다 다를 수 있습니다." 사이트에는 그렇게 적혀 있었다. "어떤 커플은 즉시 감정을 느끼지만, 어떤 커플은 몇 번 만나거나 며칠이 지난 뒤에야 연대감을 느낍니다. 이것은 커플이나 개인의 정신적 수용력에 따른 것이거나, 페로몬의 생성 혹은 수용에 영향을 줄 수 있는 질환 때문입니다. 매치된 상대방의 생체시계에 변화가 있는 경우에도 커플이 감정을 처리하는 데 영향이 있을 수 있습니다."

제이드는 자신처럼 감정이 잘 느껴지지 않는 사람들이 드물지 않다는 사실을 알게 되자 기분이 좀 나아졌다. 감정이 늦게 찾아오는 것이 케빈의 병 때문일까 봐, 혹은 그가 사진 속 모습과 거의 닮지 않았기 때문일까 봐 걱정하던 차였다. 자신이 천박하고 얄팍한 여자 같아서. 새로운 지식으로 무장한 지금 제이드는 훨씬 안도감을 느꼈다. 결국은 자신도 그 감정을 느끼게 될 것이다. 그냥 기다리기만 하면 된다. 장기적으로 보자면 올여름도 넘기지 못할 남자와 혼을 쏙 빼놓는 사랑에 빠지기가 어려우리라는 건 인정할 수밖에 없었지만 말이다.

문득 누군가가 문을 가만히 두드렸다. "들어오세요." 제이드는 그렇게 대답하고 팔꿈치를 괴며 몸을 받쳤다. 문이 천천히 열리고 케빈의 미소 짓는 얼굴이 나타났다.

"안녕." 케빈이 말했다. "아직 불이 켜져 있는 걸 봤어. 보여줄 게 있는데, 같이 갈래?"

"그래." 제이드가 말했다. 벽시계를 보니 새벽 3시 56분이었다.

"15분 뒤에 네 차 옆에서 만나자. 스웨터 가져와. 여긴 새벽이 얼음처럼 차갑거든. 아, 물론 차 열쇠도 가져와야 해."

제이드가 나타났을 때 케빈은 이미 자동차 옆에서 보행보조기에 기대어 서 있었다. "가자." 케빈이 기분 좋게 말했다.

제이드는 흙길로 된 진입로를 따라 다시 고속도로로 들어갔다. 길은 케빈이 안내했다. 그들은 10분 정도 이동한 끝에 길가의 평평한 곳에 이르렀다.

"호주까지 왔는데 해돋이를 못 보면 안 되지." 케빈이 말했다. "세상 어디에서도 못 볼 장관이거든."

그들은 함께 앉은 채 어둠이 서서히 물러나고 하늘이 보라색과 주황색으로 바뀌는 모습을 보며 재생목록에 올려둔 소울 클래식 음악을 들었다.

"여긴 얼마나 자주 와?" 제이드가 물었다.

"처음 진단받았을 때는 꽤 자주 왔어." 케빈이 말했다. "그다음 얼마간은 어두운 곳만 찾아다녔지. 모든 게 화가 났거든. 다른 사람들한테는 평생 해가 뜨고 지는 걸 볼 시간이 남아 있는데, 내 인생의 끝은 머지 않았다는 생각 때문에. 그러다가 갑자기, 한 번이라도 더 이곳 해돋이를 볼 수 있다면 그것만으로도 엄청나게 얻어가는 셈이라는 걸 깨달았어. 내가 하루를 더 살았다는 뜻이니까."

제이드는 본능적으로 케빈의 어깨에 고개를 얹었다. 해가 뜨고 케빈이 잠든 지 한참이 지나서까지 그러고 있었다. 케빈은 손이 차갑고 피부가 양피지 같았다. 제이드는 암이 케빈을 물어뜯기 전에 그를 만졌다면 어떤 느낌이었을지 궁금해졌다.

아직 강렬한 'DNA 매치'식 사랑에 빠지진 않았지만 케빈 곁에 있으면 편안하다는 데에는 의심의 여지가 없었다. 제이드는 케빈과 통화하며 열정적으로 아주 오래 대화했기에, 케빈이 매치일 뿐 아니라 가장 친한 친구처럼 느껴졌다. 어쩌면 그게 다른 무엇보다 중요할지도 모른다. 기본으로 돌아가면 사실 사랑이란 태양이 뜨고 질 때 누군가와 함께 있어주는 것일지도.

제이드는 잠든 짝과 함께 농장으로 돌아왔다. 케빈의 형이 제이드를 마중 나와서 조수석 문을 열고 케빈의 안전띠를 풀었다. 그는 제이드가 지켜보는 가운데 케빈을 품 안에 안고 들어 올려 집으로 데리고 들어갔다. 문득, 제이드는 정체를 알 수 없는 뭔가가 아프게 찔러오는 느낌을 받았다.

39

° 닉
....

닉은 김이 나는 코코아가 담긴 폴리스티렌 컵을 들고 있었다. 경기장과 안전거리를 두고 충분히 떨어져 있는 가판대에서 산 것이었다. 햄버거도 하나 살까 생각했지만 계산대 뒤에서 손님을 응대하는 남자의 더러운 손톱을 보자 그럴 생각이 싹 사라졌다.

닉이 다닌 학교는 럭비보다 하키를 주로 가르쳤기에, 닉이 럭비 경기를 보러 온 것은 지금이 처음이었다. 밖은 엄청나게 추웠다. 닉은 샐리가 생일 선물로 사준 회색 캐시미어 목도리를 바짝 두르고 귀를 따뜻하게 하기 위해 후드도 머리 위로 당겨 썼다.

내가 여기서 뭘 하는 거지? 닉은 럭비 규칙이 어떤지, 경기장에서 경기가 어떻게 진행되고 있는지 전혀 모르는 채로 생각했다. 자신이 눈앞에 있는 한 선수에게서 거의 눈을 떼지 못한다는 것만 알 수 있었다.

닉의 시선은 알렉스의 종아리에서 두껍고 나무둥치 같은 허벅지로, 다시 튼튼한 몸통으로 움직였다. 생각 같아서는 차라리 알렉스의 몸을 보고 흥분이라도 느꼈으면 했다. 그러면 둘이 매치된 이유가 조금이라도 이해될 것 같았다. 그들이 함께할 운명이라면 최소한 성적 흥분이 조금이라도 오지 않을까? 하지만 그런 건 전혀 없었다.

닉은 충동적으로 그날 아침 경기를 봐야겠다고 생각했다. 알렉스의 치료실 벽에 걸려 있던 액자 속 팀원 사진들이 떠올랐고, 다음 경기가 언제인지 온라인으로 경기 일정을 찾아봤다. 경기장은 버밍엄 교외에 있는 동네 럭비장이었다. 하지만 알렉스에게 미리 알리지도 않고 갑자기 나타나는 게 얼마나 소름 끼치는 일인지 알고 있기에, 응원하는 다른 사람들에게서 멀리 떨어져서 알렉스를 지켜보았다.

그들이 바에서 만난 게 벌써 일주일 전이었다. 그날 그들은 저녁 시간이 거의 다 갈 동안 서로에 대해 알아가며 바에 앉아 있었다. 둘은 점점 취기가 올랐고 좋아하는 가수에서부터 건축, 여행, 록 음악에 이르기까지 자신들에게 공통점이 많다는 걸 알게 되었다. 자세한 말을 아낀 유일한 주제는 각자의 연인이었다. 대화가 이어지는 내내 머릿속 한편에서는 그 생각을 하면서도 둘은 매치 이야기를 다시 꺼내지 않았다.

둘이 함께하는 시간은 알렉스의 여자친구 메리가 전화를 걸어 언제 집에 올 거냐고 물었을 때에야 끝났다. 아주 짧은 순간 닉은 질투가 솟았다.

그들은 예의 바르게, 하지만 미련이 남는 악수를 하고 헤어졌다. 둘 다 이게 마지막 손길일까 봐 남몰래 두려워하고 있었다. 둘 다 다시 만나자거나 연락하고 지내자고 제안하지는 않았다. 그때는 서로가 세상 어딘가에 있다는 사실을 알기만 해도 충분해 보였다. 설령 서로 상관없는 인생을 살아가더라도 말이다.

한편 샐리는 닉과 함께 브뤼주로 떠날 깜짝 여행을 준비했다. 닉이 그 여행에 대해 알게 된 건 어느 금요일 오후 샐리가 여행 가방 두 개와 유로스타 비행기 표, 직접 예약한 호텔 예약확인증을 들고 그의 사무실에 나타났을 때였다. 최근 그들 사이에는 거리감이 느껴졌다. 닉은 샐리와 자기 사이에 알렉스와의 일이 끼어들도록 자신이 방치한 것만 같은 기분이었다. 하지만 샐리가 자극적인 여행을 준비한 걸 보니, 그녀도 뭔가 잘못한 게 있어서 만회하려 드는 건 아닐까 싶었다. 샐리는 평소보다 훨씬 더 정신이 딴 데 팔려 있었고 닉은 그 이유가 자신이 매치되는 바람에 샐리가 심란해졌기 때문이라고밖에 생각할 수 없었다. 그는 이 생각을 머릿속 한쪽 구석으로 치워두려고 노력했다.

브뤼주에서 샐리의 성욕은 거의 만족시킬 수 없을 정도였다. 그들은 관광하지 않을 때면 언제나 침대에 있었다. 샐리가 닉과 알렉스가 다시 만나는 건 아닌지 의심하고 있으면서 알렉스와 경쟁하려 한다는 생각이 어렴풋이 들었다. 하지만 둘 다 알렉스의 이름을 입에 올리지는 않았다.

버밍엄으로 돌아오자마자 닉은 알렉스가 다시 보고 *싶었다.* 아니, 꼭 *봐야만 했다.* 서로를 만난 지 여드레가 지난 뒤였다.

닉의 생각은 럭비공이 허공을 날아와 그의 어깨를 정통으로 맞히는 바람에 끊기고 말았다. "젠장." 닉이 놀라서 소리쳤다. 앞에 있던 사람들이 갈라서면서 그의 모습이 드러났다.

"공 좀 던져줘요!" 머리를 민 다부진 남자가 마우스피스를 악문 채 소리쳤다. 그리고 닉이 서툴게 선수 쪽으로 공을 던진 바로 그 순간, 알렉스가 그를 보았다. 닉은 불안하게 그를 마주 보며, 알렉스의 사적인 공간에 억지로 밀고 들어오기로 한 결정을 곧바로 후회했다.

하지만 알렉스의 얼굴 전체에 천천히 미소가 떠올랐다. 닉의 미소도 늦지 않게 그 뒤를 따랐다.

40

○ **엘리**

문을 열고 나온 팀의 손에는 시리얼 그릇이 들려 있었다.

머리를 민 키 크고 건장한 남자와 함께 엘리가 서 있었다. 엘리는 이 모습을 본 팀이 뭐라고 생각할지 바로 상상이 됐다. 창문에 선팅을 한 검은 레인지로버 두 대가 팀의 평범한 연립주택 앞 도로 경계석에 주차되어 있었다. 팀에게도 차에 타고 있는 사람들이 모두 보이는지는 알 수 없었다.

"안녕." 팀이 웅얼거리더니 입 안 가득 물고 있던 시리얼을 삼켰다. 팀은 셔츠 소매를 말아 올린 채였고 목에는 노란 넥타이를 느슨하게 걸고 있었다. 엘리가 갑자기 나타나 놀란 듯했다. 아마 엘리가 어떻게 자신의 주소를 알아냈는지 궁금할 터였다.

"안녕하세요." 엘리가 말했다. "연락도 안 하고 와서 미안해요. 출근하기 전에 몇 분쯤 내줄 수 있어요?"

"내가 며칠 동안 계속 연락했는데 당신이 무시했잖아요."

"알아요. 미안해요. 그래서 설명하려고 온 거예요. 부탁할게요."

팀은 한쪽으로 비켰다. 안드레이가 먼저 들어갔다. 안드레이는 선글라스를 벗고 건물 안 현관과 여러 방을 훑어본 다음에야 엘리가 따라 들어오게 했다. 팀은 산처럼 거대한 남자에게, 그다음에는 자신의 DNA 매치에게 인상을 썼다.

"내 경호원이에요." 엘리는 거의 사과하듯 말했다.

"그럼 우리 집 응접실에는 닌자 가족 아홉 명이 살고 있고 온실에는 내가 만들고 있는 머스터드 가스가 여러 통 있다는 걸 알려드려야겠군요."

안드레이는 전혀 재미있지 않은 모양인지 팀에게 못마땅한 눈길을 던졌다.

두 번째 데이트가 빨간 페인트를 뒤집어쓰며 끝난 뒤, 엘리가 팀에게 다가갈 용기를 내기까지는 나흘이 걸렸다. 그날 이후 엘리는 런던의 타운하우스에 틀어박혀 있었다. 민망하기도 하고 깊은 모욕감을 느끼기도 했다.

팀이 지극히 평범한 연애 상대에 불과했다면 엘리는 절대 그를 다시 만나지 않았을 것이다. 하지만 팀은 평범한 사람과는 거리가 멀었다. 게다가 엘리는 그를 알아가던 시간이 좋았고, 공격당하기 직전에 나눈 입맞춤은 훌륭했다고밖에 할 수 없었다.

엘리는 사람들 앞에 나서서 이야기하는 데 익숙했다. 엘리의 기조연설을 들은 사람만 전 세계에 수천 명이 있었다. 하지만 욕실 거울 앞에 서서 여러 번 연습하며 아무리 애를 써봐도, 무슨 일이 일어난 건지 팀에게 설명할 방법을 찾지 못했다.

"커피 드릴까요? 반려 거인한테도 한잔 드려야 하나?" 팀은 눈을 동그랗게 뜨고 안드레이를 쳐다보며 물었다.

"나도 그렇게 부르는데." 엘리가 웃으며 분위기를 가볍게 만들어 보려 했다. "거인 안드레이라고요. 알죠? 유명한 프랑스 레슬링 선수 있잖아요. 「프린세스 브라이드」에 나왔던. 내가 가장 좋아하는 영화예요……."

팀은 고개를 저으며 거실로 들어가 리모컨으로 텔레비전 아침 프로그램 진행자들의 목소리를 낮췄다. 그는 커피 테이블에 그릇을 내려놓고 엘리에게 앉으라고 했다.

"그날 밤에는 무슨 일이 있었던 거예요?" 팀이 물었다. "왜 알지도 못하는 사람이 우리한테 빨간 페인트를 뿌리면서 당신 손에 피가 묻었다고 소리를 지른 거죠?"

"많은 사람이 그렇게 생각하니까요." 엘리가 대답했다. "아마 지금쯤은 당신도 내가 내 정체나 직업에 대해 솔직히 털어놓지 않았다는 걸 짐작하겠죠."

"네."

"내가 DNA 프로필에 사용한 성씨인 에일링은 엄마의 결혼 전성이에요. 실제 성은 스탠퍼드이고요. 난 CEO의 개인 비서가 아니에요. 사실은 내가 CEO죠. 그리고 내가 하는 일은 조금…… 논란의 여지가 있어요."

"무슨 무기상이라도 돼요?"

"아뇨, 아뇨." 엘리가 말했다. "그런 건 전혀 아니에요." 엘리는 잠시 멈추어 심호흡했다. "팀, 내가 'DNA 매치'의 유전자를 발견한 과학자예요. 그리고 많은 사람이 그 이유로 나를 증오해요."

41

° **맨디**

가족의 생일과 기념일, 여자들만의 밤, 퇴직 기념 파티, 외식 등 모임이 수도 없이 지나갔다. 그리고 맨디는 그 모든 행사에 빠졌다.

초대를 받을 때마다 맨디는 참석하지 못하는 핑계를 억지로 지어냈다. 160킬로미터쯤 떨어진 곳에서 리처드와 함께할 계획이 있다는 얘기를 종종 들먹였다. 최소한 부분적으로는 사실이었다. 맨디는 자신의 가족보다 리처드의 가족과 점점 더 많은 시간을 보내기로 선택했으니 말이다.

음성메시지의 말투로 미루어볼 때, 엄마와 동생들은 이 상황을 점점 더 답답해하는 것 같았다. 10년도 더 전에 아버지가 돌아가시면서 유대를 다져온 가족은 한때 아주 친밀했다. 하지만 이제는 맨디가 멀어지려 하고 있었고 나머지 가족은 그 이유를 몰랐다. 당연한 일이지만 맨디가 매치를 찾았다고 생각한 가족들은 그녀가 마음을 전부 터놓기를 기대했다. 그러나 맨디는 그들에게 이야기를 꺼낼 수 없었다. 아직은.

가족과 보내는 시간은 팻이나 클로에와 함께 보내는 시간에 비해 영양가가 없게 느껴졌다. 맨디는 자기 가족에게서 점점 소외되는 느낌이었다. 동생 둘은 맨디가 영원히 가질 수 없는 사랑과 행복을 누리는 중이었다. 맨디는 자신이 겪고 있는 일을 가족이 이해할 수 있을지 의문이었다. 그리고 어머니는 맨디처럼 평생의 사랑을 잃기는 했지만 매치로 맺어진 연대가 얼마나 강할 수 있는지, 또 그 매치를 빼앗긴다는 게 어떤 의미인지 진정으로 이해하기에는 너무 구식이었다. 그 빈틈을 메워준 게 리처드의 가족이었다.

"와서 술 한잔하고 자고 가지 그러니?" 전날 저녁 팻이 문자메시지를 보냈다. 그래서 맨디는 작은 여행 가방을 꾸려 와 그들과 함께 DVD를 보고 와인을 마시고 리처드의 아기 때 사진 앨범을 넘겨보며 그날 저녁을 보냈다.

그런 생각이 처음도 아니었지만, 맨디는 리처드와 아기를 낳았다면 그 아이가 어떻게 생겼을지 궁금해졌다.

모두가 잠자리에 든 시각 맨디는 손님방에서 정신이 말똥말똥 깨어 있었다. 맨디는 눈을 감았다. 밤이면 보통 그랬듯 자신은 영영 가지지 못할 그들의 미래를 상상했다. 맨디는 크리스마스에 리처드와 팔짱을 끼고 부모님 집에 들어가는 자신의 모습과 리처드가 맨디네 가족의 관심을 한 몸에 받는 모습을 상상했다. 맨디의 손가락이 이불을 쥐고 있었다. 답답한 마음에 이불을 세게 쥐어짜다시피 했다.

맨디는 화장실에 갔다 오는 길에 리처드의 침실 문이 약간 열려 있는 것을 보았다. 머뭇거리며 그 문을 열었지만 방은 비어 있었다. 맨디는 방에 들어가 조용히 문을 닫고 불을 켰다.

호기심을 이기지 못하고 리처드의 침대 옆 서랍을 살짝 열고 들여다보았다. 보습제, 머리카락 관리제품, 데오도란트 같은 몸단장 도구 들이 이미 개봉한 열 개들이 콘돔 상자와 함께 들어 있었다. 맨디는 상자 뚜껑을 젖히고 콘돔을 세어보았다. 겨우 네 개만 남아 있었다. 그러자 곧바로 사라진 콘돔을 리처드와 함께 사용하는 행운을 누린 게 어떤 여자 혹은 여자들일지 궁금해졌다. 문득 가슴이 철렁했다.

맨디는 얼굴조차 모르는 여자를 질투하고 있었다. 맨디는 리처드의 침대 밑에서 그가 여행을 다니던 시절에 쓰던 닳아빠진 국방색 배낭을 발견했다. 항공사 수화물 라벨이 찢어진 채로 아직 붙어 있을 뿐 배낭 안에는 아무것도 없었다. 맨디는 리처드의 서랍장에 들어 있는 옷가지를 꺼내 살갗에 대어보거나 손가락으로 쓸어보며 숨을 들이쉬었다. 그럴 때마다 말초신경이 얼얼해졌다.

그러다가 맨 아래 서랍 뒤쪽에 흠집이 잔뜩 난 핸드폰이 처박혀 있는 걸 발견했다. 여러 번 새 모델이 나온 기종이었다. 배터리가 나갔으리라 생각하며 핸드폰을 켰지만 두 칸이 남아 있었다. 너무 낡은 핸드폰이라 암호도 필요 없었다.

맨디는 자신이 리처드의 사생활을 침해하고 있다는 걸 알았지만 상관없었다. 리처드에 대해 더 알고 싶은 갈증이 도무지 충족되지 않았다. 알면 알수록 더 알아야만 했다.

리처드의 오래된 문자메시지는 대부분 개인 트레이닝 고객이나 밤 모임을 계획하는 친구가 보낸 것이었다. 그런 문자는 리처드에게 폭넓은 친구 관계와 고마움을 표시하는 고객들이 있었다는 사실 정도를 제외하면 리처드에 대해 거의 알려주지 못했다.

하지만 리처드의 사진 앨범은 특정한 한 사람의 사진으로 도배되어 있었다. 다양한 수준으로 옷을 벗고 있는 한 젊은 여자였다. 그녀는 맨디보다 리처드의 나이에 가깝고 훨씬 더 예뻤다. 맨디는 쿡 찌르는 질투심을 억눌렀다. 맨디는 이 여자가 누구일지 궁금해서 인상을 썼고, 빠르게 사진들을 넘겨 보며 여자의 사진이 그만 나오기를 바랐다.

바로 그때 맨디는 리처드의 나체 셀카를 우연히 발견했다.

맨디는 숨을 참았고 가슴이 두근거리는 게 느껴졌다. 이제 뭘 해야 할지 확신이 서지 않았다. 오른쪽에서 왼쪽으로 화면을 밀면서 그녀의 매치를 찍은 노골적인 사진을 대여섯 장 더 보았다. 맨디는 리처드가 얼마나 좋은 몸매를 타고났는지 보고 놀랐으며, 염치없게도 더 자세히 보려고 두 손가락으로 핸드폰 화면을 늘렸다. 맨디는 꽤 오랫동안 느껴본 적 없는 감각을 경험했다. 압도적인 흥분.

맨디는 3분짜리 동영상을 발견하고 얼굴을 붉혔다. 리처드가 맨디가 앉아 있는 바로 그 방 침대에서 자위하는 동영상이었다. 더는 참기가 어려웠다. 맨디는 침실 문이 닫혀 있는지 다시 확인하고 리처드의 핸드폰 소리를 낮춘 뒤 그가 누웠던 바로 그 자리에 누웠다. 천천히, 조용하게 파자마 앞자락으로 손을 미끄러뜨리고 자기 몸을 만지기 시작했다. 눈을 감은 채 리처드가 자기 몸 안에 들어온다면 어땠을지 그려보았다. 머잖아 맨디는 온몸의 근육이 수축하는 것을 느꼈고, 동영상 속 자신의 매치와 정확히 같은 순간에 절정에 이르 렀다.

맨디는 핸드폰을 다시 리처드의 서랍에 넣고 침대에 누운 채, 미 소 띤 얼굴로 멍한 기분이 가시기를 기다렸다. 하지만 자기 방으로 돌아가는 대신 어느새 깊은 잠에 빠져들고 말았다. 맨디는 몇 시간 후 경첩이 삐걱거리는 소리가 들리고 팻의 얼굴이 나타났을 때에 야 일어났다.

"아, 죄송해요." 맨디는 즉시 사과했다. "잠이 안 와서 여기 들어 왔어요."

"괜찮다, 아가." 팻은 대답하며 맨디에게 따뜻한 미소를 지어 보 였다. "원하는 만큼 리처드와 자주 시간을 보내도 돼."

"아이를 낳고 싶지 않니?"

맨디가 방심하고 있을 때 팻이 불쑥 물었다. 그들은 팻의 집과 가까운 공원에 앉아 주변에 펼쳐진 시골 풍경을 바라보고 있었다. 맨디는 팻에게 실패한 결혼 생활과 그로 인해 절망 직전에 이르렀 던 일을 이야기하고 있었는데, 시선은 아이 둘을 데리고 있는 젊은 엄마에게 가 있었다. 대화는 점점 줄어들었다. 신난 아이들은 번갈 아가며 연못의 오리들 쪽으로 빵을 던지고, 새들이 꽥꽥거릴 때마 다 깔깔대며 웃었다.

"네, 가족을 꾸렸다면 좋았겠죠." 맨디는 체념의 미소를 지으며 대답했다.

"조카들이 있다고 했지? 자주 만나니?"

"엄청 자주 만나죠. 음, 최근에는 그렇게 자주 보지는 못했어요……. 동생들은 제가 원하면 얼마든지 그 애들과 시간을 보내도 된다고 하지만, 제 자식과는 다르잖아요."

"너만 마음먹으면 아이를 가질 수도 있지."

"그럴까요? 사실, 전남편 선과의 사이에서 두 번 임신한 적이 있었어요. 두 번 다 유산했지만요. 첫째는 결혼한 지 몇 달 지나서 잃었고, 둘째는 선이 DNA 매치를 만나겠다며 저를 두고 떠난 지 보름 뒤에 떠나보냈어요. 전 그걸로 끝이라고 생각했어요. 나는 진심으로 사랑하는 사람과 낳은 아이의 엄마가 될 수 없겠구나 하고요. 그러다가 리처드의 존재를 알게 된 거예요. 그리고 나니 상상력이 지나치게 뻗어 나가더라고요." 맨디는 조용히 웃었다. "작은 마을의 낡은 오두막을 함께 사야지…… 처음부터 다시 만들어야 하는, 우리가 함께 세울 수 있는 그런 오두막으로……. 아기 방을 가장 먼저 만들어야겠어. 그리고 임신 계획을 딱 맞게 세워서, 그 집을 완성할 즈음에 임신하고 항상 꿈꿔오던 대로 엄마가 되는 거야, 하고요. 이제 그 기회를 빼앗겼지만요."

팻은 잠시 말을 멈추었다가 입을 열었다. "꼭 그런 건 아니란다." 팻이 말했다. "가자. 보여주고 싶은 게 있어."

맨디는 팻을 따라 가파른 오솔길로 언덕을 올라가면서 팻의 말이 무슨 뜻인지 궁금했다. 10분 정도 지난 뒤, 그들은 멈춰 서서 눈을 가늘게 뜨고 지평선 너머를 보았다.

"여기서는 마을 전체가 보인단다." 팻이 말했다. "멀리 저 첨탑이 보이니? 리처드의 아빠와 내가 결혼한 마을이야. 세인트 메리 교회에서 식을 올렸지. 그리고 저쪽 보이지? 저기는 우리 리처드가 초등학교에 다녔던 곳이란다. 또 오른쪽을 보면, 커다란 굴뚝들 옆으로 팍스 앤드 하운드라는 술집이 보일 거야. 클로에가 A레벨* 공부를 할 때 처음으로 주말 아르바이트를 했던 곳이란다. 우리 가족의 삶은 아주 많은 부분이 여기서 보이는 것들로 이루어져 있단다."

"이곳이 의미 깊으시겠네요."

"우리 모두한테 그렇지. 리처드는 특히 이 언덕 위를 좋아했단다. 산악자전거를 타고 올라와서 아주 오랫동안 머물곤 했어. 우린 여기에 리처드의 유골을 뿌렸단다. 리처드를 만들어낸 마을 전체에 그 애의 유골이 자유롭게 날렸으면 했거든. 유골 전부를 뿌린 건 아니지만. 나머지는 호수 지방**에 있는 우리 별장에 뿌렸어."

"그러셨군요."

팻은 고개를 돌려 맨디의 눈을 들여다보았다. "하지만 리처드가 더는 우리와 함께하지 않는다고 해서, 우리 아들이 완전히 끝나버렸다는 뜻은 아니란다."

"무슨 말씀이세요?"

"전에도 말했듯이 리처드는 항상 아이를 낳고 싶어 했어. 너처럼 리처드도 타고나기를 아이들과 잘 어울렸거든. 아마 그 애가 마음속으로는 덩치 큰 어린애였기 때문이겠지."

맨디는 고개를 끄덕였다. 맨디에게 리처드는 아주 완벽한 사람

---

* 영국 대입 준비생들이 보통 18세에 치르는 과목별 상급 시험.
** 잉글랜드 북서부.

THE ONE

이었다.

팻은 눈앞의 풍경을 내다보며 말을 이었다. "그게 말이지, 리처드가 고환암에 걸렸다는 사실을 알았을 때 우리는 암이 얼마나 심해질지 몰랐단다. 그래서 리처드는 정자은행에 갔어. 미래에 자연스러운 방법으로는 가족을 꾸리지 못할 수도 있으니까. 리처드는 정자은행에 서너 개의 표본을 제출했단다. 리처드가 일반적인 은행에 가는 것보다 그게 더 재미있는 일이라고 농담했던 것이 기억나는구나. 맨디, 그 표본들이 아직 보관되어 있어."

맨디는 고개를 돌려 팻을 보았다. 팻은 계속 먼 곳만 바라보았다.

"내가 어떤 기회를 제안하고 있는지 알 거라 생각한다." 팻이 말을 이었다. "내 손주를…… 리처드의 아기를 갖고 싶다면, 내가 너한테 그 기회를 주려는 거야."

42

° 크리스토퍼
....

크리스토퍼는 자신의 침대에서 잠든 에이미의 어깨가 오르내리는 모습을 지켜보았다.

그는 낭만적인 포옹이나 껴안기를 하느라 자신의 개인 공간이 침범당하는 걸 싫어했기에, 에이미가 잠들자마자 그녀의 허리에 둘렀던 팔을 빼내고 자기 쪽 매트리스로 몸을 옮긴 다음 고개를 돌린 채 누웠다. 에이미가 자는 모습을 지켜보는 건 그가 다른 사람과 함께해본 가장 격렬한 경험 중 하나였다.

희미해진 빛 속에서 크리스토퍼는 에이미의 목 아래에 새겨진 밝은색 나비 문신을 간신히 알아보았다. 에이미의 싸구려 반지나 팔찌 취향만큼이나 경멸스러운 문신이었다. 하지만 그걸 제외하면 에이미에게 그가 바꾸고 싶은 부분은 거의 없었다. 이 단계에 이르면 그는 보통 관계를 마무리하고 여자를 버릴 수많은 이유를 찾아내곤 했다. 하지만 에이미에 대한 계획은 달랐다.

크리스토퍼의 팔이 천천히 침대 가장자리에 이르렀다. 손이 아래쪽 바닥으로 뻗어갔다. 손가락 끝으로 조용히 주변을 더듬은 끝에, 바로 이 순간을 위해 일부러 그 자리에 놔둔 치즈와이어의 나무 손잡이를 잡았다. 크리스토퍼는 치즈와이어를 카펫의 부드러운 털 위로, 매트리스의 옆면을 지나 이불 위로 가만히 끌어올렸다. 양손을 모두 손잡이에 댄 채 와이어를 머리 위로 들어 올려 가능한 한 팽팽하게 잡아당겼다. 다시 에이미를 끌어안고 있는 자세가 되도록 몸을 옆으로 굴리고, 그녀의 목과 평행이 되도록 와이어를 천천히 내렸다. 와이어를 에이미의 살갗으로 1센티미터씩 가까이 가져갈 때마다 심장이 점점 세게 뛰었다. 마침내 와이어가 익숙한 위치에 이르렀을 때, 그는 와이어를 놓아버렸다.

크리스토퍼는 살인이 시작된 이후 이루 헤아릴 수 없는 쾌락을 맛봤다. 하지만 그는 늘 모르는 사람만을 선택했다. 명단에 오른 사람들과 관계를 맺었다고 해봐야 유플러트를 통해 그저 그런 메시지를 주고받았을 뿐이었다. 사람들이 '수작'이라 부르는 것이 몇 번 오가고 나면, 그는 그들을 구슬려 핸드폰 번호를 넘기도록 했다. 핸드폰 번호를 자발적으로 넘겨준다는 건 크리스토퍼에게 본인들의 모든 신원 정보가 들어 있는 곳으로 들어갈 열쇠를 건네주는 짓이었다. 하지만 그걸 이해할 만한 선견지명을 가진 사람은 그중 아무도 없었다.

에이미가 섹스 후 내곤 하는, 잘 들리는 한숨 소리로 그의 회상을 방해했다. 크리스토퍼는 그녀가 무슨 꿈을 꾸고 있을지 궁금해졌다. 그는 꿈을 꿔본 적이 단 한 번도 없었다. 아니, 꿈을 꾼다 해도 절대 기억하지 못했다. 그렇다고 아쉬워할 일은 아니라고 믿었다. 꿈은 이룰 수 없으니까. 성공할 가능성도 없는 일을 해봐야 뭐 하겠는가?

크리스토퍼와 에이미의 섹스는 그가 예전에 경험했던 무엇과도 달랐다. 열두 살에 첫 경험을 한 이후로 일흔 명가량의 여자들과 잤지만, 그들을 기쁘게 해주고 싶다는 충동을 느껴본 적은 한 번도 없었다. 성관계란 늘 그랬듯 자신을 만족시키는 문제였다. 하지만 에이미는 예외였다. 그는 에이미를 신음하게 만들고, 절정에 이르기 직전까지 몰아갔다가 물러날 수 있는 사람이 자신이라는 사실에 황홀함을 느꼈다. 에이미의 오르가슴을 조절하는 것도 즐겁지만, 자신도 그녀에게 주도권을 넘기고 그녀가 허락하기 전까지 절정에 이르지 않도록 몸을 내맡겼다. 살면서 단 한 순간도 이런 식으로 통제력을 포기한 적이 없었지만, 에이미와 함께라면 그러는 게 완벽히 정상으로 느껴졌다.

그래서 그는 갈등하게 되었다. 크리스토퍼는 '정상'을 열망하지 않았다. 그는 자신의 두뇌가 '정상적인' 방식보다 훨씬 강력한 방식으로 연결되어 있다고 믿었다. 그건 크리스토퍼가 원하는 대로 행동할 수 있게 해주는 재능이었다. 두려움도, 지금까지는 아무 인과응보도 없이.

크리스토퍼는 에이미의 뒤통수에 바짝 코를 댔다. 깊이 숨을 들이쉬며 에이미가 전날 밤에 썼던 레몬 해초 향 샴푸 냄새를 맡았다. 그가 가장 좋아하는 샴푸였다. 에이미에게서 시트러스 향이 나는 게 좋았다.

한 번의 빠른 동작이면 와이어는 에이미의 목에 감길 것이고, 그녀는 모두가 그랬듯 손톱으로 와이어를 긁어댈 것이다.

"왜 그렇게 안절부절못해?" 놀랍게도 에이미가 웅얼거렸다.

"미안, 잠든 줄 알았어."

"잠들어 있었는데, 네가 안 자는 것 같아서. 왜 그래?"

"아무것도 아냐. 그냥 잠이 안 와서 네가 수사한다는 여자들을 생각하고 있었어."

"피해자들 말이지."

"응." 크리스토퍼는 여전히 그 단어가 불쾌하다고 생각하며 침을 꿀꺽 삼켰다.

"무슨 생각을 하고 있었는데?"

그는 와이어를 그들의 목에 감았을 때, 그들이 머리를 뒤로 젖혔을 때, 그들이 썼던 다양한 샴푸의 향과 브랜드를 모두 떠올릴 수 있다고 말하고 싶었다. 이 일을 시작한 뒤로 모든 사람은 겨우 며칠만 생물학적 부패를 거쳐도 똑같아 보인다는 것을 깨달았다고, 그래서 사람의 아름다움이 덧없음을 이해했다고도. 그들은 부풀어 올랐고, 색이 변했고, 자신의 몸에서 나온 박테리아에게 몸 안팎을 뜯어 먹혔다.

"자신이 죽기 직전인 걸 깨달았을 때 그 여자들 머릿속에 무슨 생각이 떠올랐을까 궁금했어." 크리스토퍼가 대답했다. "너라면 무슨 생각을 할까?"

에이미는 잠시 말을 멈추었다가 대답했다. "아마 기회가 있었을 때 이루고 싶었던 모든 것을 생각하지 않을까. 넌?"

"나도." 크리스토퍼는 거짓말했다.

크리스토퍼는 에이미의 머리 위로 와이어를 들어 올려 원래 놔두었던 침대 밑 자리에 내려놓았다. 언제든 그녀를 목 졸라 죽일 수 있음을 안다는 게 실제 행동보다 큰 기쁨을 주었다.

프로젝트를 시작한 몇 달 전이 아주 먼 옛날처럼 느껴졌다. 크리스토퍼는 그 프로젝트가 잘 진행되어가고 있음을 알고 있었다. 하지만 옥에 티가 있었다. 마음에 드는 여자를 만났고, 난생처음으로 사랑에 빠졌다.

그건 그의 계획에 없던 일이었다.

43

° 제이드

제이드의 호주 모험이 일주일을 겨우 넘겼을 때쯤, 케빈의 건강
은 급격히 나빠지고 있었다.

케빈은 식욕을 잃어갔으며 점점 더 많은 시간을 자기 방에서 잠
만 잤다. 바깥 온도가 35도에 이르는데도 케빈은 종종 춥다고 불평
하며 헐렁한 옷 여러 겹으로 몸을 감쌌다. 케빈이 하루에 알약을 너
무 많이 먹어서, 제이드는 가끔 주의 깊게 귀를 기울이면 그의 몸속
에서 달그락거리는 소리가 들리는 것만 같았다.

제이드는 그들이 함께하는 시간이 손가락 사이로 빠져나가고 있
으며, 자신은 그 시간이 끝날 순간에 아직 대비하지 못했다는 게 분
했다. 그래서 케빈이 깨어 있을 때면 그를 대화에 끼우고 함께 시간
을 보내려고 최선을 다했다. 그들은 제이드가 영국을 떠나기 전, 또
케빈이 암 진단을 받기 전 각자 어떤 인생을 살았는지 이야기하며

대부분의 나날을 보냈다. 케빈의 방 소파에 팔다리를 쭉 뻗고 누워 넷플릭스에서 1980년대 브랫 팩 고전영화를 보기도 했다. 서로가 너무 편안해진 나머지 제이드는 케빈과의 순간순간에 시간 제한이 있다는 사실을 가끔 잊었다. 그 사실이 떠오를 때면 제이드는 케빈이 없어진 뒤의 인생이 어떻게 바뀔지 어쩔 수 없이 상상하게 됐고, 자기도 모르게 시무룩해졌다.

둘의 관계가 처음 시작되던 때, 제이드가 더없이 행복하게도 케빈의 병에 대해 모르고 있던 그 시절에 그와의 대화는 그녀의 일상에서 뗄 수 없는 부분이었다. 제이드는 아침과 저녁 시간을 그 대화에 맞춰 계획했다. 케빈과 함께 식사하며 이야기할 수 있도록 알람을 맞추고, 깨야 할 시간보다 일찍 일어났다. 제이드는 아침 식사를, 케빈은 저녁 식사를 하는 것이었지만. 밤 10시 이후에 방송되는 TV 프로그램은 전부 저장해서 나중에 보았다. 저녁 시간을 좀 더 함께 보내기 위해서였다.

제이드는 케빈이 문자메시지를 보내거나 그가 걸어온 전화 때문에 핸드폰에 불이 들어올 때면 가슴이 두근거리는 데 익숙해져 있었다. 그리고 피할 수 없는 운명의 그날이 오면 그 시절이 그리워지리라는 것도 알고 있었다. 하지만 자신이 그리워하게 될 것이 케빈인지, 혹은 자신을 위해 만들어진 누군가가 세상에 존재한다는 걸 아는 그 느낌인지는 지금도 알 수 없었다.

케빈이 잠들어 있을 때면 제이드는 가쁘게 숨을 쉬며 오르내리는 그의 배에 고개를 얹고 곁에 누워 있곤 했다. 그리고 케빈이 아무런 움직임을 보이지 않는 긴 시간 동안 그의 부모인 수전과 댄에게 집안일을 돕겠다고 하거나 차를 타고 마을로 심부름을 가곤 했다. 그들은 제이드에게 낙농장이나 양 떼 목장이 운영되는 방식을 가르쳐주었고, 제이드를 트럭에 태워 데리고 나가서 양 떼를 모아들이는 걸 돕게 하거나, 젖소들에게 젖 짜는 장치를 채우는 방법을 가르쳐주었다. 이곳의 생활은 제이드가 선덜랜드에서 보내던 침체된 삶과는 완전히 달랐다. 이제 제이드는 도시가 아닌 바로 자기 자신이 문제였다는 걸 알게 되었다. 웬일인지 조용한 농장에서의 삶은 제이드에게 잘 맞았다. 제이드는 이제야 자신의 진짜 모습을 편하게 받아들일 수 있을 것 같았다.

제이드는 겨우 2주 전에 만난 사람들이 이렇게까지 친밀하게 느껴질 수 있다니 놀라웠고, 고통받는 아들의 모습을 지켜보는 그들의 괴로움을 없애줄 방법을 간절히 찾고 싶었다. 그들과 함께 시간을 보내면 보낼수록 제이드는 그들이 자신의 모난 성격을 갈아내 순하게 만들어주는 것 같았다.

그래서 제이드는 최근 몇 년간 부모님에게 슬픔과 좌절감을 안겼다는 게 떠올랐다. 대학을 졸업한 뒤 집에 돌아오게 했다는 이유만으로 부모님을 쓸데없이 너무 오랫동안 미워했다. 이제야 그들의 결정이 자신을 위한 것이었음을 이해하게 됐다. 부모님은 선량하고 건실한 영국 북부의 노동자들이었다. 아버지는 자동차 공장의 조립 설비 라인에서 일하는 정비공이었고, 어머니는 제빵사였다. 그리고 제이드는 그들의 자긍심과 가치관에 건방진 행동으로 보답했다. 자신이 부끄러웠다.

케빈의 암과 수전과 댄의 고통처럼, 제이드 자신에게도 지워버리고 싶은 무언가가 있었다. 하지만 그 한 가지만큼은 제이드를 입양하다시피 한 새 가족과 절대 나눌 수 없었다.

그럼에도 하루하루 지날수록 제이드의 애정은 점점 더 강렬해져만 갔다.

44

° 닉
....

"내가 뭘 했기에 이런 좋은 일이 생긴 건가요?" 알렉스가 물었다. 그들은 닉의 차에 타고 럭비 동호회 경기장을 떠나는 중이었다.

닉은 알렉스의 축축한 머리카락과 방금 전에 바른 애프터셰이브 냄새 때문에 손끝이 저려오는 것을 막으려고 두 주먹을 꽉 쥐었다.

"솔직히 말하면, 잘 모르겠어요." 닉이 대답했다. "그냥 순간의 충동이었어요. 당신이 무슨 팀 소속인지 생각나서 온라인으로 그 팀 기사를 읽었는데, 정신을 차리고 보니 샐리한테는 어머니와 주말을 보내라고 해놓고 난 잘 알지도 못하는 스포츠 경기를 하는 당신을 보러 가고 있더군요. 내가 선을 넘은 건가요?"

"그렇다고 말해야겠지만, 아뇨, 안 넘었어요."

닉은 그 말을 듣자 기뻤다. 그는 자리에 앉아 다음에는 뭘 질문할지 곰곰이 생각했다. 실제로 질문하기 전에 머릿속에서 표현을 제대로 다듬어보았다. "정말 비참하게 들리겠지만 이렇게 질문할 수밖에 없네요. 지난번 만난 뒤로, 내 생각 많이 했어요?" 닉은 시선을 돌린 채 알렉스의 대답이 긍정적이기를 바라며 기다렸다.

"글쎄요. 지난 8일, 열한 시간 그리고 어디 보자, 47분 동안 당신 생각을 했느냐는 말이죠? 네, 그렇다고 할 수 있겠네요."

두 남자 모두 미소 지었다.

"이제 내가 뭣 좀 물어봐도 돼요?" 알렉스가 말을 이었다. "처음 통화했을 때 'DNA 매치'를 믿지 않는데도 검사를 받았다고 했죠. 왜 그런 거예요?"

"여자친구, 그러니까 약혼자가 받아보라고 해서요. 결혼을 앞두고 있으니 우리가 정말로 어울리는지 확인하고 싶었대요."

닉은 자신의 말 때문에 알렉스가 멀어지고 있다는 것을 알아챘다. 마치 이 얘기가 달갑지 않은 뜻밖의 소식인 것처럼.

"당신이 남자랑 매치되었다는 걸 알게 됐을 땐……?"

"아주 웃기다고 생각하더군요. 하지만 당신을 만나보라고 우긴 건 샐리였어요. 그래서 그때 가명으로 예약을 잡았던 거고요."

"여자친구한테는 왜 그만두라고 안 했어요?"

"여자친구가 중요하게 생각했거든요……. 사실, 이유를 잘 모르겠네요. 인정하고 싶지는 않지만 나도 당신한테 호기심을 좀 느꼈던 것 같아요."

"보통의 여자라면 만나라고 부추기기는커녕 우리가 서로 근처에 가지도 못하게 할 텐데요."

"샐리랑 난 항상 아무 거리낄 것 없는 정직한 관계를 맺어왔어요……. 우린 서로에게 모든 걸 말해요."

"그럼 지금 당신이 나랑 있는 것도 알아요?"

닉은 눈을 피했다. "그 답은 당신도 이미 알고 있는 것 같은데요. 메리는 당신이 어디 있는지 알아요?"

"경기 마치고 럭비 하는 애들이랑 술 마시러 나갔다고 생각하죠. 오늘 밤까지는 내가 집에 들어오지 않을 줄 알고 있어요."

알렉스의 미니쿠퍼가 M6 도로를 향해 나아갔다. 버밍엄 교외의 거리는 토요일 오후치고 조용했다.

"그럼 우린 어디로 가죠?" 닉이 물었다.

"젠장, 전혀 모르겠네요, 친구."

45

엘리

팀은 눈썹을 치켜올렸다. "농담이죠?" 엘리의 고백을 이해한 팀은 소파의 부드러운 쿠션에 털썩 주저앉았다. 'DNA 매치'의 핵심을 이루는 유전자를 발견하고, 그걸 활용해 세계에서 가장 성공적인 기업을 세운 사람이 그녀라니.

그때 엘리로서는 아주 놀랍게도 팀이 낄낄거리기 시작했다. 그 낄낄거림은 한바탕 웃음으로 이어졌다. 엘리는 팀의 반응에 알쏭달쏭해져서 누가 안심시켜주기를 바라며 방구석에 서 있던 안드레이를 힐끗 보았다. 하지만 안드레이는 그저 널찍한 어깨를 으쓱할 뿐이었다.

"그럼 이런 거네요." 팀이 눈을 닦으며 말했다. "내가 내 'DNA 매치'인 사람과 두 번 데이트를 했는데, 알고 보니 그 사람이 그 서비스를 발명한 사람이었다?"

"뭐, 발명이라기보다는 발견이라고 해야 더 정확한 설명이겠지만. 맞아요." 엘리가 고개를 끄덕였다.

"그럼 회사는요? 그러니까, 페이스북, 아마존, 애플보다도 더 큰 그 회사가…… 그 모든 게 당신 거예요?"

"대부분은 그래요. 네."

팀은 고개를 젓더니 벗어져가는 머리카락을 손가락으로 쓸었다. "이런 얘기를 지어낼 리는 없을 테고."

"이제야 진실을 얘기해서 미안해요." 엘리가 진심을 담아 말했다. "솔직히 어떻게 말해야 할지 잘 모르겠더라고요."

"아니, 이해해요. 진짜로요. 당신은 날 믿지 않았을 테니까요. 당신의 상황을 고려해보면 나라도 입을 다물고 있었을 거예요. 괜찮아요."

엘리는 초조하게 반쯤 미소 지었지만, 팀이 이 일을 아무렇지 않게 받아들였을 거라고 믿는 척할 수는 없었다. 팀이 엘리의 두 손을 자기 손으로 감쌌다. 갑자기 엘리는 익숙한 감각이 돌아오는 것을 느꼈다. 그 감각은 재앙에 가까웠던 두 번째 데이트에서 팀이 엘리에게 입을 맞췄을 때처럼 그녀의 온몸으로 퍼져나갔다.

"이봐요, 엘리. 당신이 리들의 캐셔로 일한다고 해도 난 눈곱만큼도 신경 쓰지 않을 거예요. 내 말은 당신이 리들을 사고 나서 남은 돈으로 모리슨과 테스코를 살 만큼 여유가 있다 하더라도 나한테는 똑같이 상관없다는 뜻이에요. 하지만 내 입장도 생각해줘요…… 오랜만에 처음으로 만난 데이트 상대가, 그 데이트라는 개념 자체를 새로 발명한 사람이라니, 엄청나게 웃기잖아요."

"그럼 나한테 화나지 않은 거예요?"

"네, 당연하죠. 하지만 지금도 레스토랑 앞에서 그 미친 사람이 당신한테 빨간 페인트를 던진 이유는 모르겠는데요. 우린 그날 밤 내내 곤봉으로 물개들을 때려죽인 것 같은 모습이었다고요."

엘리가 한숨을 쉬었다. 엘리는 자기 직업의 이런 면에 대해 생각하기가 정말이지 싫었다. "'DNA 매치'의 결과에 모든 사람이 만족하지는 않기 때문이에요. 내 발견으로 전 세계의 수억 명이 매치된 반면에, 서로가 자신의 운명이라고 생각했던 엄청나게 많은 커플이 실은 그렇지 않다는 사실이 밝혀지면서 깨졌으니까요. 그리고 사람들은 그걸 내 탓으로 돌렸어요……. 얼마나 자주 그랬는지 당신은 아마 상상도 못 할 거예요." 엘리는 말을 잇기 전에 팀의 반응을 헤아려보려고 잠시 멈추었다. "오늘의 내 위치까지 올라오기가 쉽지도 않았고요. 대부분의 대기업이 그렇듯, 가끔은 편법을 써야 할 때도 있어요. 사람들은 자기가 상처를 입었다고 생각했죠. 하지만 그 모든 건 오늘날 우리가 있는 이 자리에 이르기 위해서였어요. 대의를 위한……. 당신이 날 나쁘게 생각하지 않았으면 좋겠어요."

"날 믿고 무슨 얘긴지 자세히 얘기해줄래요? 나도 의견을 낼 수 있게."

엘리는 머뭇거렸다. "페인트를 가져온 그 여자요……. 그 여자를 모른다는 말은 거짓말이에요. 7년 전 한 남자가 시내 한복판에서 쇼핑객들을 찔렀던 에든버러 사건 기억해요?"

"한 대여섯 명을 죽이고 경찰에 잡힌 그 사람요?"

엘리는 고개를 끄덕였다. "그 살인범이 그날 만난 그 여자의 아들이었어요. 범인은 정신적으로 문제가 있었고, 엄마의 감시를 받으며 살다가 자기 매치를 찾게 됐죠. 그 남자의 매치는 이미 결혼한 상태였고요. 그런데 그 남자한테 문제가 있다는 걸 알아차리자마자 그를 떠나 다시 자기 남편에게 돌아갔어요. 여자의 매치인 그 남자는 그녀를 스토킹하기 시작했고요. 어느 날 남자는 여자가 일하던 가게를 찾아가 여자를 찔러 죽인 다음 사람들을 무차별적으로 공격했어요. 끔찍했죠."

"그런데 그 사람 엄마가 그걸 당신 탓이라고 생각한다고요?"

"네. 우리는 검사를 받을 사람과 받지 않을 사람을 결정하는 건 우리 책임이 아니라는 판결을 법원으로부터 받아냈어요. 하지만 그 여자는 그 사실을 받아들이지 않으려 해요."

팀은 엘리를 이해한다는 듯 고개를 끄덕였다. "불편하게 해서 미안해요. 좀 더 가벼운 얘기를 하죠. 옛날 얘기 좀 해줘요. 어쩌다가 그런 DNA를 발견하게 된 거예요?"

"고마워요." 엘리는 좀 더 마음이 편안해져 말했다. "12년 전 대학을 졸업하고 얼마 지나지 않았을 때였어요. 난 케임브리지의 연구소에서 프리랜서로 무슨 연구를 하느라 DNA와 우울증의 상관관계를 검토하고 있었죠. 어느 날, 언니 매기와 함께 왜 언니가 남편인 존과 결혼했는지 얘기했던 일을 생각하고 있었어요. 언니는 첫눈에 사랑에 빠졌다고 단언했고, 처음 존을 만났을 때 자기가 겨우 열네 살이었지만 둘 다 결국 평생 함께하게 되리라는 걸 알았다고 했어요. 난 과학자였으니 천성적으로 그런 얘기에는 회의적이었죠. 하지만 그 대화로 어떤 아이디어가 떠올랐어요…… 만일 매기 말이 맞는다면? 첫눈에 반하는 사랑이라는 게 정말로 존재한다면? 어쩌면 우리 모두의 안에는 그동안 성적 매력이라고 착각해온 어떤 실체가 있을지도 몰랐죠. 그런 경험을 직접 해본 적이 없어서, 난 어떻게 하면 한번 보거나 이야기를 나눠보는 것만으로 상대가 자신의 운명이라는 걸 알 수 있는지 상상이 되지 않았어요."

"너무 어려운 과학 얘기로 가면 곤란한데." 팀이 웃었다. "난 분젠버너나 개구리 해부와 관계된 모든 시험에서 낙제했거든요."

"아뇨, 간단히 말할게요." 엘리가 말했다. 엘리는 이 내용을 일반인들의 언어로 설명하는 데 익숙했다. "사람은 누구나 상대를 처음 만나자마자 그 사람이 마음에 드는지 아닌지 알아요. 난 다양한 사람들이 어디에 매력을 느끼는지 살피는 연구를 시작했어요. 얼굴인지 체형인지 태도인지 등등. 그런 다음 즉각적인 매혹 이상의 뭔가가 있는지 살펴봤어요……. 평상시의 이상형과는 완전히 반대되는 사람과 결국 짝을 이룬 사람들은 어떨까 하고요. 난 몸이 머리와는 다르게 반응하게 만드는 어떤 요소나 유전자가 있을지 궁금해졌어요. 우리 모두가 다른 한 사람과 본질적으로 연결되는 게 과학적으로 가능할까?"

팀은 극적으로 한숨을 쉬었다. "난 시간이 남으면 은하제국이 어떻게 온 우주의 누구에게도 들키지 않고 데스 스타*를 건설했을지 생각하는데, 당신은 그 누구도 존재하는 줄 몰랐던 유전자들을 발견하고 있었네요."

---

* 영화 「스타워즈」 속 제국군의 절대 권력의 상징.

"난 당신의 호기심도 내 것만큼 중요하다고 믿어요." 엘리가 미소 지었다. "아무튼, 이제부터는 과학적인 부분이니까 계속 들어줘요. 내가 다뤄야 하는 문제가 얼마나 큰 규모였는지 조금이라도 이해하는 게 중요하거든요. 우리 몸에는 대략 백조 개의 세포가 있고, 각각의 세포 안에는 2미터 길이의 DNA가 들어 있어요……. 그걸 전부 풀면, 지구에서 태양까지 백 번 왔다 갔다 할 수 있어요."

팀의 두 눈이 휘둥그레졌다. "듣고 있어요."

"그리고 태양은 지구에서 약 1억 5천만 킬로미터 떨어져 있죠……. 여자가 페로몬을 분비한다는 사실과 남자에게 페로몬 분자와 결합하는 수용기가 있다는 사실은 이미 밝혀졌고, 그 둘 때문에 서로 끌린다는 것도 알고 있었어요. 하지만 내가 발견한 사실은 사람들에게 저마다 짝이 있고, 맞는 짝을 만나면 몸속의 가변 유전자가 성별에 관계없이 페로몬을 분비할 뿐 아니라 상대방에게 그 페로몬에 반응할 수용기까지 만들어낸다는 거였죠. 이성애자여도 동성애자여도…… 상관없었어요. 적당한 매치가 이루어지면, 그땐 확정된 거예요. 난 부부 수백 쌍의 유전자를 검사했어요. 바로 그 유전자를 공유하는 부부들이, 처음 만난 순간 서로에게 반했다고 말하는 사람들이었죠. 난 전 세계로 조사 범위를 확장해 데이터베이스에 자원자 수천 명을 포함했고, 같은 결과를 반복적으로 관찰했어요……. 그 유전자를 공유하는 상대는 온 세상에 한 명뿐이에요. 바로 그 사람이 DNA 매치인 거예요."

"난 모든 동물이 여러 상대를 쫓아다니면서 종족을 번식시키고 싶어 하는 줄 알았는데요?"

"남자들이 그렇게 생각하고 싶어 했던 거죠. 하지만 기본적으로는 당신 말이 맞아요."

"하지만 여든 살 여성과 열여덟 살 남자가 매치라고 해봐요. 그러면 딱히 번식이 이루어질 것 같지 않은데요."

"맞는 말이에요. 모든 사람은 자신만의 페로몬을 분비해요……. 그건 평생 동일하게 유지되는, 독특한 지문 같은 거죠. 그런데 매치가 같은 나라에 사는 사람일지, 브라질 빈민가에 사는 사람일지는 운에 따라 결정되는 거예요. 마찬가지로, 비슷한 또래의 사람과 매치되거나 수십 년 나이 차이가 나는 사람과 매치될 수도 있죠. 사실 전 세계적으로 출생률이 떨어진 데에는 세대 차이가 심한 매치들의 영향도 있어. 하룻밤 정사나 성병 환자 수가 급격히 줄어든 것도 대체로 그 유전자 때문이고요."

"어쩌면 인간의 개체 수를 조절하려는 자연의 방법인지도 모르겠네요. 우리가 암과 에이즈의 치료제를 거의 찾아내자 자연이 이젠 사랑으로 우릴 계속 통제하려는 거예요."

"아주 이상한 가설은 아니네요."

"그럼 당신은 운명적으로 이어지지 않은 커플 사이에는 진정한 사랑이 존재할 수 없다고 생각하는 거예요?"

"아니, 아니죠. 사랑은 당연히 존재할 수 있어요. 내가 하려는 말은 내 발견이 자신과 연결된 사람을 찾는 데 도움을 줄 수 있다는 거예요. 그 사람과 함께하지 않기로 선택하고 다른 누군가와 사랑에 빠지는 것도 여전히 가능하죠. 하지만 난 매치된 사람들이 종종 더 깊고 완전한 뭔가를 느낀다는 걸 알게 됐어요. 상대방이 문자 그

THE ONE

대로 자기 반쪽이니까요."

"이 모든 걸 어떻게 사업으로 바꿔놓은 거예요?"

"내 발견이 어떤 여파를 불러올지 깨닫자마자, 난 너무 겁을 먹어서 한동안 이 사실을 쉬쉬했어요. 엄청난 책임이 따르는 일이었죠. 일을 망치고 싶지 않았어요. 일단 소식이 새어나가면 사람들이 서로서로 맺는 관계에 대해 생각하는 방식을 내가 영영 바꾸어놓게 될 테니까요. 마치 세상에 신이 존재하지 않는다거나, 외계인이 존재한다는 사실을 내가 증명할 수 있다고 말하는 거나 마찬가지였어요. 사람들은 날 믿지 않거나 겁을 먹겠죠. 난 많은, 아주 많은 과학자들이 내 연구를 검토하게 해서 내가 미치지 않았다는 걸 확인했어요. 그리고 모든 시험 결과가 긍정적으로 돌아오자 더는 부정할 수가 없었죠. 지금은 헤지펀드 투자자가 된 대학 시절의 옛 친구 몇 명이 내가 'DNA 매치'를 상표로 등록하고 호주, 유럽, 일본, 미국에서 생물학 관련 특허를 받도록 도와줬어요. 그런 다음《란셋》에 이야기를 발표하고 나서부터 그 여파가 걷잡을 수 없이 퍼져나간 거예요."

"어디서 그 얘기를 읽은 기억이 나네요. 하지만 당시에는 별로 눈여겨보지 않았어요."

"하지만 눈여겨본 사람이 수십 수천만 명이었어요. 그 사람들이 DNA를 보내고 싶다며 연락해왔죠. 우린 그들에게 검사 키트를 보내 공짜로 검사를 받을 수 있도록 했어요. 하지만 이 일을 실행 가능한 사업으로 바꾸어놓기 위해서는 결국 검사 결과를 볼 때 요금을 내도록 해야 했어요."

팀은 고개를 끄덕였다. 이 부분은 아마 알 터였다. "늘 첫눈에 반하는 건가요?"

"연구에 따르면 92퍼센트의 사람은 상대를 만나고 나서 첫 48시간 안에 즉각적이고 심장에 사랑의 화살을 맞는 듯한 매혹을 느껴요. 나머지 8퍼센트는 사랑에 빠지기까지 더 오래 걸릴 수 있죠. 하지만 그건 심리적인 문제 때문일 수 있어요. 임상 우울증을 앓고 있을 수도 있고, 신뢰 문제가 있다거나 마음에 장벽을 쌓았다거나 하는 감정적 문제가 있을 수도 있고 원인은 다양하죠. 다른 완화 요인도 몇 가지 있어요. 사람들은 그런 감정에 맞서 싸울 수도 있지만, 매치와 함께하면 타고난 성향이 항상 이기게 돼요."

"일반인과 다운증후군처럼 유전적 질환이 있는 사람이 매치되는 경우는요? 그렇게도 매치될 수 있어요?"

"네."

"그건 좀…… 이상하지 않아요?"

"학습 장애가 있는 사람들도 사랑을 찾을 기회를 가져야 하지 않나요?"

"그렇죠. 내 말은, 그러니까, 내가 하려는 말은……."

"사람들이 아직 그럴 준비가 안 됐죠. 네, 불행하지만 사실이에요. 하지만 그건 내가 어쩔 수 없는 문제죠." 엘리는 팀이 신문에서 이런 이야기를 하나도 읽은 적이 없다는 데 놀랐다. 이건 자주 논의되는 문제였고 인권 단체에서는 늘 그녀를 지지했다.

"우리처럼 겨우 80킬로미터 떨어진 곳에 사는 사람들이 매치될 확률은 확실히 극도로 낮겠죠?"

"생각만큼 낮지는 않아요. 알고 보니 인구의 68퍼센트 정도는 자기가 사는 나라의 누군가와 매치될 가능성이 크더군요. 수백 세대전에는 우리 모두가 가까운 혈연관계였기 때문인 건지도 모르겠어요. DNA의 작은 차이만으로도 조상의 출신 대륙이 어딘지 알 수있죠. 우리 유전자는 비슷한 환경에서 태어난 사람에게 끌릴 확률이 높은지도 몰라요. 아니면 그냥 우연일지도."

엘리는 팀의 다음 질문을 기다렸다. 엘리는 팀이 이런 식으로 팀이전의 수많은 사람들과 똑같이 반응하리라고 예상했었다. 마치 인터뷰당하는 기분이었지만 사람들의 호기심에는 익숙했고 팀의 호기심이라면 기꺼이 받아줄 생각이었다.

"당신의 발견이 수많은 사람의 인생을 좋게도, 나쁘게도 바꿔놨다고 했죠." 팀이 말을 이었다. "어떻게 그런 걸 받아들일 수 있었어요? 나라면 그런 책임을 받아들일 수 있었을지 잘 모르겠어요."

"가끔은 힘들어요." 엘리가 인정했다. "매치와 함께하겠다고 떠나버린 사람도 있었고, 난 그 사람들의 옛 배우자에게서 증오 메일과 살해 협박도 받았어요. 자신에겐 매치가 없고, 그게 내 잘못이라고 생각하는 사람들에게서도요. 우리가 열 명의 매치를 이어줄 때마다 평범한 부부 세 쌍이 갈라서요. 우리는 전 세계의 데이트 사이트 수천 개를 문 닫게 만들었죠. 하지만 뒤집어보면 우리는 이혼 변호사나 관계 전문 상담가에게 아주 많은 일거리를 줬어요. 결혼 산업에도 박차를 가했죠. 사람들은 상대방이 자신의 운명이라는 걸알면 기꺼이 상대에게 평생을 바치려 하니까요." 엘리가 말했다. 거의 외워서 하는 기계적인 말이었다.

"그럼 죄책감이나 책임감은 전혀 안 느껴요?"

"네, 왜 느껴야 하는데요?"

팀은 엘리의 말을 못 들은 체했다. "아이들이 검사를 받지 못하도록 막거나, 소아성애자들이 그 애들과 매치되지 않도록 막는 방법은요?"

"각 나라에서는 미성년자의 성관계 합의 능력을 인정하는 연령에 따라 관련법을 마련해두고 있어요. 영국에서는 그 나이가 열여섯 살이죠. 우리 서버는 국제 범죄 데이터베이스를 검토하고 전과 기록이 있는 매치와 연결된 사람들에게 경고를 보내요. 개인정보보호법 때문에 정확한 범죄 내용을 공개할 수는 없지만, 범죄의 심각성은 1점에서 5점 척도로 매겨도 좋다는 허가를 받았죠. 하지만 법망을 빠져나가는 사람들도 있기는 해요……. 한 번도 기소된 적이 없는 사람이야 우리가 어쩔 수 없죠. 그래서 우리 웹사이트에 법적 책임 부인 문서가 40페이지에 걸쳐 실려 있는 거예요. 인정할게요. 이건 애매한 영역이고, 나한테는 소송을 처리할 거대 규모의 법무팀이 있어요. 하지만 지금까지는 단 한 건의 고소나 고발도 처음 두어 번의 법정 출두 이상으로 나아가진 못했어요. DNA 매치의 결과는 우리 탓이 아니라는 거죠. 그게 우리 책임이라면, 마치 누가 총을 맞을 때마다 총기 제조업자를 고발하는 셈이니까요. 그건 무기의 잘못이 아니에요. 무기를 사용한 사람의 잘못이지. 나는 인생을 바꿀 도구를 제공했지만 누가 그걸 오남용한다고 해서 그 책임을 질 수는 없어요. 난 보통 지난번 그 사건과 같은 상황을 피하려고 경호팀을 데리고 다녀요." 엘리는 안드레이가 그때까지도 조용히 서 있던 방구석을 가리켰다. "하지만 당신과 내가 저녁을 먹으려고 만난 날에는 혼자 가겠다고 우겼어요. 다시 보통 사람이 된 기분을 느끼고 싶었거든요."

"그럼 그 여자가 당신을 공격하기 전까지는." 팀이 말했다. "나랑 함께 있으니 보통 사람이 된 기분이 들었어요?"

엘리가 얼굴을 붉혔다. "네, 맞아요."

"당신이 아직 번개 같은 전율을 느끼지 못한 8퍼센트 중 한 명이란 건 알지만, 분명히 말해두자면 난 이미 그걸 느끼고 있어요."

엘리의 두 빰은 더욱 붉은색으로 짙어졌다. 그녀는 얼굴 가득 미소가 번지는 것을 막으려 애썼다.

"안드레이, 잠깐 딴 데 좀 봐줄래요?" 팀이 그렇게 말하더니 고개를 돌려 엘리에게 입을 맞췄다.

팀과 만난 이후 처음으로, 압도적인 황홀감의 파도가 전류처럼 엘리의 혈관을 따라 흐르기 시작했다.

46

° **맨디**

맨디는 사흘 동안 거의 못 자거나 한숨도 못 잤다. 맨디는 퇴근
길에 테스코에 들러 처방전이 필요 없는 수면제를 샀다.

하룻밤 푹 자고 나면 리처드의 아이를 가지라는 팻의 예상치 못
했던 놀라운 제안에 대해 뭔가 의견이 생길 줄 알았다. 그러나 다음
날 아침 수면제 때문에 굼떠진 맨디는 또렷이 생각할 수가 없었다.

어쨌든 맨디는 생각하는 시늉이라도 해보았다. 오전 7시에 알람
이 울리자 침대에서 기어 나와 지친 몸뚱이를 끌고 샤워를 하러 갔
다. 그런 다음 좀비보다는 회사원과 비슷한 모습이 되려고 파운데
이션과 아이크림을 듬뿍 바른 뒤 출근했다.

맨디는 4년 전부터 전력회사의 텔레마케팅 부서 팀장으로 일하
기 시작했지만, 그 일을 단순한 밥벌이 이상으로는 생각하지 않았
다. 커리어라고는 절대 생각하지 않았다. 최근에는 매일 출근해야

할 동기를 끌어내기가 점점 더 힘겨워졌다. 사실 리처드를 '만난' 이후로 망가진 마음을 더 이상 어디에도 두기가 힘들었다. 직장, 가족, 사회생활이 모두 삐걱댔다. 오늘은 데이터 스프레드시트를 샅샅이 훑는 대신 자리의 칸막이벽만 멍하니 바라보고 있었다.

맨디는 핸드폰에 저장한 리처드의 사진을 보며 다른 삶을 사는 자신, 그와 함께 세계 여행을 다니고 그와 결혼해 그토록 가지고 싶었던 가족을 꾸리는 자신을 그려보고 싶은 욕구를 느끼지 않고서는 한두 시간도 견디지 못했다. 맨디는 심지어 리처드가 자위하는 동영상을 자기 핸드폰으로 전송하기까지 했다. 이제 그 동영상은 맨디의 차지였다. 맨디는 리처드가 자신만을 위해 그 동영상을 촬영한 것처럼 상상할 수 있었다.

맨디는 리처드가 자신의 입장이었다면 어떻게 했을지 자문해보았다. 빛이 보이지 않는 터널 속에서 싫어하는 일로 밥벌이를 하고 있었다면 리처드는 어떻게 했을까? *리처드라면 그냥 떠나버릴 거야.* 맨디는 혼자 생각했다. *짐을 챙겨서 여행을 갔겠지. 더 크고 멋진 모험을 찾아서.* 하지만 맨디는 그냥 일을 그만둬버릴 배짱이 없었다. 리처드의 어머니가 전혀 다른 모험을 떠날 기회를 제안했는데도 말이다. 리처드의 냉동 정자에 관한 팻의 말은 전혀 생각도 못한 얘기였고, 완전히 새로운 길이 열릴 가능성을 열어주었다. 그녀에게 그럴 용기가 있을 경우의 얘기지만.

"바로 대답하지는 마." 팻은 언덕배기에서 맨디에게 그렇게 조언했다. "시간을 충분히 두고 이 일과 리처드의 아기를 갖는다는 게 네게 어떤 의미일지에 대해서 생각해보렴. 가족들하고도 얘기해보되, 가족들이 뭐라고 말하든 클로에와 나는 항상 네 편이라는 것도 기억해. 이젠 우리도 네 가족이란다."

자신을 진심으로 사랑하는 남자의 아기를 갖는 일은 맨디가 평생토록 원했던 유일한 것이었고, 최근까지만 해도 불가능해 보였다. 한 번도 만날 기회는 없었지만 맨디는 리처드의 삶이 남긴 흔적 근처를 맴돌기만 해도 그에 대한 자신의 감정이 무엇인지 알 수 있었다. 그거면 리처드의 아기를 갖기 위한 충분한 이유가 될까? 당연히 아니었다. 머릿속 이성적인 부분은 뭘 해야 할지 알고 있었다. 한 번도 만나본 적 없는 죽은 남자의 아기를 가졌다는 이야기를 엄마와 여동생들에게 어떻게 설명한단 말인가? 정말 이런 방식으로 엄마가 되고 싶은 걸까? 아기가 이 일을 이해할 만큼 나이가 들면 뭐라고 생각할까? 혼자서 해낼 수 있을까?

할 수 있을까? 맨디는 갑자기 충동을 느꼈다.

"맨디 팀장님, 잠깐 얘기 좀 해도 될까요?" 그 목소리에 맨디는 깜짝 놀랐다. 돌아보니 계장인 찰리가 보였다. 맨디가 보기에 찰리는 이제 막 10대를 벗어났나 싶은데도 제 나이의 두 배는 되는 남자처럼 가르치려 드는 재주가 있는 사람이었다. 맨디는 찰리를 따라 화이트보드 옆에 의자가 세 개 딸린 책상이 놓여 있는 투명 아크릴 방으로 들어갔다. 찰리는 맨디에게 자리에 앉으라고 손짓하더니 들고 있던 종이 몇 장을 이리저리 섞었다.

"맨디 팀장님, 방금 팀장님네 실적을 살펴봤습니다. 솔직히 말해서 실적이 점점 떨어지고 있더군요." 찰리는 실망감을 강조하려고 갓 나기 시작한 염소수염을 톡톡 두드렸다. "지난 두 달 동안 팀장님의 팀에서 지속적인 실적 감소가 보였고, 그 결과 판매량이 정체됐습니다. 하고 싶은 말씀 있으세요?"

무슨 말? 그녀는 자문했다. 내 평생의 사랑이 죽었고 난 그 사람 아기를 가질지 생각해보는 중이라는 말?

"아뇨." 맨디는 대신 그렇게 대답했다. "지금 몇 가지 개인적인 문제를 처리하고 있어요. 그 때문에 일에 영향이 있었다니 죄송합니다."

"영향은 있었죠. 있었습니다." 찰리가 말했다. "문제는요, 맨디, 제가 팀장님의 인사 기록을 살펴보던 중에 팀장님에게 이곳에서 상당히 오랫동안 경력을 쌓을 수 있는 잠재력이 있다는 걸 알게 됐다는 거예요. 팀장님이 정신을 차리고 더 열심히 일해 실적을 본래의 궤도로 돌려놓는다면, 이 일이 팀장님 발목을 잡을 이유는 전혀 없어요. 아니지, 내년 이맘때쯤이면 승진도 하실 수 있습니다. 제 말은 맨디 팀장님은 여기서 일하는 다른 여직원보다 약간 나이가 많으시잖아요. 서류를 보니 남편이나 이렇다 할 가족도 없으시던데요. 팀장님한테도 뭔가 목표가 있으면 좋지 않겠어요?"

찰리는 격려하는 듯한 표정으로 맨디를 보았다. 확실히 자기 말이 맨디에게 동기를 부여해줄 거라고 예상한 듯했다. 찰리는 자신의 말이 얼마나 부적절했는지 깨닫지 못하고 있었다. 맨디는 도저히 믿을 수가 없어 그를 빤히 마주 보았다. 찰리는 자신이 본의 아니게 맨디에게 탈출로를 제공해주었을 뿐만 아니라 그녀가 결심을 세우도록 이끌었다는 점을 전혀 몰랐다.

"훈수 고맙네요. 이 싸가지 없는 새끼야." 맨디는 일어서며 말했다. "네 덕에 확실히 뭔가 목표로 삼을 게 생겼어. 그걸로 내가 치러야 할 대가는 가볍지 않겠지만."

"제 말은, 제가 하려던 말은……." 찰리가 말을 주워 담으려 했지만 맨디는 들을 마음이 전혀 없었다. 대신 맨디는 쿵쾅거리며 그 방을 나서 인사부가 있는 방향으로 복도를 나아갔다.

두 시간 뒤 맨디는 찰리의 성차별주의적 발언이나 사생활 침해를 노동 재판소에 제소하지 않겠다는 조건으로 보너스가 포함된 후한 명예퇴직금을 받아냈다. 맨디는 다섯 층을 계단으로 걸어 내려가 건물의 회전문을 통과하고 자동차로 향하면서 주머니에서 핸드폰을 꺼냈다.

"안녕하세요, 팻. 맨디예요." 맨디는 흥분을 가라앉히려 애쓰며 입을 열었다. "네, 하고 싶어요. 리처드의 아기를 갖고 싶어요."

47

°크리스토퍼

"준비됐어?" 에이미가 계단 위에 있는 크리스토퍼에게 외쳤다.

"응, 잠깐만." 크리스토퍼는 사무실에서 13호의 위치를 다시 한 번 확인하려고 컴퓨터 화면의 지도를 보다가 대답했다. 13호가 정해진 일정대로 있어야 할 바로 그곳에 있는 걸 알자 만족스러웠다. 크리스토퍼는 이 여자들이 습관의 동물이라는 점이 좋았다. 그러면 일이 훨씬 쉬워졌다.

다크웹 깊숙한 곳에 묻혀 있는 얼굴 없는 연락처들과 내려받을 수 있는 프로그램과 소프트웨어들은 표적으로 삼은 여자들에 대해 알아야 할 것 이상을 알려주었다. 모든 건 핸드폰 번호에서부터 출발했다. 핸드폰 번호는 이름, 나이, 주소, 의료기록, 취업 이력으로 이어졌다. 크리스토퍼는 여자들의 혈액형부터 그들이 이베이에서 최근에 산 물건에 이르기까지 거의 모든 걸 알아낼 수 있었다. 그들의 인생은 더 이상 그들 자신의 것이 아니었다. 그들에게 남은 시간을 결정하는 사람은 크리스토퍼였다.

크리스토퍼는 은밀함과 익명성이야말로 성공의 열쇠가 되리라는 걸 일찌감치 알고 있었다. 도저히 그런 일이 없을 것 같긴 하지만 만에 하나 에이미가 허락 없이 그의 컴퓨터를 쓴다 해도 그녀는 크리스토퍼가 그녀의 이름으로 설정해둔 손님 계정으로만 접속하게 될 터다. 크리스토퍼 본인의 계정에는 가장 노련한 사람조차도 풀어내는 데 몇 달은 걸릴 게 확실한 암호 프로그램이 걸려 있었다.

가상의 비밀 네트워크는 크리스토퍼의 IP 주소와 그의 컴퓨터가 지닌 고유 식별자를 언제든 깊이 감춰주었다. 그는 온라인 데이터를 사용할 때면 언제나 그 어떤 웹사이트도 그의 온라인 활동을 추적하지 못하도록 막아주는 암호화된 가상 채널을 이용했다. 모든 이메일은 암호를 걸고 해독하는 프로그램을 통해 오갔으며, 수십 개나 되는 그의 핸드폰에 설치된 유일한 어플인 유플러트에 등록할 때도 무수히 많은 가명과 일회용 주소가 사용됐다.

수백만 개의 웹사이트와 페이지가 익명으로 만들어지고 사람들이 비밀리에 의사소통하는 공간인 딥웹에 접근할 수 있었던 것은 토르 네트워크 덕분이었다. 적당한 돈만 내면 마약에서 총기, 소아성애 포르노까지 모든 것을 구입할 수 있다는 점은 크리스토퍼에게도 눈이 확 뜨이는 사실이었다. 그가 비트코인의 좀 더 은밀한 버전인 다크코인을 지불해 영국 정가보다 아주 낮은 가격으로 엄청나게 많은 스마트폰을 살 수 있었던 곳이 그곳이었다. 그런 다음 크리스토퍼는 그 핸드폰을 동유럽으로부터 그가 런던에 마련해둔 어느 사서함으로 보냈다.

"크리스!" 에이미가 다시 소리쳤다. "서둘러, 늦겠어!" 크리스토퍼는 눈을 가늘게 떴다. 그는 누가 자기 이름을 줄여 부르는 걸 아주 싫어했지만, 에이미는 점점 더 자주 약칭을 쓰고 있었다.

두 블록 떨어져 있는 보우의 레스토랑에서 주차 공간을 찾았을 때 크리스토퍼와 에이미 커플은 10분을 지각한 상태였다. 지각은 크리스토퍼를 종종 짜증나게 했지만, 에이미가 함께 있을 때는 그 문제가 별로 중요하지 않았다.

"이 메뉴 아주 괜찮아 보이는데." 에이미는 가죽으로 장정된 메뉴판의 페이지들을 넘겨보며 말했다. 그녀는 크리스토퍼에게 미소를 지었고 그는 배 속이 철렁했다. 크리스토퍼는 에이미에게 미소 지었다. 그 미소는 진심이었다.

"《가디언》주말판에서 아주 좋은 평가를 얻었더라고." 크리스토퍼가 대답했다. "그래서 여기 오자고 한 거야."

크리스토퍼는 불안해지기 시작했고 근육에 힘이 들어갔지만 에이미에게는 그런 기색을 숨겼다. 오늘 밤은 그들의 관계에서 가장 중요한 밤이 될 것이다. 그는 이런 마음을 간신히 들키지 않았다. 그는 레스토랑 안에서 그 순간에 딱 맞는 자리를 예약해두었다. 이제 해야 할 것이라고는 그 특별한 순간을 기다리는 일뿐이었다.

현대적으로 변형한 영국의 전통 음식 목록을 훑어보고 있을 때, 그들을 맡은 웨이트리스가 생수병과 유리잔을 가지고 나타났다.

"추천 메뉴가 뭔가요?" 크리스토퍼가 예의 바르게 물었다. 그는 입이 말라서 물을 한 모금 꿀꺽 마셨다. 웨이트리스가 칠리 소스가 들어간 소시지 튀김과 족발을 넣은 수프에 관해 뭐라고 이야기하는 소리가 들리긴 했지만, 크리스토퍼는 특제 메뉴판을 읽어주는 그녀의 목소리에 귀를 기울이고 있지 않았다. 피어싱한 웨이트리스의 은색 코걸이와 그걸 뜯어내면 여자가 얼마나 큰 고통을 느낄지에 더 관심이 쏠렸다.

에이미가 서양 호박 요리 이름을 가지고 말장난을 했다. 크리스토퍼는 웨이트리스가 그 농담을 듣고 웃을 때 나타난 보조개도, 짧은 검은색 머리카락을 귀 뒤로 넘기고 개처럼 고개를 한쪽으로 갸웃하며 귀를 기울이는 모습도 마음에 들었다.

이 순간은 크리스토퍼가 자신의 두 세계를 처음으로 충돌시킨 순간이었다. 빛과 어둠을, 태양과 그림자를, 그의 여자친구와 13호를 말이다.

48

○ **제이드**

제이드는 점화용 종이에 불이 붙고 불꽃이 온몸으로 폭발해간 정확한 순간을 짚어낼 수 있었다.

제이드가 마을에서 식료품을 사 오려고 렌터카를 타고 가고 있는데, 그때 침실 창문 너머로 케빈이 도움을 받아 옷을 입는 모습이 보였다. 아무 경고 없이 발밑에서 바닥이 푹 꺼지고 그 아래로 추락하는 듯한 느낌이 들었다. 제이드는 애써 숨을 골랐다. 몸이 깃털처럼 가볍게 느껴졌다. 언제 땅에 내려섰는지도 확실하지 않았다. 유일하게 장담할 수 있는 것은, 시간이 얼어붙었고 이 세상에서 중요한 사람은 그들 둘뿐이라는 것이었다.

제이드는 케빈과 함께 있을 때 이따금 몸이 움찔거리기도 했다. 하지만 그게 무슨 의미인지는 잘 몰랐다. 그 느낌이 가장 크게 몰아닥치는 지금에야 그 정체를 정확히 알게 되었다. 돌이켜 생각하니 무슨 일이 벌어지고 있는지 분명했다. 제이드가 방어 태세를 풀고 순간에 충실하자 그 감각이 더 자주 느껴졌다. 이제는 케빈의 주변에 있을 때마다 다른 평범하지 않은 반응들도 느껴지기 시작했다. 하지만 이건…… 글쎄, 소설에서나 있을 법한 일이었다.

그들이 케빈의 방에서 나와 집을 지나 뜰로 들어가는 모습을 지켜보고 있는데, 제이드의 시선이 그의 눈길과 얽혔다. 제이드는 확실히 번개처럼 짜릿한 전율을 느꼈다. 그 일은 제이드의 예상보다 훨씬 오래 걸렸다. 하긴 상황이 예외적이긴 했다. 하지만 이제는 둘 사이의 관계가 더 깊어졌다. 그냥 충동적인 매혹이 아니었다. 제이드가 케빈을 동정하기 때문도 케빈의 병 때문도 아니었다. 이 감정은 그것보다 크며, 케빈이 사라진 다음에도 사라지지 않을 무언가였다. 가장 순수한 형태의 사랑이었고…… 그래서 제이드는 죽도록 겁을 먹었다.

"괜찮아?" 케빈이 물었다.

"당연하지." 제이드가 대답했다. "왜?"

"약간 얼굴이 붉어진 것 같아서."

제이드는 미소 지었지만, 케빈과 눈을 계속 맞추고 있기가 힘들었다. 그녀가 사랑에 빠졌어야 하는 상대는 케빈이지, 케빈을 보호하고 있는 마크가 아니었으니까.

49

° 닉

학창 시절에 강렬하게 사랑했던 브리트니 스피어스에서부터 유일하게 청혼한 여자인 샐리에 이르기까지, 닉이 사랑에 대해 안다고 생각했던 모든 것은 틀렸다. 닉이 그들에게, 나아가 몇 년에 걸쳐 연애해온 수많은 다른 여자친구에게 받은 느낌은 알렉스와 함께 있을 때 받은 느낌에 비하면 아무것도 아니었다.

닉은 남들이 부러워할 만한 인생을 살고 있었다. 가격이 계속 오르고 있는 아파트에서 그가 아끼는 여자와 함께 살고 있으며, 창의력을 발휘할 수 있는 좋아하는 일을 하고 있었다. 즐겁게 어울릴 수 있는 친구들이 있고, 자주 만나지는 않지만 정기적으로 연락하고 지내며 그를 지지해주는 부모님과 형이 있었다. 대체로, 감사해야할 대상은 많았다.

알렉스가 닉의 인생 주변부에, 아니, 한복판에 맴돌고 있는 지금에야 닉은 그동안 자신이 별것 아닌 데 만족했을 뿐임을 알게 되었다. 그리고 알렉스와 함께 보내는 순간마다 그런 만족이 더는 자신을 충족시킬 수 없다는 걸 깨달았다.

첫 만남 이후로 며칠, 몇 주가 흐르는 가운데 그들의 우정은 점점 깊어졌다. 그들은 자신들도 모르는 사이 서로의 존재에 중독되어갔다. 만나서 점심을 먹는 일에서부터 일이 끝나고 노면전차 정류장으로 함께 걸어가는 일에 이르기까지 함께 시간을 보낼 기회를 절대 놓치지 않았다. 그들은 지구 반대편에서 보낸 학창 시절에 대해, 아직 이루지 못한 장래희망에 대해 오랜 친구처럼 수다를 떨었다. 그리고 가끔은 한마디 말도 없이 서로 함께 있기만 해도 충분했다.

알렉스는 아버지의 치매 투병 이야기나 아버지가 약 덕분에 평온하게 지낸다는 이야기를 숨김없이 해주었다. 하지만 알렉스의 어머니는 약이란 임시방편이고, 아버지를 병으로 잃기까지 시간이 얼마 남지 않았다고 경고했다. 바로 그게 그들의 관계가 한때일 수밖에 없는 이유였다. 알렉스와 그의 여자친구가 타고 갈 뉴질랜드행 비행기가 6주 후로 예약되어 있었으니까.

여자친구들의 존재와 더불어 곧 다가올 알렉스의 출국은 두 사람이 자주 이야기하지 않는 두 번째 주제가 되었다. 이 문제는 덩치가 어마어마한 코끼리처럼 벽을 부수고 방으로 들어오려 했고, 그때마다 그들은 문에 자물쇠를 하나씩 더 채웠다. 그리고 둘 다 코끼리의 몸무게에 눌려 경첩이 삐걱거리는 것을 느낄 수 있었다.

"대체 무슨 소리야? 네가 어떻게 갑자기 게이일 수가 있어?" 디팩이 소리쳤다.

"게이 아냐."

"뭐, 그럼 양성애자인가 보지."

"양성애자도 아니야. 그래서 문제고, 내가 돌아버릴 지경인 거야." 닉은 한숨을 쉬며 두 손으로 얼굴을 감쌌다. 디팩이 맥주 한 병을 더 따 닉에게 건넸다. "그건 그렇고, 수마이라한테는 절대 얘기하면 안 돼. 너도 수마이라가 어떻게 할지 알잖아. 곧장 샐리한테 가서 말할 거야. 난 아직 그런 대화를 나눌 준비가 안 됐어."

"당연히 말 안 하지." 디팩이 닉을 안심시켰다. "나라고 수마이라한테 모든 걸 말하지는 않아. 하지만 '아직'이라니, 샐리를 떠날 생각도 하고 있다는 뜻이야?"

"뭐? 아니, 당연히 아니지. 몇 달 뒤면 결혼하는데 어떻게 그래?"

"인마, 진심이 없는데 결혼할 수는 없어. 둘이 잘될 가능성은 만에 하나도 없다고."

"하지만 난 진심이야. 신께 맹세하는데 샐리와는 달라. 난 샐리를 사랑해. 그냥 알렉스랑 나 사이에 있는 건…… 다를 뿐이야."

"어떻게 다른데?"

"너도 내 말뜻이 뭔지 알 텐데. 너랑 수마이라는 매치됐잖아?"

디팩은 고개를 끄덕였지만, 그의 표정은 왠지 눈가에까지 번지지 않았다.

"다른 누구에게서도 못 받는 그런 느낌이 들어. 그 사람하고 함께 있으면 세상 누구도 중요하지 않은 것 같은 느낌. 그 사람이랑 내가 뭐랄까, 하나의…… 유일한…… 존재이고…… 세상이 무슨 쓰레기를 던지든 그 사람만 내 편이면 극복할 수 있을 것 같은."

닉은 맥주를 길게 들이마시고 식탁 위의 쟁반에 내려놓았다.

"넌 우라질 폭풍 속에 갇힌 거야, 이 자식아." 디팩이 말했다. "하지만 네가 왜 그 폭풍에 맞서 싸우는지 모르겠다. 그 사람이 네 매치라면 그걸 따라야 할 의무가 있는 거 아냐?"

"여자친구를 속이고 싶진 않아."

"이미 속이고 있잖아. 그리고 네가 생각하는 것만큼 나쁜 일도 아냐. 가끔은 자신을 우선해서 운명에 따라야 해. 샐리도 매치를 찾으면 똑같이 할걸. 너도 알잖아."

"그렇게 생각해?"

"당연하지. 모든 사람은 그렇게 타고나는 거야. 모두가 바람을 피우고 싶어 해. 그럴 명분이 있느냐가 문제일 뿐이지."

닉은 자신의 친구가 일부일처제에 충실한 남편이 아닐지 모른다고 자주 생각했지만, 그런 말을 한 적은 한 번도 없었다.

"아무튼, 내 얘기는 이만하면 됐어. 네가 나한테 얘기하고 싶다는 건 뭐야? 무슨 소식이 있다고 했잖아."

"아, 그건 다음에 말하면 돼."

"아니, 말해줘. 내 문제에서 생각을 돌릴 만한 뭔가가 있으면 좋겠으니까." 닉이 밀어붙였다.

"알았어. 내가 곧 아빠가 된대. 수마이라가 임신했어."

"와 디팩, 끝내준다!" 닉은 진심으로 흥분해 말했다. 닉은 친구의 소식에 기뻐 디팩과 악수하려고 허리를 숙였다. "몇 개월이래?"

"임신한 지는 3개월 됐어. 둘 다 잘 있대."

"둘이라니?"

"쌍둥이를 낳을 예정이거든. 수마이라 쪽 유전인 것 같아."

"대박인데! 네가 똥 싼 기저귀를 하나도 아니고 두 개씩이나 들고 저글링하는 모습이라니 엄청나게 기대된다." 닉이 농담했다. "더는 실내축구도, 평일 저녁에 술 마시고 뻗지도, 수마이라가 보지 않을 때 발코니에서 몰래 마리화나를 피우지도 못한다는 얘기잖아……."

"내 말이. 수마이라는 벌써 살이 찌고 있고, 성생활은 아예 없어졌어. 이게 내 미래라면 틴더나 주야장천 하게 될지도 몰라."

닉은 디팩이 웃거나 농담이라는 뜻을 내비치기를 기다렸지만, 디팩은 그러지 않았다.

"너희 둘 다 적응하려면 장난이 아니겠지만, 잘 해낼 거라 믿어." 닉이 덧붙였다.

"앞으로의 인생은 자갈밭일 것만 같다."

"남 말이 아니네." 닉은 그렇게 대답하고 남은 맥주를 단숨에 마셨다.

50

° **엘리**
....

엘리는 가만히 있지 못하고 레인지로버의 뒤쪽 발밑 공간을 멍하니 툭툭 찼다.

보통은 1년 만에 가족을 보러 돌아가는 길이 그 자체로 매우 불안했을 테지만 이번 여행에는 팀도 함께였다. 엘리의 두려움을 감지한 팀은 엘리의 손을 꽉 잡으며 안심시키려는 듯 미소를 지었다.

"내가 부모님한테 소개해도 안전한 남자 자격증을 갖고 있다는 건 알고 있죠?" 팀이 입을 열었다. "솔직히 하는 말입니다. 난 시험 받고 검증된 사람이에요. 당신네 집 물건을 훔치거나 당신의 유모를 창녀라고 부를 가능성이 극도로 낮죠."

"우리 유모는 죽었어요."

"그럼 내가 뭐라고 부르든 상관 안 하겠네요. 자, 웃어봐요."

"미안해요. 그냥 가족들을 만난 지가 꽤 오래돼서 그래요. 방문

THE ONE

간격이 길어질수록 만나기가 어려워져서."

"그래 봤자 얼마나 힘들겠어요? 당신 가족인데."

엘리는 한숨을 쉬었다. "요즘 우리는 별로 공통점이 없어요. 가족들 잘못은 아니죠……. 내 잘못이지. 사업이 잘되기 시작하면서 개인 생활에 쓸 시간이 점점 없어졌어요. 성공한 여자 사업가가 되려면 개인 생활 따위는 미뤄놔야 한다고 생각했죠. 사람들에게 진지하게 받아들여지려면 특정한 방식으로 행동하거나, 딱 맞는 장소에 딱 맞는 사람들과 있는 모습을 보여야 한다고 생각했어요. 그래서 가족을 희생한 거예요. 그리고 내가 바보같이 굴었다는 걸 깨달았을 때쯤에는 결혼식, 세례, 크리스마스를 너무 많이 지나쳐버린 다음이었죠. 가족들에게 차를 사주고, 집 대출금을 갚아주고, 조카들을 위한 재단을 세워줬지만, 그걸로는 보상이 되지 않았어요."

"가족들이 정말 원하는 건 당신이 곁에 있어주는 거였겠죠?"

"네, 아마도요."

"뭐 그럼, 오늘 밤을 새로운 시작으로 삼읍시다. 가족이 있다니 당신은 운이 좋은 거예요. 난 엄마가 돌아가실 때까지 평생 엄마랑 단둘이 살았고, 지금은 혼자예요." 팀은 수줍게 미소 지었다.

"아뇨, 당신한테는 내가 있잖아요." 엘리가 그렇게 말하고 팀의 어깨에 고개를 기댔다.

엘리가 팀의 집 현관에 나타나 자기가 'DNA 매치'의 유전자를 발견한 과학자라는 사실을 폭로한 지 4개월이 지났다. 팀은 거짓말한 엘리를 용서했고, 동등한 입장이 된 둘은 머뭇거리며 관계를 시작했다. 팀은 약간 서툴렀다. 평소 엘리가 좋아하는 스타일은 아니었다. 하지만 그에게 마음을 열고 용기를 내고 그들의 유전적인 끈이 길을 안내하도록 하자 차이는 하나도 중요하지 않게 되었다. 엘리는 자석에 이끌리듯 팀에게 끌렸다. 멋진 기분이었다.

그들은 퇴근 후 많은 시간을 레이턴 버저드에 있는 팀의 집에서 편안하고 평범하게 보냈다. 엘리는 팀과 함께 런던의 타운하우스에서 지내려고 2주에 한 번씩 자동차를 보내 그를 데려왔다. 하지만 가끔은 혼자만을 위해 꾸민 집에서 시간을 보내고 있다는 사실이 신경 쓰였다. 한 롤에 5천 파운드씩 하는 벽지, 수입해온 이탈리아산 대리석 바닥재, 거의 쓰지도 않는 지하실의 영화관은 모두 아름다운 집이 의미 있는 인생과 같은 뜻이라고 생각하던 시절을 떠올리게 했다.

한편 엘리는 근무 시간을 줄여나가면서—6시 정각에 퇴근하는 새로운 규칙을 만들었다—자주 들르던 런던의 최신 유행 식당을 등지고 지방의 작은 선술집에서 일요일 축구 리그 경기를 보거나, 소파에서 몸을 웅크리고 드라마를 보는 편을 택하게 됐다. 팀의 집 앞을 지키고 선 안드레이나 다른 경호원들만이 둘의 관계가 일반적이지 않다는 사실을 그녀에게 일깨워주었다.

"거의 다 왔어요." 엘리가 말했다. 자동차는 엘리가 어린 시절을 보낸 거리에 접어들고 있었다. 그녀가 인생의 첫 18년을 보낸 샌디 에이커라는 더비셔의 교외는 거의 바뀌지 않았다. 1950년대에 외따로 지어진 주택들은 PVC 창문이 교체되고 주차 공간을 더 마련하느라 잔디밭이 벽돌로 포장됐다는 점을 제외하면, 사실상 개발의 영향을 받지 않은 채 남아 있었다. 이곳은 엘리가 무럭무럭 자라나도록 해준 안전한 환경이었다. 그녀는 자신을 만들어준 모든 것을 외면했다는 점이 부끄러웠다.

"세상에, 우리 여왕님 오셨네!" 언니 매기가 현관에서 소리치더니 두 팔을 활짝 벌리고 동생을 꽉 끌어안았다. "남자도 데려왔어!"

엘리의 가족과 이웃이 손님에게 다가오면서, 어머니의 집 거실에는 시끌벅적한 생기가 넘쳐흘렀다. 테이크 댓의 「위대한 성공」이 하이파이 시스템에서 울려 퍼졌다. '엄마의 칠순을 축하합니다'라는 현수막도 걸려 있었다. 응접실 식탁은 밀어서 벽에 붙여놓았고 냅킨과 파티용 음식, 플라스틱 컵, 포크와 나이프, 종이 접시가 그 위를 뒤덮었다.

"와아, 어디 한번 봐요." 매기는 모두가 팀을 평가해볼 수 있도록 하려는지, 그를 잡고 회전판처럼 계속 돌려댔다. "제법인데." 매기는 그렇게 말하며 동생의 팔을 꽉 잡았다.

"이리 오렴, 아가." 엘리의 엄마는 응접실에 들어와 딸을 위아래로 훑어보며 미소 지었다. "뭘 아주 많이 먹어야겠는데. 빼빼 말랐구나. 이 잘생긴 청년은 누구니?"

"제 남자친구 팀이에요." 엘리가 말했다.

"스탠퍼드 부인, 반갑습니다." 팀은 그렇게 말하고 다가가 그녀와 악수했다.

"팸이라고 불러요." 그녀가 대답했다. "술을 한잔 줄 테니까, 본인이 어떤 사람인지 쭉 읊어봐요. 최소한 겉보기에는 정상으로 보이는데요. 지난번에 엘리가 데려왔던 사람을 봤어야 해요……. 그 사람은 온종일 집 전체를 눈여겨보더라니까요. 얼마면 살 수 있을지 생각하느라고 말이죠. 건방진 놈 같으니."

그다음 한 시간 동안 팀은 이 방 저 방으로 끌려 다니며 낯모르는 사람들이 쥐여주는 술을 받아 마시고 내일만 되어도 이름을 기억하지 못할 가족들을 소개받았다. 팀은 제일 나이가 어린 조카 두 명과 춤을 췄고, 엘리의 형부들과 축구에 대해 수다를 떨었으며, 관광객이라도 된 듯 엘리 아버지가 새로 세운 헛간도 안내받았다. 엘리는 자신이 두 세계에서 가장 좋은 부분을 모두 누릴 수 있게 되었다고 생각하며, 곁에서 그 모습을 자랑스럽게 지켜봤다.

"미안해요. 엄마가 별걸 다 물어봤죠?" 팀이 어머니와 함께 주방으로 들어오자 엘리가 뻔뻔하게도 그렇게 물었다.

"전혀요." 팀이 미소 지었다. "당신의 어린 시절에 대해서 온갖 얘기를 다 들었어요. ……어느 모로 보나 괴짜 꼬맹이였던걸요. 열일곱 살 때까지는 가슴도 없었다고?"

"엄마!"

"부정하려고 하지 마라, 엘리." 팸이 이렇게 말하며 팀을 돌아보았다. "운전을 배우기 전까지는 다리미판처럼 납작했죠. 어렸을 때도 책에 코를 박고 다녔고요. 그러다 과학이라는 걸 알게 된 다음부터는 과학에만 빠져 지냈답니다. 학교에서 훔쳐 온 마그네슘이랑 시험관을 가지고 자기 방 커튼에 불을 붙인 적도 있어요."

엘리는 고개를 저으며 얼굴이 붉어지는 것을 느꼈다. 팀은 아주 재미있어했다.

"화장실 좀 다녀오겠습니다. 그러고 나서 더 얘기해주세요." 팀은 그렇게 말하고, 방을 나서며 엘리에게 윙크했다.

"그래서?" 팸은 기대에 찬 듯 물었다.

"그래서라뇨……?" 엘리는 일부러 반문했다.

"그래서, 다른 모두의 애정 문제를 해결해주신 숙녀분께서 자기 짝을 찾으신 건가?"

"그럴지도요." 엘리가 미소 지었다.

"뭐, 내 의견이 중요할지는 모르겠지만 난 아주 마음에 들어!" 방금 정원에서 담배를 피우고 돌아온 매기가 끼어들었다. "우리를 상대하면서도 기가 죽지 않고, 현실적인 데다 웃기기도 해. 너한테도 겁을 먹지 않고. 난 합격이야."

"넌 저 사람을 사랑하니?" 팸이 물었다. "저 사람이 네 DNA 매치라면 사랑에 빠져 있어야지. 그렇게 되어야 하는 거 아니니?"

"맞아요." 엘리가 미소 지었다. "정말로 사랑해요."

"그 말을 들으니 마음이 놓이네요." 등 뒤에서 팀의 목소리가 들렸다. "나도 당신 때문에 미쳐버릴 것 같으니까."

51

° 맨디

맨디는 배 속 아이를 찍은 세피아색 3차원 이미지를 빤히 바라 보았다.

초음파 검사자는 맨디에게 보관용 사진 두 장을 건넸다. 한 장은 맨디 것이었고 한 장은 12주차 검사 결과를 보러 그녀와 함께 들어와 있던 아기 할머니를 위한 것이었다.

"외계인 얼굴이 달린 아주 작은 강낭콩 같아요." 맨디는 팻의 집으로 돌아가 사진들을 보여주며 농담했다.

"외계인이 아니야, 내 손자지." 팻이 말했다. 잠깐이지만 상처받은 듯했다.

"맨디도 그냥 농담한 거예요." 클로에가 말했다. "이것 좀 봐, 너무 귀엽네요! 아들인지 딸인지 물어봤어요?"

"아뇨, 전 기다리는 게 좋아서요."

"아들이야." 팻이 덧붙였다. "뼛속까지 느껴져. 리처드는 아들을 낳을 거야."

여섯 달 전 일로 팻과 클로에는 눈물을 흘리며 기뻐했다. 맨디가 팻의 제안을 받아들인 것이다. 맨디는 변호사를 고용해 관련 문제를 처리하고, 이해할 수 없는 난해한 법률용어와 특수한 단어가 가득한 다양한 서류에 서명했다. 하지만 팻이 어떻게 리처드의 DNA를 관리하게 되었는지 법률적인 이야기를 묻지는 않았다. 맨디는 앞으로의 일이 현기증 날 만큼 신나기도 하고 두렵기도 해서, 그 일의 법적 유효성을 고려할 여력이 없었다.

팻은 할리 가의 비공개 인공수정 병원에서 맨디가 정액주사를 맞기 전에 받아야 하는 검사 비용을 치렀고, 맨디는 그곳에서 끝없는 검사를 받았다. 자궁난관조영술이나 자궁경검사처럼 발음하기도 힘든 검사들과 더불어 호르몬검사, 혈액검사, 초음파검사와 성병검사를 받았다.

보름 후 맨디가 배란기가 되었을 때 의사가 리처드의 정자 표본 일부를 그녀의 자궁경부에 넣고 자연이 알아서 할 일을 하도록 그녀를 집에 보냈다. 3주 후 맨디는 월경을 하고 아주 많이 울었다. 굳게 마음을 먹고도 리처드의 아기를 갖지 못한다고 생각하니 견디기가 너무 힘들었다. 맨디는 감히 희망을 품은 자신을 저주했다.

다음 달에 맨디는 병원으로 다시 가 두 번째 시도를 했다. 자가 진단용 임신 테스트기 막대에 소변을 보고 난 맨디는 파란색 십자가가 떠오르는지 보기도 전에 임신했다는 걸 알았다. 증상이 그전

더 원

두 번의 임신과 닮아 있었다. 첫날 아침부터 맨디는 약간의 메스꺼움과 토할 것 같은 느낌을 받으며 깼다. 테스트기를 쥐고 화장실의 차가운 슬레이트 타일에 앉아 있는 동안, 맨디는 션과의 사이에서 있었던 두 번의 유산을 생각하며 그런 역사가 반복되지 않게 해달라고, 세 번째에는 행운이 따르게 해달라고 기도했다.

맨디는 솔직히 말해 어떤 기분을 느껴야 하는지 확신이 서지 않았다. 기쁘고 신이 나야 마땅했지만, 혈관을 따라 흐르는 감정은 공포가 전부였다. 아무리 애써도 흐느낌을 멈출 수 없었다.

맨디가 처음으로 전화를 걸어 좋은 소식을 전한 사람은 클로에였다. 맨디는 클로에와 자매처럼 가까워져 있었다. 맨디는 팻에게 이야기를 전할 때 클로에가 곁에 있어주었으면 했다.

"이젠 내가 네 아이의 할머니가 될 테니, 원한다면 날 엄마라고 불러도 좋단다." 팻은 눈물을 흘리며 제안했다. 맨디는 예의 바르게 미소 지었지만, 왠지 마음이 편치 않았다. 그들이 가까운 사이이기는 했지만 아직 그렇게까지 친밀한 사이라는 확신은 들지 않았다.

너무도 증오하던 직장에서 매일매일 갈려 나가지 않아도 되는 지금, 맨디는 더 많은 시간을 팻과 클로에와 함께 보내고 있었다. 팻은 슈퍼마켓 경리부에서 일했는데 아직 특별 휴가 기간이었다. 클로에는 어머니에게서 겨우 몇 블록 떨어진 곳에 살고 있었다. 그래서 세 여자는 많은 날과 저녁을 함께 보냈다.

맨디는 팻의 집에서 종종 밤을 지냈다. 그들이 리처드의 방을 쓰라고 권했기에 손님방에만 갇혀 있지 않아도 된다는 점이 달라졌을 뿐이었다. 밤이면 맨디는 리처드의 침대에서, 그의 체취와 보이지 않는 존재감에 둘러싸여 푹 잘 수 있었다. 그곳에서라면 리처드에 대한 꿈도 현실에 더럽혀지지 않고 온전했다.

임신 3개월이 지나자 맨디는 친구들에게 출산을 앞두고 있다고 자신 있게 말할 수 있겠다는 생각이 들었다. 하지만 가족에게는 이 소식을 어떻게 전해야 할지 전혀 떠오르지 않았다. 가족들과 이토록 오랫동안 소원해진 건 맨디의 잘못이었다. 대체 어떻게 그 틈을 메울 수 있을지 엄두가 나지 않았다.

그런 만큼 초인종이 울리고 폴라와 캐런의 얼굴이 보였을 때 맨디는 허를 찔린 셈이었다.

"도대체 무슨 일이야?" 폴라는 문으로 들어오기 전에 입부터 열었다. "전화는 절대 안 받지, 문자는 가뭄에 콩 나듯이 보내지, 그나마도 몇 주째 조카들하고 보낼 시간이 없다는 내용이지."

"리처드가 언니를 못살게 구는 거야?" 캐런이 직설적으로 물었다. "만약에 그렇다면 우리한테 말해도 돼. 우리가 도와줄 수 있어. 그 사람이 언니 매치라는 이유만으로 함께할 필요는 없어."

"아니, 아냐. 저기, 미안해. 내가 나쁜 언니, 나쁜 이모였다는 건 알아. 요 몇 달 그냥 좀…… 이상했어."

맨디는 폴라와 캐런을 거실로 이끌었다. 그들은 아리송한 표정으로 나란히 소파에 앉아서, 어딘가에 정신이 팔린 듯 카펫 전체를 어슬렁거리는 맨디를 빤히 바라보았다.

"이상하다니 무슨 말이야?" 캐런이 물었다. "도대체 무슨 일인데 그래? 엄마가 언니 걱정해. 우리 모두 언니를 걱정하고 있어."

무슨 일이 있었는지 설명할 말을 찾지 못한 맨디는 그저 스웨터를 들어 올려 조금이지만 눈에 띄게 부른 배를 드러냈다. 캐런과 폴라는 맨디가 예상했던 그대로 반응했다. 꺅 소리를 지르며 벌떡 일어나 맨디를 끌어안은 것이다.

"왜 말 안 했어?" 폴라가 소리 질렀다.

"아기는 괜찮은 거야?" 캐런이 물었다.

"두 번 유산한 적이 있으니까, 처음 석 달은 확실히 넘기고 싶었어. 그리고 맞아, 캐런. 아기는 괜찮아. 건강하게 자라고 있고, 모든 게 좋아 보여."

"리처드는 뭐래? 이제야 예비 아빠를 만나게 되려나?"

"어디 있어?" 폴라는 고개를 돌려 주방과 응접실을 둘러보았다.

"다시 앉아봐." 맨디가 침착하게 입을 열었다.

"그 개자식이 튀어버린 건 아니지? 캐런, 내가 뭐랬어? 그래서 언니가 리처드를 안 보여주는 거라고 했지? 그 자식이 언니를 버린 거야. 대체 어떻게 그럴 수가 있지? 매치한테 차일 수는 없다고 생각했는데."

"아니, 아냐. 리처드는 날 차지 않았어. 리처드가 아기에 대해서 모르는 이유는…… 그건 리처드가 더는 우리와 함께하지 않기 때문이야."

맨디의 동생들은 인상을 쓰며 서로를 바라보았다. 자신들이 맨디의 말을 제대로 이해했는지 확신하지 못해서였다.

"그러니까 언니를 떠나긴 떠났다는 거지?" 폴라가 말했다.

"아니, 그거랑 다른 방식으로 우릴 떠났다는 얘기야."

"대체 무슨 다른 방식이 있는데? 죽기라도 했다는 거야?" 캐런이 물었다.

맨디는 아무 말도 하지 않았다.

"아." 캐런의 얼굴이 축 처졌다.

"남자친구가 죽었는데 우리한테 아무 말도 안 했다고?" 폴라가 조용히 말했다. "말도 안 돼."

맨디는 심호흡을 한 뒤 설명했다. "리처드는 한 번도 내 남자친구였던 적이 없어……." 맨디는 천천히 공들여 말했다. "……나랑 한 번도 만난 적이 없으니까. 내게 매치가 있다는 사실을 알고 나서 얼마 지나지 않아 그 사람이 뺑소니 사고로 죽었다는 사실을 알게 됐어."

캐런은 걱정스러운 표정으로 맨디를 바라보더니 팔을 뻗어 그녀의 손을 잡았다. "그럼 어떻게 임신한 거야?"

"난 미치지 않았어, 캐런. 상상으로 이런 일을 꾸며내지도 않았고, 리처드는 10대 때 암에 걸려서, 인공수정 병원에 정자를 저장해뒀어. 난 지난 몇 달 동안 리처드의 가족과 알고 지내는 사이가 됐고, 리처드의 엄마가 나더러 그 정자를 사용해서 리처드의 아이를 가지면 어떨지 생각해보라고 했어." 맨디는 이야기하면서 그 말이 얼마나 터무니없이 들릴지 깨달았다. *얘들이 이해해줄 수만 있다면 얼마나 좋을까*, 맨디는 생각했다.

캐런은 재빨리 손을 뺐다. 방의 분위기가 극적으로 바뀌었다.

"뭘 어쨌다고? 그 여자가 자기 아들 정자를 생판 모르는 남한테 그냥 줘버렸다는 거야? 근데 언니가 알겠다고 했다고?"

"아니, 그런 게 아냐."

"그럼 뭔데? 언니는 죽은 남자의 아기를 가진 거잖아! 이건……
이건 잘못됐어."

맨디는 고개를 저으며 손가락으로 머리카락을 쓸었다. 동생들에
게 이곳에 없는 사람에게 사랑을 느낀다는 것에 대해, 어떤 장애물
이 있더라도 깊은 연대감을 느낄 수 있다는 것에 대해 말해주고 싶
었다. 하지만 동생들의 못마땅한 시선을 보니 그들이 언제까지고
자신의 선택을 이해하지 못하리라는 걸 알 수 있었다.

"미안한데, 맨디. 언니도 내가 언니를 사랑하는 거 알지? 하지만
난 이게 너무너무 부적절한 일이라고 생각해." 폴라가 입을 열었고
캐런도 동의한다는 뜻으로 고개를 끄덕였다. "거의 알지도 못하는
여자의 허락을 받고 한 번도 만난 적 없는 남자의 아기를 가졌다
고? 세상에, 웃기지도 않아."

"익명으로 정자를 기증받아서 혼자 아기를 낳는 여자들도 있어.
이게 뭐가 다르니?"

"당연히 다르지! 언니의 기증자는 죽었잖아."

"하지만 그 사람은 내 매치고, 난 그 사람을 사랑해." 맨디는 곧
바로 마지막 말을 무르고 싶어졌다.

"만난 적도 없는 사람을 사랑할 수는 없어, 맨디. 언니는 누군가
를 사랑한다는 생각과 사랑에 빠진 거고, 그 남자의 가족들이 이런
어리석은 생각을 언니 머릿속에 집어넣은 거야. 언니는 지금도 그
사람들의 가족이 아니고, 앞으로도 영영 그 가족의 일원이 될 수 없
어. 언니는 그냥 그 사람들의 인큐베이터일 뿐이야…… 빌려온 자
궁 같은 거라고. 대리모 말이야."

맨디는 화가 머리끝까지 났지만 참으려고 애를 썼다.

"어떻게 그런 소릴 해! 넌 그 사람들에 대해서나 내가 최근 몇 달 동안 무슨 일을 겪었는지 눈곱만큼도 모르잖아. 너희처럼 관습적인 관계가 아니라는 이유만으로 내가 맺은 관계가 틀린 건 아니야. 모든 사람이 너희 같을 수는 없어……. 모든 사람이 매치를 찾아서 영원히 행복하게 살 수는 없어."

"난 매치를 찾지 않았어." 캐런이 조용히 말했다. 맨디와 폴라는 놀라서 캐런을 바라보았다. "검사를 받아보니까 개리랑 나는 매치가 아니었어. 다른 모든 사람한테는 매치라고 말했지만."

"왜?" 맨디가 물었다.

"매치랑 결혼하지 않으면 사람들이 뒷짐 지고 서서 그 결혼이 실패하기를 기다리니까. 사람들이 악의를 갖고 일부러 그러는 게 아니라, 그냥 원래 그래. 그게 인간 본성이니까. 그러니까 그냥 거짓말하는 게 더 쉬워. 하지만 우리는 서로 사랑해. 언니도 마찬가지야. 언니가 딱 맞는 사람을 찾아서, 우리가 가진 걸 모두 갖지 못할 이유는 하나도 없어."

"하지만 난 그런 걸 원하지 않아. 그런 관계는 언제까지나 차선책이 될 테니까! 그 사람은 절대 너의 모든 것이 될 수 없고, 넌 절대 운명의 상대의 아이들을 낳을 수 없어. 언제나 차선에 안주하게 될 거야."

"어디다 대고 우리 애들을 그렇게 말해?" 캐런이 힘주어 말하며 자리에서 일어났다. 폴라가 캐런을 붙들어 말리려 했다. "우리 애들은 절대 차선책이 아니야!"

"아니, 내 말은 그런 뜻이 아니었어. 말실수야." 맨디가 말했다. 맨디의 두 눈은 눈물로 가득 차오르고 있었다. "내 말을 이해 못 하는구나."

"언니, 우리랑 같이 엄마 집으로 가야겠다." 캐런이 단호하게 말했다. "폴라, 가서 언니 옷 좀 가져와. 내가 세면도구를 챙길게."

"그만해!" 맨디가 소리 질렀다. "함부로 날 판단하지 마. 난 인생을 걸고 하는 일이야. 감히 이래라저래라 가르치려 들지 마. 너희가 신경 쓸 일이 아니야."

"언니는 우리 언니야. 그러니까 당연히 우리가 신경 쓸 일이지. 언니 머리가 정상이 아닐 땐 특히 그렇고. 죽은 사람하고 사랑에 빠질 수는 없어⋯⋯. 언닌 도움이 필요해."

"난 너희들이 이 빌어먹을 집구석에서 나가기만 하면 돼." 맨디는 그렇게 쏘아붙이고 캐런의 팔을 잡아 현관으로 끌고 갔다. 폴라는 못 믿겠다는 듯 맨디를 보며 뒤따랐다. "당장 나가!" 맨디는 고함을 쳤고, 동생들은 그녀가 분통을 터뜨리는 모습에 놀라 마지못해 떠났다.

두 시간 뒤 맨디가 팻의 집에 도착했을 때쯤, 그녀는 정말로 자신을 이해하는 가족과 함께 있다고 믿었다. 맨디가 무슨 일이 일어났는지 말해주자 팻은 그녀를 안아 위로해주었다.

"고마워요, 엄마." 맨디는 자기도 모르게 그렇게 말하고 있었다.

52

° 크리스토퍼

30.

그 숫자는 사람들에게 거슬리지 않고 적당히 중요한 수많은 것을 나타냈다. 나이로서 30은 하나의 획기적 단계였고, 보행자 구역의 30은 과속 제한 속도였다. 또 30은 아연의 원소 번호이자 비틀스 화이트 앨범의 트랙 수, 예수가 세례 받았을 때의 나이이자 스톤헨지에 똑바로 서 있는 바위들의 숫자였다.

하지만 크리스토퍼에게 30이라는 숫자는 영국에서 가장 규모가 큰 미제 살인사건을 만들어내는 작업의 완성을 의미했다. 모든 게 계획대로 된다면, 교살당한 여자 서른 명의 시신이 런던 각지에서 발견될 테고 누가 용의자인지, 혹은 왜 그런 일을 했는지 조금이라도 추측할 수 있는 사람은 아무도 없을 터였다. 그리고 살인은 시작했을 때처럼 빠르게 멈출 것이다.

에이미가 일하는 중이었으므로 크리스토퍼는 혼자 보내는 시간을 최대한 활용해 1년 반 전 처음으로 떠오른 생각을 곱씹었다. 독신에 성욕이 맹렬하던 그는 데이트 아르바이트를 하러 나온 여자들에게 돈을 주고 서비스를 받는 일이나 술집에서 여자들을 구하는 일, 회원제 클럽의 섹스 파티에 참여하는 일이 지루해졌다. 대신 데이트 어플에 호기심을 느껴 몇몇 어플을 내려받았고, 그저 화면을 넘겼을 뿐인데 빠르게 상대에게 성적 목적으로 연락할 수 있다는 것을 알고 깜짝 놀랐다. 머잖아 그 어플의 사용자들이 아직 매치를 찾지 못한 사람, 매치가 나타날 때까지 함께 있을 사람을 갈망하거나 평범한 연락을 주고받으며 시간을 보내고 싶어 하는 사람으로 이루어져 있다는 것을 알게 되었다.

그리고 크리스토퍼는 여자들이 핸드폰 번호, 그리고 가끔은 집 주소를 사실상 전혀 모르는 남에게 그토록 쉽게 내준다는 사실에도 똑같이 놀랐다. *엉뚱한 사람 손에 정보가 넘어가면, 이 여자들은 무슨 일이든 당할 수 있겠는걸.* 그는 생각했다.

그러자 어떤 생각이 떠올랐다. *그 엉뚱한 사람이 나라면?* 누가 무슨 짓을 저질러도, 그 사람의 핸드폰만 있으면 그가 어디에 가고 누구를 만났는지 감시할 수 있는 시대. 그런 시대에 크리스토퍼가 살인을 저지르고도 빠져나갈 수 있을까? 생각하면 할수록 흥분됐다.

크리스토퍼는 잠시 연쇄살인범들을 움직이는 요소들을 떠올렸고, 정신병이 아닌 이유로 그런 행동을 저지른 사람들이 사이코패스로 분류된다는 점에 매혹되었다. 전문가들은 사이코패스가 일상생활의 스트레스에서 벗어나기 위해 사람을 죽인다는 가설을 내놓았다. 살인을 저지르는 것은 아주 강렬한 행동이어서, 그들의 진짜 문제를 막아주는 장벽 역할을 한다는 것이다. 하지만 크리스토퍼에게는 그다지 만성적인 문제가 없다. 아무 촉매도 없는데 그저 살인을 저지르고 빠져나갈 수 있는지 보고 싶다는 이유로 사람을 죽이는 게 가능할까? 생각하면 할수록 크리스토퍼는 직접 알아보고 싶다는 집착이 커졌다.

크리스토퍼에게 가장 큰 영감을 불러일으킨 건 잭 더 리퍼의 범죄였다. 잭의 살해 방법이나 피해자를 선택한 방법, 여자들에 대한 노골적인 증오 때문이 아니었다. 잭이 런던을 공포로 몰아넣고 나서 거의 130년이 지난 지금까지도 온 세상이 다섯 번의 살인을 저지른 그의 정체를 모른다는 사실이 크리스토퍼를 매료시켰기 때문이었다. 크리스토퍼는 시간과 악명을 벌어들이고 싶었다. 판돈을 올려놓고 싶었다. 자신의 사냥감들이 연구되고 가설로 설명되어 후대에 전해지기를 바랐다. 자신이 누구인지, 동기는 무엇이고, 그런 살인이 갑자기 멈춘 이유는 무엇인지 누구도 모르는 채로.

크리스토퍼의 가장 큰 도전 과제는 여자들이나 살인 행동 자체가 아니라, 범죄 현장에 아무런 증거를 남기지 않고 경찰 당국을 피하는 것이었다. 신분이 노출되면 더 이상 수수께끼는 없을 테고 그의 살인은 한 세대 안에 잊힐 것이다. 그 결과만은 절대 바라지 않았다. 또 전에 살인해본 경험은 없었지만, 크리스토퍼는 낯모르는 사람의 삶을 끝내는 일이 자신처럼 양심 없는 사람에게는 아무 문제도 되지 않으리라는 걸 의심치 않았다.

그는 자기 자신에게도 경쟁심을 느끼는 사람이었다. 그러므로

이 프로젝트가 제대로 진행되도록 야심 찬 목표를 세워야 했다. 그러지 않으면 중간에 흥미를 잃을 테니까. 밝혀진 피해자만 260명인 해럴드 시프먼의 기록은 자극적이긴 했지만 결코 도달하지 못할 목표였다. 그러고 싶지도 않았다. 시프먼의 살인에는 아무런 기술도 필요하지 않았고, 도전이라 할 만한 것도 별로 없었다. 병든 노인 피해자들은 접시에 담겨 시프먼에게 대접된 거나 마찬가지였다. 대신 크리스토퍼는 도전 정신을 자극하면서도 감당할 수 있는 서른이라는 숫자를 골랐다.

그로부터 1년도 더 지나 열두 번째 살인을 저질렀을 때쯤, 크리스토퍼는 프레드와 로즈메리 웨스트와 같은 사망자 수를 기록했다. 열다섯 번째 살인에 이르면 요크셔 리퍼보다 두 명을 더 죽인 셈이 되고, 데니스 닐슨과는 막상막하가 될 터였다. 크리스토퍼는 그들의 기록을 깨려고 노력하면서도 그들과 같은 부류로 취급되는 건 모욕이라고 생각했다. 그들에게는 크리스토퍼가 가진 지능도 야심도 없었다. 그들은 크리스토퍼처럼 심도 있게 계획을 마련하지 않았다. 그들에게는 크리스토퍼의 철저함이 없었다. 그들은 머리 대신 저열한 욕망을 따랐다.

크리스토퍼는 자신의 행위가 국가적인 뉴스가 되고 런던이 핏빛 구름 밑에서 살기 시작했을 때만큼 자부심을 느껴본 적이 없었다. 그는 경찰을 마음대로 쥐락펴락했다. 경찰을 무지하고 무력한 처지에 빠뜨렸다. 크리스토퍼는 탐욕스럽지도 부주의하지도 않았고 계획도 꼼꼼히 세웠기에 늘 경찰보다 한발 앞섰다.

서른 번째 살인에 이르는 순간 그는 이 일을 끝내기로 맹세했다.

그때가 되면 증거가 될 만한 어떤 것도 남기지 않은 채 살인을 멈출 생각이었다. 경찰 수사는 총력을 다해 몇 달 동안 계속되다가 서서히 줄어들 것이다. 그 후 1~2년이 지나도 새로운 단서가 더 이상 발견되지 않으면, 이 사건은 경찰이 방임하고 수사하지 않는 나머지 미제 사건들에 합류할 것이다. 그때는 에이미가 시간과 에너지를 투자할 새로운 무언가를 그에게 제공하겠지.

크리스토퍼는 책상다리를 하고 바닥에 앉아 거실에 보관해둔 흰 앨범을 꺼냈다. 하마터면 에이미가 펼쳐볼 뻔했던 앨범이었다. 크리스토퍼는 그 앨범 속 어느 페이지의 필름 시트 밑에 13호의 폴라로이드 사진을 조심스럽게 놓아두었다. 모든 걸 뻔히 보이는 곳에 놓아두면 아무도 눈치채지 못하지. 그는 그렇게 혼잣말했다.

코걸이를 뜯어내면 웨이트리스가 얼마나 아파할지는 앞으로도 영영 알 수 없을 것이다. 그녀는 크리스토퍼에게 코걸이를 잡아 뜯을 기회도 주지 않고 의식을 잃었다. 하지만 13호는 그가 에이미에게 소개해준 첫 사람인 만큼 특별했다. 그래서 그는 연골 조각이 묻어 있는 코걸이를 시트 밑 여자의 사진 옆에 놓아두었다.

크리스토퍼는 앨범을 덮고 책상으로 돌아가, 그날 밤늦게 14호를 방문할 계획을 계속 세워나갔다.

53

° **제이드**

....

대체 어떻게 이런 일이 일어날 수 있지? 제이드는 너무 여러 번 자문한 나머지, 자신이 듣기에도 망가진 녹음기 같은 소리를 내기 시작했다.

제이드는 생각을 정리해야 했으므로 가장 가까운 마을로 갔다. 약 32킬로미터 떨어진 곳이었다. 그녀는 매치된 남자를 만나려고 지구 반대편으로 왔다. 얼굴을 보기도 전에 사랑에 빠졌다고 생각했던, 비슷한 영혼을 가진 그 사람을 만나려고 말이다. 하지만 그와 함께 시간을 보낸 뒤에 그와 자신 사이에 불꽃이 튀지 않는다는 걸 깨달았다. 적어도 그녀는 그랬다. 그들은 손을 잡았고, 웃었고, 삶과 죽음과 그사이에 벌어지는 모든 일에 대해 이야기했으며, 서로 함께 있으면 즐거웠다. 하지만 그들 사이에는 입맞춤조차 없었다.

그런데 난데없이, 그녀가 케빈에게 느꼈어야 할 모든 것이, 글로 읽었던 불꽃들이 이제는 그의 형인 마크에게서 느껴졌다.

아니, 이건 잘못됐어. 제이드가 자신을 타일렀다. 그 사람한테는 거의 말도 걸어본 적 없잖아. 그 사람은 너를 볼 때마다, 너랑 함께 하지 않을 수만 있다면 어디로든 가겠다는 태도고.

하지만 바로 그때 자신을 대하는 마크의 태도가 이해됐다. 마크도 느낀 것이다. 그녀가 어떤 기이한 증오심이나 적대감이라고 치부해온 것은 사실 그가 자신의 감정을 감추려고 한 노력이었다. 이제야 모두 이해됐다. 마크는 제이드가 주변에 있을 때 종종 말을 잃거나 그녀를 완전히 모른 체했다. 마크도 제이드와 똑같이 사랑과 정욕이라는 강렬한 감정을 경험하고 있었으니까. 차이라면 그 감정이 그를 먼저 덮쳤다는 것뿐이었다. 그리고 제이드처럼 그 역시 이것이 얼마나 부적절한 일인지 알고 있었다.

제이드는 지난 크리스마스에 친구들과 함께 보러 갔던 영화 「리벨 하트」를 떠올렸다. 제니퍼 로렌스와 브래들리 쿠퍼가 DNA로 매치되었으나 서로 끌리지 않는 부부를 연기했다. 영화 속 제니퍼는 쿠퍼의 가장 친한 친구에게 반했다고 자기 자신을 속였다. 사람들은 그걸 감정의 전이라고 불렀다. 제이드는 기억을 떠올려가며 핸드폰으로 그 단어를 검색해보았다. "감정의 전이란 한 사람에게서 다른 사람에게로 감정이 무의식적으로 이전되는 것을 특징으로하는 현상이다."

"맞아!" 제이드가 큰 소리로 말했다. 케빈이 시한부 환자였기에 제이드의 머리는 케빈을 향한 사랑을 두려워했다. 최근 케빈의 건강이 나빠지는 속도로 보면 그와 함께할 시간이 얼마 남지 않았을

지도 몰랐다. 제이드의 정신, 마음, 심지어 유전자가 일종의 대응 기제로서 마크에게 달라붙었다면 말이 됐다.

제이드는 자동차 머리 받침대에 머리를 기댔다. 이렇게 생각하자 제이드는 자신이 훨씬 덜 역겹게 느껴졌다. 자신은 걱정했던 대로 무정하고 재수 없는 년으로 변해간 것이 아니라, 너무도 시달린 나머지 무의식적으로 그 상황을 다루어낼 방법을 찾았을 뿐이다.

제이드는 어떻게 해야 할지 깨달았다. 그녀는 마크를 본보기 삼아 그와 거리를 유지했다. 우연히 마주칠 때마다 마크는 항상 어색해 보였다. 제이드는 마크에게 더는 말을 걸지 않고 대체로 그를 피했다. 원치 않는 감정들이 생겨날 때만큼 빠른 속도로 사라지기를 바랐다. 제이드는 마을의 가게에서 돌아와 식료품 포장을 풀어놓자마자 곧장 케빈의 방으로 갔다. "내가 아프지 않았다면 우린 어떻게 됐을까?" 제이드가 넷플릭스의 수많은 영화들을 훑어보고 있을 때 케빈이 물었다.

이 말에 제이드는 신경이 곤두섰다. "모르겠어."

"통화할 때는 우리는 함께할 운명이니까 아마 결혼해서 아이를 낳았을 거라고 했는데."

"그래, 모든 게 정상이었다면 아마 그렇게 됐을 거야."

"내가 너한테 그런 남자가 되어주지 못해서 미안해."

"멍청한 소리 마."

"널 영원히 행복하게 만들어주거나 너와 가정을 꾸릴 수 없다는 건 알지만, 이건 줄 수 있어." 케빈은 지나치게 큰 조깅용 바지에서 벨벳으로 감싸인 작은 상자를 꺼냈다. "여기." 케빈이 그걸 제이드에게 건네며 말했다. "열어봐."

그 안에서 제이드는 다이아몬드 여러 개가 조그만 무리를 이루고 있는 은색 반지를 발견했다. 제이드는 어리둥절해져 케빈을 바라보았다.

"제이드, 지금 벌어지는 일들이 우리 둘 다에게 예상 밖이라는 걸 알아. 하지만 지난 몇 주가 나한테는 인생에서 가장 좋은 시간이었어. 난 널 사랑해. 너와 결혼하고 싶어."

제이드는 꿀꺽 침을 삼키고 눈앞의 초조해하는 청년을 바라보았다. 제이드에게 상자를 내미는 케빈의 손가락이 떨렸다. 그를 사랑하고 싶은 마음이 너무도 간절했다. 하지만 그가 가장 약한 모습을 드러낸 지금, 제이드는 자신이 그를 사랑하지 않는다는 걸 알고 있었다.

"의무감 때문에 승낙할 필요는 없지만……." 케빈이 말했다.

하지만 제이드는 이미 결정을 내렸다. 그녀는 최선을 다해 미소 지었다. "그래." 제이드가 대답했다. "나도 너랑 결혼하고 싶어."

54

° 닉

식탁 주변의 손님들은 존 폴의 홍보 회사에 소속된, 젊은 리얼리
티 쇼 스타가 코카인 과용으로 어떻게 됐다는 이야기를 듣고 한바
탕 웃음을 터뜨렸다.

존 폴과 타블로이드 신문 기자인 그의 아내 루시엔은 디너파티
에 초대할 만한 가치가 있는 사람들이었다. 그들은 늘 유명 인사와
관련된 외설적인 뒷얘기들을 가져와 사람들을 즐겁게 해주었다. 샐
리와 수마이라, 디팩은 그런 이야기를 아주 좋아했다. 웃지 않는 사
람은 닉뿐이었다. 대신 닉은 요즘 들어 종종 그러듯 식탁에 앉아 앞
쪽 창문 너머를 빤히 바라보며 여기만 아니면 어디든 가고 싶다고
생각하고 있었다.

함께하는 사람들이나 샐리가 하루 종일 준비한 말레이시아 음식
을 대하는 닉을 대하는 뜨뜻미지근한 태도는 사람들 눈에 띄었다.

몇 차례인가 샐리는 닉의 팔에 손을 얹어놓았다. 보통 때라면 그런 손길에 미소 지었겠지만, 이제 닉은 샐리의 손이 닿으면 그저 물러나고 싶을 뿐이었다. 평소보다 술을 더 많이 마시기도 했다. 닉은 다음 날 틀림없이 밀려올 숙취에도 아랑곳하지 않고 샤르도네를 쭉 들이켰다.

"결혼식 계획은 어떻게 되어가요?" 루시엔이 물었다. 닉은 막 정신이 들어 터져 나오려는 신음을 간신히 삼킬 수 있었다.

"이젠 할 일이 거의 안 남았어요." 샐리가 말했다. 갑자기 목소리에 날이 서 있었다. 닉의 행동에 짜증이 난 듯했다. "뉴욕에서 우리 둘이 하거든요. 이제는 사진작가만 찾으면 돼요. 집에 돌아온 다음에 아마 파티를 하겠지만요."

"우리도 그렇게 했으면 좋았을걸." 수마이라가 디팩을 힐끗 보며 말했다. "그랬으면 우리 부모님 재산을 한참 아낄 수 있었을 거야. 결혼 전에 DNA 매치 검사를 받아보는 건 안 하기로 한 거야?"

"아, 또 시작이네." 디팩이 끼어들었다. "지금 이대로 행복하다잖아. 그냥 놔둬."

"그냥 물어보는 거잖아."

닉의 두 눈은 샐리 쪽을 보며 깜빡거렸지만 샐리는 그를 마주 보지 않았다. 샐리는 디팩의 잔을 채워주느라 너무 바빠 보였지만 수마이라의 질문을 듣고 얼굴이 눈에 띄게 붉어져 있었다. 샐리가 가장 친한 친구에게도 검사를 받았다는 거나 닉의 검사 결과 이야기를 하지 않았다니 놀라웠다. 디팩이 이를 둘만의 비밀로 지켜준 점도 고마웠다. 하지만 그날 밤 닉은 수마이라 때문에 왠지 불안했다.

임신하고부터 어딘지 빼기는 듯한 수마이라의 태도도 짜증났다. 수마이라가 꼭 디팩과의 완벽한 결혼생활과, 곧 다가올 부모라는 지위를 닉의 얼굴에 대고 문지르는 것만 같았다. 자신의 세상이 무너지기 일보 직전이라고 느끼던 닉은 수마이라의 빼기는 표정을 견딜 수가 없었다.

닉은 부적절한 말을 하지 않으려고 몇 번이나 입술을 깨물어야 했다. 대신 계속 창밖을 멍하니 바라보며 대화에 전혀 참여하지 않았다. 식탁 주위에는 긴장된 분위기가 감돌고 가엾은 루시엔과 존폴은 침묵을 지켰다.

"결국은 검사를 받지 않기로 했어." 샐리가 거짓말했다. "우린 서로에 대해 알아야 할 걸 모두 알고 있으니까. 그치?" 샐리는 안심시켜달라는 것처럼 닉을 애원하듯 바라보았지만, 그는 그녀의 기운을 북돋아주지 않았다. 사실 닉은 최근 보름 동안 샐리에게 거의 아무것도 해주지 않았다. 자석 글자를 냉장고에 붙여 애정 어린 메시지를 남기지도 않았고, 일과 중에 보낸 문자메시지로는 유머도 멋도 없이 용건만 전달했다. 닉은 샐리에게 초과근무를 하느라 사무실에서 점점 더 많은 시간을 보내고 있는 척했다. 샐리가 거리를 두는 듯한 닉의 태도에 문제를 제기할 때면, 그는 유난히 심하게 스트레스를 주는 고객들 탓이라고만 말했다. 처음에는 샐리도 그런 핑계를 받아들였다. 하지만 샐리는 바보가 아니었고, 닉은 그녀가 그 이상의 뭔가가 있다는 걸 눈치챘음을 알고 있었다.

"비매치 부부의 이혼율은 높아져만 가고 있어. 어디 너희들이 대세를 거스를 수 있는지 보자." 수마이라가 덧붙였다. "난 너희들 편이야."

"너랑 디팩은 처음 만났을 때 어땠다고 했지?" 닉이 불쑥 물었다. 거의 30분 만에 처음 한 말이었다.

"전에도 말했잖아." 수마이라가 서둘러 대답했다. "뭄바이에서 열린 우리 사촌 결혼식에 갔을 때……."

"아니." 닉이 끼어들었다. "처음 서로를 봤을 때 어떤 기분이 들었는지 말해달라는 거야. 아니면 처음 대화를 나눴을 때라든지. 디팩이 그 사람이라는 걸 어떻게 알았어?"

"서서히 그렇게 됐어. 그치?" 닉이 캐묻자 수마이라는 얼굴을 붉히며 말했다. "두어 번 데이트하면서부터, 난 디팩이 여생을 함께할 사람이라는 느낌을 받았어. 그리고 나서 DNA 검사가 그 점을 확인해줬고." 디팩이 맞는다는 뜻으로 고개를 끄덕였지만, 닉의 마음속 무언가는 그 말이 진심이 아니라고 알려주었다. 닉은 최근 진심이 아닌 마음의 달인이 되었으니까.

"하지만 그 말은 사실이 아니잖아?" 닉이 말했다. 그는 식탁 너머로 몸을 숙여 술병을 집어 들고 잔을 다시 채웠다.

"무슨 뜻이야?" 수마이라가 물었다.

"내 말은, 너희 사이에는 다른 매치된 커플들이 이야기하는 불꽃놀이나 폭발이나 천둥, 번개 같은 게 없었다는 뜻이야."

"모두가 똑같이 느끼진 않아."

"아니, 수마이라. 네가 그런 걸 전혀 느끼지 못했던 이유는 너랑 디팩이 매치가 아니었기 때문이야."

"닉, 무슨 짓이야?" 샐리가 식탁 건너편에 앉아 있던 손님들에게 경악한 시선을 던지며 말했다. "미안해요, 둘 다."

존 폴과 루시엔도 서로를 힐끗 보았다. 불편하기도 하지만 동시에 그만큼 흥미를 느끼는 게 분명했다.

"너희들은 결과를 알기가 무서워서 검사를 받지 않았거나, 검사를 받아본 다음 너희 둘이 함께할 운명이 아니라는 사실을 알아낸 거야." 닉은 얼굴을 찡그리며 말을 이었다. "모든 사람이 너희를 운명적이고 완벽한 부부로 믿게 하려고 그 이후 쭉 거짓말을 해온 거지. 난 매치된 커플들을 봤어. 그 사람들의 행동은 너희와는 완전히 달라. 정말이지, 너희는 그 *사람*을 만났을 때 기분이 어떤지 전혀 모르고 있어. 안 그래? 너흰 그 사람과 같이 있을 때는 온 세상이 녹아내리고, 쓰나미 같은 힘에 얻어맞은 듯한 기분이 든다는 걸 모른다고. 그 순간만큼은 이 세상에 그 남자와 나 말고는 아무도 존재하지 않게 된다는 것도 모르고."

'그 남자'라는 말에 샐리가 짧게 숨을 들이쉬었다.

"너희 둘은 한 번도 경험해본 적이 없어서 그런 기분을 몰라. 그러니까 너희 인생도 엉망진창인 마당에 나한테든, 다른 누구한테든 이래라저래라 하지 마."

그 말을 끝으로 닉은 남은 술병을 집어 들고 등 뒤로 의자를 밀어버린 뒤 계단을 올라 자기 방으로 들어가서 문을 쾅 닫았다.

55

엘리는 칸막이 안에 들어와 문을 쾅 닫고 아주 깊이 안도의 한숨을 쉬었다. 그녀는 회사에서 연 크리스마스 파티에 와 있었다. 화장실에 가려고 할 때마다 직원들이 하도 그녀에게 말을 걸고 싶어 하며 나서는 바람에 계속 발목이 잡혔다.

팀이 엘리의 인생에 들어오기 전까지 그녀는 사람들과 거리를 두었다. 사람들을 경계했으며 이런 행사에 거의 참석하지 않았다. 엘리는 사람들이 많은 곳에서 긴장을 풀고 있자면 어색했고(연설할 때나 강연할 때는 달랐다. 그런 행사는 목적이 있어서 참여하는 거니까), 사람들과 섞여 한담을 나누자면 신경 쓰이는 게 너무 많았다. 하지만 팀이 격려해준 덕분에 엘리는 자신의 단점을 마주하고 순조롭게 행사에 참여할 수 있었다. 직원들이 엘리의 관심을 받으려고 경쟁하기는 했으나, 사실 그녀는 즐거운 시간을 보내는 중이었다.

엘리는 일에만 정신이 팔려 있을 뿐 거의 무엇에도 관심이 없었던 작년 크리스마스를 떠올렸다. 사업은 성공적이었지만 그녀에게는 전리품을 나눌 사람이 아무도 없었다. 그리고 12월 25일이 다가오자 본의 아니게 자신의 기쁨 없는 삶을 직원들에게까지 강요하게 됐다. 엘리는 아무 특징 없는 호텔의 대연회장을 예약해, 사적인 느낌이라고는 전혀 없이 앉아서 저녁 식사를 하는 행사를 잡았다. 그런 결정을 내려놓고 반성한 적조차 없었다. 돈을 쓰긴 했지만 크리스마스의 흥을 빨아내버렸다. "내가 그린치*였어." 엘리는 혼잣말하며 올해만은 다르게 만들겠다고 맹세했다.

올해 엘리는 회사의 행사 위원회에 백지수표를 내주고 과거에는 수산물 시장이었으나 행사 전용 공간으로 탈바꿈한, 런던 템스강 언저리의 역사적 장소인 올드 빌링스게이트를 빌리도록 허락해주었다. 거대한 북극곰 인형과 눈으로 뒤덮인 나무들, 얼음 조각과 눈썰매 등 크리스마스를 주제로 한 장식품을 대여해 겨울왕국 같은 느낌을 주었고, 직원들은 호화스러운 5단계 코스요리를 즐겼다. 그 이후에는 룰렛과 카드 게임, 슬롯머신과 스윙 밴드가 새벽까지 직원들을 즐겁게 해줄 터였다.

엘리는 이따금 팀이 즐거워하는지 확인하려고 파티장 건너편을 힐끗 보았다. 하지만 엘리가 팀을 볼 때마다 그는 새로운 누군가와 이야기를 나누고 있었다. 엘리는 팀이 사교성이 좋은 사람이어서 걱정하지 않고 그를 혼자 둘 수 있는 점이 좋았다.

---

* 애니메이션 영화 「그린치」 속 캐릭터. 행복한 크리스마스를 참을 수 없어 크리스마스를 훔치기 위해 산타가 되기로 결심한다.

엘리는 크리스마스 선물을 미리 주는 셈 치고 팀을 새빌 가로 보내 첫 번째 맞춤 정장 치수를 재게 했다. 급속도로 정장이 완성되고 배달된 이후부터 팀은 한 번도 그 정장을 벗지 않으려 했다. 엘리는 상관없었다. 그 옷을 입은 팀은 섹시했고, 팀이 행복하기만 하다면 엘리는 옷장 하나를 통째로 채워주기라도 했을 것이다. 하지만 과거에서 얻은 교훈이 있었기에 엘리는 돈을 가진 사람이 돈이 없는 사람을 숨 막히게 하기가 아주 쉽다는 걸 알고 있었다.

엘리는 볼일을 본 다음 변기 물을 내리고 손을 씻으러 세면대로 갔다.

"안녕하세요, 엘리. 오늘 정말 끝내주네요!" 인사부장 캣이 말했다. 캣은 엘리의 회사에서 가장 오래된 직원 중 한 명이었다. 두 눈이 반달 모양으로 휘어졌다는 건 캣이 취해 있다는 증거였다.

"그러게요, 잘 되어가는 것 같네요." 엘리가 미소 지었다.

"내일은 아픈 머리를 끌고 복도를 돌아다니는 사람이 몇 명 있을 것 같아요. 특히 제가 그럴 것 같네요."

"오늘 밤은 그러라고 있는 날이니까요."

"새로 데려오신 남자분이 사람들하고 잘 지내는 것 같아요."

"실은 마음이 좀 안 좋네요. 거의 밤 내내 혼자 알아서 있도록 내버려뒀으니."

"제 생각엔 혼자서 잘 해낼 거예요. 최소한 제 기억으로는 그런 사람이었으니까요."

"잠깐, 그 사람을 아세요?" 엘리가 물었다.

"당연하죠." 캣은 그 질문에 놀라 말했다. "하지만 이건 인정해야겠네요. 저분이 2차 면접까지 올라왔던 기억은 나지 않아요."

"무슨 말인지 잘 모르겠는데요."

"1년인가 2년쯤 전에 제가 그분 면접을 봤거든요. 매튜 아니었나요? 컴퓨터 프로그래밍 분야의 어떤 직무에 지원했던 것 같은데. 미리엄이 출산휴가를 떠났을 즈음이었어요. 성격도 아주 괜찮고 비교적 경험도 많았지만, 더 괜찮은 후보자들이 있어서 다음 면접을 볼 수 있게 추천하지는 않았어요. 그렇게 만나신 것 아닌가요? 2차 면접에서요."

"다른 사람하고 헷갈리는 것 같은데요."

"아, 제가 틀렸을지도 모르죠. 아무튼 괜찮은 사람이에요. 그건 그렇고, 두 분이 함께 즐거운 크리스마스 보내셨으면 좋겠어요."

"캣도 즐겁게 보내세요." 엘리는 그렇게 대답했지만 약간 불편한 느낌을 받았다.

56

° 맨디

"이제 얼마 안 남았어, 우리 귀여운 강낭콩." 맨디는 아기를 품은 배에 대고 이렇게 말하며 부풀어 오르는 가슴과 배에 보습제를 발랐다. "모두 널 만나기만을 기대하고 있어. 몇 주 뒤면 네가 여기 와서 평생 날 잠 못 들게 하겠지. 하지만 상관없어. 뭐든 엄마한테 던져도 돼. 엄만 항상 네 옆에 있을 거야."

맨디는 튼살을 살펴보려고 침실 거울을 힐끗 들여다보았다. 자국이 더 늘어나지 않아 다행스러웠다.

맨디는 이제 온종일 팻과 함께 지내며 그녀의 퇴직금으로 생활하고 있었다. 인생에 엄청난 변화들이 일어난 지금, 자신을 도와주는 팻이 고마웠다. 팻은 맨디가 자기 주치의에게 진찰을 받을 수 있게 해주고, 지역 보건소에서 출산 전 교육을 받을 수 있도록 회원 등록을 해주었으며, 맨디가 출산 계획을 세우는 것도 도와주었다.

심지어 분만실에도 같이 들어가겠다고 했다. 비타민, 미네랄, 엽산 등 맨디에게 필요한 모든 것을 수납장에 계속 채워놓기도 했다. 가끔 맨디는 팻이 한두 걸음쯤 물러나주었으면 하는 마음도 들었지만, 곁에 클로에를 제외하면 아무도 없었으므로 결국은 팻의 도움에 의존하게 됐다.

폴라와 캐런과 말다툼한 지 다섯 달이 지난 지금까지도 맨디는 그들과 이야기하고 싶지 않았다. 맨디는 모든 문자메시지와 전화를 무시했다. 심지어 엄마와 커스틴에게 온 것까지. 맨디는 가족들이 자신의 입장이나, 자신이 이 아이를 낳아야만 하는 이유를 이해해보려고 노력조차 하지 않았다는 데 여전히 분노하고 실망한 상태였다. 하지만 한편으로는 가족들이 자신의 임신 경험을 함께해주지 않아 슬펐다. 맨디는 동생들의 임신을 함께해주었는데 말이다.

"잘하고 있는 거란다." 팻이 맨디를 안심시켰다. "유산 경험이 있으니, 사람이든 물건이든 스트레스를 주는 것과는 거리를 둬야 해."

맨디도 같은 생각이었지만 그렇다고 슬픔이 가시지는 않았다.

팻과 클로에가 거의 항상 같이 있으면서 맨디의 외로움을 달래주었다. 그들은 언제나 맨디의 곁에 있었다. 호르몬 불안정으로 울고 있을 때나 감정 변화가 격해질 때도, 아침에 메스꺼움을 느낄 때도. 맨디는 이제 그들이 자신의 가족임을 알게 되었다. 그들은 육체적으로 더는 존재하지 않는 남자가 맺어준, 단단히 엮인 한 단위였다.

맨디는 이제 아예 리처드의 방에서 살고 있었다. 맨디의 옷은 리처드의 옷장 속 그의 옷 옆에 걸려 있었고, 그녀의 향수는 그의 애프터셰이브 옆에 놓여 있었다. 맨디는 리처드가 있었을 법한 곳을 남겨놓고 침대 한쪽에서만 잤고, 밤 내내 그가 가장 좋아했던 스웨터를 끌어안은 채 아기가 어떻게든 그의 체취를 맡을지도 모른다고 기대하며 얼굴 가까이 대고 있었다.

팻과 클로에가 어느 날 오후에 조립해놓은 나무 요람이 리처드의 방 저쪽 끝에 세워져 있었다. 그 옆에는 팻이 사 온, 파란색과 흰색으로 이루어진 아기 옷들이 쌓여 있었다. 팻은 맨디가 아들을 낳을 거라고 확신했다.

맨디는 보습제 병뚜껑을 돌려 닫아놓고 셔츠를 입었다. 맨디는 문득 아기를 낳고 나서 언제까지 팻이나 클로에와 함께 살 것인지 그들과 한 번도 이야기한 적이 없다는 것을 깨달았다. 하지만 이 집을 떠나고 싶지 않다는 것만은 분명했다. 이 방에 있으면 안전한 느낌이 들었다. 마치 리처드의 영혼이 함께 있으면서, 그들을 편안하게 만들어주고 바깥세상 사람들로부터 지켜주는 것 같았다. 그들은 언론이 자신들의 사연을 알아낼까 봐 걱정했다. 맨디는 자신의 가족이 반응한 방식으로 미루어보아, 세상이 그녀를 미친 사람으로 보리라는 걸 알고 있었다.

맨디는 편안한 자세를 찾으려고 모로 누워, 종종 그러듯 리처드가 벽에 꽂아둔 사진 모음을 올려다보았다. 맨디는 매일 밤 앨범에 들어 있는 다른 사진들처럼 그 사진들도 골똘히 바라보았다. 리처드에 대해 더 많은 것을 알기 위해서였다. 리처드와 그의 가족이 디즈니랜드에 들렀을 때의 사진도 있었고, 호수 지방의 가족 별장에서 찍은 사진도 있었다. 한 사진에서는 리처드와 클로에가 마운트 플레전트라고 쓰여 있는, 타일을 붙인 집 간판 밑에서 자전거에 걸터앉아 있었다. 그곳은 마음이 무척 차분해지는 공간 같아 보였다. 기회가 있었다면 리처드가 자신을 가족 별장으로 데려갔을지 궁금해졌다. 리처드는 과연 그 특별한 공간을 맨디와 나누었을까? 맨디는 너무 많은 사진을 너무 여러 번 보았기에, 자기 표정과 태도를 알듯 리처드의 표정과 태도를 알 것 같은 기분이었다.

다른 세 장의 사진에서는 10대 시절의 리처드가 친구들에게 둘러싸인 채 병원 침대에 누워 있었다. 항암치료를 받을 때 찍은 사진인 듯했다.

맨디의 관심은 낯익은 얼굴의 젊은 여자가 담긴 두 사진으로 향했다. 맨디는 왜 여자의 얼굴이 익숙한지 떠올리려 애썼고, 문득 깨달았다. 그 여자는 리처드에게 누드사진을 보냈던 여자, 맨디가 리처드의 낡은 핸드폰에서 봤던 그 여자였다. 맨디는 핸드폰을 다시 집어 들고 확인해보았다. 아니나 다를까 그 여자가 옷을 홀딱 벗은 채 사진 속에 있었다.

그녀는 리처드와 비슷한 나이였다. 맨디보다는 열 살 정도 어릴 것이다. 보기에도 그런 티가 났다. 가슴에는 생기가 넘치고 배는 빨래판처럼 납작했으며, 오직 젊은 여자만이 욕먹지 않을 수 있는 표정을 짓고 입술을 삐죽 내밀고 있었다. 맨디는 이름 모를 이 여자가 즉시 싫어졌다. 자신은 만삭에 볼품없는 모습이 된 시기였기에 특히 그랬다. 하지만 맨디는 콜라겐을 덧칠한 통통한 막대벌레가 되느니, 통통 붓고 울퉁불퉁하며 튼살이 생긴 부은 몸을 갖겠다고 심술궂게 생각했다.

하지만 그렇다고 해서 그 여자와 리처드가 얼마나 가까웠는지에 대한 호기심이 잦아드는 건 아니었다. 분명 그들은 서로에게 알몸 셀카 사진을 보내고, 리처드가 그 여자의 사진을 자기 벽에 붙여둘 만큼 친밀했다. 하지만 둘 사이에 과연 그 이상의 뭔가가 있었을까? 그저 야한 문자를 보내며 즐기는 사이는 아니었을까? 리처드가 콘돔 반 통을 함께 쓴 여자가 그녀였을까? 맨디는 이 여자가 누구인지 알아야겠다는 압도적이고 비이성적인 욕구를 느꼈다.

맨디는 아이패드를 켜고 리처드의 페이스북 페이지로 갔다. 오래 걸리지 않아 그 여자를 찾을 수 있었다. 미셸 니콜스. 맨디는 미셸이 팻의 집에서 16킬로미터쯤 떨어진 작은 마을에 산다는 걸 알아냈다. 미셸은 프로필을 비공개로 설정해두지 않았으므로 맨디는 그녀의 모든 포스팅을 스크롤해가며 볼 수 있었다. 읽으면 읽을수록 속이 쓰렸다. 맨디는 리처드와 미셸이 열 달 동안 연애를 했다는 사실을 겨우 알아냈다. 아마 리처드가 얼마 전 그녀를 찬 것 같았다. 맨디는 그게 리처드가 'DNA 매치'에 면봉을 보냈던 즈음의 일일지 궁금해졌다.

미셸은 리처드와 함께 찍은 수많은 사진을 자기 페이스북 페이지에 올려놓은 반면, 리처드는 그녀의 사진 대부분을 자기 페이스북에서 지워버렸다. 맨디의 조그만 승리였다. 하지만 왜 클로에나 팻이 이 여자 얘기를 해준 적이 없는지 의아해졌다.

이후 며칠이 흐르는 동안 맨디는 참지 못하고 미셸의 프로필로 돌아와 가장 최근의 포스팅을 훑어보았다. 미셸과 리처드는 잘 어울렸다. 사진 속 미셸은 한밤중 바에서, 친구들과 함께 레스토랑에서, 혹은 휴가지에서 미소를 짓고 있었다. 맨디는 리처드가 그 여자에게서 눈에 보이는 특징 외에 또 무엇을 봤을지 궁금해졌다. 이 여자는 지적일까? 리처드를 웃게 했을까? 대화할 때 자제력을 발휘할 수 있는 사람이었을까? 아니면 그냥 침대에서의 솜씨가 좋았던 걸까? 리처드에게는 왜 이 멋진 여자가 충분하지 않았을까? 미셸은 누가 봐도 그와 잘 어울렸다. 리처드는 왜 DNA 검사를 받아 진짜 매치를 찾아야겠다고 생각했을까?

처음에 맨디는 이런 호기심을 호르몬 탓으로 돌렸지만, 점차 그 이상의 뭔가가 있다는 사실을 받아들였다. 팻과 클로에는 리처드에 대해 아주 많은 이야기를 해주었지만, 리처드에게는 여자친구만이 알 수 있는 면도 있었다. 맨디는 리처드가 연애 상대로서 어떤 사람이었는지, 그에게 사랑을 받는다는 건 어떤 느낌이었는지 알고 싶었다.

미셸을 만나고 싶어진 맨디는 페이스북 메신저를 열고 자판을 두드리기 시작했다.

57

○ **크리스토퍼**
··

"어디 갔었어? 아침 내내 연락했는데." 크리스토퍼가 마침내 전화를 받았을 때 에이미는 답답해하는 목소리였다. 크리스토퍼는 핸드폰을 힐끗 보고서 그날 에이미의 전화를 열한 번 놓쳤다는 걸 알았다. 그는 입이 막힌 소리를 내지 않으려고 얼굴에서 비닐 마스크를 벗겨냈다. 피부는 축축했고, 만져보니 미끈미끈했다.

"미안, 책상에서 졸았어." 크리스토퍼가 대답했다. 잠든 것은 사실이었지만, 잠든 곳은 15호의 소파였다. 그는 정신이 멍한 채로 눈에서 잠기운을 닦아내고 햇빛이 들어오는 15호의 방을 둘러본 다음 손목시계를 보았다. 오전 10시 47분이었다. 가슴이 철렁했다.

전에는 한 번도 살인 현장에서 이토록 부주의하게 군 적이 없었는데, 인생의 두 가지 면, 에이미와 서른 명 죽이기 계획을 묘기하듯 꾸려나가자니 신체적으로 기진맥진해졌다. 제정신으로 활동하기 위해 단백질 바, 에너지 드링크, 커피로 이루어진 식단에 의존하고 있었지만, 그 때문에 기분이 초조해지고 위경련이 자주 일어났다.

크리스토퍼의 이중생활은 정신적으로도 부담스러웠다. 그는 에이미에게 숨길 것이 아주 많았지만 그녀와 나누고 싶은 것도 너무 많았다. 그래서 갈팡질팡했다. 어떤 순간에는 심지어 자신의 프로젝트를 고백할 생각까지 했다. 에이미가 진심으로 자신을 사랑한다면 이해해줄 거라고 자신을 설득하면서. 하지만 그 문제에 대해서만은 에이미를 잘 안다는 확신이 서지 않았다. 에이미는 크리스토퍼를 용서하지 않을지도 몰랐다. 그리고 그녀는 너무도 빠르게 그의 삶에서 떼어놓을 수 없는 일부가 되어가고 있었다. 크리스토퍼는 그녀 없이 살아가는 위험을 감수할 수 없었다.

"열세 번째 시신이 발견됐어." 에이미가 핸드폰 너머에서 속삭였다. "언론에서는 아직 모르고 원래는 아무한테도 얘기하면 안 되는데, 피해자가 너무 뜻밖의 사람이어서."

지난주에 레스토랑에서 우리한테 서빙했던 웨이트리스 말하는 거야? 크리스토퍼는 그렇게 말하고 싶었다. *코걸이를 한 그 예쁜 여자애 말이야. 어쨌든 죽일 생각이긴 했지만, 난 내가 우리 둘만의 연결고리를 만들기 위해 그 여자를 죽였다고 생각하는 게 더 좋아. 이젠 네 손에도 피가 묻었다고 말이야.*

"도대체 누구길래 그래?" 크리스토퍼는 그렇게 말하고 일어나서 허리와 뻣뻣해진 목을 풀었다.

"지난주에 갔던 레스토랑의 웨이트리스였어. 기억나?"

"아니, 잘 모르겠어."

"검은 머리카락에 코걸이를 하고 있던 예쁜 여자 있잖아."

"아아, 그래, 이제 기억난다. 젠장, 무슨 일을 당했는데?"

"다른 모든 피해자와 같은 일을 당했어. 목이 졸렸고, 시신은 주방에 누워 있었어. 코걸이도 뜯어 갔더라고, 역겨운 새끼."

크리스토퍼는 주방으로 가, 자신이 바닥에 눕혀놓은 자세 그대로 누워 있는 15호를 바라보았다. 죽은 지 일곱 시간이 지난 그녀의 얼굴은 가라앉아 있었고 피부는 잿빛이었다. 크리스토퍼로서는 설명할 수 없는 어떤 이유로 벌써부터 파리들이 꼬이고 있었다. 그는 주머니를 살펴 아까 여자의 사진 두 장을 찍었는지 확인했다. 다행히도 이미 찍어놓았다. 지금 모습을 찍으면 크리스토퍼의 앨범 전체가 추해질 것이다.

"안됐다." 크리스토퍼는 그렇게 말하며 배낭을 뒤져 가져온 모든 것을 챙겼는지 확인했다. 그는 청소용 돌돌이를 꺼내 그가 잤던 소파를 구석구석 닦아냈다.

"사진을 보자마자 그 여자라는 걸 알아봤어. 덕분에 최소한 신원 확인 절차는 빨라졌지."

"넌 괜찮아?"

"그런 것 같아. 그냥, 수사가 좀 더 내 문제에 가까워졌을 뿐이야."

얼마나 *가까워져 있는지 알면 깜짝 놀랄걸.*

58

° **제이드**

"나쁘지 않지?" 댄이 물러나 자기 작품에 감탄하며 말했다. "내가 상상했던 우리 애들 결혼식 피로연은 아니야. 하지만 이젠 좀처럼 내가 상상했던 대로 되는 일이 없으니."

댄은 모든 것을 위로해줄 말 한마디를 기대하듯 제이드를 바라보았다. 제이드가 할 수 있는 일은 댄의 어깨를 감싸 안아 말없는 연대감을 보여주는 것뿐이었다.

제이드는 수전, 댄, 농장 일꾼들을 도와 정원의 넓은 풀밭에 흰 방수포를 세우며 전날 대부분을 보냈다. 그들은 음악을 연주할 수 있도록 음향 시스템에 스피커를 연결했고, 나무 의자와 탁자 들을 펼쳐놓았으며, 그 위에 리넨으로 된 식탁보를 덮고 잼 병에 담긴 분홍색과 흰색의 작은 꽃다발들을 한데 모아 올려놓았다. 다음 날 아침이면, 제이드가 뜬금없이 그들의 농장에 도착한 지 한 달이 조금

넘은 그날이면 제이드는 케빈 윌리엄슨 부인이 될 예정이었다.

케빈이 결혼식 장소로 고른 곳은 농장과 가장 가까운 마을에 있는 오래된 브리즈블록 교회였다. 그곳은 제이드가 여태 가본 어떤 종교시설과도 달랐다. '침례교'라 적힌 간판과 함께 길가의 땅에 나무 십자가가 박혀 있지 않았다면 대부분의 행인은 그곳을 다 쓰러져가는 창고라고 생각했을 것이다. 안쪽 제단은 벽돌에 얹은 오래된 현관문으로 만들어져 있었고, 좌석은 바랜 흰색 간이 의자들이었으며, 하나 있는 창문은 스테인드글라스 흉내를 내느라 색이 들어간 휴지로 꾸며져 있었다. 하지만 버려지고 초라하기는 했어도 이 교회에는 어떤 별난 매력이 있었다. 하긴 지난 몇 주 동안 제이드의 인생에 일어났던 일 중 평범한 건 하나도 없었다. 결혼식장이라고 그러지 말라는 법이 있겠는가?

결혼식은 케빈의 직계가족과 혼자 남은 조부모 한 분, 사촌 두 명과 농장 직원 몇 명 등 가까운 사람들 앞에서 열렸다. 제이드는 무척 이기적이게도 부모님에게조차 이 소식을 알리지 않았다. 하긴 너무 급하게 벌어진 일이라 알렸다 한들 부모님이 비행기를 타고 날아와 결혼식에 참석할 수도 없었을 것이다.

결혼식은 짧았다. 제이드가 여행 가방에 담겨 있던 몇 안 되는 옷 중에서 드레스를 고르느라 걸린 시간만큼이나 짧았다. 늙고 상냥한 목사가 닳고 닳은 성경책을 몇 쪽 읽어주는 동안 제이드는 단단히 마음을 먹고 미래의 남편과 눈을 맞추었다. 마크의 두 눈이 자신을 바라보고 있다고 느껴질 때조차 그랬다. 그녀는 마크를 힐끗 보기라도 하면 자신의 모든 가면이 벗겨질지 모른다는 걸 알고 있었다. 마크는 케빈의 들러리로서 케빈이 팔에 힘이 빠져 목발에 기댈 수 없을 경우에 대비해 그의 뒤에 서 있었다. 케빈은 고집을 부리며 앉아 있지 않겠다고 했다. 케빈은 제이드를 보며 미소를 참지 못했다.

제이드의 부모님은 그녀가 여행하는 동안 자주 문자를 보내 대체 무슨 짓을 하고 다니는 건지 알려달라고 했다. 실제로는 케빈의 형에게 사랑에 빠져 있으면서 시한부 인생인 케빈과 결혼하기 위해 대충 만든 교회 제단 앞에 서 있는 제이드를 봤다면 부모님은 정신 차리라며 타박했을 터다. 어쨌든 그녀는 그 말을 듣지 않았겠지만 부모님이 이곳에 없다는 사실은 약간 아쉬웠다.

결혼식의 절차였을 뿐이지만 목사가 사람들에게 이 부부가 결혼해서는 안 되는 이유가 있느냐고 물었을 때 제이드의 마음속 아주 작은 곳에서는 마크가 그 질문을 계기로 제이드를 향해 식지 않는 사랑을 선언할지도 모른다는 기대를 품고 있었다. 하지만 그런 일은 로맨틱 코미디에서나 일어나는 법이었고, 제이드는 자신이 해피엔드를 맞지 못하리라는 걸 알고 있었다.

케빈과 제이드가 남편과 아내로 선포되자마자, 제이드는 마크가 지켜보는 가운데 남편에게 입 맞출 각오를 했다.

제이드는 자신의 마음을 좇아 호주에 왔다. 하지만 케빈과 결혼할 때는 머리를 따랐다. 아니, 보다 구체적으로는 양심을 따랐다. 제이드는 다른 사람의 욕구를 자기 욕구보다 앞세웠으며, 잠시 그 이타적인 행위에서 자긍심을 느꼈다.

하지만 그 자긍심조차 이건 실수라고 말하는 머릿속 한구석의

작은 목소리를 막아주지는 못했다. 제이드는 형제 중 엉뚱한 사람
과 결혼하고 말았다. 하지만 이제는 어쩔 도리가 없었다.

59

○ 닉
．．

창문 주변에 꽂아놓은 장식용 전구들이 침실에 따뜻한 버터 밀크색 빛을 드리웠다. 하지만 닉이 마음을 놓거나 진정하는 데는 도움이 되지 않았다.

닉은 그 어느 순간보다도 팽팽하게 긴장한 상태였다. 방금 그는 한바탕 소란을 피운 다음 샐리와 함께 준비한 디너파티에서 발을 쿵쿵 구르며 나와버렸다. 수마이라와 디팩이 내세워온 이미지를 박살내고 말았다. 이제 그는 침대에 누워 헤드보드에 몸을 기댄 채 가지고 올라온 와인을 병째로 한 모금 더 마셨다. 알렉스가 문자를 보냈는지 핸드폰을 확인한 다음, 텅 빈 화면을 보고 화가 나 핸드폰을 침대에 내팽개쳤다.

"'그 남자'라고 했어."

갑자기 문 앞에 샐리가 나타나는 바람에 닉은 깜짝 놀랐다. 샐리가 침실로 들어오는 소리를 전혀 듣지 못했다. 손님들이 아직 아래층에 있는지 가버렸는지 궁금해졌다.

"뭐라고?"

"아래층에서 우리랑 제일 친한 친구들의 비밀을 자기가 모두 까발렸을 때 말이야. 대체 왜 그런 짓을 했는지 모르겠지만." 샐리는 신경질적으로 작게 웃었다. "그때 자기가 '그 순간만큼은 이 세상에 그 남자와 나 말고는 아무도 존재하지 않게 된다'고 말했어. 알렉산더 얘기한 거 맞지? 물리치료 받으러 갔을 때 느낀 거잖아? 쓰나미 같은 사랑 얘기며 그 모든 게…… 자긴 그 남자랑 사랑에 빠진 거야."

닉은 아무 말도 하지 않았다. 차마 고개를 들고 샐리의 눈을 들여다볼 수 없었다. 최근에 이미 샐리를 충분히 속였다.

"내가 멍청했어." 샐리가 웃었다. "계속 그 사람을 만나고 있었니?"

이번에도 닉은 대답하지 않았다.

"당연히 그랬겠지." 샐리가 말을 이었다. "야근한다던 그 많은 날에, 상사랑 같이 새로운 캠페인 전략을 짜고 있다던 주말에 사실은 알렉산더와 있었던 거구나?"

닉은 마지못해 고개를 끄덕였다.

"그럼 자기는 게이가 맞네."

"내가 누군지, 이게 뭔지 잘 모르겠어, 샐리."

"하지만 그 사람에게 감정이 있잖아."

닉은 잠시 멈췄다가 말했다. "그래."

"그 사람도 자기한테 감정이 있니?"

"그런 것 같아."

"잘 모르겠다는 거야?"

"그 얘기는 해본 적 없어."

샐리는 다시 웃었다. 눈에 위험한 빛이 번뜩였다. 닉에게 묻는 샐리의 목소리가 점점 커져갔다. "어째서? 같이 있는 동안 말 한마디 없이 섹스하느라 바빠서?"

"그건 안 해."

"나더러 그 말을 믿으라는 거야?"

"아니, 아무튼 분명히 말하지만 우리 사이에는 아무 일도 없었어…… 그런 일은."

"하지만 그런 일이 일어나기를 바라겠지."

"내가 뭘 바라는지 나도 몰라."

닉의 말은 사실이었다. 알렉스에 대해서라면 감정적인 느낌과 육체적인 느낌 사이의 선이 흐려지고 있었다. 실은 그와 더욱 가까워진다면 어떤 기분일지 상상해보는 순간들도 있었다. 심지어 동성 간 섹스는 어떻게 하는지 보려고 노트북으로 포르노를 몇 편 보기도 했다. 흥분되지는 않았지만 거부감이 느껴지지도 않았다.

"둘이 육체적 관계는 맺지 않았더라도 감정은 있는 거잖아. 그건 불륜이나 마찬가지야."

"미안해." 닉이 웅얼거리며 두 손으로 머리를 감쌌다.

"어떻게 나한테 이럴 수가 있어?" 샐리는 울면서 침대 끝에 앉아 드러나 있는 눈앞의 벽돌을 바라보았다. "난 부모님이 한 짓이라고는 서로 바람피우지 않았다고 거짓말하는 것밖에 없는 가정에서 자랐어. 넌 그 사실도 알고 나한테 정직함이 어떤 의미인지도 알잖아. 그런데 나한테 이런 짓을 하다니……."

"내가 시작한 게 아냐." 닉이 끼어들었다. "우리 모습에 있는 그대로 만족하지 않은 건 자기였잖아. 상처가 생길 때까지 멀쩡한 살을 후벼댄 건 너였어. 그러다가 내가 딱지를 뜯어서 이런 일이 일어난 거야. 네가 가만히 놔뒀어야지."

"아니, 안 놔두길 잘했어. 우린 매치가 아니잖아! 사랑하고 있지만 마음속 깊은 곳에서는 자기가 전에 말했던 '불꽃놀이' 같은 게 전혀 없다는 걸 둘 다 알고 있었어. 우리한테는 그 사람이랑 느낀다는 '폭발'이 없어."

"네가 우리 모습을 있는 그대로 내버려두고, 애초에 검사를 받지 않았더라면 우린 행복했을지도 몰라." 닉은 샐리의 분노에 맞서 말했다.

"네가 그 사람을 다시 만나지 말았어야지!" 샐리가 소리쳤다.

"넌 매치가 없어서 매치를 만나는 게 어떤 느낌인지 몰라!"

샐리는 분노를 터뜨리기 일보 직전이었다. 샐리는 반박하려고 입을 열었다가 말을 삼키고 바닥에 주저앉아 울기 시작했다. 그녀는 자신을 지키려는 듯 몸을 동그랗게 말았다.

그들의 관계는 늘 샐리를 중심으로 돌아갔다. 닉은 한 번도 샐리의 이런 모습을 본 적이 없었다. 닉은 자신이 샐리를 망가뜨렸을까 봐 겁이 났다. 그가 샐리의 어깨에 손을 얹었지만, 그녀는 손길을 피했다. 닉이 앞서 샐리에게 했던 방식과 똑같았다.

"미안, 그런 말은 하지 말았어야 하는 건데. 진심이 아니었어."

"아니, 자긴 진심이었어." 샐리가 대답했다. "그리고 자기 말이 맞아. 내가 자기를 이 지경까지 밀어 넣었어. 이젠 어떻게 막아야 할지 모르겠고."

"나도 그래."

샐리는 뺨에서 눈물 한 방울을 훔쳐내고 떨리는 숨을 들이쉬었다. "이제 할 수 있는 일은 한 가지밖에 없어, 닉. 이 말을 하려니 죽을 만큼 고통스럽지만, 제정신을 지키기 위해서라도 자길 보내줘야 겠어. 만일 상대가 네 매치가 아니었다면 나도 한번은 싸워봤을 거야. 하지만 유전자와 싸울 수는 없어. 그건 절대로 이기지 못할 전쟁이 될 테니까."

닉은 얼굴에 눈물이 줄줄 흐르는 게 느껴졌다. "무슨 말이야?"

샐리는 심호흡한 뒤에야 입을 열었다. "자긴 내가 아니라 알렉스와 함께여야 해."

60

° 엘리

팀의 제안에 따라 엘리와 팀은 더비셔에서 엘리의 가족과 함께 크리스마스 당일을 보냈다.

엘리는 약 210킬로미터를 여행하는 내내 크리스마스 교통체증에 발이 잡힐 걸 생각하자 끔찍했다. 그래서 특단의 조치로 안드레이에게 사유 비행장인 엘스트리까지 태워달라고 했다. 그곳에서 기다리던 헬리콥터가 그들을 엘리 부모님의 집 근처에 있는 학교 운동장으로 날라다 주었다.

최소한 지난 5년간 엘리는 가족과 함께 연휴를 보내지 않으려고 다양한 핑계를 만들어왔다. 도착하자마자 휘몰아치는 최초의 흥분이 가라앉은 다음에는 할 얘기가 없어질까 봐 걱정했기 때문이다. 하지만 뭔가에 소속된 기분을 느끼려면 실제로 그곳에 소속되어야 한다는 사실을 팀의 도움으로 이해하게 되었다.

엘리와 팀은 그녀의 옛 방에 짐을 풀자마자 지역 선술집에 가서 크리스마스이브를 기념해 술을 마시던 다른 가족들과 어울렸다. 다음 날에는 집에서 크리스마스 당일을 축하했다. 엘리가 어린아이였을 때 즐기던 크리스마스와 아주 비슷했다. 이제는 가족이 늘어나 배우자들과 흥분하기 쉬운 조카들, 손주들이 함께한다는 점만 다를 뿐이었다. 엘리에게 올해의 크리스마스는 작년과 전혀 달랐다. 작년에는 사무실에서 다가오는 한 해의 성장 전략 보고서를 검토하면서 크리스마스를 거의 흘려보냈다.

전통적인 점심 식사를 마친 뒤 아이들은 엘리가 사준 게임기로 전투 게임을 하느라 바빴다. 부모님은 소파에서 곤히 잠들어 있었다. 엘리는 식탁을 치우고 더러운 접시들을 부엌으로 가져간 뒤 문간에 잠시 멈추어 팀과 언니 매기를 지켜보았다. 그들은 싱크대에서 설거지를 하며 라디오에서 흘러나오는 「페어리테일 오브 뉴욕」에 맞춰 각자 커스티 매콜과 셰인 맥거웬의 파트를 부르고 있었다.

인사부 부장 캣이 예전에 팀을 채용 면접에서 만난 적이 있다고 했던 말이 엘리의 머릿속에서 재생되었다. 하지만 그토록 쉽고 자신감 있게 자신의 가족과 어울리는 팀을 보자니 그를 의심한 게 잘못이었다는 확신이 들었다. 엘리는 더 이상 매치와 사랑에 빠지고 싶은 상태가 아니었다. 이미 사랑에 빠져 있었다.

엘리는 가족들을 그토록 오래 가장자리로 밀어내지 말걸 그랬다고 생각했다. 팀이 단 하나뿐인 혈육인 어머니를 암으로 잃은 뒤 가족 없이 지내고 있다는 걸 생각하자 특히 그랬다.

엘리는 몸에서 빛이 나는 것 같은 기분이 중앙난방기의 온기 때문인지, 배 속에 잔뜩 집어넣은 음식 때문인지 확신이 서지 않았다. 딱히 궁금하지도 않았다. 너무도 오랫동안 엘리는 모든 걸 가질 수 있을지, 자신에게 그런 자격이 있기나 한지 궁금했다. 하지만 가장 사랑하는 사람들을 보고 있는 지금 엘리는 답을 알고 있었다.

복싱데이* 다음 날 아침, 팀과 엘리는 헬리콥터 좌석에 안전띠를 매고 앉아 런던으로 돌아가고 있었다. 팀은 레이턴 버저드에 있는 자신의 집 대신 엘리의 타운하우스에 며칠간 머무르자고 고집을 부렸는데, 이유는 설명하지 않았다.

"세상에, 청소를 조금만 더 했다간 이 안에서 수술해도 되겠어요." 엘리의 집에 도착하자 팀이 놀려댔다.

"무슨 소리예요?" 엘리가 변명하듯 대답했다. 팀은 엘리의 집에 처음 왔을 때도 비슷한 얘기를 했다. 엘리는 벽에 사진 한 장 걸지 않았고, 창틀 위에 장식품 하나 두지 않았다. 팀은 그걸 보고 '티 없이 깨끗하지만 영혼이 없다'고 했다. 그래서 엘리는 크리스마스에 확실히 좀 더 노력을 기울였다.

"크리스마스 장식이 마음에 안 들어요?"

"엘스, 내가 벽에 뭔가 좀 걸자고 한 건 같이 나가서 장식품을 사자는 뜻이었어요. 스타일리스트한테 리버티에 가서 거대한 가짜 나무와 엄청나게 많은 방울 장식을 사다가 우리 대신 걸도록 시키자는 게 아니라요."

---

* 영국 등에서 크리스마스 뒤의 첫 평일을 공휴일로 지정한 것.

"아, 미안해요. 그런 뜻인지 몰랐어요."

"장담하는데, 저 책장에 있는 책들 읽어보지도 않았죠?" 팀은 바닥에서 천장까지 솟아 있는 두꺼운 책장으로 일부러 성큼성큼 걸어가며 말을 이었다.

"음, 몇 권은 읽었어요."

"거짓말."

엘리는 반항하듯 두 손을 엉덩이에 얹고 책장 앞에 걸터앉았다. 눈은 제목을 하나하나 읽느라 빠르게 움직였다. 팀의 말이 틀렸다는 걸 증명하기 위해 익숙한 책을 절박하게 찾았다. 그런데 엘리가 모르는 책 한 권이 관심을 사로잡았다. 제목은 '엘리와 팀'이었다. 엘리가 아리송한 눈으로 팀을 힐끗 보았고, 그는 그녀에게 더 가까이 와보라고 손짓했다.

엘리는 그 책을 집어 들고 큰 소리로 읽었다. "내가 엘리 스탠퍼드를 사랑하는 아흔다섯 가지 이유."

"이리 와요, 앉죠." 팀이 제안했고 엘리는 책을 소파로 가져갔다.

"이게 뭐예요?"

"펼쳐서 한번 봐요."

안에는 다채롭게 색칠된 페이지 하나하나마다 팀이 엘리를 사랑하는 이유 한 가지씩이 관련된 사진 한 장과 함께 손 글씨로 적혀 있었다.

"'첫 번째 이유. 난 당신이 「노트북」이나 「안녕, 헤이즐」을 보고 울지 않은 척하면서 목을 가다듬는 게 좋아요.'" 엘리가 큰 소리로 읽었다. "이건 정말 아니다! '두 번째 이유. 난 당신이 끼적거리는 낙서 모양이 DNA의 이중나선 구조뿐이라는 게 좋아요.' ……이건 어디서 났어요?" 엘리는 팀이 그녀의 공책 한 페이지를 스캔해 넣은 사진을 가리키며 물었다. "얼마나 걸려서 만든 거예요?"

"솔직히 아흔다섯 개는 어찌어찌 찾겠는데 그중 열 가지를 고르자니 정말 힘들더라고요." 팀은 엘리의 질문을 못 들은 체하고 농담했다. "아무튼, 계속 읽어봐요."

엘리는 한 페이지 한 페이지를 삼킬 듯 읽어나갔다. 그녀는 팀이 선택한 사진을 보고 자주 웃었고, 다른 사람들은 발견하지 못한 자신의 기이한 버릇이나 습관, 기벽을 어떻게 그토록 많이 찾아냈는지 궁금했다. 팀이 정말로 자신을 *이해하고* 있다는 걸 엘리는 깨달았다.

엘리는 마지막 페이지를 넘겼다. "그리고 이 모든 이유로, 나는 당신에게 묻고 싶어요……." 엘리는 헉 숨을 들이켰다. "나랑 결혼해줄래요?"

엘리는 두 손으로 입을 가리고 팀을 보았다. 그녀가 눈치채지 못하는 사이, 팀은 주머니에 손을 슬쩍 집어넣고 작은 검은색 상자를 꺼내 열어두었다. 상자 안의 시폰으로 된 받침대 중앙에 다이아몬드가 박힌 약혼반지가 놓여 있었다.

"크리스마스이브에 당신 아버님한테 허락해달라고 했는데, 아버님이 좋다고 하셨어요. 한쪽 무릎을 꿇는 것만은 못하겠다고 말씀드렸지만." 팀이 미소 지었다. "나의 매치인 당신이 내 아내가 되는 영광을 베풀어주겠다면, 기꺼이 그렇게 할게요."

엘리는 팀을 두 팔로 끌어안고 그의 어깨에 대고 흐느꼈다.

"좋다는 뜻으로 받아들여도 될까요?" 팀이 물었다.

"네!" 엘리는 소리치며 손가락에 반지를 끼웠다. "네, 네, 네!"

61

° 맨디

카페 문이 열리자마자 맨디는 벽에 붙어 있던 사진으로, 그리고 알몸 셀카로 보았던 미셸을 알아보았다.

맨디는 리처드의 전 여자친구가 실물이 더 예쁘다는 걸 알고 즉시 짜증이 났다. 미셸의 머리카락은 사진보다 짧고 선명한 금발이었다. 몸매가 드러나는 윗도리에 스키니진을 입고 있었다. 선탠을 해서 피부가 건강하게 빛났고, 흰 치아가 두드러졌다. "쌍년." 맨디는 혼잣말로 중얼거리며 무의식중에 임신한 배를 외투로 더 단단히 감쌌다. 엄마가 되는 날을 고대하고 있었지만, 잘 늘어나는 편안한 옷을 입느라 패션을 희생시킨 게 신경 쓰이기 시작했다. 맨디는 하이힐을 신거나, 발목이 부었을 때도 입을 수 있는 스키니진을 찾을 수 있으면 정말 좋겠다고 생각했다.

맨디는 미셸에게 손짓하며 가짜 미소를 지어 보이고, 카페 뒤쪽

자리로 그녀를 손짓해 불렀다. 맨디는 미셸에게 만나달라고 설득하느라 일주일 동안 메시지를 보내야 했다. 지금도 자신이 미셸을 왜 그렇게 만나고 싶어 했는지조차 모르지만, 보이지 않는 내면의 어떤 힘이 그러라고 시켰다.

"커피 한잔 시켜드릴까요?" 맨디가 입을 열었다.

"아뇨, 오래 있을 수 없어요. 점심시간에 잠깐 나온 거예요." 미셸은 예의 바르면서도 단호한 태도로 대답했다. "지금도 왜 당신이 저를 만나고 싶어 하시는지 잘 모르겠네요."

"음, 메시지로 말했다시피 저는 리처드와 매치된 사람이고, 리처드에 대해서 좀 더 알고 싶어요. 우린 만날 기회가 없었거든요. 난 리처드와 당신이…… 가까웠다는 걸 알고 있고요."

미셸은 경계하듯 맨디를 보다가 식탁 쪽으로 몸을 숙였다. "좋아요, 그럼. 뭘 알고 싶으신가요?"

"둘의 관계는 어땠어요? 서로 사랑했나요?"

미셸은 이 말에 미소 지었다. "리치와 전 만나다 말다 하는 그런 관계였어요. 리치와 처음 어울렸을 때 전 대학교 졸업반이었고, 리치는 헬스장에서 일하고 있었죠." 미셸은 잠시 말을 멈추었다. 어디까지 말해야 할지 고민하는 게 분명했다. "저야 리치를 꽤 많이 사랑했지만 리치는 글쎄요. 제 생각엔 리치도 처음엔 절 사랑했을지 몰라요. 하지만 나중에는 거리를 두기 시작하더라고요. 결국은 리치가 그냥 잘 사람이 필요해서 절 만난다는 느낌이 들었어요."

"정말요?" 맨디가 말했다. 놀랐지만 마음속 깊은 곳에서는 예쁜 여자들도 가끔 이용당한다는 데 은밀한 만족감을 느꼈다.

"네, 리치가 몇 사람을 동시에 만난다는 느낌도 받았고요. 헬스장에서 리치가 트레이닝 하는 나이 든 여자들이라든지. 그 사람들이 항상 리치한테 추파를 던져댔거든요. 특히 유부녀들이. 저는 그냥 리치가 정착해서 딱 한 명의 공식 여자친구만 두는 스타일은 아니라고 생각했어요."

"아." 맨디는 갑자기 몸속에서 바람이 빠지는 기분이 들었다. "아마 리처드가 'DNA 매치' 검사를 받았던 때가 그때일 거예요. 당신이 운명의 상대가 아니라는 사실을 알고 당신과의 관계를 지속할 의미를 모르겠다고 생각한 거죠." 맨디는 미셸의 얼굴에 스치는 상처받은 눈빛을 보자마자 이런 말을 한 걸 후회했다.

"그럴지도 몰라요." 미셸이 인정했다. "하지만 당신이 리치와 매치됐다는 말을 들었을 때는 놀랐어요. 리치는 절대 검사를 받고 싶지 않다고 단호하게 말했거든요."

"정말요?"

"그렇게 하면 연애라는 게임의 긴장감은 모두 사라질 거라고 했어요. 위험부담이 없는 인생은 처음부터 인생도 아니라는 식으로. 그러니까 리치가 사랑에 빠져야 마땅한 상대를 찾을 리는 전혀 없었죠."

"어쩌면 마음을 바꿨을지도 몰라요."

"그럴 수도 있겠지만, 제 생각엔 아닌 것 같네요."

맨디는 의자 등받이에 기대 식탁을 바라보았다. 팻과 클로에의 도움을 받아 머릿속에서 몇 달 동안 그려온 리처드의 그림이 눈앞에서 흐려져갔다.

"마음속 깊은 곳에서는 저도 리치가 제 인연이 아니라는 걸 알고 있었나 봐요." 미셸이 말을 이었다. "매치를 만났을 때 어떤 기분이 드는지에 대한 글을 읽어본 적이 있는데, 리치한테서는 그런 느낌을 하나도 받지 못했거든요. 하지만 리치는 괜찮은 남자였고, 우린 아주 즐겁게 지냈어요. 한 가지 솔직히 말해도 될까요?"

"당연하죠."

"제가 이 말을 하는 건 당신이 리치와 매치된 것에 질투가 나서라든가 그래서가 전혀 아니에요. 하지만 상황이 이렇지만 않았더라면, 당신과 리치가 얼마나 깊은 사랑에 빠졌든 저는 리치가 한 바구니에 모든 달걀을 담아놓지는 않았을 거라고 생각해요. 아마 당신도 데리고 놀았을 거예요."

"그런가요." 맨디는 낮은 목소리로 말했다. "이젠 그냥 속이 쓰려서 하는 말 같은데요."

"정말 아니에요. 리치는 너무 자유로운 영혼이었어요. 다시 세계여행을 떠나고 싶어 했죠. 리치가 절대 원하지 않는 게 한 가지 있다면 정착해서 아이를 낳는 거였어요. 별로 좋아하지 않았으니까."

"별로 좋아하지 않았다니, 애들 말인가요?"

"네. 리치는 아이들이 거슬린다고 했어요. 한번은 옆자리에서 아이들이 파티를 하는 바람에 애피타이저를 먹다 말고 TGI프라이데이에서 그대로 걸어 나와야 했던 적도 있어요. 리치가 애들 때문에 미치려고 했거든요. 심지어 누나한테 아이들이 없어서 애들과 보내는 시간을 좋아하는 척할 필요가 없으니 다행이라는 얘기도 했어요. 그런 자신이 부끄럽다고 인정하긴 했지만요."

"그럼 정자는 왜 보관한 거예요? 팻과 클로에는 리처드가 원했던 일이라고는 가정을 꾸리는 것뿐이라고 했는데요."

미셸의 눈이 갑자기 휘둥그레졌다. "팻과 클로에를 아세요?"

맨디가 고개를 끄덕였다.

"그럼 제 말 허투루 듣지 마시고 그 사람들하고 당장 멀어져요. 그 둘, 미친 사람들이에요. 제가 그들을 만나는 걸 리치가 그렇게 싫어했던 것도 무리는 아니죠."

"미친 사람들이라뇨? 왜요, 그 사람들이 당신한테 무슨 짓이라도 했나요?"

미셸은 맨디에게 가까이 다가갔다. 목소리는 낮고 표정은 심각했다. "아마 이 얘기는 못 믿으실걸요. 리치가 사고를 당하고 몇 주가 지나서 그 사람들이 절 찾아냈어요. 제가 리치와 만나왔다는 것도 알아냈고요. 그러고 나서 그들이 우리 집에 찾아왔어요. 사실 그때의 대화도 이번 대화랑 아주 비슷하게 시작됐어요. 자기들이 리치에 대해 모르는 걸 더 알고 싶다고 하더군요. 하지만 그날 밤이 끝날 때쯤엔 저더러 리처드의 아기를 가지라고, 리처드의 정자를 주겠다고 했어요. 대체 그게 무슨 짓이에요?"

맨디는 목 뒤의 털이 바짝 서는 것을 느꼈다. "그 사람들이, 당신이 리처드의 아기를 갖기를 바랐다고요?" 맨디가 조용히 물었다.

"바랐다는 말론 부족하죠. 욕 나올 정도로 고집을 부렸어요. 제가 살면서 겪어본 제일 곤란한 대화였어요."

맨디는 두 주먹을 꽉 쥐었다. 자신의 귀를 믿을 수가 없었다. 공황발작이 일어나지 않도록 호흡을 가다듬으려 노력했다.

"제가 싫다고 하니까, 그 사람들이 약간…… 뭐라고 해야 하나…… 강요하다시피 하더니, 심지어 그 과정에 드는 돈도 전부 주고 비용도 자기들이 모조리 감당하겠다고 하더라니까요." 미셸이 말을 이었다. "그 사람들, 정말 깊이 생각해봤더라고요. 저러러 아기를 낳을 때까지 자기들 집으로 들어와 함께 살아도 된다고 했어요. 몇 주 동안이나 전화에, 문자에, 메일에…… 결국에는 내가, 날 가만두지 않으면 경찰에 신고하겠다고 협박했어요. 그제야 그만두더군요. 아무튼 그 일로 전 정신이 나갈 지경이었죠. 처음에 당신을 만나기가 꺼려진 이유도 그래서예요."

"이해할 만한 얘기네요." 맨디는 그렇게 말하고 그들의 행동을 정당화해주려고 절박하게 노력했다. "아마 그 사람들도 제정신이 아니었을 거예요. 죽은 리처드를 아직 애도하고 있었을 테니까요."

"죽었다뇨?" 미셸은 혼란스러운 표정이었다. "리치가 죽었다고 누가 그래요? 리치는 살아 있어요."

62

° 크리스토퍼

"세상에, 너 대체 몸무게가 얼마야?" 크리스토퍼는 20호를 복도 저편 주방으로 끌고 가며 헐떡였다.

크리스토퍼는 신체가 건강한 남자였다. 그런데도 이마에 땀방울이 맺혀 방한모가 젖어들고 있었다. 프로필 사진에서는 이 여자의 진짜 덩치가 드러나지 않았었다. 하루는 정찰 임무 삼아 톱숍과 자라, H&M으로 그녀를 따라다니기도 했지만, 이상할 만큼 심한 한파로 그녀가 옷을 껴입은 바람에 덩치가 커 보이는 거라고만 생각했다. 그러나 안락한 자기 집에 들어간 그녀는 알고 보니 살집이 상당했다.

그녀의 평범하지 않은 2층짜리 아파트 평면도를 보니, 주방이 침실 위층에 자리 잡고 있었다. 그래서 크리스토퍼는 살해 패턴을 바꿨다. 그녀의 침실 밖 비닐 장판에 당구공을 떨어뜨리고, 여자가 살펴보러 나오자마자 평소처럼 그녀의 목에 와이어를 감았다. 하지만 와이어가 여자의 두터운 살점에 파묻혀서 와이어를 더 세게 당겨 여자를 쓰러뜨려야 했다. 여자의 체중에 크리스토퍼는 벽으로 밀려났고, 사진 액자 두 개가 떨어졌다. 크리스토퍼는 여자의 등 뒤에 못 박인 채 서 있는 힘을 다해 자세를 유지했다. 그러지 않으면 결국 엄지손가락을 물어 뜯겼던 9호 때처럼 바닥으로 쓰러질 테니까.

다행히도 20호는 1분 안에 의식을 잃었다. 크리스토퍼가 심장에서 뇌로 혈액을 운반하는 경동맥 양쪽을 모두 눌렀기 때문이다. 하지만 여자가 호흡을 완전히 멈추기까지는 3분이 더 걸렸다.

그녀는 크리스토퍼의 모든 힘을 소진시켰다. 그의 이두박근과 아래팔은 힘이 빠져 축 늘어졌다. 시간을 두고 쉬며 힘을 되찾은 크리스토퍼는 여자의 머리와 목에 비닐봉지를 뒤집어씌우고 고무줄로 고정한 뒤, 장갑 낀 두 손으로 여자의 손목을 잡고 복도를 따라 끌고 가기 시작했다. 거실을 지나 주방을 향해 계단을 올랐다. 3분의 1쯤 올라간 지점에서 숨을 고르느라 잠시 멈춘 뒤 마침내 여자의 시신을 주방에 대칭 형태로 내려놓았다.

크리스토퍼는 질서에 대한 욕구 때문에 모든 여자를 정확히 같은 공간에, 정확히 같은 자세로 놓아두어야만 했다. 처음부터 그렇지는 않았다. 다만 처음으로 죽인 세 여자의 집 주방에 우연히 골방이 딸려 있었을 뿐이다. 그 골방은 크리스토퍼에게 그림자 속에 숨어서 기다릴 수 있는 완벽한 공간을 제공했다. 하지만 4호는 응접실에서 죽었다. 처음에는 4호를 그냥 놔둘까도 생각했다. 그 집을

316

나서기 직전까지는. 하지만 이윽고 4호를 응접실에 놔두고 떠나면 그날 남은 밤과 다음 날 내내, 심지어 나머지를 살인하는 와중에도 항상 그 여자만 예외로 남을까 봐 짜증이 나겠다는 생각이 들었다. 4호도 예외가 아니었다. 크리스토퍼는 여자들을 하나하나 똑같이 모욕적으로 대했다.

크리스토퍼는 여자의 목 상처에서 잘못 흘러나온 핏방울을 모두 받아낼 비닐봉지를 제거하자마자 말리거나 뭉친 부분이 없도록 그녀의 옷을 바로잡았다. 그러지 않으면 여기까지 여자가 끌려와 이 자세를 취하게 되었음을 알려줄 것이다. 크리스토퍼는 돌돌이를 가져다 여자의 옷을 쓸면서 방한모에서 떨어졌을지 모르는 머리카락이나 눈썹, 속눈썹을 모두 잡아냈다.

그런 다음 루미놀이 든 플라스틱 분무기로 무장한 채 자신의 발걸음을 되짚어갔다. 이 화학물질이 혈액 속 철분과 접촉하면 20호가 흘렸을지도 모르는 혈액의 흔적을 찾을 수 있도록 파란 빛을 낼 것이다. 마지막으로 항생제 티슈를 사용해 그 구역 전체를 청소하고 여자의 액자를 제자리에 걸어둔 다음 한 번 더 머릿속으로 할 일 목록을 훑었다.

폴라로이드 사진 두 장을 찍어 봉투에 조심스럽게 넣은 크리스토퍼는 떠나기 일보 직전에 문득 발걸음을 멈추었다. 20호의 머리카락 냄새를 맡지 않았다는 게 떠올랐다. 머리카락 냄새 맡기는 여자가 누구인지, 생김새가 어떤지와 관계없이 매번 하는 또 하나의 의식이었다. 크리스토퍼는 그날 아침을 떠올렸다. 샤워하고 있는데 에이미가 욕실로 들어와 함께 샤워하자고 하는 바람에 깜짝 놀랐

더랬다. 그때 크리스토퍼는 에이미의 머리카락 냄새를 맡았다. 에이미의 뒤로 돌아가 그녀의 두피를 마사지하듯 샴푸로 감아주며, 거품이 그녀의 어깻죽지 사이로 쏟아져 등골로 흘러 내려가는 모습을 지켜보았다. 그런 다음 몸을 웅크리고 그녀의 엉덩이에서 목까지 혀로 핥았다. 에이미처럼 만족스러운 냄새나 맛이 나는 것, 혹은 사람은 이 세상에 없었다. 그가 20호의 냄새를 맡지 않은 이유가 그걸까?

아니, 그 이유만은 아니지. 크리스토퍼는 생각했다. 20호의 죽음에는 순순히 인정하고 싶지 않은 요소들이 있었다. 여자를 살해하게 된 장소도, 여자의 진짜 덩치를 몰랐던 것도 문제지만 그게 전부는 아니었다. 처음으로 크리스토퍼는 살인이 전혀 즐겁지 않았다. 그는 다음 살인 현장을 찍은 사진을 여자들의 가슴에 놓아두고 부패 속도를 살펴보기 위해 며칠 뒤 돌아올 때 기대감을 음미하곤 했다. 하지만 그 일조차 한때 발휘했던 매력을 뿜지 못했다.

크리스토퍼는 더 이상 살인에 마음을 두지 않았다. 그의 마음은 다른 어딘가, 다른 누군가에게 있었다. 에이미가 그를 변화시키고 있었다. 하지만 무엇으로 변화시키는지는 도무지 알 수가 없었다.

63

。 제이드

제이드는 결혼식 날 정원에 많은 사람이 모인 모습을 보고 위압당하고 말았다. 케빈의 얼굴에 떠오른 기진맥진한 표정을 보면 그도 같은 기분인 듯했다.

"잠깐 안에 들어가서 열 좀 식히자." 제이드가 케빈에게 말했다. 둘은 천천히 케빈의 침실로 돌아갔다.

백 명이 넘는 케빈의 친구와 친척, 이웃이 서둘러 마련된 피로연에 왔다. 다들 쟁반에 담긴 음식이나 맥주병을 들고 있었는데, 얼음이 담긴 냉각용 통에 저장되어 있던 것들이었다. 제이드의 시아버지가 될 댄이 차고 근처 바비큐 장치에서 버거를 뒤집고 소시지를 이리저리 돌리고 있었다. 그곳에서 불길이 큰 소리를 내며 확 타올랐다.

제이드는 고기 굽는 냄새를 맡았고, 케빈은 창밖에서 사람들이 재잘거리는 소리를 들었다.

"고마워." 케빈이 눈을 감고 받은 숨을 쉬며 웅얼거렸다.

"뭐가?"

"나랑 결혼해줘서. 너한테 이게 얼마나 어려운 일이었을지 알아…… 그 이유도 알고."

제이드의 두 눈이 휘둥그레졌다. 당황하지 않으려 애썼다. 그녀가 절대 바라지 않는 한 가지가 있다면 바로 케빈에게 상처를 주는 일이었다. 그런데 케빈은 제이드가 자신이 아닌 형과 사랑에 빠졌음을 짐작한 걸까? "무슨 뜻이야?" 제이드가 머뭇거리며 물었다.

"내가 너의 매치라는 것도, 내가 더 오랫동안 살 수 없다는 것도 알고 있어. ……넌 그냥 날 외면하고 집으로 갈 수도 있었는데 그러지 않았어. 그래서 고마워."

제이드는 입술을 깨물며 케빈의 차가운 손을 꽉 잡았다. 자신이 올바른 일을 했다는 확신이 들었다. 제이드는 케빈이 잠들기를 기다렸다가 손님들을 만나러 밖으로 나갔다.

농장이 외딴곳에 있는데도 케빈과 그의 가족이 이웃에게 좋은 평판을 얻고 있다는 점은 분명했다. 제이드는 케빈을 사랑하며 그녀에 관한 이야기도 전부 전해들은 열정적인 사람들에게 참 많이도 소개되었다. 그들은 재빨리 제이드와 악수하거나 그녀를 끌어안거나 그녀의 뺨에 입을 맞추며 축하 인사를 전했다. 하지만 제이드는 그들의 미소 뒤에 젊은 과부가 될 사람에 대한 동정심이 깔려있다는 걸 알았다.

오직 마크만이 그녀에게 다가오지 못했다. 하지만 마크야말로 제이드가 가장 이야기를 나누고 싶은 사람이었다. 둘은 서로 거리를 뒀고, 몸이 멀어질수록 제이드는 마크에 대한 감정 때문에 점점 답답해졌다.

"너 같은 애랑 결혼하다니 케빈은 운이 좋은 녀석이야." 댄은 제이드의 어깨에 팔을 두르며 입을 열었다. "아니, 고쳐 말해야겠구나. ……케빈이 너 같은 아이와 결혼하다니, 우리가 참 운이 좋아. 난 지난 몇 주만큼 케빈이 행복해하는 모습을 본 적이 없단다. 앞으로 몇 주가 우리 중 누구에게도 쉽지 않을 줄 알고 있어. 하지만 네가 함께라는 걸 아니 케빈에게는 그 시간이 좀 더 쉬워질 게다."

제이드는 댄에게 의무적으로 미소 짓고 상냥한 말을 해줘서 고맙다며 감사 인사를 했다. 하지만 속으로는 자기 행동의 어마어마한 무게가 어깨를 짓눌러오며 자신을 뭉개버리는 게 느껴졌다. 그녀는 핑계를 대고 천막을 가로질러 모두와 멀리 떨어진 곳으로, 혼자 있을 수 있는 곳으로 향했다.

한 달 전만 해도 매치를 실제로 만난다는 건 꿈같은 이야기였다는 사실을 억지로 떠올렸다. 그녀는 그 꿈을 현실로 만들었지만 그 과정 어딘가에서 뭔가가 잘못돼버렸다. 그녀는 이제 얼떨결에 타버린 탈선 기차를 통제할 수 있기만을 처절하게 바라고 있었지만 방법은 전혀 알 수 없었다. 목숨을 부지하기만도 벅찼다.

제이드는 안뜰로 조용히 다가갔다. 혼자만의 시간을 갖게 되어 다행스러웠다. 하지만 그녀는 혼자가 아니었다. 어스름 속에 서 있는 그가 보이기 전부터 제이드는 그의 존재를 느꼈다. 즉시 맥박이 빨라지고 팔의 가느다란 털들이 일어섰다.

"안녕." 제이드가 수줍게 입을 열었다.

"안녕." 마크가 대답했다.

"여기서 뭐 해?"

"쉬는 시간이 필요해서."

"나도."

"자리 비워줄까?"

"아니, 아냐." 제이드는 조금 지나친 열정을 담아 말했다.

제이드는 마크에게서 가장 멀리 떨어진 의자에 앉아 땅거미가 진 저 먼 곳을 바라보았다. 둘 다 다음에는 어떤 말을 해야 할지, 이 긴장감을 어떻게 깨뜨려야 할지 확신이 서지 않았다.

"결혼식 멋졌어." 마크가 입을 열었다. "케빈이 그렇게 많이 웃는 걸 보면 어떤 기분이 드는지 잊고 있었거든."

"그래, 아름다웠어." 제이드는 등 뒤로 손을 돌리고, 결혼반지가 끼워진 손가락을 잡고 있었다.

"여기 올 때는 이런 일이 벌어지리라고 전혀 생각 못 했지? 하지만 케빈과 엄마 아빠 모두 네가 와줘서 기뻐해."

"넌?" 제이드는 그렇게 물으며 마크와 눈을 마주쳤다. "너도 내가 와서 기뻐?"

"그만 가봐야겠다." 마크가 불쑥 말하더니 자리에서 일어났다.

"마크." 마크가 멀어지려 하자 제이드가 소리쳤다. 그녀의 목소리에는 감정이 실려 있지 않았다. "우린 이제 어쩌지?"

마크는 고개를 돌려 제이드를 보았다. 그의 두 눈에 너무 큰 갈망이 담겨 있어, 제이드는 그 눈이 둘 모두를 위해 흐느끼는 것처럼 느껴졌다.

"우린 아무것도 하지 않을 거야." 마크가 조용히 말하더니, 천천히 제이드를 등지고 멀어졌다.

64

。닉

닉은 시내 중심가에 있는 싸구려 호텔 바닥에 주저앉아 옷장에 몸을 기대었다. 그에게서 미니바에서 꺼내 단숨에 마셔버린 술 냄새가 풀풀 풍겼다. 그는 흡연 금지 경고판도 무시하고 불붙인 말보로 라이트의 담뱃재를 포장에서 뜯어낸 뚜껑에 털어냈다.

지난 사흘 동안 입었던 옷이 한 덩어리로 뭉쳐 구석에 쌓여 있었다. 텔레비전이 켜져 있었지만 소리는 무음이었다.

거의 4년 전 처음 만난 이래로 그와 샐리가 지금처럼 오랫동안 말을 섞지 않고 지낸 적은 한 번도 없었다. 샐리는 대학 동창들과 태국 해변으로 기분 전환 차 여행을 떠났을 때조차 닉에게 메일을 보낼 방법을 찾아내곤 했다. 하지만 닉이 아파트를 떠나기로 합의한 이후 샐리의 연락은 갑자기 끊겼다.

닉을 내려다보고 서 있던 알렉스는 자신이 가져온 여섯 병짜리 포스터 맥주 팩에서 한 병을 꺼내 건넸다. 알렉스는 서랍장 맨 윗부분을 이용해 맥주병 뚜껑을 땄다.

"지금은 기분이 좀 어때?" 알렉스가 물었다.

"모르겠어." 닉이 대답했다. "한 달 전에는 결혼을 계획하고 있었는데, 지금은 호텔 방에서 지내고 있다니. 지금 드는 생각이라고는 내가 대체 샐리한테 무슨 짓을 한 걸까 하는 생각이랑, 너랑 아주 오래 같이 있고 싶다는 생각뿐이야. 메리는 네 말을 듣고 어땠어?"

"꽤 난폭해지던걸……. 나랑 함께 뉴질랜드에 가려고 얼마나 많은 걸 포기했는지, 나 때문에 얼마나 마음이 아픈지, 내가 얼마나 큰 충격을 줘서 자기를 망가뜨렸는지 계속 얘기했어. 그러더니 돈 얘기를 지겹게 떠들어대더라고. 뺨도 두어 번 때리더라. 나더러 개자식이라고, 증오한다고 하던데. 하지만 마음속 깊은 곳에서는 나랑 싸워봐야 소용없다는 걸 알고 있었을 거야. DNA 매치에 대한 글은 충분히 읽었고, 일단 매치가 이루어지면 너무 강력해서 깨뜨릴 수 없다는 걸 알고 있으니까."

"샐리도 같은 기분이겠지. 마지막에는 응원해줬지만…… 그래도 쓰레기가 된 기분은 사라지질 않네."

"나도 마찬가지야."

그들은 서로 병을 부딪쳤다.

알렉스는 닉 옆에 와 함께 바닥에 앉았다. 두 남자는 눈앞의 벽에 걸려 있는 앤디 워홀 그림의 복제품을 빤히 바라보았다. 화가가 표현한 캠벨 수프 깡통을 보자 닉의 텅 빈 배가 꼬르륵거렸다.

"우리, 할 얘기가 좀 있지." 알렉스가 조심스럽게 입을 열었다.

"좀 있는 정도가 아니지."

"너 먼저 말할래?"

"아니."

"나도 먼저 하고 싶은 생각은 없지만, 내가 할게." 알렉스가 말했다. "너랑 나는 지금 이 순간, 이…… 이걸 뭐라 해야 할지는 모르겠지만……."

"……관계지, 일종의."

"그래…… 이 일종의 관계에…… 시간 제한이 있다는 걸 알고 있어. 나는 지금부터 두어 달 뒤에 집으로 가는 비행기를 예약해두었고, 우리 아버지가 돌아가시기 전까지는 언제 돌아올지 전혀 몰라. 아예 돌아오지 않을 수도 있어."

닉에게도 새로운 소식은 아니었다. 하지만 어쨌든 돛을 부풀어 오르게 했던 바람이 가라앉아버린 듯한 기분이 들었다.

"설령 내가 돌아온다고 하더라도," 알렉스가 말을 이었다. "아니면 네가 나를 보러 온다 하더라도, 난 우리의 다음 딜레마를 생각할 수밖에 없어. 우린 지금처럼 함께하는 것만으로도 충분할까, 아니면 한 단계 더 나아갈 준비를 갖춰야 할까?"

"육체적으로 말이야?"

"아마 그렇겠지." 알렉스의 얼굴이 붉어졌다. 둘 사이에 어색한 침묵이 흘렀다.

"넌 그러고 싶어?" 닉이 물었다. "그러려면 우리가 뭐랄까, 서로한테 성적으로 끌려야 하지 않을까?"

"보통은 그렇지, 맞아."

"그래서…… 넌 그래?"

"거짓말하지는 않을게. 어느 쪽인지 잘 모르겠어. 나한테, 아니 우리 둘 모두에게 이건 미지의 영역이야. 내 말은, 난 섹스를 좋아해. 솔직히 말해서 엄청나게 좋아하지. 섹스가 관계의 매우 큰 부분이라고 생각하고. 그런데 너랑 내가 그걸 하지 않는다면, 과연 우리가 함께할 수 있을까? 우리가 지금 누리는 이 관계가 섹스가 중요하지 않을 정도로 충분할까? 우린 남은 인생을 수도승처럼 살아야 할까, 아니면 다른 어딘가에서 여자들이랑 절정을 맛봐야 할까?"

"질문이 엄청 많네."

"지금 내 머릿속이 어떻겠어?"

"나도 생각이 많아." 닉이 말했다. "만약에 우리가, 그러니까…… 그걸…… 한번 해봤는데, 우리 둘 중 한 명은 좋았지만 다른 한 명은 싫었다면? 그럼 어떻게 되는 거야?"

알렉스는 눈을 비비고 고개를 돌리더니 어깨를 으쓱했다. "너무 거지 같다."

"내 말이."

알렉스는 길게 한숨을 쉬더니 머리를 쓸어 넘겼다. "아냐." 알렉스가 단호하게 말했다. "난 '내 말이'라고 하지 않을래. 이 정도 얘기했으면 평생 할 얘기는 다 한 셈이야."

닉은 알렉스가 고개를 한쪽으로 기울이고 천천히 다가오는 모습을 지켜보았다. 그도 눈을 감고 알렉스에게 똑같이 다가갔다.

알렉스의 입술은 닉이 상상했던 남자의 입술보다 훨씬 부드럽고 따뜻했지만 짧게 깎은 수염은 생각보다 더 따가웠다. 두 사람이 조용히 입맞춤을 주고받는 동안 닉은 본능적으로 손을 알렉스의 얼굴로 들어 올렸다. 그는 자신의 허벅지에 닿는 알렉스의 손길을 느끼고, 둘의 가슴이 맞닿을 때까지 그에게 더욱 몸을 붙였다. 둘은 처음부터 이렇게 설계되어 있었던 듯 비로소 한데 연결되고 맞추어졌다.

그리고 서로의 심장이 미친 듯이 두근거리면서도 정확히 똑같은 속도로 뛰는 걸 느낀 그 순간, 그들은 서로가 서로의 반쪽이며 둘이 합쳐져 하나의 완전한 존재를 이룰 것 같았다.

65

° **엘리**

처음에 엘리가 당분간 약혼 사실을 비공개로 하자고 제안했을 때, 팀은 어리둥절한 표정이었다.

"사람들에게 알리기 싫어서 그런다고는 생각하지 말아줘요." 엘리가 애써 말했다. "그런데 정말이에요. 'DNA 매치'의 창시자가 자기 매치를 찾았다고 발표하면 상대 남자는 손쓸 수 없을 만큼 곤란해질 거예요."

"음, 손쓸 수 없을 정도라면 얼마나요?" 팀이 물었다. 팀의 순진함을 보면 엘리는 그를 지켜주고 싶은 마음이 깊어질 뿐이었다.

"언론에서 당신에 대해 알아낼 수 있는 모든 걸 알아내려 하겠죠. 당신의 전 여자친구들과 원나잇 상대들도 추적할 테고요."

"그 사람들이 내 물건이 크고 증기기관차처럼 힘이 좋다고 말해주기만 하면야 난 상관없어요."

"진지하게 하는 말이에요, 팀! 그들은 돌아가신 당신 어머니에 대한 기사를 쓸 거예요. 아직 살아 계신다면 당신 아버지도 찾아낼 테고요. 무슨 스캔들이라도 찾아낼 수 있을까 하는 생각에 당신을 알던 모든 사람에게 돈을 쥐여주겠죠. 내 말 믿어요, 과장이 아니니까. 난 전에도 이런 일을 겪어봤어요. 기분 좋은 일은 아니에요."

"제기랄." 팀은 그렇게 말하며 눈을 비볐다. "내가 대학 다닐 때 찍은 포르노도 찾아낼까요?"

"무슨 포르노요?" 엘리가 물었다. 얼굴에 실망스러움이 번졌다.

팀이 웃었다. "있잖아요, 지적인 여성치고 당신은 극도로 잘 속는 편이에요."

엘리는 안도의 한숨을 쉬고 팀의 팔을 툭 쳤다.

"걱정하지 마요. 내가 옷장 속에 숨겨둔 시체는 쥐 뼈다귀밖에 없으니까."

엘리가 안드레이에게 약혼 소식을 알렸을 때 안드레이는 거의 미소를 지을 뻔했다. 또 엘리는 가족들에게 셋째 사위가 생길 예정이라고 말하면서 가족 외 다른 누구에게도 말하지 않겠다는 약속을 받아내야 했다.

"난 팀이 그보다는 구식일 거라고 생각했어." 언니 매기가 말했다.

"무슨 말이야?"

"일단은 아빠한테 너랑 결혼하도록 허락해달라고 할 줄 알았지."

"허락해달라고 했대, 크리스마스에 우리 집에 왔을 때."

"아빠 말은 다르던데. 큰 문제는 아니지만 우린 약간 실망했어."

"아빠가 착각하셨나 봐." 엘리가 말했다. 팀이 거짓말을 할 이유가 없어. 엘리는 자신을 타일렀다.

최근까지 엘리는 공공장소에 다니는 걸 자제함으로써 파파라치들의 원치 않는 시선에서 약혼자를 성공적으로 보호해왔다. 드물게 밖으로 나갈 때면 그들은 서로 다른 시간 다른 문으로 레스토랑이나 극장에 들어갔다. 엘리는 팀을 독차지해서 즐거웠고, 언론이 그들의 관계를 알아내지 못한 게, 특히 그를 회사의 크리스마스 파티에 데려간 다음부터는 더욱 놀라우면서도 기뻤다.

엘리는 팀이 손가락에 끼워준 약혼반지를 애지중지했다. 백금링에 지나치게 야단스럽지 않은 다이아몬드가 하나 박혀 있었다. 그 반지가 엄청난 고가이리라고는 생각하지 않았다. 하지만 그 반지는 그녀가 은행 금고에 보관해둔 어떤 보석보다도 의미가 컸다. 엘리는 직장에서든 공공장소에서든 팀의 반지를 금 체인에 걸어 목에 두른 채 블라우스 속에 묻어두었다. 가끔 자기도 모르는 새 그 반지를 만지작거렸다. 그리고 매일 밤 집으로 돌아가는 길 자동차에 올라타자마자 반지를 손가락에 끼우고 이리저리 살펴보았다.

드물게 함께 시간을 보내지 않은 어느 저녁에 엘리는 런던 집에 도착하자마자 팀이 없는 그곳이 텅 빈 듯 느껴졌다. 팀은 5:5로 축구를 하러 나가기 전에 엘리와 영상통화를 했는데, 그녀가 핸드폰을 돌려가며 처리해야 하는 산더미 같은 서류들을 보여주자 코웃음을 쳤다.

서류 처리를 시작하기 전에 엘리는 가사도우미가 오븐 안에 남겨둔 식사를 데우고 주방에 앉아 팀이 만들어준 스포티파이 재생목록의 1990년대 인디밴드 음악을 들었다. 팀이 청혼할 때 만들어준 책이 조리대 위에 놓여 있었다. 그 책을 다시 읽고 싶은 마음을 참을 수 없었다.

"마흔두 번째 이유, 우리가 어렸을 때 똑같은 모양으로 머리를 잘랐다는 게 좋아요." 엘리는 그 글을 읽고 그 페이지에 붙어 있는 사진들을 또 한 번 보았다. 왼쪽에는 팀이 엘리의 어머니에게서 빌려온 학창 시절 사진이 있었다. 그녀가 불행히도 바가지머리를 했던 일곱 살 때 모습이었다. 오른쪽에는 거의 똑같은 모양으로 머리를 자른 팀이 있었다. 교복을 입은 그는 아주 사랑스러웠다.

팀이 이 책으로 청혼한 방식은 너무도 친밀하고 사려 깊으며 낭만적이었다. 이 책은 엘리가 여태 받아본 어떤 선물보다도 가치가 높았다. 사실 그들이 사귀어온 내내 마음을 내비친 쪽은 언제나 팀이었다. 엘리는 자신이 좀 더 거리를 두는 듯이 보인다는 걸 알고 있었다. 그녀도 딱히 그러고 싶지는 않았다. 가끔은 그래서 팀이 마음이 식을까 봐 걱정되기도 했다.

문득 엘리에게 어떤 생각이 떠올랐다. 팀이 엘리를 사랑하는 이유에 관한 책을 만들 수 있다면, 자신도 그에게 무언가 해줄 수 있을 것이다. 엘리는 그들의 사진과 핸드폰 동영상을 모아 작은 영화를 만들 생각이었다.

엘리는 노트북으로 영화를 만들 수 있는 웹사이트를 찾고 핸드폰과 아이패드에서 자료를 모으며 작업을 시작했다. 엘리는 클라우드 계정에 로그인하려다가 자신의 아이패드가 이미 팀의 계정에 로그인되어 있는 것을 알아차렸다. 팀이 최근에 엘리의 아이패드를 빌려 쓴 게 틀림없었다. 엘리는 뭐라도 조금 몰래 빼낼 수 있을지 궁금해졌다.

팀의 계정에는 엘리의 가족과 함께한 크리스마스나 즉흥적으로 떠났던 베를린으로의 주말 여행 사진들이 그의 오래된 학창 시절 사진 몇 장과 함께 담겨 있었다. 그녀는 팀의 다양한 모습을 획획 넘겨보며 미소를 짓다가 둘이 아이를 낳게 될지, 낳는다면 몇 명이나 낳을지, 아이들은 누구를 닮을지 생각했다. 어떤 여자와 함께 있는 팀의 어린 시절 사진을 몇 장 우연히 보았는데, 사진이 찍힌 다양한 장소와 시간대를 보니 그 여자는 팀의 엄마인 것 같았다. 엘리는 아리송해졌다. 엘리가 어머니 사진을 보여달라고 했을 때, 팀은 어머니 사진이 모두 불에 타 한 장도 남아 있지 않다고 했었다.

어느 사진에서는 그 여자가 카메라를 등진 채 무릎을 꿇고 초 다섯 개가 꽂힌 생일 케이크를 들고 있었다. 다른 사진에서는 팀의 어깨에 손을 올리고 있었지만 카메라 초점이 안 맞아 잘 보이지 않았다. 엘리는 계속 사진들을 훑어보며 그녀의 얼굴이 흐리게 찍히지 않은 사진을 한 장이라도 찾아보려 했다. 마치 누군가가 일부러 그녀를 초점에서 벗어나게 한 것만 같았다.

마침내 여자의 얼굴을 선명하게 볼 수 있게 된 순간, 엘리는 크게 헛숨을 들이켰다. 그녀는 팀의 어머니가 누구인지 정확히 알고 있었다.

더 원

66

○ **맨디**
....

맨디는 리처드의 전 여자친구인 미셸을 만났던 카페 앞, 자신의
자동차 안에 앉아 있었다. 시원한 공기를 쐬면 열기가 식을지도 모
른다는 생각에 창문을 내렸다.

맨디는 한 번도 공황발작을 겪은 적이 없었지만, 갑작스러운 심
장 두근거림과 현기증에 극심한 불안감까지 더해지자 확실히 그런
발작이 올 것 같았다. 출산 전 호흡 운동을 떠올리며 마음을 가라앉
히려 애썼다. 끊었던 술을 마시고픈 적이 한 번이라도 있었다면 바
로 지금이었다.

"리처드는 아직 살아 있어요." 미셸은 그렇게 말했다.

리처드는 아직 살아 있어요.

"괜찮아요?" 미셸은 맨디의 안색이 나빠지는 것을 보고 그렇게
물었다. 맨디는 고개를 끄덕였지만 확실히 괜찮지 않았다.

"리처드가 살아 있다는 게 무슨 말이에요?" 맨디가 결국 물었다. "리처드는 차에 치였잖아요? 난 리처드의 추도 예배에 갔었어요."

"리처드는 그 사고로 죽지 않았어요." 미셸이 대답했다. "웰링버러 어딘가에 있는 사설 요양병원에 있는걸요. 하긴 가엾게도 거의 죽은 거나 마찬가지죠. 심각한 뇌 손상을 입었으니까요."

"그럼 왜 추도 예배가 열린 거죠?"

"제가 알 수 있는 한에서 말씀드리자면, 리처드의 엄마와 누나가 리처드를 완벽한 모습 그대로 돌려낼 수 없다는 걸 알고 리처드를 요양병원으로 옮겨버렸대요. 리처드의 친구들한테는 리처드를 보면 너무 심란할 테니 면회하지 말라고 했고요. 대신 리처드의 쾌유를 희망하는 추도 예배를 열겠다고 했어요. 모두 모여 그를 기억할 수 있도록 말이죠. 정작 예배가 열렸을 때는 '희망'이라는 말이 나오지 않았지만."

맨디는 리처드의 사고 이후 남겨진 페이스북 메시지들과, 그의 예배에서 사람들이 했던 추도사를 다시 떠올리면서 머릿속을 뒤졌다. 자신이 그때 나온 이야기를 제대로 기억하지 못하는 걸까 봐 무척 불안했다. 맨디가 기억하는 한 리처드가 죽었다는 말은 나오지 않았던 것 같았다. '죽음'이라는 말을 확실히 쓰고, 자신에게 리처드가 더 이상 이 세상에 없다고 노골적으로 믿게 한 사람은 팻과 클로에뿐이었다.

"이해가 안 가요. 죽지도 않은 사람을 기리는 그런 행사를 왜 마련한 거죠?"

"우리도 이해가 안 갔어요. 하지만 슬퍼하는 가족한테 누가 질문을 던지겠어요? 리처드를 보러 가도 좋다는 허락을 받지 못한 친구들한테는 그 예배가 모여서 리치를 생각할 한 방법이었을 거예요. 리처드의 가족들이 저한테 찾아왔을 때는, 꼭 리치를 잊어버리고 그를 대신할 아기를 낳아줄 웬 불쌍하고 멍청한 여자를 찾는 데만 관심이 있는 것 같더라고요. 나를 그런 여자로 만든다니 당치도 않은 얘기였지만."

만남이 끝날 때쯤 맨디는 자리에서 일어나며 외투가 벌어져 임신한 배가 드러나도록 놔두었다. 그때 미셸의 얼굴에 떠오른 표정을 절대 잊지 못할 것이다.

"세상에." 미셸은 그렇게 중얼거렸다.

맨디는 그저 최대한 빨리 카페를 떠나고 싶었다.

자동차 안에서 한참 만에 마음을 가다듬은 맨디는 핸드백에 손을 넣어 핸드폰을 꺼내고 '사설 요양병원'과 '웰링버러'를 구글에 검색했다. 검색 결과 다섯 곳이 나왔지만, 맨디가 사실이라고 직감하던 내용을 확인해준 곳은 세 번째로 전화를 건 시설이었다.

맨디는 자동차 내비게이션에 그곳의 우편번호를 입력하고 열쇠를 꽂아 시동을 건 다음 출발했다. 맨디는 운명의 그 남자를 만나기로 했다.

67

° 크리스토퍼

"사이코패스들은 보통 사람과 같은 방식으로 사랑에 빠지는 경우가 드뭅니다." 크리스토퍼는 텅 빈 자신의 사무실에서 혼자 큰소리로 읽었다. "하지만 사랑에 빠질 수는 있습니다."

독서용 안경을 끼자니 허영심이 허락하지 않았고, 일회용 콘택트렌즈는 다 써버렸기에 크리스토퍼는 글을 더 잘 보려고 얼굴을 컴퓨터 화면에 가까이 댔다.

"사이코패스는 자신이 관계를 주도한다는 조건하에 시간적으로 제한된 성적 관계를 맺는 편을 선호합니다." 그는 계속 읽어나갔다. "이런 이끌림은 그 이상의 접촉으로 발전하는 경우가 거의 없습니다. 사이코패스는 성적 파트너의 열정을 난잡함으로 보기 때문입니다. 하지만 자신의 유사한 행동은 매우 쉽게 정당화합니다. 사이코패스는 자신이 바람을 피울 수도 있고 다수의 파트너와 상호작용할 수도 있다고 생각합니다. 그러나 파트너가 같은 행동을 하면 자신을 우월한 위치에 놓고 도덕적 우위를 차지합니다."

크리스토퍼는 고개를 끄덕였다. 그 사실이 뭐가 문제인지 알 수가 없었다. 20대 초반에 사귀었던 홀리라는 여자가 떠올랐다. 그녀는 크리스토퍼와 똑같은 짓을 함으로써 그의 부정에 복수할 만큼 대담했지만, 크리스토퍼가 그녀의 코를 부러뜨린 다음에도 그녀와의 모든 관계를 끊어버리지 않았던 이유를 이해하지는 못했다.

크리스토퍼는 22호의 가슴에 폴라로이드 사진을 놓아두고 돌아오는 길에 신문 가판대에서 구입한 레드불 열두 캔 중 한 캔을 따홀짝였다. 한눈을 파느라 CCTV가 있을지도 모르는 가게에 들른 자신에게 나중에는 짜증이 나겠지만 말이다.

"사이코패스와 성공적인 관계를 맺는 유일한 방법은 힘과 통제력의 균형을 찾는 것입니다." 그는 계속 읽어나갔다. "사이코패스는 집중력이 높고 재능 있으며 열정적인 연인이지만, 그들이 주도권을 잡으면 다음과 같은 패턴이 발생합니다. 사이코패스는 자신이 파트너를 지배할 수 있다거나 파트너가 통제력을 포기했다는 걸 알면 종종 흥미를 잃고 성적 접촉을 위해 다른 곳으로 눈을 돌립니다. 친구들과 자신의 파트너를 공유하기를 즐기는 사이코패스도 있습니다. 그들에게 파트너란 자신이 생각하기에 적절한 방식으로 빌려줄 수 있는, 자신이 취득한 물품입니다."

토리가 그런 경우였다고 크리스토퍼는 회상했다. 그녀는 크리스토퍼가 우겨서 마지못해 스와핑 클럽에 갔다. 그는 그날 저녁 남자 일곱 명이 차례차례 그녀와 섹스하는 모습을 지켜보았다. 크리스토퍼는 토리에게 제발 그렇게 해달라고 빌었다. 그러면 자신이 성적으로 흥분할 테고, 그들의 관계는 더 굳건해질 거라고 했다. 토리는 너무 어리고 순진해 그를 믿었다. 그 후 크리스토퍼는 그녀의 집 앞에 세워둔 차에 앉아 그녀를 더러운 걸레라 부르며 관계를 끝내버렸다.

크리스토퍼는 머릿속 계산기를 돌려가며 자신과 성관계를 맺었던 여자들을 생각나는 대로 하나씩 하나씩 떠올렸다. 그는 거의 모든 여자를 똑같이 모욕적으로 대했다. 살아가는 내내 애정 관계를 주도하면서, 자신을 흥분시키는 새로운 일탈 행위를 하도록 파트너를 조종했다. 그가 어떤 식으로든 모욕하거나 학대하지 않은 사람은 에이미뿐이었다.

침실 바깥에서라면 크리스토퍼가 조금 우위를 점하고 있다고 할 수 있었다. 아직 공유할 각오가 되지 않은 비밀을 간직하고 있었으니 말이다. 하지만 침실 안에서는 둘이 동등했다. 사이코패스가 맺는 관계에 대해 더 알고 싶어진 이유는 이 점을 깨달았기 때문이었다. '사이코패스와 사랑에 빠진 것 같다고요?'라는 제목이 붙은 웹페이지가 모든 것을 설명해줬다.

그는 스크롤바를 내리며 계속 읽어나갔다. "사이코패스에게 이중적인 기준이 허용되는 순간 그 관계는 실패할 가능성이 큽니다. 파트너는 그들과 동등한 인물이 아니기에, 동등한 인물로 취급받기를 기대할 수 없습니다. 사이코패스의 관심을 다시 얻어보려는 노력은 아무 의미가 없습니다. 낭만적 관계가 잘 이어질 수 있는 유일한 방법은 파트너가 자기 자신을 조종하도록 내버려두지 않고 자존감을 지키는 것뿐입니다."

크리스토퍼는 두 발을 위아래로 굴러댔다. 자신에 대해, 또 이에 따라 에이미에 대해 많은 것을 깨닫자 가만히 있을 수가 없었다.

"'DNA 매치' 연구는 겨우 10년밖에 되지 않았으므로, 사이코패스가 자신의 매치에게 어느 정도까지 사랑을 느낄 수 있는지 아직 결론을 내릴 수는 없습니다. 하지만 초기 지표들을 보면 사이코패스도 매치에 끌림을 느낀다고 할 수 있습니다. 이 사실은 그들도 사이코패스가 아닌 다른 사람처럼 타인을 사랑할 수 있다는 걸 의미할지도 모릅니다."

크리스토퍼는 길게 한숨을 내쉬고 의자에 깊숙이 앉아 두 눈을 비볐다. 그러니까 그는 사랑에 빠질 수 있는 사람이었다. 그건 그에게 모든 충동 사이에, 사악함과 잔인함 사이 어딘가에 묻혀 있기는 해도 아직 정상성이 어느 정도 남아 있다는 증거였다.

68

° 제이드
....

케빈은 결혼식만을 위해 모든 활력과 힘을 아껴온 것 같았다. '네, 사랑하겠습니다'라고 대답한 지 보름 뒤, 제이드는 남편을 땅에 묻었다.

가족 중 누구도 입 밖에 내지는 않았으나 악화되어가는 케빈의 상태는 모두의 눈에 띄었다. 가족들은 농장을 운영하고 케빈이 최대한 편안히 지낼 수 있도록 도와주며 매일매일 맡은 일을 해나갔다. 제이드는 케빈을 도와 여러 종류의 약을 투약해주었다. 필요하면 시내의 의사가 하루에 두 번씩 왕진을 와 진통제를 더 주었다.

성냥개비처럼 가느다란 케빈의 두 다리가 마침내 꺾이고 그가 완전히 움직일 수 없게 되었을 때, 제이드는 침실에서 그와 함께 있어주었다. 그에게 의식이 있거나 없거나 그의 팔을 다독이며 가끔은 보답으로 자신의 손을 부드럽게 쥐는 그의 손길을 받았다. 제이드는 사람이 청각을 가장 마지막에 잃는다는 이야기를 읽은 적이 있었기에, 이렇다 할 주제 없이 그에게 말을 걸었다. 케빈이 우울한 침묵을 배경음악 삼아 이 세상을 떠나기를 바라지는 않았으니까.

제이드는 가장 친한 친구가 서서히 죽어가는 모습을 지켜보는 내내 거의 무력감을 느꼈다. 케빈이 몸을 쓸 수 있는 시간이 거의 끝나가던 마지막 며칠 동안 제이드는 젖은 면봉으로 그의 입 안쪽을 톡톡 찍어 혀에 수분을 공급해주고 갈라진 입술에 바셀린을 발라주었다. 시아버지를 도와 케빈의 젖은 요를 갈고 축축한 수건으로 그를 씻겼다. 생각만으로도 무서운 일이지만, 만일 자신에게 이런 일이 일어난다면 이토록 이타적으로 자신을 사랑해줄 사람이 케빈 말고 또 누가 있을까 싶었다. 가족을 제외하면 그럴 사람은 아무도 없다는 걸 제이드는 깨달았다.

가장 무서웠던 건 죽어가는 케빈의 가르랑거리는 숨소리였다. 숨결을 퀴퀴하게 만드는, 썩은 내 나는 가래를 폐가 표면으로 끌어낼 때 케빈의 목과 가슴에서 나오는 그르렁 소리가 끔찍하게 여겨졌다. 남은 시간 동안 온 가족은 케빈의 침대에 둘러앉아, 그의 가슴이 마지막으로 한번 내려앉기를 기다렸다.

그 순간이 왔을 때 제이드는 케빈의 영혼이 조용히 그의 몸에서 나와 다음 여행길을 떠나는 게 느껴졌다. 바깥에서는 아침 해가 막 떠오르는 참이었다. 25년 만에 처음으로 케빈 없이 태양이 떠오르는 날이었다.

수전과 댄은 서로 끌어안고 조용히 아들의 죽음을 애도했다. 그리고 제이드는 어떤 생각조차 못 한 채 본능적으로 팔을 뻗어 마크를 위로했다. 놀랍게도 마크 역시 강한 힘으로 두 팔을 뻗어 제이드를 감싸 안았다. 그 순간 제이드는 마크가 느낀 모든 것을 느낄 수 있었다. 몸과 마음이 슬픔에 무너져 내리면서 마크가 느꼈던 몇 달간의 답답한 좌절감이 그대로 전해졌다. 제이드는 자신에 대한 그의 갈망을 느꼈다. 그녀도 똑같은 갈망을 느꼈다. 그 갈망에 따라 행동할 수는 없었기에 마크는 온 힘을 다해 그녀를 끌어안았다. 첫 번째로 사랑했던 사람이 떠나고 나서 이렇게 빨리 두 번째 사람을 놓아버리기가 무서웠던 것이다.

장례식은 제이드와 케빈의 결혼 주례를 봤던 목사가 집전했다. 하지만 사람들은 그의 작은 간이 교회에 몸을 구겨 넣는 대신 케빈의 소원에 따라 농장에 모였다. 마크와 그의 아버지가 집에서 북쪽으로 1.5킬로미터쯤 떨어진 나무의 그늘 밑, 조부모들의 묘비 옆에 직접 무덤을 팠다.

목사는 케빈의 조문객들에게 케빈의 인생을 기려야 한다고 했다. 그의 인생이 짧았다는 사실만 생각해서는 안 된다고 명확하게 말했다. 케빈이 얼마나 멋진 젊은이였는지, 얼마나 많은 사람을 감동시켰는지 말했다. 하지만 제이드는 자신의 이름이 언급되자 사기꾼이 된 듯한 기분이었다. 제이드는 케빈의 친구가 된 데 아무 유감이 없었지만, 결코 그가 자신을 사랑한 방식대로 그를 사랑할 수는 없었다.

남편의 관이 천천히 땅속으로 내려갈 때에야 제이드는 자신이 마크에게 빠져 있다는 사실을 겨우 인정할 수 있었다. 자신은 케빈에 대한 애정을 마크에게 전이시킨 게 아니었다. 마크에게 느끼는 모든 것은 진심이었다. 최악의 상황에서도, 마크가 그의 동생이 묻힌 무덤 옆에 나란히 서 있을 때에도 제이드의 가슴은 그의 존재에 두근거렸다. 제이드는 완전히 부적절하다는 걸 알면서도, 마크가 자신과 눈이 마주치자 안절부절못하는 걸 보고 그 역시 자신의 감정을 공유하고 있음을 알았다.

하지만 마크는 케빈이 죽은 직후 잠깐 흐트러졌던 순간을 제외하면 계속 감정을 꽁꽁 감추고 그 이상 풀어지지 않도록 자신을 단속했다. 둘 사이의 모든 의사소통은 얼마 안 되는 예의 바른 미소와 끄덕임으로 돌아갔다. 그래서 제이드는 마크가 점점 미워졌다.

"멀리 떠나버린 사람들을 여기 둔다는 건 좋은 일이야." 조문객이 흩어지기 시작했을 때 수전이 설명했다. "케빈은 예전부터 할아버지, 할머니와 보내는 시간을 아주 좋아했단다. 그래서 난 케빈과 아버님, 어머님이 다 같이 있으면서 서로를 돌봐주는 게 좋아. 목사님이 말씀하셨듯이 가서 케빈의 인생을 기리자. 슬퍼하지만 말고."

제이드는 남은 길을 걸어 집으로 돌아가면서 미소를 지으며 수전의 손을 잡았다. 하지만 응접실로 가 다른 사람들과 함께 먹고 마시기 전에 케빈의 침실로 향했다. 제이드는 케빈을 알게 된 일도, 그가 자신에게 아내가 되어달라고 했던 일도 변함없이 감사했다. 하지만 케빈이 자신의 운명의 상대가 아니라고 말함으로써 그의 마음을 상하게 할 일이 영원히 없어졌다는 사실이 더욱 감사했다.

제이드는 케빈의 침대에 누워, 자신이 그토록 특별한 사람이 된 것 같은 기분을 느끼게 해준 친구를 기억했다. 그들의 관계는 제이드가 진정으로 사랑받았다고 느낀 유일한 관계였다. 그 사랑을 돌려주지 못했기에 괴로웠다. 최선을 다했지만, 감정의 폭발을 느낀 순간 함께하고 싶었던 상대가 누구인지 부정할 방법은 없었다. 억눌린 감정을 해결할 유일한 방법은 속이 터져 나올 때까지 베개를 격렬하게 내리치거나, 어른이 된 이후 처음으로 그냥 우는 것뿐이었다. 제이드는 후자를 택했다.

69

° 닉

닉이 광고 회사에서 보낸 마지막 한 주는 기어가듯 천천히 흘러
갔다.

닉은 책상에 앉아 화면에 띄워놓은 스프레드시트를 바라보며,
무턱대고 일을 저지르기 전에 직장 안팎에서 할 일이 뭐가 남았는
지 떠올려보았다. 종종 정신이 딴 데 팔려 알렉스가 살고 있을 뉴질
랜드의 새로운 마을 사진을 구글에서 검색하기도 했다.

남아 있는 직장에서의 날들을 제외하면, 닉의 세상 속 모든 것이
빛의 속도로 움직이는 것 같았다. 닉은 그 모든 것을 애써 따라잡으
며 짜릿함에 몸을 떨었다. 그중에서 가장 어렵고 배 속을 뒤틀리게
하는 부분은 이미 해결되었다. 닉은 자신의 결정이 옳았음을 한 순
간도 의심하지 않았다. 이제는 알렉스와 함께할 미래만을 고대할
수 있었다.

샐리와의 이별을 마무리 짓고 겨우 며칠이 지나서, 닉과 알렉스는 첫 관계를 맺었다. 그들은 거의 자신의 성격만큼이나 상대방의 성격을 잘 알았지만, 서로의 몸을 탐구하는 일은 완전히 달랐다. 말 그대로였다. 어색하게 더듬거리기도 했고, 새로운 취향과 묘한 손짓을 발견하기도 했다. 하지만 어떤 감각들은 믿을 수 없을 만큼 즐거웠다. 다른 감각에 대해서는 별로 확신이 들지 않았지만. 그리고 닉은 성별이 같다는 이유만으로 상대방의 몸이 움직이는 방식을 반드시 이해할 수 있는 건 아님을 깨달았다. 하지만 그들은 그쯤이야 함께 맞춰나갈 수 있는 부분이라고, 또 그렇게 하자고 합의했다.

알렉스가 집으로 돌아갈 때 함께 가겠다고 머뭇거리며 제안한 사람은 닉이었다. 물론 알렉스는 그 제안을 받고 기뻐했다. 메리라는 여자가 올 거라고 생각하는 가족들에게 닉이라는 남자를 소개할 생각을 하니 좀 겁난다고 고백하긴 했지만 말이다. 하지만 막상 그 상황이 되면 그 정도 장애물은 극복할 수 있을 터였다.

닉의 상사는 그가 6개월간 안식 휴가를 떠나도록 해주었다. 닉은 진짜 목적을 설명하지 않고 샐리와 헤어진 뒤 여행을 다니며 '자기 자신을 찾아야' 할 필요성을 느낀다고만 말했다. 하지만 알렉스가 함께 있으니 닉은 사실 자신을 어디서 찾아야 하는지 정확히 알고 있는 셈이었다.

닉은 샐리와 헤어졌다는 소식을 가족들에게 전했고 가족들은 실망했다. 하지만 그 이유가 남자와 매치되어서라고 밝히지는 않았다. 그와 알렉스가 직접 정한 반년짜리 검증 기간이 지나면 그때 진실을 말할 생각이었다.

닉의 계획에서 가장 부담되는 부분은 샐리에게 영국을 떠난다는 소식을 알리는 일이었다. 샐리는 닉이 예상했던 만큼 괴로워하는 표정은 아니었지만, 닉은 그게 다 연기라고 확신했다. 샐리는 당연히 실연으로 슬퍼하고 있을 테니까.

샐리는 닉이 자신의 결정에 죄책감을 느끼지 않도록 그를 원망하지 않았고, 닉은 그 점이 고마웠다. 샐리는 마치 매치된다는 게 어떤 의미인지 아는 것 같았다. 가끔은 가슴이 이끄는 길로 나아가는 것밖에는 선택지가 없다는 것도.

그들은 서로 함께하던 삶을 실용적으로 분리했다. 저축했던 돈은 반씩 나누어 가졌다. 닉은 샐리에게 아파트를 팔 준비가 될 때까지 그곳에 머무르라고 제안했다. 닉에게 필요한 것은 옷과 책, 작업물이 들어 있는 포트폴리오뿐이었다. 다른 모든 것은 바꿀 수 있을 듯했다. 닉은 임시로 알렉스의 아파트에서 마지막 6주를 보냈고, 그 이후로는 샐리와 이야기하지 않았다.

직장에서의 단조로운 나날이 마침내 끝났을 때, 닉은 버밍엄 뉴스트리트에서 런던까지 가는 기차를 예약해두었다. 여권 사무소로가 여행용 서류를 갱신하기 위해서였다. 닉은 기차의 예정 출발시각보다 일찍 도착했다. 스타벅스에서 코코아와 간식을 시켜놓고 시간을 보낼 생각이었다.

닉은 블루베리 머핀의 맨 윗부분을 파먹으며 혼자 씩 웃었다. 겨우 몇 달이라는 짧은 시간 사이에 인생 전체가 바뀌었지만, 그는 살아남았다. 게다가 이런 변화로 누리는 기쁨이 얼마나 큰지 예전에는 전혀 알지 못했다. 머잖아 삶의 새로운 장이 열릴 터다. 앞으로 일어날 일이 못 견디게 기대됐다.

주머니 속 핸드폰이 진동했다. 그는 핸드폰을 꺼내면서 문자메시지와 함께 표시된 샐리의 이름을 보았다.

"좀 만나야겠어." 문자메시지에는 그렇게 적혀 있었다.

닉은 눈알을 굴려댔다. 잔인하게 굴고 싶은 생각은 없었지만 그녀에게 할 말이 남아 있지 않았다.

"별로 좋은 생각은 아닌 것 같은데." 닉이 답장을 보냈다.

"부탁이야."

"왜 그러는데?"

샐리의 답장은 사진 형태로 돌아왔고, 닉은 세상이 가라앉는 것 같았다. 초음파 사진이었다.

70

° 엘리

걱정에 빠진 엘리는 유리 덮개를 덮은 책상을 손톱으로 두드려 대며 눈앞의 벽에 걸려 있는 그림을 빤히 바라보았다. 엘리는 2년 전 4만 파운드를 내고 그 유화를 샀다. 나이츠브리지 갤러리의 창 문 너머 이젤에 얹혀 있는 그 그림을 보고 충동적으로 구매했다. 두 눈이 커다랗고 초록색인 어린 소녀를 그린 그림이었다. 그림 속 소 녀는 파란 외투를 입고 액자 너머 세상을 바라보고 있었다. 한 무리 의 어른들이 소녀가 거기 있다는 걸 알아채지 못한 것처럼 소녀를 등진 채로 둘러싸고 서 있었다. 소녀는 아주 깡말라 거의 꼬챙이 같 았고, 단추를 채우지 않은 외투 사이로 윗도리 밑에 그려진 심장의 윤곽선이 보일락 말락 했다. 심장은 자세히 들여다봐야만 보였다. 소녀의 얼굴에 떠오른 쓸쓸한 표정과, 엘리가 자기도 모르게 종종 넋을 놓고 바라보게 되는 깊은 두 눈에는 뭔가가 있었다. 거의 모든

THE ONE

사람이 아이의 심장을 발견하지 못했고, 엘리는 그걸 짚어줘야겠다는 욕구를 느낀 적이 한 번도 없었다. 하지만 팀은 그녀의 사무실에 들어오자마자 그 심장을 찾아냈다.

이제 엘리는 그 그림을 바라볼 때마다 팀이 생각났다. 좀 더 정확히 이야기하면, 팀이 그 소녀처럼 뭔가를 숨기기로 한 까닭이 무엇일지 생각하게 됐다.

엘리는 팀이 감춰두었던 그의 어머니 사진을 보자마자 그녀를 알아보았다. 그녀는 15년 전쯤 엘리 가까이에서 일했던 사람이었다. 서맨사 워드. 아들과 함께 있는 사진에서는 훨씬 젊었지만, 서맨사는 엘리가 처음으로 'DNA 매치' 유전자를 발견했을 때 엘리의 팀에서 일했던 연구실 조수 중 한 명이었다. 서맨사는 엘리가 '묘목'이라는 이름을 붙였던 사람들, 그러니까 자신의 이론을 시험해본 동료 중 한 명이 틀림없었다. 그 시절 엘리는 원칙을 엄격히 따르지 않았다. 실험용 기니피그를 구할 방법을 절박하게 찾던 그 시절에는.

엘리는 서맨사를 잿빛 머리카락에 조용조용한 목소리를 지닌 중년 여자로 기억하고 있었다. 말수가 별로 없는 사람이었다. 엘리가 연구실 동료들을 뛰어넘는 단계로 성장한 뒤, 당시 엘리의 동료들이 대부분 그랬듯 더 이상 쓸모가 없어진 서맨사는 엘리의 레이더망에서 벗어났다.

엘리는 아이패드에 저장해두었던 팀과 그의 어머니 사진을 다시 열었다. 어머니와 아들은 의심할 여지 없이 닮아 있었다. 따뜻한 미소도 옅은 갈색의 아몬드 모양 눈도 똑같았다. 팀은 어머니 이야기를 자주 하지 않았지만 이야기를 꺼낼 때면 항상 극찬을 해댔다. 팀은 어머니가 수학여행을 보내주고 대학 등록금을 보태주려고 여러 직장에서 터무니없을 만큼 오랜 시간을 일했다며 고마워했다. 엘리는 어머니를 갑작스러운 심장마비로 잃은 것이 팀에게 아직도 고통스러운 일이라는 것을 알고 있었다.

엘리는 옛 직원의 아들이 자신의 삶에 들어온 게 우연이 아니라는 확신이 들었고, 그 이유를 절실히 알고 싶었다. 자신이 정말 팀을 알기는 하는 걸까? 가장 간단한 해결책은 그를 직접 만나 묻는 것이겠지만, 엘리는 스스로 답을 찾고 싶었다.

"무슨 문제라도 있으세요?" 엘리가 인사부장실에 예고도 없이 들어오자 캣이 물었다.

"날 좀 도와주면 좋겠어요. 내용은 우리 둘만 아는 걸로 하고요." 엘리는 그렇게 운을 뗐고 둘은 소파에 앉았다. 엘리는 캣에게 가까이 다가가 조용히 말했다. "전에 한번 본 얼굴은 절대 잊지 않는 게 자랑이라고 말했죠. 맞나요?"

"음, 네." 캣은 긴장한 듯 대답했다.

"크리스마스 파티 날 밤, 부장님은 구직자 인터뷰에서 제 파트너를 본 적이 있다고 하셨어요. 단지 그때는 그 사람 이름이 달랐다고요. ……매튜라고 했던 것 같은데요?"

캣이 고개를 끄덕였다.

"어느 정도 확신해요?"

"화내지 마세요." 캣은 떨리는 목소리로 말했다.

"화내지 않아요, 왜요?"

"파티 다음 날, 저는 매튜의 인사 서류를 다시 뒤져보고 인터뷰 메모와 이력서도 살펴봤어요. 제가 사람을 헷갈렸을지 모른다고 생각하니 좀 신경이 쓰여서요."

엘리의 심장박동이 빨라졌다. "그래서, 뭘 알게 됐나요?"

캣은 하이힐이 탭슈즈라도 되는 듯이 대리석 바닥을 달각거리며 재빨리 사무실 저편으로 걸어갔다. 보관함의 서류철을 획획 넘기더니, 앞장에 흰 스티커가 붙은 파일 하나를 엘리에게 내밀었다. 엘리는 '매튜 워드'라는 글자를 읽고 가슴이 철렁했다. 그는 확실히 서맨사의 아들이었다.

"죄송해요, 더 일찍 알려드렸어야 하는 건데 어떻게 말을 꺼내야 할지 모르겠더라고요. 이 사람에 관한 온라인 기록은 지워져 있었어요. 하지만 전 항상 출력본도 보관하거든요. 사진이 없긴 해요. 제가 디지털카메라를 쓰려고 할 때마다 사진이 까맣게만 나왔거든요. 아이폰도 써봤지만 그것도 까맣게 나왔어요. 그 사람하고 이 문제를 놓고 농담했던 기억이 나요."

"다른 사람한테 이 얘기를 하신 적이 있나요?"

"아뇨, 그럴 리가요. 당연히 없죠."

"고마워요." 엘리는 그렇게 말하고 캣의 사무실에서 나와 자기 사무실로 서둘러 돌아갔다. 울라가 노트북을 들여다보고 있다가 고개를 힐끗 들어 뭔가 질문하려 했지만, 엘리가 단호하게 문을 닫고 들어가자 그만두었다.

엘리는 책상 의자에 앉아 불안에 떨며 서류철을 펼쳐보았다. 매튜 워드의 이력서 사본을 훑어본 다음, 매치를 처음 알게 되었을 때 조사원들을 시켜 모아온 정보와 그 내용을 비교했다. 두 사람 모두 컴퓨터 분야에서 일했지만, 유사점은 그뿐이었다. 학창 시절에 살던 곳과 생일, 출생지, 시험성적, 이메일 주소, 사회보험 번호 등은 모두 달랐다.

다음으로 엘리는 약 18개월 전에 그녀의 건물을 방문했던 매튜 워드에 대한 사진 증거를 보기로 마음먹었다. 엘리는 회사의 접수대를 방문하는 사람들이 전자식 출입기록을 남기는 온라인 출입 관리 시스템에 접속했다. 그가 면접을 보러 온 날의 방문객 명단을 확인했지만, 그와 일치하는 이름은 하나도 찾지 못했다.

엘리는 울라를 불러, 회사 건물 보안팀장에게 연락해서 매튜가 방문한 시각의 동영상을 요청하라고 했다. 엘리는 자료를 기다리는 내내 사무실을 어슬렁거리고 런던의 스카이라인을 내다보면서 차오르는 분노를 애써 삭였다.

시간 순서에 따라 정리된 보안 영상이 수신함에 들어오자 엘리는 차례대로 파일을 재생했다. 카메라는 건물 1층 입구와 엘리베이터, 접수대, 주요 복도를 촬영했지만, 팀이나 매튜를 닮은 사람은 아무도 없었다.

엘리는 거의 한 시간 내내 영상을 되감았다가 빨리 감아댔다. 뭐라도 찾고 싶은 마음이 간절했다. 그때 문득, 접수대 영상이 연속적이지 않다는 걸 알아챘다. 화면 상단의 시간 표시가 아주 잠깐 깜빡거리면서 동영상이 1분이나 통째로 사라졌음을 알려주었다. 엘리는 가슴이 철렁했다. 누군가가 그녀가 보고 있는 동영상에 접근해 그 내용을 편집했다. 엘리베이터와 1층에서 찍힌 영상도 마찬가지였다. 모두 대략 60초가 비었다.

마지막으로 연 파일은 면접실로 이어지는 복도의 영상이었다. 엘리는 캣이 기록해둔 매튜와의 면접 시간이 얼마 남지 않았을 때 자신이 팀으로 알고 있는 남자가 세련된 맞춤 정장을 입고 나타나는 모습을 경악한 채로 지켜보았다. 그는 어깨에 가방을 걸친 채 자신감 있게 복도를 걸어왔고, 면접실 밖에 있는 마지막 카메라에 다가오더니 잠시 멈추어 카메라를 똑바로 바라보았다.

그의 입이 "안녕, 엘리"라고 말하는 것을 똑똑히 본 엘리는 피가 차갑게 식는 것을 느꼈다.

71

○ **맨디**

....

"면회 오는 분들이 많지는 않아요." 젊은 간호사는 맨디를 복도
로 안내하며 말했다.

리처드가 입원해 있는 요양병원에서는 항생제와 방향제 냄새가
났다. 바닥의 리놀륨 타일은 깨끗하고 흠 하나 없었으며, 영국의 역
사적 풍경을 그린 수채화의 복제품들이 벽에 걸려 있었다. 복도 끝
에는 널찍하고 탁 트이고 조명이 밝은 주간 휴게실이 있었다. 그곳
에서 맨디는 저마다 다른 수준으로 의식이 있는 입원 환자들이 휠
체어에 앉아 있는 모습을 엿볼 수 있었다.

"여기에는 얼마나 입원해 있었던 거예요?" 맨디가 물었다.

"이제 한 10개월 된 것 같아요. 처음에는 가족분들이 꽤 자주 오
셨는데, 이제는 별로 안 오세요. 안쓰럽죠."

"왜 안 오는지 이유를 말하던가요?"

"아뇨, 하지만 저희 환자분 중 면회 손님이 한 명도 오지 않는 환자가 얼마나 많은지 알면 아마 놀라실걸요. 어떤 사람은 정문에 내린 순간부터 다시는 가족을 만나지 못해요."

"누가 그러는데 리처드의 가족이 친구들의 면회까지 막았다고요."

간호사가 고개를 끄덕였다. "공식 명령은 아니었지만, 친구들의 면회를 부추기지 말라는 요청을 받았어요."

"음, 절 들여보내주셔서 고마워요."

"손님은 환자분의 매치니까, 그럴 권리가 있으신 것 같아서요."

맨디는 배가 싸한 게 긴장해서라고 생각했는데, 실제로 배 속에서 날카로운 발길질이 느껴졌다. 맨디는 다 괜찮을 거라고 아기를 안심시키느라 배를 쓰다듬었지만 마음속으로는 리처드를 봤을 때 어떤 기분이 들지 몰라 두려웠다.

"네, 다 왔네요." 간호사가 문을 열며 말했다. "환자분 옆에 의자가 하나 있어요. 그냥 평소처럼 얘기하세요. 다른 사람한테 말씀하실 때처럼요."

맨디는 병실에 들어가기 전 마음을 다잡았고, 들어가서는 마지막 순간까지 기다린 뒤에야 리처드가 누워 있는 침대 쪽으로 시선을 돌렸다.

리처드는 그의 침실 벽에 붙어 있는 사진들이나 맨디가 보관해 놓은 폴더 속 사진과는 거의 닮은 구석이 없었다. 잘생기고 햇볕에 그을린, 맨디가 공상에 빠지곤 했던 삐삐 마른 남자는 없었다. 지금의 리처드는 예전 모습의 껍데기나 마찬가지였다. 그는 꼭 뼈에 피부를 씌운 다음 플라스틱 관과 호흡 보조 장치를 뒤덮어놓은 것처럼 보였다.

리처드의 두 팔은 어린나무처럼 가늘었고, 누군가가 수염을 너무 바짝 깎아준 아래턱에는 발진이 일어나 있었다. 긴 머리카락은 옛날식으로 한쪽 가르마를 타서 서툴게 빗어놓았다. 피부는 잿빛이며 파자마가 헐렁했다. 하지만 그의 모습과, 산소호흡기가 약한 그의 몸에 산소를 펌프질해 넣을 때 목구멍에서 나는 부자연스러운 소리에도 불구하고 맨디는 자신이 매치와 완전히 사랑에 빠져 있다는 걸 확신할 수 있었다.

맨디는 안락의자를 가져다가 앉았다. 둘이 가까워질수록 맨디의 심장박동도 빨라졌다. 맨디가 본능적으로 손을 뻗어 리처드의 손을 잡았을 때는 혈관을 따라 전류가 흐르는 것 같았다.

"안녕, 리처드." 맨디가 떨리는 목소리로, 무슨 말을 해야 할지 잘 모르는 채 입을 열었다. "난 맨디예요. 당신은 날 모르겠지만, 난 당신에 대해 아주 많이 알고 있어요."

맨디는 자신이 무엇을 기대하는지 알 수 없었다. 지난 몇 개월은 불가능한 일도 가능해질 수 있다는 것을 알려주었다. 마음속 깊은 곳에서 기적이 일어나 리처드가 자신의 목소리나 냄새, 아니면 존재 자체에 반응할지 모른다는 생각이 피어올랐다. 하지만 그는 꼼짝도 하지 않았다.

"여긴 꽤 좋아 보이네요." 맨디가 창밖으로 요양병원을 둘러싼 정원을 내다보며 말을 이었다. "간호사들도 아주 친절한 것 같고요. 그 사람들이 당신을 잘 돌봐주고 있다면 좋겠어요."

맨디는 아무 예고도 없이 두 눈에 눈물이 차오르는 게 느껴졌다.

눈물 몇 방울이 뺨을 따라 흘러내린 순간부터는 나머지 눈물도 참을 수가 없었다.

"미안해요." 맨디가 말했다. "이런 식이어서는 안 되는 거였는데…… 난 당신을 만나야 했고, 우리는 영화 속 사람들처럼, 아니면 병원에 비치된 쓰레기 같은 잡지에 나오는 사람들처럼 사랑에 빠졌어야 했어요. 우리한테는 절대 불가능한 일이라는 걸 알지만, 난 지금도 어떤 일들이 가능했을지 생각하면 견딜 수가 없어요. 난 사람들이 짐작도 못 할 만큼 오랫동안 당신의 옛날 사진이나 어린 시절 비디오를 봤어요. 당신이 죽었다고 생각했지만, 당신을 아는 것 같은 기분이었어요. 그런데 이젠 우리가 이렇게 함께 있네요. 당신은 아직 살아 있고, 내 몸 안에는 당신 아기가 있어요. 지금이 내 인생에서 가장 행복한 순간이어야 하는데 그렇지가 않아요. 당신은 내가 누군지 전혀 모르고, 내가 여기 있다는 것조차 모르니까요."

맨디는 리처드의 손바닥을 자기 뺨에 댔다. 차가웠다. 그에게 온기를 전해주려 노력하며 그 손을 더 꼭 잡았다. 그의 손길은 전에 느껴본 그 무엇과도 달랐다. 마치 그의 피부가 자신의 피부와 섞여드는 것만 같았다. 맨디는 몸 안에서 그와 자신과 아기의 심장박동을 모두 느낄 수 있었다.

그리고 아주 짧은 순간, 리처드의 몸이 벼락이라도 맞은 듯 움찔했다. 맨디는 리처드를 빤히 바라보며 자신의 두 눈이 장난치는 거라고 확신했다. 하지만 그의 몸은 제세동기로 심장을 다시 작동시킨 것처럼 또 한 번 움찔했다.

맨디는 그의 얼굴에서 눈을 뗄 수 없었다. 그의 눈꺼풀이 처음에는 기력 없이, 그다음에는 좀 더 빠르게 깜빡거리는 모습을 지켜보았다. 호흡기 밑에서 그의 입매가 위로 올라갔다. 아주 조금이지만 위쪽으로 향했다. 맨디는 그의 눈동자에 초점이 돌아오고 그가 처음으로 자신을 볼 순간을 숨을 참으며 기다렸다. 지금이었다, 그녀가 기다리던 바로 그 순간이.

맨디는 도와줄 이를 찾아 병실에서 복도로 미친 사람처럼 달려 나갔다.

"리처드 테일러가, 그 사람이 방금 움직였어요!" 맨디는 어리둥절해진 간호사에게 불쑥 말했다. "도움이 필요해요."

"그냥 움직이기만 했나요?" 간호사가 되풀이했다.

"네, 제가 그 사람 손에 제 얼굴을 댔는데 리처드의 몸이 움직였어요. 그다음에는 두 팔이 움직이고 눈이 뜨였고요. 부탁드려요. 의사 선생님을 불러주실 수 있을까요? 깨어나려는 것 같아요."

72

° 크리스토퍼

정확히 82일 동안, 크리스토퍼는 급격히 깊어져가는 에이미와의 관계를 유지하는 한편으로 여자 서른 명을 죽이는 임무를 어렵사리 해내고 있었다.

둘 중 하나에만 시간을 쏟기는 쉽지 않았다. 에이미와 하루걸러 한 번씩 저녁마다 만나고, 주말은 함께 보냈기 때문에 특히 그랬다. 그 바람에 크리스토퍼는 남은 여자 다섯 명을 규칙적으로 확인해볼 기회가 많지 않았다. 그는 가능할 때마다 컴퓨터들을 확인하고, 이따금 다크웹에서 구입한 소량의 프로포폴을 에이미의 음료에 타는 방법을 썼다. 그렇게 하면 에이미가 한번에 일곱 시간 정도 의식을 잃도록 만들 수 있었다. 덕분에 그는 방해받지 않고 집에서 새벽까지 조사를 계속할 수 있었다. 에이미가 몸도 제대로 가누지 못하는 상태로 깨어나기 전에 여자들을 죽일 수도 있었다. 24호와 25호의 경우가 그랬다.

어느 날 아침 에이미는 햄프스테드 히스에서 언니가 키우는 개를 산책시키다 말고 머뭇거리며 '사랑'의 '사' 자를 처음 꺼내 그를 놀라게 했다. 꾀죄죄한 황갈색 보더테리어 오스카는 에이미의 언니가 휴가를 떠난 일주일 동안 에이미와 함께 지내고 있었다. 크리스토퍼는 사람들이 반려동물을 대체 왜 키우는지 알 수 없었지만, 에이미와 팔짱을 끼고 셋이서 함께 오랫동안 산책하면 기분이 좋았다. 크리스토퍼는 자신도 그녀를 사랑한다고 말했다. 지난 몇 년 동안 몇 명의 파트너에게 같은 말을 하기는 했지만, 사실 그때는 뭔가 얻어내려고 한 거짓말이었다. 그에게는 에이미에게 처음으로 진심을 담아 말한 셈이었다.

크리스토퍼는 남은 평생을 계속 이렇게 지낼 수 있다면 어떨지 감히 상상해보았다. 어쩌면 언젠가는 그들의 개를 살 수도 있을지 몰랐다. 아니면 시골 마을에 있는 집을 살까? 그러고 나면 결혼해서 가정을 꾸릴 수도 있겠지. 원한다거나 필요하다고 생각하지 않았던 모든 일이 이제는 아주 그럴듯해 보였다. 모든 게 그의 DNA 매치 때문이었다.

그는 에이미가 곁에 없으면 자기도 모르게 그녀를 생각했다. 에이미가 곁에 있으면, 오직 살인의 전율에나 비할 수 있을 만한 뭔가가 느껴졌다. 아니, 최소한 여러 달 전에 처음 살인을 시작했을 때의 느낌과 비교할 만하다고 해야 맞을 터다. 지금은 달랐으니까. 에이미가 모든 것을 달라지게 만들었다. 만지지 않고도 그의 피부 감촉을 부드럽게 만들었다. 그녀를 따라 방 안을 돌아다닐 때만큼은 그의 눈길도 누그러졌다. 그는 주의를 흩트리지 않고 그녀와 시간을 보낼 수 있도록 프로젝트가 완수될 날만을 기다렸다.

살인이라는 행위조차 더는 옛날처럼 즐겁지 않았다. 한때 크리스토퍼의 귀에는 음악처럼 들리던 단말마의 숨소리가 이제는 어떤 목적에 봉사하는 수단으로 전락했다. 여자들의 집을 다시 찾아가 다음 피해자의 사진을 남겨두는 일은 허드렛일이 되었다. 에이미와 관계없는 모든 게 부담스러웠다.

그들은 서로와 함께할 뿐 다른 사람들과는 거리를 두었다. 둘 중 누구도 외부인에게 상대방을 소개해주지 않았다. 크리스토퍼는 친구라고 부를 만한 사람이 한 명도 없었다. 하지만 에이미에게는 자신의 대학 동창들이 전 세계에 퍼져 있으며, 서로 정기적으로 만나는 게 골치 아픈 일이 되었다고 거짓말했다. 사실 크리스토퍼는 대학에 가본 적도 없었으며 간혹 연락하고 지내는 사람이라고는 형두 명뿐이었다. 누가 질문한대도 조카 다섯 명의 이름을 기억하지 못했다. 누가 누구의 자식인지도.

에이미도 크리스토퍼에게 가족 얘기를 전혀 하지 않았다. 에이미는 자신이 다섯 남매 중 막내이자 유일한 딸이기에, 자기를 보호하려 드는 부모님과 오빠들이 경찰관이라는 위험한 직업을 탐탁지 않게 여긴다고 설명했다. 그들은 에이미가 왜 지금까지도 결혼해 정착하고 가정을 꾸리지 않는지 이해하지 못했다.

"최소한 3년은 더 이력을 쌓고 싶어." 에이미가 말했다. "부모님은 우리랑 세대가 달라서 검사를 받아보지 않으셨지만 DNA 매치를 믿으셔. 내가 매치를 만났다고 말하면 우리 부모님은 무지막지하게 날 압박할걸. 언젠가는 나도 네 얘기를 하겠지만."

"직장 동료들도 네가 날 만난다는 걸 알아?" 크리스토퍼는 에이미가 부유하고 잘생겼으며, 우연히도 경찰에서 가장 잡고 싶어 하는 남자인 자신의 남자친구에 대해 자랑했기를 바라며 물었다.

"만나는 사람이 있는 줄은 알지만, 진지한 관계라고는 말 안 했어. 난 너를 나만의 작은 비밀로 간직하는 게 좋아."

크리스토퍼는 실망감을 감추려고 미소 지었다. 그의 장난기는 에이미의 동료들을, 특히 자신의 사건을 조사하고 있는 사람들을 만나고 싶어 했다. 크리스토퍼는 에이미의 동료들과 열정적으로 악수하는 자신의 모습을 그려보았다. 그들이야 자기들이 찾고 있는 살인자가 얼마나 가까운 곳에 있는지 전혀 모르겠지만 말이다.

"괜찮아." 그가 대답했다. "누구나 작은 비밀은 하나씩 있으니까. 안 그래?"

73

° **제이드**

·····································

케빈의 장례식 이후로 거의 보름이 지났다. 제이드는 케빈 가족
의 농장이라는 테두리 안에서 살아가자니 폐소공포증이 점점 더
심해졌다.

그렇게 젊은 사람이 죽는 모습을 보니 가슴이 찢어지면서도 용기
가 생겼다. 케빈은 너무도 삶을 끌어안고 싶어 했으나 그 기회를 박
탈당했다. 제이드가 케빈의 죽음을 기릴 가장 좋은 방법은, 세상이
내미는 것에 몰두함으로써 인생의 다음 장을 열어가는 것이었다.

케빈은 유언을 전혀 남기지 않았고 소지품도 거의 없었다. 하지
만 케빈 부모님의 제안에 따라 제이드는 렌터카를 반납한 뒤 케빈
의 낡은 4단 변속 사륜구동 트럭을 타고 앞서 계획했던 대로 호주
의 동부 해안을 따라 여행을 떠나기로 했다. "케빈이 너와 함께 있
는 느낌일 거다." 댄이 그녀에게 말했다. 제이드는 호텔보다는 배낭

더 원

365

여행객을 위한 호스텔에 머물 계획이었다. 또래 사람을 만나고, 대학 친구들이 미국으로 떠났을 때 혼자만 놓쳤던 그런 여행 경험을 쌓을 수 있도록 말이다.

제이드는 보고 싶은 걸 다 보는 데에 5주면 충분할 거라고 생각했다. 그다음에는 빅토리아로 돌아가 케빈의 트럭을 돌려주고 마지막으로 그의 가족에게 작별 인사를 한 다음 영국으로 돌아갈 생각이었다. 단, 집으로 돌아간 다음에는 예전과 똑같은 인생을 다시 살지 않기로 했다. 이제 그런 일은 영영 불가능해졌다. 제이드는 완전히 새로운 삶을 시작할 생각이었다. 케빈의 죽음이 가르쳐준 게 한 가지 있다면, 인생이란 살아내는 것이지 멀찍이서 구경하는 것이 아니라는 점이었다.

제이드는 장례식 이후로 알은체하지 않는 마크의 고집스러운 태도에 상처를 받았다. 제이드는 마크의 부모님이 필요로 할 때마다 그들을 응원하고 그들이 기대어 올 어깨가 되어주었다. 하지만 마크와는 케빈이 죽은 직후의 그 몇 분 이후 단 한 순간도 대화를 나누지 않았다.

마크와 가까이 있으려면 초인적인 힘이 필요했다. 제이드는 마크를 볼 때나 그가 가까이 있는 게 느껴질 때면 그에게 따져 묻거나 그의 품에 뛰어들고 싶은 충동을 참아야 했다. 마크를 볼 때면 여전히 폭죽이 터지는 듯했다. 가끔은 그의 단단한 체격과 강한 근육을 훔쳐보기도 했다. 마크가 소에게 줄 건초 더미를 들어 올릴 때나 수영장에 몸을 한번 담그는 것으로 하루를 마무리할 때도, 그가 이쪽을 보지 않는다고 생각될 때도.

제이드도 잠자리에 들기 전 수영장에 들어가 몸을 식히는 데 익숙해졌다. 농장을 떠나 여행길에 오르면 틀림없이 그리워하게 될 호사였다. 한 가지만큼은 인정할 수밖에 없었다. 아직 실현되지는 않았지만, 제이드는 마크를 우연히 만나게 될지도 모른다는 기대로 밤 수영을 하는 습관을 들였다. 하지만 특별한 밤인 오늘은, 제이드가 다섯 번째로 수영장을 왕복하려고 물속으로 들어간 순간 반대편에서 마크가 모습을 드러내 그녀의 관심을 사로잡았다.

마크는 펼쳐진 파라솔 아래에 서서 제이드가 물을 차는 모습을 하나하나 지켜보고 있었다. 제이드는 자신의 상상이 빚어낸 모습은 아닌가 싶어 멈춰 서서 눈에서 수영장의 소독약을 닦아냈다. 그녀는 수영장 한가운데에 까치발을 딛고 섰고, 두 사람은 침묵 속에서 서로를 빤히 바라보았다. 마침내 제이드는 더 이상 참을 수 없게 되었다.

"뭔데?" 제이드가 소리쳤다. "나한테 뭘 바라는 거야?"

"아무것도." 마크가 대답했다. 놀란 표정이었다.

"그럼 왜 날 보고 있어?"

"안 보고 있어."

"나한테 며칠째 거의 한마디도 안 걸었잖아. 보고도 그냥 지나쳐 가고, 모른 체하고, 내가 방에 들어가면 나가고. 나 때문에 기분 상한 줄 알았는데 이젠 거기 서서 내가 수영하는 거나 보고 있다니. 너 때문에 혼란스러워. 그러니까 다시 물어볼게. 나한테 뭘 바라는 거야?"

마크는 잠시 말을 멈추고 제이드를 골똘히 바라보더니 뭔가 말하려는 듯 입을 열었다가 그만두었다. 그는 떠나려고 돌아섰지만 다시 그만뒀다. 제이드는 마크가 머리 위로 티셔츠를 벗어 땅에 던지는 모습을 지켜보았다. 그는 물에 뛰어들어 제이드를 향해 헤엄쳐 오더니, 그녀의 허리에서 조금 떨어진 곳에 멈춰 섰다. 그는 고개를 한쪽으로 기울이고 그녀에게 입을 맞췄다. 처음에는 머뭇거리면서, 그다음에는 더 열정적으로.

제이드는 마크의 입술이 자기 입술에 닿자 현기증을 느꼈다. 눈을 감으려고 시도했지만 감을 수 없었다. 그의 열망을 보고 싶었다. 그녀도 같은 열정을 담아 그에게 입을 맞추었다. 두 팔로 그를 꽉 끌어안았다. 그의 등을 위아래로 훑는 그녀의 손가락 끝에서 폭죽처럼 작은 불꽃들이 튀는 것 같았다.

마침내 서로 떨어졌을 때, 제이드는 뒤로 조금 물러나 그의 눈을 바라보았다. "왜 이제 와서 이러는 거야?" 제이드가 물었다. "몇 주가 흘렀는데, 왜 그 오랜 시간이 흐른 다음에야 이러는 거냐고."

"부모님이 네가 떠난다고 말씀해주셨으니까." 마크는 젖은 머리카락을 두 손으로 쓸어 넘겼다. "내가 평생 뭘 놓치게 될지도 모르는 채로 널 보낼 수는 없었어."

마크는 제이드에게 대답할 겨를도 주지 않고 돌아서서 수영장 가장자리로 헤엄쳐 돌아가더니 몸을 물 밖으로 끌어 올린 다음, 그녀를 혼자 내버려두고 집으로 돌아갔다.

제이드는 방금 무슨 일이 일어난 건지 이해하지 못한 채로, 두 눈을 감고 천천히 밑바닥으로 가라앉았다.

74

° 닉
....

"임신했다는 걸 안 지는 얼마나 됐어?" 닉은 침착한 말투를 유지하려 애쓰며 물었다.

닉은 팔짱을 낀 채 전에 살던 아파트를 이리저리 어슬렁거렸다. 샐리는 넉넉한 울 스웨터를 입고 소파에 가만히 앉아 두 손으로 배를 가리고 있었다.

"두어 주 전에 알았어." 샐리가 조용히 대답했다.

"왜 지금에서야 말하는 거야? 말할 기회는 얼마든지 있었잖아."

"뭐라고 했어야 하는데? '아, 그런데 닉, 너한테 남자친구가 있는 줄은 알지만 내가 네 아기를 가졌어'라고 할까?"

"하지만 왜 내가 뉴질랜드로 가기 직전까지 기다렸다가 말해주느냔 말이야! 꼭 네가 날 여기 붙잡아두려는 것 같잖아."

샐리는 옛 약혼자를 노려보았다. "집어치워, 닉! 세상이 너나 네

빌어먹을 연애사를 중심으로 돌아가지는 않아. 이건 네 문제가 아니라고. 내 안에서 자라고 있는 이것 문제지. 이럴 줄 알았어. 차라리 아무 말도 하지 말았어야 했는데."

"그럼 왜 말한 거야!"

"이 일을 나 혼자서 해낼 수 있을지 잘 모르겠으니까. 내가 이보다는 강한 사람인 줄 알았는데 그렇지 않았으니까. 내가 결정을 내리기 전에 너도 알 권리가 있다고 생각했으니까."

"무슨 결정을 내려?"

"왜 이래, 닉. 너도 바보는 아니잖아. 내 말이 무슨 뜻인지 알 텐데. 난 이 아이를 낳고 싶은지 잘 모르겠어. 혼자서 아이를 낳고 키우는 일을 감당할 수 있을지도 모르겠고."

"지울 수는 없어."

"정말?"

"응."

"어디 두고 볼게."

닉은 샐리의 목소리에 깃든 독기에 놀랐다. 샐리에게는 혼자 남겨지는 일이 몹시 어려웠던 게 분명했다. "그게 무슨 뜻이야?"

"나한테 이래라저래라 하지 말라는 소리야. 다른 사람을 만나겠다고 날 떠났을 때 넌 이미 선택한 거니까."

"나한테 선택지가 없었다는 데 너도 동의했잖아! 네가 나한테 가라고 했잖아!"

"그건 내가 임신했다는 사실을 알기 전이고. *네가 날 임신시키기 전* 말이야."

"임신시켰다고? 임신하려면 사람 둘이 필요해. 알지?"

"브뤼주에서 네가 날 녹여준 적이 있긴 했어?"

"그때 이렇게 된 거야? 세상에, 샐리, 그게 언제 적 일인데. 왜 이 제야 안 거야?"

"날짜를 거꾸로 헤아려봤는데, 그때 임신한 게 틀림없어." 샐리 가 씩씩거렸다. "이럴 줄 알았어. 직감대로 입을 다물고 있어야 했 는데."

한편으로 닉은 이기적이게도 샐리가 방금 말한 대로 침묵을 지 켰으면 좋았겠다고 생각했다. 그랬다면 더없이 행복하게, 아무것도 모른 채 지구 반대편으로 날아갈 수 있었을 테니까.

"내가 어떻게 했으면 좋겠어, 샐리?" 닉이 물었다.

"바라는 거 없어. 그냥 너한테 알려주고 싶었을 뿐이야." 샐리는 닉을 보았다. "네가 올바른 일을 하고 싶어 할 거라고 생각했는데, 확실히 내가 잘못 생각했나 보네. 이 일은 내가 알아서 해결할게."

하지만 닉은 자신이 아무것도 하지 않는 쪽을 죄책감 없이 선택 하지 못하리라는 걸 알고 있었다.

"네가 낙태하기를 바라지는 않아."

"나도 마찬가지야. 하지만 원하는 걸 둘 다 가질 수는 없어, 닉. 넌 여기에 남아서 나와 함께 이 엉망진창을 해결할 방법을 찾아보 거나, 가서 네 일에나 신경을 쓰는 수밖에 없어. 그동안 난 내가 할 수밖에 없는 일을 해야겠지. 선택은 네 몫이야."

75

° 엘리

엘리와 팀은 자기들의 세상이 완전히 정상이라는 듯 매일의 일상을 계속해나갔다. 모든 점에서 그들은 전형적이고 딱히 모자랄 것 없는 커플이었다. 하지만 한 가지 차이점이 있었다. 엘리는 매치와 자신의 관계가 거짓임을 알고 있었다.

매일 오전 5시 30분이면 안드레이가 엘리를 팀의 집에서 런던의 직장까지 태워다주었고, 저녁에는 팀이 저녁 식사를 만들어주었다. 그런 다음 그들은 자리에 앉아, 팀이 디지박스에 녹화해둔 드라마를 보거나 태블릿을 들고 각자의 온라인 세계로 물러났다.

엘리는 의중을 숨기고 있는 남자와 사랑에 빠졌다는 사실이 무척 싫었다. 팀이 보안 카메라에 대고 '안녕, 엘리'라고 입 모양으로 말하는 동영상을 발견하기 전만 해도, 엘리는 마음 한구석에 팀이 어머니에 대해 했던 모든 거짓말을 결백하게 설명할 수 있을 거라는 희망을 품고 있었다. 어머니가 엘리 밑에서 일했다는 사실을 데이트를 시작한 다음에야 알게 되었다거나, 그도 몰랐다는 식으로. 하지만 그 동영상은 엘리의 직감을 확인해주었다. 팀이나 그의 동기에는 결백한 구석이 하나도 없었다. 팀의 모든 행동은 의도적이고 철저히 예행연습을 거친 것이었다. 지금 엘리의 모든 생각을 지배하는 뜨거운 질문은 '왜?'였다. 엘리는 팀이 얼마 전에야 'DNA 매치'에 등록했다는 사실을 알고 있었다. 그게 아니라면 엘리에게 매치가 있다는 소식이 더 일찍 들어왔을 터다. 그런데 팀은 1년도 더 전에 취업 면접을 봤다. 혹시 잠복근무 중인 기자일까? 아니면 그녀의 조직에 침투하려는 경쟁사 직원일까? 단지 우연히 그녀와 매치된 것일까? 그렇게 생각하기에는 비약이 너무 심했다. 엘리는 대안이 될 설명을 찾으려고 애쓰고 있었다.

확실한 것은 엘리를 만나기 오래전부터, 팀은 그녀가 자신의 동영상을 찾으리라고 예상했다는 점이었다. 미지의 최종 전투가 벌어질 거라고 말이다. 팀이 뭘 숨기고 있는지 엘리가 정확히 알아내기 전까지 그들의 불편한 연극은 계속될 터였다.

엘리가 유리문을 지나 안내를 받아 4층으로 올라가보니 런던 소호의 스위트룸이 이미 준비되어 있었다.

엘리는 파파라치의 눈에 띄기 전에 서둘러 들어갔다. 안드레이가 앞장서 걸었고 엘리의 양옆에는 안드레이의 팀원 두 명이 있었다. 모두 팀 때문에 엘리가 골머리를 썩는 이유를 간단하게나마 전달받은 뒤였다. 엘리는 팀에게서 강제로 정보를 빼내겠다던 안드레이의 제안을 거절했으며, 팀과 연락을 끊으라는 그의 모든 요구도 거부했다. 엘리는 우선 폭력을 쓰지 않고 이 상황을 파헤치고 싶었다. 그녀는 단단히 마음먹고 탐색 임무를 계속해나갔다. 하지만 팀과 함께 있을 때 비상경보기를 가지고 다니라는 말에는 동의했다.

엘리가 플러시 천으로 장식된 현대적인 스위트룸에 들어가자마자 울라가 그녀를 맞이하며 재킷을 받아 들었다. 모르는 여자 한 명과 남자 세 명이 방 한가운데의 테이블에 앉아 있었다. 엘리는 선글라스를 벗고 그들과 함께 앉았다.

"엘리, 이쪽은 트레이시와 그 팀원인 제이슨, 벤, 잭이에요." 울라가 말했다. "펜튼팀이 당신을 위해 팀의 배경을 조사하고 있어요."

엘리는 회사에서 고용한 사립 탐정팀을 한 번도 만나본 적이 없었다. 그들은 서비스를 제공하면서 사생활 관련법이나 정보보안법을 많이 위반했지만, 엘리는 한 번도 그 점을 우려한 적이 없었다. 특히 이 정보는 다른 무엇보다 중요했다.

"시작할까요?" 트레이시가 사무적으로 말하며 탁자에 놓여 있던 색깔이 들어간 파일을 펼쳤다. 엘리는 트레이시의 외모를 보고 놀랐다. 트레이시가 쓰는 기술은 불법의 경계에 아주 가까이 닿아 있었지만, 그녀의 인상은 대단히 수수하고 아줌마처럼 편안해 보였다. 하지만 말솜씨만은 직선적이고 효율적이었다. "일단 제 팀원을 대신해서, 첫 번째 조사 때 실수한 점에 대해 진심으로 사죄드립니다. 주어진 시간이 짧아서 작업을 완수하기에는 애로 사항이 있었습니다만 그게 변명이 될 수는 없지요. 다시는 그런 일이 없으리라는 점을 제가 직접 약속드립니다."

엘리는 고개를 끄덕였지만, 그들의 실수를 용서했다는, 눈에 띄는 신호는 전혀 주지 않았다.

"대표님의 약혼자에 관해 자세한 정보는 거의 알 수 없습니다. 그가 정체를 꽁꽁 감추었다는 것이 저희 의견입니다." 트레이시가 말을 이었다. 엘리는 벌써 가슴이 철렁했다. 그녀는 자세를 유지하느라 두 발꿈치를 깔개에 깊이 박아 넣었다. "어쨌든 지금까지 저희가 알아낸 것을 말씀드리겠습니다. 티모시 헌트, 본명 매튜 워드는 케임브리지 세인트 네오츠에서 서맨사 워드와 마이클 워드 사이에서 태어났습니다."

"나한테는 아버지를 모른다고 했는데요. 부모가 결혼한 사이였나요?"

"네." 트레이시는 그렇게 말하고 혼인관계증명서와 출생증명서를 탁자 너머 엘리에게 건넸다. "부부에게 다른 자식은 없었습니다. 매튜는 최소 열여섯 살까지 케임브리지에서 교육을 받았습니다. GCSE 성적이 그저 그런 평범한 학생이었지만 헌트가 그 이상 교육을 쭉 받았는지, 대학에 갔는지는 확실하지 않습니다. 그의 부모는 26년의 결혼생활 끝에 8년 전 이혼했습니다. 둘 다 재혼했지만, 어머니는 노샘프턴셔 운들에서 발생한 가정 화재사고로 3년 전 사망했습니다. 부검의가 판단한 사인은 연기에 의한 질식사였습니다. 헌트가 입사 지원서와 함께 대표님께 제시한 이력서에는 허위 사업체 몇 군데의 정보가 포함되어 있으며, 그중 확인된 기업은 하나도 없습니다. 현재 고용 상태에 대한 기록도 전혀 찾을 수 없고요."

"그러니까 거의 20년 동안이나, 팀은…… 제 말은, 매튜는 존재하지 않았다는 건가요?" 엘리가 물었다.

"그래 보입니다. 매튜 워드는 본인에 관한 모든 흔적을 지웠습니다." 트레이시는 두 번째 파일을 펼쳐 엘리에게 더 많은 인쇄물과 복사본을 건넸다. "티모시가 대표님의 인생에 처음으로 모습을 드러낸 건 취업 면접 때로 보입니다. 해당 날짜 이전에는 그에 관한 기록을 전혀 찾을 수 없습니다. 저희가 첫 번째 조사 때 알아낸 모든 것은 창작되거나 위조, 혹은 조작된 것이었습니다. 저희는 티모시의 축구팀 팀원들과도 이야기했는데, 그들은 티모시가 겨우 1년 전에 팀에 합류했으며 경기 외의 사교 모임에는 거의 참여하지 않았다고 알려주었습니다. 팀원 중 그에 대해 많이 아는 사람은 아무도 없었습니다."

"티모시가 우리 회사에 취직하려고 했다면, 우리가 이력서와 관련 서류가 위조되었다는 사실을 알아내리라고 분명 짐작했겠죠?"

"확실히 그랬을 겁니다."

"그래서 드는 생각인데, 티모시가 입사 지원서를 낸 목적은 우리 사옥에 접근해 카메라를 들여다보면서 언젠가는 내가 볼 거라고 생각하며 내 이름을 입 모양으로 말하는 것뿐이었을 겁니다."

"오래 계획해온 장난인 건 분명하지만, 목적이 뭔지는 모르겠습니다."

엘리가 고개를 저었다. "현재 고용주를 찾지 못했다고 하셨는데, 그럼 매일 출근한다고 하고 어디로 가는 건가요?"

"원하신다면 그자를 미행할 팀을 소집할 수 있습니다."

"다시 티모시의 아버지 얘기로 돌아가보죠. 그 사람은 아직 살아 있나요?"

"살아 있지만 지금은 스코틀랜드 갤브레이스에 있는 뇌졸중 환자 요양원에 살고 있습니다. 최근 재혼한 아내와 사별했고요. 요양원 관리자 말로는 더는 대화할 수 없는 상태랍니다."

"그래서 팀에 관해서 더 이상 알아낼 수 없었다는 건가요? 그의 DNA를 통해서도?"

"전혀 알아낼 수 없었습니다. 사진도 안면 인식 소프트웨어로 조회해봤지만 소용없었습니다. 그의 DNA 정보는 더 이상 회사 데이터베이스 내에 없습니다만, 대표님 자택에서 확보한 지문을 추적해봤습니다. 그것으로도 흥미로운 사항은 전혀 드러나지 않았습니다. 그자는 꼭 빵 부스러기를 흘려놓음으로써 대표님을 원하는 곳으로 유인한 것 같습니다."

"제기랄." 엘리가 숨죽여 말하며 의자에 깊숙이 앉았다. 등과 겨드랑이가 땀으로 축축해졌다. 그녀는 침착해지려고 의자의 가죽 팔걸이에 두 손목을 눌러댔다. 엘리가 약혼자에 관해 두려워했던 모든 일이 실현되고 있었다. 차이가 있다면, 엘리의 상상보다 나쁜 방식으로 일이 벌어졌다는 것뿐이었다. 팀은 엘리의 매치일 뿐만 아니라 적이기도 했다.

엘리는 문득 방 안에 침묵이 내려앉았다는 사실과 모두가 눈 맞춤을 피하고 있다는 사실을 의식했다. 바보가 되고 모욕당한 기분이었다. 등 뒤에서 모두가 속이기 쉬운 돈 많은 여자를 조롱할지 궁금해졌다. 엘리는 자리에서 일어나 선글라스와 재킷을 다시 걸치고 트레이시와 그녀의 팀원들에게 고맙다는 인사를 했다. 엘리는 빠르게 자리를 떠났고, 울라와 안드레이가 뒤를 쫓았다.

엘리의 슬픔은 아침나절의 런던 교통체증을 헤치고 나아가는 자동차 뒷자리에 앉아 사무실로 돌아가던 중 분노에 자리를 내주었다. 엘리는 가족과 사별하고 속아서 미래를 빼앗긴 사람이 된 것만 같은 기분이었다. 그래서 몹시 화가 났다. 그녀는 사랑하는 팀을 꿍꿍이가 있는 낯선 이에게 잃고 말았다.

자동차가 정체를 뚫고 런던 브리지를 구불구불 나아가 샤드에 있는 그녀의 사무실 앞에 멈춰 섰을 때, 엘리는 이미 울라에게 호통 치듯 명령을 내리고 있었다. 울라는 그 명령들을 미친 듯 아이패드에 입력했다. 엘리의 집 자물쇠와 보안용 비밀번호를 모두 바꾸고, 새로운 핸드폰 번호와 개인 메일 주소를 만들고, 팀의 문자메시지와 그들이 함께 찍은 사진을 전부 지우고, 둘 사이에 있었던 모든 연락을 삭제하라는 명령이었다.

엘리베이터가 높디높은 72층에 도착했을 때, 엘리는 언제 어떻게 팀에게 이 문제를 꺼내놓아야 할지 고민하고 있었다. 결국 그날 밤에 그 일을 하기로 결정했다. 그의 집으로 돌아가 안드레이와 그의 팀원들의 도움을 받아 진실을 알아낼 생각이었다. 진실을 끌어내기 위해 어떤 수단을 써서라도 말이다.

하지만 그녀는 기습이라는 요소를 빼앗기고 말았다. 사무실 문을 닫고 보니 팀이 그녀의 자리에 앉아 두 발을 책상 위에 올려놓고 있었다.

"안녕, 엘스. 이젠 대화할 때가 된 것 같죠?" 그가 활짝 미소 지으며 말했다.

76

° 맨디

맨디는 리처드가 다른 사람이 없는 데서 검사를 받는 동안 불안해하며 30분을 기다렸다.

맨디는 상상력이 과열되어 리처드의 의식이 되살아난 게 자신과 아기의 존재 때문이라고 자신을 설득했고, 그 목소리를 막을 수 없었다. 참을 수 없는 기다림이 끝난 뒤에야 의사가 맨디를 리처드의 병실로 불러들였다.

"유감입니다." 그가 동정하듯 입을 열었다. "충분한 두뇌 활동의 징후는 보이지 않습니다."

"가끔 환자들이 좋아하는 노래나 익숙한 목소리를 듣고 코마에서 깨어난다는 얘길 들었어요. 그런 일이 일어났던 건 아닐까요?"

"확실히 코마 환자한테 그런 일이 일어나는 경우가 있습니다. 하지만 친구분은 코마에 빠진 게 아닙니다." 의사가 말했다. "일단 앞아보시죠."

맨디가 안락의자에 앉자, 의사 젠킨스는 리처드의 침대 가장자리에 걸터앉았다.

"설명해드리겠습니다. 코마 환자는 반응을 보이지 않습니다. 움직이지도 않고 소리에 반응하지도 않고 통증을 느끼지도 않죠. 코마 환자의 뇌는 닫힌 채로 자신이 겪은 외상을 처리할 뿐이에요. 다만 연구 결과를 보면, 코마 환자는 여전히 주변 환경을 인식합니다. 그러나 테일러 씨는 사고로 심각한 두뇌 손상을 입었고, 코마에서 더 나아가 만성 식물인간이 됐어요. 그 둘은 상당히 다릅니다. 테일러 씨는 의식도 없고, 주변 무엇도 인식하지 못해요. 하지만 방금 보셨다시피 테일러 씨의 신체 일부는 지금도 움직일 수 있습니다. 두 팔과 눈도 움직일 수 있고, 하품도 할 수 있고, 심지어 이상한 단어를 내뱉을 수도 있죠. 그러나 그걸 통제하는 건 이분이 아닙니다. 그건 자연스러운 반사작용이에요. 이런 일이 한참 계속된다고 하더라도, 저희는 그럴 거라고 생각합니다만, 이분이 회복할 가능성은 사실상 전혀 없습니다. 죄송합니다, 그리피스 씨……."

맨디는 상의 소매로 눈을 꾹꾹 찍으며 말했다. "그 이상이었어요. 선생님은 이 사람이 주변 누구도 느끼지 못한다고 하셨지만, 전이 사람이 저를 알았다고…… 안다고 확신해요. 제가 이 사람 손을 제 얼굴에 댔을 때 그 일이 일어났는걸요."

젠킨스는 잠시 말을 멈추고 인상을 찌푸렸다. "그리피스 씨가 테일러 씨의 파트너라는 건 알겠습니다. 두 분이 매치되신 거너요?"

"네, 하지만 이렇게 만난 건 오늘이 처음이에요." 맨디는 거의 수

치심에 가까운 감정이 느껴졌지만, 이 상황의 특이성을 젠킨스에게 제대로 전달하고 싶었다. "전 이 사람의 아이를 가졌어요."

젠킨스는 혼란스럽다는 표정으로 맨디를 바라보았다. 그녀가 제정신이 아니라고 생각할 법했다.

"사연이 길어요." 맨디가 재빨리 덧붙였다.

"뭐, 환자들이 매치에게 반응한 사례는 읽어본 적이 있습니다. 자녀가 관련된 경우 더 강한 반응을 보일 수 있는 것도 확실하고요. 연구자들은 임신한 여성의 호르몬에 무의식 상태에 빠진 사람의 감각을 자극할 수 있는 어떤 속성이 있어서 그런 일이 일어난다고 믿습니다. 하지만 그 호르몬이 환자를 회복시킨다거나 치유력을 갖고 있다고 말하면 과장입니다. 불가능하지는 않지만 이런 반응은 두뇌에서 비롯되었다기보다 불수의적인 화학반응에 더 가까워요."

"이해가 안 가요."

"그리피스 씨의 손길에 반응하는 건 리처드 자신이 아니라는 얘깁니다. 리처드의 신체죠. 그리피스 씨의 손길과, 매치가 있다는 사실을 인지하는 것은 리처드의 뇌가 아니라 환자분의 수용기, 페로몬, 신경, 근육이라는 겁니다."

맨디는 기운이 쭉 빠져 다시 의자에 주저앉았다. 잠깐이지만 그녀는 불가능한 일이 일어났다고 감히 믿었다. 매치라는 힘이, 그녀가 평생을 함께 보낼 운명의 남자를 깨웠다고 말이다. 하지만 실은 둘이 공유하는 화학적 요소가 맨디에게 수작을 부렸을 뿐이었다.

젠킨스가 병실을 떠난 뒤에도 그녀는 리처드 곁에 조용히 앉아 한 시간을 더 보냈다. 두 손으로 그의 손을 감싸고 그의 몸이 다시 반응하기를 기도하면서. 하지만 작은 움찔거림조차 없었다. 그때야 맨디는 비로소 패배를 인정했다. 맨디는 그의 이마에 입을 맞춘 뒤 다시 오겠다고 약속했다.

"미안해." 맨디는 건물을 나서서 자동차로 돌아가며 배 속의 아기에게 말했다. 아기가 꿈틀거리며 다른 자세를 잡는 찌르르한 느낌이 전해졌다. 맨디는 이날의 스트레스가 나아지기보다는 더 심해지리라는 걸 알고 있었다. 옷가지와 소지품을 챙긴 뒤, 맨디는 팻과 클로에에게 이 일을 이야기하고 기만으로 이루어진 그들의 세계를 영원히 떠날 생각이었다.

77

° 크리스토퍼
....

　에이미는 크리스토퍼와 함께 황량한 자갈 해변을 걸어가며 그의 팔짱을 꼈다.

　회색 하늘과 울부짖는 바람, 부슬비와 다가오는 파도에도 에이미는 올드버러를 향해 사우스월드 해변을 따라 기나긴 산책을 하자는 제안을 무르지 않았다. 그래서 그들은 두꺼운 스웨터를 걸치고 마을의 가게에서 산 같은 색의 파란 우비로 몸을 감쌌다.

　그들은 덩치 큰 검은 말 세 마리가 나무 밑 대문 뒤쪽에 자리 잡고 있는, 오솔길 근처의 방목장을 지났다. 크리스토퍼는 10대 시절 붐비는 도로변에서 비슷한 방목장의 대문 자물쇠를 땄던 일이 기억났다. 그냥 무슨 일이 벌어질지 보려는 이유에서였다. 그는 반대편 도랑 옆에 앉아 있었다. 별로 오래 기다리지도 않았는데, 들판에 있던 여행자들의 말들이 뛰쳐나가 자유를 찾는 것이 보였다. 두 번

더 원　　　　　　　　　　　　　　　　　　　　　　　　383

째로 도망친 말이 폭스바겐 비틀과 충돌했다. 놈의 머리는 운전석 창문에 부딪쳤다. 말과 운전자 모두 즉사했다. 그때 이후로 크리스토퍼는 말을 보면 왠지 마음이 약해졌다.

"어디 가서 커피나 한잔하면서 몸 좀 덥힐까?" 에이미의 물음에 크리스토퍼는 세차게 고개를 끄덕였다. 그는 추위도 아주 싫어했고, 오래 걷는 건 증오했다. 앞장서는 개가 있거나 구체적인 목적지에 가야 하는 경우가 아니라면 그냥 걸어 다니는 것은 의미 없게 느껴졌다. 하지만 에이미와 함께 보내는 시간은 즐거웠다. 야외로 나오면 그녀가 행복해하는 듯했기에 그도 만족스러웠다.

그들은 해변을 빙 둘러서 있는 밝게 색칠된 뾰족지붕 집들을 지나고 콘크리트 경사로를 올라 양옆에 옷가게와 화랑, 피시앤칩스 가게들이 늘어서 있는 중심가를 지난 끝에 아늑해 보이는 카페를 골랐다.

머리가 젖은 짜증 난 표정의 젊은 여자가 부슬비를 피하려고 과하게 큰 자전거 페달을 격렬하게 밟아나갔다. 크리스토퍼는 아주 잠깐 그녀를 지나가는 자동차 쪽으로 떠밀면 어떤 표정을 지을지 궁금해졌다. 그는 런던 지하철의 에스컬레이터를 탈 때마다 그런 공상을 자주 하곤 했다. 움직이는 계단 맞은편의 이름 모를 여자들의 얼굴을 보며 '잘 여자, 죽일 여자' 게임을 하곤 했던 것이다. 게임은 거의 항상 죽일 여자가 잘 여자보다 많은 상태로 끝났다. 하지만 에이미를 만난 이래로는 그 게임을 다시 하고 싶은 마음이 들지 않았다.

그들은 카페에 들어가자마자 난방기 옆에 앉아 젖은 비옷을 난

방기에 걸어놓고 직원이 주문을 받으러 오기를 기다렸다.

"네가 뼛속까지 화려한 도시 남자인 줄은 알지만, 이것도 그렇게 나쁘진 않지?" 에이미는 부슬비가 폭우로 변해 유리창에 빗줄기를 그어대는 모습을 창밖으로 힐끗 보며 말했다. "뭐, 날씨만 빼면 말이야."

"응, 좋은데." 크리스토퍼는 그렇게 대답했다. 진심이었다. 이 마을에는 조금도 좋은 점수를 줄 수 없겠지만 그녀와 함께 있을 수 있어 고마웠다.

"가끔은 뭔가 정리하기 위해서라도 런던을 벗어나는 게 좋아."

크리스토퍼는 그녀의 말이 무슨 뜻인지 정확히 알고 있었다. 에이미는 둘이서 먼 곳으로 함께 떠나는 첫 주말을 해변에 있는 자기 부모님의 고요한 별장에서 보내자고 제안했고, 크리스토퍼는 불안에 가까운 무언가를 느꼈다. 그는 서른 명이라는 목표를 채우기까지 명단에 겨우 여자 네 명이 남아 있었기에 다른 데 정신을 팔고 싶지 않았다. 주의가 산만해지면 실수하기 마련이었다. 게다가 그는 연애를 시작함으로써 이미 종반전에 대한 기대를 잃는 위험을 감수했다. 하지만 에이미와 함께 다른 데 신경 쓸 것 없이 긴 주말을 보내고 싶다는 열망이 목표에 도달하고 싶은 욕구보다 컸다.

크리스토퍼는 26호를 죽인 뒤 프로젝트를 조기 마감할까도 생각해보았다. 그는 이미 하고자 했던 일을 이루었다. 7백만 명이 사는 도시를 공포로 몰아넣고 전 세계 뉴스의 헤드라인을 만들어냈으니까. 여러 건의 살인과 그 배후에 있는 얼굴 없는 미치광이는 모두를 매료했다. "동기가 뭘까?" 그들은 그렇게 물었다. "표적은 어떻게 정하는 거지?" "피해자들이 살았던 곳에 무슨 공통점이라도 있나?" "스텐실 그림의 의미는 뭐지?"

크리스토퍼는 이 모든 질문에 답할 수 있는 유일한 사람이었다. 가끔은 대답할 수도 없고 공로를 차지할 수도 없어 답답했다. 하지만 그건 그의 범죄가 전설이 되기 위해 치러야 할 희생이었다.

"뭐 하나 물어봐도 돼, 크리스?" 휘핑크림이 들어간 카페라테가 테이블에 놓이자 에이미가 말했다. 그녀는 조금 초조해 보였다.

"물어봐." 크리스토퍼는 머그잔을 대칭으로 놓아두며 대답했다. 에이미가 자신의 이름을 줄여 부르는 것이 더 이상은 거슬리지 않았다. "뭔데 그래?"

"사실 별건 아냐." 에이미는 그렇게 말하며, 안심시키듯 크리스토퍼의 손에 자기 손을 얹었다. "그냥 알고 싶어서. 이 얘기를 하필 내가 꺼내는 게 내키지는 않지만……. 네 생각에 우리 관계는 어떻게 되어가는 것 같아? 내가 그 사람이 맞아? 나랑 정착해서 다른 모든 커플이 하는 일을 하고 싶니?" 에이미의 두 뺨이 붉어지기 시작했다. 그래서 크리스토퍼는 미소 지었다. 에이미는 계속 말을 이어 나갔다. 말이 점점 빨라졌다. "우리가 매치되었다는 건 나도 알아. 하지만 넌 그걸로 충분해? 어쨌든 넌 그런 말을 한 적이 없잖아. 물론 내가 그동안 만났던 다른 남자들과 넌 약간 다르지. 그건 알아. 하지만 가끔은 널 읽어내기가 너무 어려워."

크리스토퍼는 인상을 썼다. "'다르다'는 게 무슨 뜻이야?"

"음, 넌 속내를 아주 깊이 감추는 편이잖아. 꼭 네가 나한테는 비밀로 하고 물밑에서 뭔가 일을 벌이는 것 같아. 아주 옛날에 다른

남자들을 사귈 때는 그걸 핑계 삼아 관계를 끝내버리곤 했어. 세상
에, 난 경찰관이잖아. 가장 가깝고 사랑하는 사람까지 의심하는 게
내 직업이란 말이야. 하지만 너와 함께 있을 때는…… 좀 달라. 네
가 나한테 말하지 않는 게 무엇이든 별로 중요하지 않게 느껴져."
에이미는 잠시 말을 멈추었다. 크리스토퍼는 그녀의 말이 진실이기
를, 그의 비밀이 정말 아무 상관도 없기를 진심으로 바랐다. "그래
도 너에 대한 내 생각이 달라지지는 않을 테니까. 설명하기는 어렵
지만, 불안하기보다는 오히려 그 반대야. 오히려 널 더 믿게 돼. 너
만의 비밀이 있더라도, 그게 나한테 해가 되지는 않으리라는 믿음
이 생겨."

크리스토퍼는 여러 해를 들여 쌓아온 껍질을 찢어버리고 싶어졌
다. 자기가 누구고 지금까지 무엇을 해왔는지 갑자기 충동적으로
전부 털어놓고 싶었다. 과거에도 그를 사랑한 사람들은 있었지만,
자신은 지금까지 그 사랑을 어떻게 받아들여야 할지 전혀 몰랐다
고 알려주고 싶었다. 에이미가 나타나기 전에 그는 자기 성격에 따
라 그냥 살고 있었을 뿐이지만 이제는 본성의 어두운 면이, 그라는
사람의 너무 많은 부분을 차지하는 그 부분이 희석되고 있다고 말
이다. 그리고 살면서 처음으로 그는 누군가를 위해 완전히 정직해
지고 약점을 드러내고 싶었다.

크리스토퍼는 잠시 눈을 감았다. 입을 열어 어마어마한 고백을
할 생각이었다. 하지만 자기보호 본능이 목소리가 빠져나가지 못하
도록 막았다. 지금 당장 임무를 그만두면 평생 그것만이 유일한 후
회로 남으리라는 사실이 다시 떠올랐다. 그의 아주 작은 부분은 에

이미가 살인을 방해한 데 분개할 테고, 그 원한은 씨앗에서 나무로 점점 자라나 그녀에게서 뿜어져 나오는 빛을 가리고 말 것이다. 크리스토퍼는 자기도 모르게 그녀에게 원한을 품게 될 경우 자기가 그녀에게 어떤 짓을 할지 몰라 두려웠다.

"난 네가 원하는 모든 걸 원해." 그는 조용히 말했다. 진심이었다.

그리고 그는 그녀가 자신을 꿰뚫어보고 자신이 사랑하는 남자에게 영혼이 없다는 것을 알아챌까 봐 두려워 그녀와 눈을 마주치지 못한 채 탁자만 빤히 바라보았다.

78

° 제이드

호주 모험의 두 번째 단계를 시작하기까지 이틀밖에 남지 않았
을 때, 제이드는 더 이상 예전만큼 케빈의 가족을 떠나고 싶지 않아
졌다.

마크의 입맞춤이 모든 것을 바꿔놓았다. 처음에는 의리와 상식
적인 품위가 그들을 갈라놓았지만, 수영장에서 한번 감정에 무너져
내린 이후로는 둘 다 잃어버린 시간을 채우려 했다. 그들은 아무도
보지 않을 때를 최대한 노렸다. 제이드는 마을로 생활용품을 가지
러 갈 때 마크와 함께 갔고, 기어에 올려놓은 그의 손을 잡았다. 저
녁 식탁에서는 서로의 팔이 스쳤다. 제이드는 마크가 우유 짜는 기
계를 소에게 채우러 갈 때 녀석들을 울타리로 몰아넣도록 도와주
었다. 제이드는 마크와 함께하는 순간마다 심장이 가슴에서 터져
나올 것만 같은 위험을 느꼈다.

그는 끊고 싶지 않은 중독이었다. 가지면 가질수록 탐이 났다.

제이드는 짐을 싸고, 다가오는 혼자만의 호주 일주를 준비하고 있었다. 마크와 함께하고 싶은 욕구는 그 어느 때보다 강력했다. 그가 곁에 없는 채로 보내야 할 앞으로의 5주는 생각하기만 해도 숨이 찼다. 농장에 계속 머무르고 싶은 마음이 점점 더 커졌다.

마지막 날 밤, 제이드는 이제 입맞춤과 손 잡기, 드문드문한 전율만으로는 충분치 않다고 생각했다. 제이드는 약지에 끼웠던 은반지를 빼내 침대 옆 탁자에 내려놓은 다음 게스트하우스 문을 닫고 조용히 주 건물에 있는 마크의 침실로 향했다. 문손잡이를 잡으려는 두 손이 축축했다. 제이드는 그가 자신의 접근을 거절하지 않기만을 기도했다. 하지만 문은 이미 열려 있었다. 문을 미니 그가 뜬 눈으로 누워 그녀를 마주 보았다. 그녀가 오기만을 기다린 것 같았다.

그는 이불을 한쪽으로 끌어당기고 그녀를 맞아들였다.

"내일 나랑 같이 가." 제이드는 기진맥진한 몸으로, 숨이 차 헐떡거리며 조용히 말했다.

"그럴 수 없다는 거 알잖아. 너무 복잡한 문제야."

"내가 그걸 모를 것 같아? 네 동생하고 결혼한 사람이 나야."

"동생의 아내랑 방금 그 짓을 한 게 나고."

"방금 뭐라고 했어?" 제이드는 마크에게서 몸을 떼어내며 물었다. "너한텐 내가 고작 그 정도야? 섹스 파트너?"

"미안, 그런 뜻이 아니었어."

"그런데 말은 그렇게 했잖아. 난 아무나랑 침대에 뛰어드는 싸구려가 아니야."

"나도. 그런 말을 하면 안 됐다는 것도 알아." 마크는 그녀의 손을 잡으려고 팔을 뻗었다.

"여기서는 우리 둘 다 감당하기 힘든 문제야. 너도 잘 알고 있다시피."

마크가 고개를 끄덕였다.

"그러니까 나랑 가자. 꼭 내일일 필요는 없어. 일주일 뒤나 보름 뒤여도 괜찮아. 그냥 부모님한테, 여길 벗어나 머리를 좀 식히고 싶다고 말씀드려. 이게 대체 뭔지 알아볼 수 있도록 우리 둘만 함께하는 시간을 좀 갖자. 우리 자신에게 이 정도 기회는 줘야지."

"제이드, 난 이곳에 필요한 사람이야."

"나한테도 네가 필요해."

"우리 가족한테나 케빈에게 그런 일을 할 수는 없어. 어떻게 사람들한테…… 2주 전에 케빈의 장례식에 왔던 사람들한테 내 동생의 아내와 사랑에 빠졌다고 말할 수 있어?"

마크가 쓴 '사랑'이라는 단어에 제이드의 얼굴이 붉어졌다. 몸이 타오르는 듯했다. "하지만 나도 똑같은 감정인걸. 그게 어떻게 잘못된 것일 수 있어?" 그녀가 물었다.

마크는 미안하다는 듯 고개를 젓고 침대에 납작하게 몸을 던지더니 천장을 빤히 올려다보았다. 신이 개입해 무슨 말이라도 해주기를 기다리는 것 같았다. 제이드는 문득 어색한 기분, 발가벗은 듯한 기분이 들었다. 거절당하고 좌절한 채로 제이드는 티셔츠와 속옷을 다시 입고 자기 방으로 돌아가려고 문을 열었다.

"난 이것보다는 가치 있는 사람이야, 마크." 제이드가 쏘아붙였다. "빌어먹을, 네 머리가 그걸 제때 이해하지 못하면 너무 늦어버릴 거야."

문 쪽으로 다시 돌아서면서 제이드는 마크의 어머니인 수전이 복도에서 두 사람을 노려보는 것을 보고 깜짝 놀랐다. 수전은 격한 분노와 실망이 뒤섞인 표정을 짓고 있었다.

79

°닉

닉은 식욕을 완전히 잃었다. 텅 비어 꼬르륵거리는 배 속을 채우려 할 때마다 모든 것을 게워내고 싶었다. 대신 그는 담배와 껌, 맛이 첨가된 물 몇 병으로 이루어진 식단을 고수했다.

닉이 아버지가 된다는 것을 알고 처음 보인 반응은 한발 물러서는 것이었다. 그는 샐리와 처음 별거했을 때 머물렀던 버밍엄 중심가의 호텔에 체크인했다. 그의 소지품이 곳곳에 흩어져 있는 알렉스의 아파트와는 달리, 이런 익명의 방은 판단력을 흐리지 않고 생각할 수 있게 도와줄 터였다.

켜켜이 쌓여가는 고독의 시간이 뒤따르는 동안 닉은 9층 창문에 서서 도시의 다채로운 스카이라인을 지켜보았다. 그는 창틀에서 나사못 네 개를 풀어내면 창문이 완전히 열리지 않도록 막고 있는 안전 자물쇠를 해제할 수 있다는 걸 알아냈다. 그중 두 개의 나사못은 이미 손에 쥐고 있었다. 그때 어떤 생각이 떠올랐다. 그 생각을 재빨리 떨쳐버렸지만, 계속해서 티스푼으로 남은 두 나사못을 돌렸다. 그것만이 더 이상 모두의 골칫거리가 되지 않기 위한 해결책이라고 생각했다.

닉은 그날 저녁 알렉스의 문자메시지에 답장하지 않기로 했다. 닉은 그날 저녁 여권을 갱신하러 런던으로 가는 대신 전 여자친구와 사실상 함께 보냈다. 올해 말쯤에는 그에게 아이가 생길 수도 있다는 사실을 이해하려 노력했다. 그 말을 어떻게 알렉스에게 전할 수 있을지 도저히 알 수 없었다. 답장을 받지 못한 알렉스의 문자메시지 말투가 갈수록 걱정스러워지고 전화와 음성메시지가 점점 더 자주 들어오자 닉은 핸드폰을 끄기로 했다.

부드러운 산들바람이 창문으로 들어와 닉의 얼굴에 닿았다. 하지만 그는 느끼지 못했다. 대신 닉은 자신이 항상 아이를 갖고 싶어 했던 반면 샐리는 언제나 확신이 없었다는 점을 떠올렸다. 그들은 결혼 후에 한두 해 동안 기다리며, 되는대로 받아들이기로 타협했었다. 하지만 브뤼주로 떠났던 도시 탈출 여행이 그 타협을 끝장내버렸고, 이제 그들은 그 결과를 감당해야 했다.

"해도 되고 안 해도 돼. 네 선택이야." 샐리는 굳이 그렇게 말했다. 닉은 그녀의 말을 믿었다. "난 사실을 얘기할 뿐이야. 넌 아빠가 될 수도 있고 되지 않을 수도 있어. 난 혼자서 해낼 수 없다는 걸 알고 있을 뿐이고. 너를 협박하거나 최종 경고를 하는 게 아니야."

그러나 닉한테는 그렇게 느껴지지 않았다.

그는 실용적으로 생각해보기로 했다. 아이의 인생에 어느 정도 참여하면서도 알렉스와 함께할 수 있는 방법을 하나하나 떠올려보았다. 그는 지금도 뉴질랜드로 이민을 갈 수 있다고 생각했다. 매년 비행기표 값도 떨어지고 있으니 최소한 1년에 한 번은 영국으로 돌아올 여유를 낼 수 있을 터였다. 돈을 아껴 쓰면 두 번도 돌아올 수 있었다. 나머지 시간에는 페이스타임과 스카이프로 아이가 자라는 모습을 지켜볼 수 있을 것이다. 이상적이지는 않겠지만 먼 나라로 파병된 군인 부모 수천 명이 그렇게 아이를 키웠다. 샐리가 아이를 데리고 호주로 오지 않을 이유도 없었다. 물론 전부 샐리가 이런 생각을 '혼자가 아닌' 것으로 볼 때에야 가능한 일이었지만. 샐리는 혼자서 아이를 키운다는 생각에 너무 겁을 먹고 있었으며 닉은 최대한 샐리와 함께하고 싶었다. 샐리가 제시한 다른 선택지는 생각조차 할 수 없었다.

알렉스에게 런던에 남아달라고 하는 것은 너무 큰 부탁이 될 터였다. 알렉스는 아픈 아버지와 함께 있어야 했다. 알렉스의 아버지는 하루가 다르게 쇠약해져가고 있었으며, 닉은 알렉스가 아버지와 마지막 몇 주를 함께하기 위해 뉴질랜드로 가고 싶어 한다는 것을 알고 있었다. 같은 입장이었다면 닉도 자신보다는 가족의 필요를 우선했을 터였다.

문제를 회피하는 다른 방법들도 있었지만 그 모든 방법이 같은 결과에 이르렀다. 닉은 아이 인생의 한구석만 나누게 될 것이다. 그 결로는 충분하지 않았다. 아버지가 될 거라면 아이를 키울 때 적극적인 역할을 하고 싶었다.

하지만 닉의 머릿속에 슬금슬금 걱정이 찾아들었다. 그는 겁을 먹었다. 자신과 매치 사이에 끼어들었다는 이유로 아이에게 앙심을 품게 된다면? 아이의 눈을 들여다볼 때마다 자신의 공허함이 거기 비친다면? 닉은 몸을 떨었다.

기약도 없는 오랜 시간 동안 영혼의 동반자를 보지 못하게 된다는 생각만으로도 닉은 몸에 통증을 느꼈다. 알렉스와 함께 있을 수 없다는 것, 그가 길쭉한 팔다리로 휘적휘적 방에 들어올 때 미소 짓는 이유가 될 수 없다는 것, 그가 자고 있을 때 그의 가슴이 오르내리는 소리를 들을 수 없다는 것이 닉의 몸을 아프게 했다. 서로 같은 도시에 있는 지금도 이런 기분인데, 그가 지구 반대편에 있으면 어떨까? 닉은 뼛속 깊은 곳에서부터 견디기 너무 힘드리라는 걸 알고 있었다. 모든 사람을 만족시킬 만한 한 가지 대답을 생각해내려고 노력하는 일은 빗자루를 가지고 바다의 파도를 쓸어내리는 일과 같았다.

닉은 침을 꿀꺽 삼키고 창문의 안전 자물쇠에 남아 있는 나사못 두 개를 노려보며 눈을 감았다. 그는 결정을 내렸고, 이제는 돌아갈 길이 없었다.

80

엘리

"안녕, 엘스. 이젠 대화할 때가 된 것 같죠?" 팀이 활짝 미소 지으며 말했다. 팀의 목소리는 태평하고 노래하는 듯했지만, 껍데기뿐인 미소 탓에 그 효과가 약해졌다. 팀은 유리 책상 뒤 엘리의 의자에 깊숙이 기대 텀블러에 담긴 뭔가를 홀짝이더니 얼음을 휘휘 돌렸다. 인기 좋은 스카치가 담긴 크리스털 디캔터*가 주류 보관장 위에 놓여 있었다. 엘리의 눈에 띄도록 일부러 꺼내 마개를 열어놓은 것이었다.

그는 엘리가 정신 못 차리고 사랑에 빠져 있던 팀이 아니었다. 매튜였다. 미지수. 엘리가 만나보지 못했지만 이미 증오하는 사람. 엘리는 안드레이의 비상경보기를 찾아 재킷 주머니를 뒤졌다.

---

* 침실. 식탁용 유리 물병 또는 포도주 병.

더 원

397

"경보기에 대해서는 알고 있어요. 원한다면 얼마든지 그 거인한 테 경보를 보내시죠. 막지 않을 테니까."

엘리는 나가면서 버튼을 누르려고 돌아섰지만 매튜가 다시 입을 열었다.

"하지만 그러면 내가 당신을 망쳐놓으려고 이 모든 수고를 한 이 유를 절대 알 수 없을 겁니다."

엘리는 가다 말고 멈추어 서서 그를 등진 채로 가만히 있었다.

"내 생각이지만 당신은 문제를 푸느라 평생을 보낸 과학자이니 이유를 알고 싶어 죽을 지경일 테고요."

엘리는 주류 보관장 쪽으로 돌아서서 진토닉을 한 잔 탔다. 그녀 는 치마 주름을 펴고 소파 두 개 중 하나에 앉아 다리를 꼰 뒤 팀이 맞은편 소파에 와서 함께 앉기를 기다렸다. 그가 이곳에 와 있는 것 을 보고 처음 느꼈던 당혹감은 문득 강철 같은 결단력으로 바뀌었 다. 이야기를 하고 싶다면 그가 그녀에게 와야 할 것이다. 그녀는 어떤 남자에게도 이용당하지 않을 테니까.

"소호 호텔에서의 회의는 어떻게 됐어요?" 그가 걸어오며 물었 다. 그가 그녀의 행방을 알고 있다는 사실이 놀라웠지만 엘리는 그 런 기색을 드러내지 않았다. "클라우드 계정에 좀 더 괜찮은 암호 를 써야죠. 난 당신이 어디에 있는지, 당신이 나한테 회사에 있다고 말할 때 실제로는 어디에 있는지 늘 알고 있어요."

"당신도 내 아이패드에 당신 계정을 열어놓지 말았어야죠."

"그게 우연이었다고 생각해요? 우연이라는 건 없어요, 엘리. 그 저 신중하게 세운 계획이 있을 뿐이죠."

"본론부터 얘기하지 그래요, 매튜?" 그녀가 침착하게 물었다.

"아, 당신이 그 이름으로 날 부른 건 지금이 처음이네요. 마음에 들어요, 엘스. 그건 그렇고, 내가 왜 티모시라는 이름을 골랐는지 알아요? 뻔하죠. 성경에서 따온 이름이에요. '신에게 영광을'이라는 뜻입니다. 당신은 당신이 바로 그런 존재라고 생각하죠? 영광을 받아야 할 신적인 존재라고요."

엘리는 눈썹을 치켜올렸다. 그는 그녀의 반응을 기다렸다가 말을 이었다.

"그놈의 유전자를 발견해서는, 사람들한테 남은 평생을 보내야 할 상대가 누군지 말해주고…… 당신에게는 확실히 신 콤플렉스가 있어요."

"이런 식의 비난은 처음도 아니에요." 엘리는 연기하듯 한숨을 쉬었다. "그러니까 더는 시간 낭비 하지 말죠. 나한테 원하는 게 뭐예요? 이 모든 일을 벌인 데는 틀림없이 이유가 있을 테니. 돈이라면 뻔한 동기죠. 아마 돈을 주지 않으면 당신 이야기를 언론사에 팔겠다고 협박할 것 같은데요."

매튜는 술을 한 모금 더 마셨다. "아뇨. 난 딱히 연애사를 떠벌리는 스타일이 아니라서. 다시 맞혀보세요."

"난 당신이 어떤 '스타일'인지 전혀 모르겠어요."

"그러시겠죠. 그럼 내가 알려줄게요. 나는, 사랑하는 예비 신부님, 이제부터 당신이 꿈조차 꾸지 못했던 방식으로 당신 인생을 바꿔놓을 사람이에요." 그는 씩 웃더니 유리잔을 높이 들었다. 건배 제의라도 하는 듯이.

"어떻게 그러겠다는 거죠?"

"그 얘기는 곧 할 거예요. 하지만 먼저, 당신이 사진 속 우리 엄마를 알아봤을 때 어떤 표정을 지었는지 봤으면 좋았을 뻔했다는 생각이 드네요."

"사실은 잘 기억나지 않아요." 엘리가 거짓말했다. "그 사람은 말단직원일 뿐이었어요. 별로 중요하지도 않았고 특징도 없었죠, 솔직한 얘기로."

"우리 어머니는 처음으로 당신의 검사를 받아본 사람 중 한 명이었어요. 아닌가요? 그거라면 어머니가 기억에 남았으리라고 생각했는데요. 어머니가 그 사실을 몰랐으니 더더욱."

엘리는 그를 쏘아보았다. 그녀는 매튜가 하는 말의 의미를 정확히 알고 있었다.

"내 말이 틀렸으면 냉큼 고쳐줬을 텐데, 그러지 않네요." 매튜가 말을 이었다.

"몇 명 있긴 있었어요. 내가 DNA를…… 빌려 와서…… 초기 데이터베이스를 구축했던 사람들이." 엘리가 인정했다.

"몇 명 있었다고요? 당신 옛 동료 중 한 명이 말해주기로는 당신 별명이 '오스카 더 그라우치'*였다던데요. 다 쓴 일회용 컵이나 포크를 찾느라고 쓰레기통을 하도 뒤지고 다녀서. 어느 모로 보나, 당신은 쓰레기를 훔쳐다가 허락도 없이 타인의 DNA를 몰래 수집한 겁니다."

---

* 어린이를 위한 텔레비전 쇼 「세서미 스트리트」에 나오는 캐릭터로, 쓰레기통에 사는 괴팍하고 반사회적인 꼭두각시.

엘리는 속으로 부글부글 끓고 있었다. 엘리는 사업 초기의 수상쩍은 일들에 관해 침묵을 지키도록 내부자들에게 충분히 후한 돈을 줬다고 믿어왔다. "그래서요?" 그녀가 물었다. "그게 세기의 범죄라도 되나요?"

"불법일 뿐만 아니라 비윤리적인 일이죠."

엘리가 웃었다. "당신이 나한테 윤리에 대해 가르치려 들어요? 그만하죠, 매튜. 당신, 이 정도까지 바닥은 아니잖아요."

"좋아요. 그럼, 당신이 돈이 생기자마자 사람을 써서 공무원들에게 뇌물을 주고 국가 DNA 데이터베이스 기록에 접근했다는 얘기를 해볼까요? 아니면 병원, 의원, 영안실 근무자들에게 돈을 주고 견본을 구했다는 얘기를 할까요?"

"제3자의 행위를 내가 책임질 수는 없죠."

"당신은 투자를 늘리고 사업을 확장시키기 위해 견본 숫자를 늘려야 했고, 그래서 죽은 사람, 죽어가는 사람, 아픈 사람, 범죄자들의 DNA를 가져갔어요. 난 소아성애자, 성범죄자, 살인자로 밝혀진 사람들의 정보가 당신의 자료 깊숙한 곳에 묻혀 있는 걸 발견했습니다. 그중 몇 명에게는 당신이 실제로 매치를 찾아주기도 했죠. 그리고 좀 더 깊이 파보니, 당신은 중증 정신장애를 가진 사람들과 죽은 아이들의 DNA 정보까지 데이터베이스에 보관하고 있더군요. 죽은 아이들이라니, 엘리! 도대체 그건 어떻게 변명할 겁니까?"

"세계적으로 성공한 기업 중에서 초창기에 사다리를 오르려고 선을 넘지 않은 경우가 하나라도 있다면 말해봐요."

엘리는 그간 외면해온 일들로 부끄러움을 느끼지 않으려고 시선을 돌렸다. "목표가 수단을 정당화하는 거예요." 그녀가 대답했다. "내 발견은 세상을 바꿨어요. 그게 무슨 해가 됐나요?"

"내 어머니의 'DNA 매치' 검사 결과는 기억나요?"

"당연히 안 나죠. 그건 아주 초기였어요. 그러니까 당시에는 확인된 매치가 없었으리라고 가정할 수밖에요."

"그럼 내 아빠는요?"

"당신 아버지요? 두 시간 전까지만 해도 난 그런 사람이 존재하는지조차 몰랐어요."

"내 아버지도 당신의 초기 실험 대상 중 한 명이었죠. 당신이 내 아버지의 정보를 훔쳤을 당시에 정부에서 일하셨거든. 그러다가 당신이 일반인도 검사를 이용할 수 있도록 했을 때 어떤 여자가 자기가 아버지의 매치임을 알고 아버지에게 연락해왔어요. 어머니와 함께 은퇴를 준비하고 있었어야 할 시간에, 아버지는 스코틀랜드로 이사해서 전혀 모르는 사람과 살겠다고 짐을 꾸리고 있었죠."

"매튜, 난 그 일에 대한 책임이……."

"난 회사 차원에서 당신이 읊조리는 말을 들을 생각도 없고, 사람들의 인생을 파괴한 데 당신 책임이 없다는, 늘 떠드는 헛소리를 듣고 싶지도 않아요. 난 당신의 인생을 어떻게 망가뜨릴지 알려주려고 여기 온 겁니다. 자, 술 한잔 더 마시려는데 괜찮을까요?"

81

° 맨디
....

요양병원에서 리처드를 만나고 돌아온 맨디는 팻의 집이 비어
있는 것을 보고 마음이 놓였다.

리처드가 죽었다고 거짓말한 이유가 무엇인지 팻과 클로에에게
따져 묻기 전에 먼저 계획을 세울 공간이 필요했다. 하지만 일단은
팻의 집에서 나가야 했다. 맨디는 자기 침실—리처드의 침실—이
있는 위층으로 올라가 다시 울음을 터뜨리고 싶은 충동을 애써 참
았다. 그녀는 스트레스 가득한 오후 시간이 아기에게 미칠지도 모
르는 영향이 걱정스러웠다.

그날은 시작할 때만 해도 기대로 가득한 평범한 하루였지만, 제
임스 패터슨 소설보다도 심하게 반전에 반전을 거듭했다. 그녀는
기진맥진했다. 안전한 자기 집의 익숙한 환경으로 돌아가고 싶은
마음뿐이었다. 일단 그곳에 가기만 하면 문을 잠그고 물을 가득 받

아 거품 목욕을 한 다음 그날 알아낸 모든 것을 이해해볼 터였다. 그런 다음 하루 이틀 지나 먼지가 가라앉은 뒤에 화해하기를 바라며 엄마와 동생들을 만날 것이다. 가족을 제대로 만나지 않은 지도 반년이 넘었다. 그녀에게는 지금 그 어느 때보다도 더 진짜 가족들이 필요했다.

맨디는 방 이곳저곳에서 옷가지를 주워 여행 가방 두 개에 던져 넣었다. 아기와 관련된 모든 물건은 유모차 옆에 팻이 장난감과 기저귀가 담긴 가방을 걸어놓은 자리에 놔두었다. 나중에 직접 사면 되니까.

앞문이 열리는 소리에 맨디는 아찔한 기분이 들어, 여행 가방을 재빨리 쾅 닫고 지퍼를 채웠다.

"안녕! 위층에 있어요, 맨디?" 클로에가 소리쳤다. "엄마가 요리하기 귀찮다고 해서 피시앤칩스를 좀 포장해 왔는데……."

맨디가 여행 가방을 끌고 층계참에 나타나자 클로에의 목소리가 흐려졌다. "무슨 문제라도 있니?" 팻이 물었다.

"며칠 집에 가 있으려고요." 맨디가 대답했다. "그냥 혼자 있을 시간이 좀 필요해요."

팻과 클로에는 서로를 바라보았다. 얼굴에 당황한 기색이 스쳤다. "무슨 일이라도 있었어요? 아기 때문이에요? 아기는 괜찮아요?" 클로에가 물었다.

"네, 아기는 괜찮아요."

"그럼 왜 떠나는 거예요? 여기서 잘 지내고 있는 줄 알았는데."

맨디는 잠시 멈춰 아래쪽에 서 있는 두 사람을 빤히 바라보며,

사실 그들에 대해 아는 게 아무것도 없다는 걸 깨달았다. 그들은 처음 만난 날부터 자신에게 거짓말을 해왔다. 그들이 팔아치운 모든 거짓과 가짜 약속 때문에 화가 났다.

"난 리처드에 대해 알고 있어요." 맨디가 천천히, 그러나 단호하게 말했다.

"뭘 안다는 거니?" 팻이 물었다.

"오늘 미셸 니콜스를 만났어요. 리처드의 전 여자친구요. 니콜스가 리처드에 대해서 흥미로운 사실을 아주 많이 말해줬죠. 그 사람이 꽤나 바람둥이였고, 아이를 낳고 싶어 하지도 않았다는 얘기라든지. 하지만 그건 새 발의 피죠, 안 그래요?"

"그 여자가 무슨 말을 했는지는 모르겠지만, 거짓말이야." 팻이 즉시 말했다. "미셸은 앙심을 품은 창녀라고. 리처드가 더는 자기를 원하지 않아서 화가 난 거다."

"그럼 미셸한테 리처드의 아기를 낳아달라고 빌었다가 미셸이 싫다고 하니까 괴롭힌 적이 없단 말씀이세요?" 맨디는 팻을 계속 노려보았다.

"당연히 없지, 아가. 리처드가 죽기 전에 나한테 한 번도 그 여자를 사랑한 적이 없다고 말했단다."

"'죽기 전'이라뇨! 팻, 그만해요. 난 진실을 알고 있어요. 방금 요양병원에 있는 리처드와 오후를 보내고 왔어요."

팻은 놀라 손으로 입을 가렸다. 클로에는 눈을 돌렸다.

"왜 거짓말을 했죠?" 맨디가 말을 이었다. "왜 리처드가 죽었다고 한 거예요?"

"처음부터 그럴 생각은 아니었어요." 클로에가 끼어들었다. 목소리가 떨리고 있었다. "추도 예배에 당신이 나타났을 때 우린 당신이 리처드가 살아 있다는 사실을 안다고 생각했어요. 그러다가 집으로 왔을 때 당신이 리처드가 죽었다고 생각한다는 걸 알게 됐고⋯⋯." 클로에는 팻을 힐끗 보았다. "엄마는 당신을 그 이상 괴롭히지 않는 게 최선이라고 생각했어요. 난 당신에게 진실을 말하고 싶었지만, 이미 일이 너무 커졌고요." 이번에도 클로에는 팻과 불편한 눈빛을 주고받았다.

"당신은 리처드의 재를 어디에 뿌렸는지까지 나한테 보여줬어요, 팻. 대체 어떤 어머니가 그런 짓을 하죠? 아들이 아직 살아 있는데?"

클로에조차 이 말에 놀란 듯했다. "엄마?" 클로에가 조용히 말했지만 팻은 그녀를 무시했다.

"리처드는 어떻게 보나 죽은 거나 다름없어." 팻이 말했다. "난 우리 아들을 잃었고, 그 애를 되찾고 싶어. 그리고 넌 아이를 낳고 싶어 했잖아. 거짓말해서 미안하지만 우리 모두 잘되어가고 있었어. 아니니?"

"그게 계획이었군요. 리처드를 내 아기로 바꾸는 것 말이에요."

"아니, 리처드는 누구와도 바꿀 수 없어." 팻이 쏘아붙였다.

"그럼 뭐예요? 리처드의 간호사가 나한테 해준 말로는 당신은 한 번도 리처드를 만나러 간 적이 없다던데요. 입원비는 내고 있지만, 날 만나기 전부터 리처드에게는 아무 신경 쓰지 않았다면서요."

"너무 힘든 일이에요." 클로에가 말했다. "생기 넘치던 사람이,

그 사람을 존재하게 했던 모든 것이 빠져나간 채로 누워 있는 모습을 보는 일 말이에요. 엿같이 힘들다고요."

"아, 정말 안됐네요. 그럼 당신 동생은요? 거기 혼자 있는 사람은 리처드예요. 당신들은 심지어 리처드의 친구들이 리처드를 만나지도 못하게 막았어요."

"감히 우릴 함부로 판단하지 마라." 팻이 맨디 쪽으로 계단을 올라오며 말했다. "지금의 리처드 모습만 본 너는 운이 좋은 거야. 숨을 쉬려면 호흡기가 필요하고, 음식을 먹으려면 관을 목구멍에 넣어야 하고, 소변을 보려면 카테터를 끼워야 하는 그 몸뚱이는……. 예전의 리처드를 모른다는 게 얼마나 행운인지 넌 몰라. 너한텐 지금의 그 애와 비교할 만한 어떤 기억도 없으니까. 그 애는 더 이상 내 아들이 아니야. 그 몸뚱이는 리처드가 아니야. 그러니까 나한테 이래라저래라 하지 마. 아무것도 모르는 주제에."

"엄마, 맨디. 부탁이니까 진정해요." 클로에는 그렇게 말했지만 다시 무시당했다.

"그럼 당신한테 난 뭐예요? 그냥 리처드의 아기를 낳을 그릇인 가요?"

"아니, 당연히 아니지. 그것만 원했다면 대리모를 구했겠지."

"하지만 당신들이 미셸한테 원했던 건 그거 아니었어요? 미셸한테 먼저 물어봤잖아요."

"그때는 우리가 제정신이 아니었어요." 클로에가 덧붙였다. "우린 슬퍼하고 있었고, 여전히 충격을 받은 상태였어요. 이제야 그걸 알게 됐어요. 그죠, 엄마? 그래서 리치의 DNA가 묻은 면봉을 보냈

던 거예요, 리치의 매치를, 리치의 아이를 낳아줄 사람을 찾으려고
요. 그게 당신이에요."

"뭐라고요?" 맨디가 들고 있던 여행 가방의 손잡이를 놓치자 가
방이 바닥에 떨어졌다. "당신들이 리처드 대신 검사를 받았단 말이
에요?"

클로에가 망설였다. "그렇게 말하니까 실제보다 더 나쁜 짓처럼
들리네요." 클로에는 그렇게 말하며 고개를 숙였다. "엄마는 그냥
최선이라고 생각한 일을 했을 뿐이에요. 부탁이에요, 맨디. 그냥 여
행 가방을 거기 두고 아래층으로 내려와서 이 일에 대해 같이 얘기
해봐요. 당신은 우리 가족이에요. 아기도 그렇고요."

맨디는 고개를 저으며 웃었다. "틀렸어. 난 이 가족이 아니고, 절
대 아기를 이 가족으로 만들지도 않을 거야. 당신들은 처음부터 나
한테 거짓말을 했어. 그런데 내가 당신들을 어떻게 믿어? 난 집에
가서 인생을 다시 추스를 거야. 당신 둘이 없는 곳에서." 맨디는 여
행 가방을 집어 들고 자기 쪽으로 당긴 다음 계단을 내려가기 시작
했다.

"그렇게는 못 하지." 팻이 소리치더니 남은 몇 계단을 달려 올라
와 맨디를 마주 보았다. "내 손자를 빼앗아가진 못해." 팻이 이 말
을 하면서 맨디의 팔을 잡아당기는 바람에 그녀는 균형을 잃었다.

맨디는 앞으로 고꾸라졌다. 두 다리가 꺾이기 직전에 간신히 난
간을 잡았지만, 불어난 몸이 쓰러지는 힘을 이기지 못하고 균형을
잃는 바람에 이마가 난간 봉에 부딪혀 깨졌다. 맨디는 뜨거운 피가
얼굴을 따라 똑똑 흘러내리는 것을 느꼈다. 한 손으로 몸을 지탱하

며 다른 손을 뻗어 상처를 만져보았다. 깊이 베였음을 알자 정신이 아득해졌다.

"구급차 부를게요." 클로에가 소리치더니 전화를 걸기 위해 거실로 달려갔다.

"움직이지 마, 이 멍청한 계집애 같으니." 팻이 말했다. 그녀는 소매에서 티슈를 꺼내 맨디의 다친 머리에 얹어놓았다. "어떻게 내 손자를 이런 위험에 빠뜨릴 수가 있어?"

"당신이 거짓말을 해서 이런 일이 생긴 거예요." 맨디가 흐느꼈다.

"우린 행복할 수 있었어. 넷이서 말이야. 넌 나한테 진심으로 또다른 딸이나 마찬가지였어. 너랑 아무 상관없는 일을 들쑤시고 다니면 안 되지. 너야 좋든 싫든, 난 이 아기의 인생에 개입할 거야. 아무도, 너도 이 나라의 그 어떤 법정도 나와 내 손자를 떼어놓을 수 없어."

무섭기도 하고 어지럽기도 해서 맨디는 팻에게서 가능한 한 멀리 떨어지고 싶었다. 맨디는 자신을 떠받치고 있던 팻의 팔을 밀치고 다시 한번 여행 가방 쪽으로 손을 뻗었다. 하지만 계단을 내려가려 하자마자 두 다리가 꺾였다. 그녀는 비틀거리면서 이미 상처가 난 머리를 다시 난간 봉에 부딪힌 뒤, 남은 계단을 굴러떨어져 정신을 잃은 채 얼굴을 바닥에 대고 쓰러져버렸다.

82

° **크리스토퍼**
....

29호의 적갈색 머리카락에서 나온 악취 나는 분자들이 크리스토퍼의 콧구멍을 가득 채우고 콧속 점액에 용해되어, 뇌로 신호를 만들어 보냈다.

하지만 그녀의 흔한 브랜드 샴푸에 들어 있는 과일 향 성분은 왠지 역겨웠다. 아무리 생각해도 그 냄새가 부정적으로 느껴지기는 지금이 처음이었다.

크리스토퍼는 최대한 이 일을 활기차고 효과적으로 헤쳐나가고 싶었다. 하지만 여자의 목 주변 피부가 너무 얇았다. 목에 와이어를 너무 세게 감은 나머지 관통상이 생겼다. 그는 올가미를 약간 헐겁게 만들었다. 와이어가 여자의 경정맥에 파고들어 방 전체에 핏줄기를 뿜어낼까 봐 걱정됐다. 미세한 핏방울 하나하나까지 청소하려면 시간이 많이 들 텐데, 크리스토퍼는 그럴 기분이 아니었다.

손아귀에 조금이나마 힘을 풀었다는 것은 여자가 마침내 의식을 잃고 바닥으로 미끄러져 내릴 때까지 그가 고통스러운 8분—직접 세어보았다—을 견뎌야 한다는 뜻이었다. 크리스토퍼는 그녀가 용감하게 싸웠다는 점을 인정했다. 미약하게나마 발길질을 하고, 그를 할퀴고 물어뜯으려 시도했다. 하지만 그는 9호에게 엄지손가락을 물린 사건을 통해 다시는 부주의하게 굴면 안 된다는 교훈을 얻었다. 결국은 경험과 기습이라는 요인이 그에게 유리하게 작용했다. 결투는 그에게 유리하게 흘러갔다.

크리스토퍼는 의식을 잃은 여자를 따라 바닥에 주저앉은 다음 그녀의 목에 다시 와이어를 감고, 딱 필요한 만큼의 힘을 사용해 여자의 뇌에서 산소를 완전히 비워버렸다. 잠시 동안 그는 접이식 이중문에 비친 모습을 통해 사냥꾼이 사냥감을 처참한 운명의 탱고 속으로 끌고 들어가는 모습을 지켜보았다. 하지만 사냥꾼은 몸을 돌렸다. 그는 더 이상 예전의 자신과 닮아 있지 않았다. 그를 알아볼 수도 없었다.

29호가 천천히 죽어갈 때 목구멍에서 새어나온 꿀쩍거리는 소리는 여자의 머리카락에서 나는 악취만큼이나 불쾌했다. 크리스토퍼는 여자의 코에서 뚝뚝 떨어지는 점액이나 입가에 고여 드는 흰 거품을 무시하기로 했다.

여자의 목숨이 마침내 끊기자 크리스토퍼는 손아귀 힘을 풀고 그녀의 옆에 누워 기진맥진한 채 천장을 바라보았다. 명단에 올라와 있는 다른 여자의 모습이 머릿속에서 흘러넘쳤다. 27호가 며칠이나 뇌리를 사로잡았다. 27호는 그에게 전환점이 되었다. 27호와 에이미 사이에서 사이코패스는 공감과 양심을 키우고 있었다.

27호는 그가 28호의 폴라로이드 스냅사진을 뇌두려고 그녀의 부엌으로 돌아가기까지 근 사흘 동안 죽어 있었다. 그녀의 모습은 살면서 크리스토퍼가 보고 진정으로 충격받아 넋이 빠진 처음이자 마지막 광경이었다.

27호의 부풀어 오르고 변색된 두 다리 사이에 놓여 있는 것은 작지만 완벽한 형태를 갖춘, 목숨을 잃은 태아였다. 겨우 사과만 한 크기였다. 처음에 크리스토퍼가 할 수 있었던 일은 최면에 걸린 듯이 그것을 빤히 바라보며, 목표를 이루느라 받은 스트레스 때문에 환각이 보이는 건 아닌지 궁금해하는 것이었다. 하지만 아무리 눈을 감았다 떠봐도 태아는 그대로 있었다.

27호의 이름은 도미니카 보스코였다. 크리스토퍼는 그 이름을 잊지 않을 터였다. 그녀와 그녀의 아기는 크리스토퍼가 피해자라고 생각한 유일한 사람들이었으니까. 그는 태아를 마른행주로 감싸 엄마의 팔오금으로 옮겨주어야 할 것만 같은 강박을 느꼈다.

크리스토퍼는 에이미와 자신의 아이가 목숨을 잃고 차가워진 채로, 다른 사람의 행위로 인해 모든 잠재력이 뭉개져 눈앞에 누워 있는 모습을 지켜보고 있다면 어떤 기분이 들지 상상했다. 그리고 성인이 된 이래 처음으로 눈가에서 눈물이 흘러나오는 것을 느낄 수 있었다. 첫 번째 눈물 몇 방울이 엄마와 아이에게 떨어지지 않도록 막기에는 너무 늦어버렸다.

그는 집에 돌아와 인터넷을 검색해본 뒤에야 여자의 태어나지 못한 아기가 관내분만이라 불리는 희귀한 현상의 피해자였다는 사실을 알게 되었다. 도미니카가 부패하기 시작하면서 복부에 가스 압력이 높아져 아기를 몸에서 밀어낸 것이다.

크리스토퍼는 도미니카에 대해 얻을 수 있는 모든 정보를 파헤치며 그날 하루를 보냈다. 그녀의 이메일과 문자메시지, SNS 활동 내역을 샅샅이 뒤졌다. 그녀는 시리아에 있는 고향 친구들에게 각각 보낸 네 통의 이메일로 자기가 임신했다는 사실을 알렸다. 그는 날짜를 맞춰보았다. 메일은 그가 에이미와 함께 올드버러에 가 있을 때 보낸 것이었다.

에이미와의 관계가 크리스토퍼로 하여금 현실에 안주하게 했다. 그는 표적의 인생을 다방면으로 조사하고 최근 소식을 알아보기보다 에이미와 함께 지내는 데 더 많은 시간을 투자했다. 도미니카의 임신에 대해 알았더라면 크리스토퍼는 그녀를 후보자 명단에서 제외했을 것이다.

크리스토퍼의 작업이 완성되기까지는 딱 한 명이 남아 있었지만, 그가 그 일을 소화할 수 있을지는 논란의 여지가 있는 문제였다.

83

○ **제이드**
....

제이드는 옷도 제대로 입지 않은 채 시어머니 앞에, 결혼한 아들
이 아닌 다른 아들과 방금 사랑을 나눠 홍조가 가시지 않은 상태로
서 있던 그때만큼 자신이 비정한 사람처럼 느껴진 적이 없었다.

수전의 침실 등이 제이드의 얼굴에 떠오른 괴로움을 비추었다.
그림자는 수전의 어마어마한 존재감을 더욱 강조했다. 수전은 그녀
대로 두 사람을 쏘아보았다. 눈앞의 광경에 역겨움을 느끼면서. 수
전은 돌아서서 거실로 향했다.

마크는 제이드가 벗겨 방 저편으로 던져버렸던 속옷을 허둥지둥
찾았다. 옷을 챙겨 입은 그는 티셔츠를 움켜쥐고 그녀를 밀치고 지
나가 어머니를 따라갔다.

"엄마." 제이드는 마크의 방문 뒤쪽에 걸려 있던 잠옷 가운으로
손을 뻗으며 말소리를 들었다. 제이드는 다리가 후들거리는 채로

마크와 함께하려고 갔다. 이 일을 함께 마주하려고.

"너희 둘 다 어떻게 그럴 수 있니?" 수전이 소리쳤다. 이미 얼굴에 눈물이 흘러내리고 있었다. "케빈은 네 동생이야, 마크. 제이드너한테는 남편이고. 어떻게 케빈한테 이럴 수가 있어? 우린 방금 케빈을 묻어주고 왔어. 아직 땅속에 묻힌 몸이 식지도 않았을 거다."

"죄송해요." 마크가 절망적으로 말했다. "엄마가 우릴 볼 줄 몰랐어요."

"아, 그래. 당연히 그랬겠지. 너희가 모두의 등 뒤에서 이런 짓을 하고 싶어 했다는 것쯤은 세상에, 아주 분명하구나."

"아뇨, 그런 게 아니에요."

"그리고 너도!" 수전이 제이드에게 손가락질하며 말을 이었다. "우린 너를 우리 집에 반갑게 맞아들이고 딸처럼 대했어. 그런데 이런 식으로 보답하니? 그동안 내내 남편의 형과 자고 있었어?"

"내내 그런 건 아니에요." 제이드가 입을 열었다. "이번이 처음이었어요."

"나더러 그 말을 믿으라는 거야?"

"네, 사실이니까요."

"사실 같은 소리. 마크, 난 우리가 널 이보다는 나은 사람으로 키운 줄 알았다."

"맞아요…… 그렇게 키우셨어요." 마크는 설명하려 했다.

"아니, 그렇지 않아…… 역겨워!"

"케빈과 저 사이에는 육체적인 어떤 것도 전혀 없었어요." 제이드가 단호하게 말했다. 이 상황을 진정시키고 싶어서 한 말이었다.

"우리 사이엔 그런 화학작용 같은 게 없었고…… 저도 왜 그랬는지 몰라요."

제이드를 노려보는 수전의 눈썹이 한데 구겨져 있었다. "아니, 있었을 거야. 케빈은 네 매치였으니까! 난 케빈이 네 곁에서 어떻게 하는지 봤어. 케빈은 널 사랑했다."

"저도 케빈을 사랑했어요. 하지만 사랑에 *빠져 있지*는 않았어요. 우리가 매치되었다는 건 저도 알지만, 로맨스는 없었어요. 적어도 제 입장에서는요. 아마 가끔은 그런 일도 일어나는 게 틀림없……."

"네 말은 케빈이 아프다는 걸 알게 되자마자 흥미를 잃었다는 뜻이구나."

"아뇨, 그렇지 않아요. 정말이에요, 수전. 케빈이 신경 쓰이지 않았다면 여기 머물지도 않았겠죠."

"그 애는 너한테 완전히 빠져 있었어, 제이드. 난 케빈의 눈을 보고 알 수 있었다. 넌 그 애의 매치였어. 그런데 왜 넌 같은 감정을 느끼지 않니? 너도 같은 감정을 느끼도록 되어 있었는데!"

"저도 몰라요. 제발 믿어주세요. 저도 케빈과 사랑에 빠지려고 노력했어요……. 케빈이 저를 사랑하는 것처럼 저도 케빈을 사랑하고 싶었지만…… 그럴 수가 없었어요."

"난 네가 노력했다고는 전혀……."

"제이드는 솔직하게 말하는 거예요, 엄마." 마크가 끼어들었다. "제이드는 케빈과 사랑에 빠질 수 없었어요. 제이드는 케빈의 매치가 아니니까요."

두 여자가 모두 재빨리 마크에게로 고개를 돌렸다.

마크는 침을 꿀꺽 삼킨 뒤에야 입을 열었다. "그리고 케빈이 제이드의 DNA 매치가 아니라는 걸 제가 아는 이유는…… 제이드가 저와 매치되었기 때문이고요."

84

° 알렉스

알렉스는 닉의 텅 빈 호텔 방에서 자신을 기다리던 쪽지를 발견했다.

알렉스는 그토록 많은 문자메시지와 음성메시지를 보냈는데도 다음 날 아침까지 닉에게서 아무런 소식이 없자, 고객의 예약을 취소하고 택시에 올라 닉이 머물던 호텔로 향했다. 알렉스는 런던에서 돌아오는 기차가 그날 아침 도착 예정임을 알고 있었기에 닉을 기다릴 생각이었지만, 몇 시간이 지났는데도 그가 돌아오지 않자 잔뜩 걱정하며 호텔 접수원에게 자신을 들여보내달라고 말했다.

전자식 키 카드로 문을 연 알렉스는 무엇을 보게 될지 두려워 숨을 참았다. 방 안은 텅 비어 깔끔했지만, 쓰레기통은 가득 차 있었다. 담배 포장지나 미니바에서 꺼낸 유리병들, 수많은 찢어진 종잇조각이 쑤셔 넣어져 있었다. 내던져진 그 종이들은 단단한 공처럼 구겨져 있었다.

경비원이 어리둥절한 표정으로 활짝 열린 창문 옆에 섰다. 바람이 커튼을 앞뒤로 사납게 흔들어대긴 했지만, 속까지 밴 퀴퀴한 연기 냄새를 날려 보내지는 못했다. "벌금 내야 해요." 남자가 서툰 영어로 웅얼거렸다.

알렉스는 방을 둘러보다가 마침내 깔끔하게 정돈한 침대 베개 위에 놓여 있는, 밀봉된 봉투를 발견했다. 그는 자신의 이름과 글씨를 알아보고 갑작스레 한기를 느꼈고, 9층 아래 빌딩의 콘크리트 지붕을 보러 창문으로 달려가면서는 숨을 참았다.

85

° 엘리
....

　매튜는 주류 보관장에서 위스키 디캔터를 들고 엘리가 앉아 있는 소파로 돌아왔다.

　매튜가 자기가 마실 술을 한 잔 더 따르는 동안 엘리는 그의 비난과 위협 때문에 마음이 동요하는 것을 감추려고 애썼다. 하지만 그들은 둘 다 매튜가 엘리 마음속 티타늄 베니어판을 꿰뚫어볼 만큼 그녀를 잘 안다는 사실을 알고 있었다. 매튜는 엘리의 맞은편에 앉아 과장되게 숨을 내쉬었다.

　"아버지는 당신의 검사 탓에 어머니를 떠나더니 겨우 몇 달의 말미를 주면서 어머니더러 집을 팔라고 강요했어요. 어머니한테는 집과 친구들에게서 몇 킬로미터나 떨어진 아파트밖에 구할 여유가 없었죠." 그가 말을 이었다. "어머니는 외로웠고, 모욕당한 기분이었고, 고립되어 있었어요. 그렇게 몇 년에 걸쳐 어머니는 그 모든 걸 지워버리려고 술에 의존했죠. 어머니가 알코올의존증 때문에 일자리를 잃는 건 시간문제였어요. 어머니가 인사불성으로 취해서 속바지에 똥을 싸는 바람에 어머니 속옷을 갈아입혀야 하는 아들의 기분이 어떤 건지 알아요? 아니면 취한 어머니가 슈퍼마켓에서 난동을 부리다가 체포당해서, 경찰서로 어머니를 데리러 가야 할 때의 기분은요?"

엘리는 고개를 젓고 싶었지만, 그에게 만족감을 주지 않기로 했다.

"당연히 모르겠죠." 그가 말했다. "어머니는 그렇게 바닥을 쳤을 때 누군가와 매치됐어요."

엘리는 잠시 멈춰 유리잔을 탁자에 올려놓았다. "그럼 뭐가 불만인가요? 결국은 어머니한테도 다 잘됐잖아요."

"그렇게 생각해요? 바비 휴스가 그 사람 이름입니다." 매튜가 말했다. "처음에는 좋은 사람처럼 보였고, 어머니는 그 사람한테 홀딱 반해버렸죠. 매치들이 그래야 하는 방식으로 말이에요. 하지만 그놈은 사람을 조종하는 개자식이었고, 어머니는 혼자가 되기 싫은 마음이 너무 간절해서 그자가 요구하는 것은 뭐든지 들어줬어요. 그놈이 어린 여자애들한테 매력을 느낀다는 점을 묵인하면서까지요. 아주 어린 여자애들이었어요, 경찰이 그 자식의 노트북을 압수했을 때 발견한 3천여 장의 사진으로 보면 말이죠. 그놈은 이베이에서 컴퓨터를 샀을 때 이미 그 사진들이 들어 있었다고 주장했고, 어머니는 멍청하게도 그놈 말을 믿었어요. 어머니는 그놈의 법률비용을 대줬고, 그자가 재판을 받는 내내 그놈 대신 대출을 받아줬죠. 놈이 감옥에 들어가고 나자 어머니한테는 갚을 수 없는 빚만 남았어요. 그리고 이 모든 것이, 어머니의 인생이 엉망진창이 된 이유가, 어머니와 아버지는 받는 줄도 모르고 받았던 검사 때문이었죠. 당신이 신 놀이를 하기로 했기 때문이었다고요. 당신은 이런 구름 속 상아탑에 앉아 있느라 사랑하는 사람이 눈앞에서 전혀 다른 존재로 변해가는 모습을 한 번도 본 적이 없었겠지만."

엘리는 기를 죽이려는 듯 그를 쏘아보았다. "지금 보고 있는 것 같은데요?"

"내 얘기를 하는 게 아니에요. 이건 다른 문제니까." 매튜가 무시하며 말했다. "난 강하고 지적이었던 여성이 신체적으로나 정신적으로나 망가져가는 과정을 지켜본 이야기를 하는 거예요. 어머니는 술을 마시다가 정신을 잃고 몸에 담뱃불을 붙였어요. 알고 있었나요? 어머니는 산 채로 타버렸죠. 시신이 너무 심하게 망가진 나머지 신원확인도 할 수 없었어요."

매튜는 도전적으로 팔짱을 꼈다. 엘리는 진토닉을 한 모금 마셨다. 매튜는 불행했던 자기 어머니에 대한 엘리의 동정심에 기대려는 듯했다. 하지만 그가 비난하면 할수록 엘리는 조용히 끓어오를 뿐이었다.

매튜는 엘리를 과소평가했다. 매튜는 코웃음만 쳐대는 과학자들의 사회에 자신이 발견한 DNA를 이해시키려 애쓰던 야심 찬 젊은 여성으로서의 엘리를 몰랐다. 엘리는 사람들이 자신의 목소리에 귀를 기울이게 만들려고 치렀던 희생에 대해서, 예전의 자신이 지금의 강자로 거듭나기까지 무엇을 어쩔 수 없이 포기해야 했는지 그에게 말해준 적이 없었다. 팀이 그녀를 무르게 만든 것은 확실했다.

하지만 그녀가 눈 깜짝할 사이에 옛 모습으로 탁 돌아갈 수는 없을 거라고 생각했다면 매튜는 바보였다.

"전 세계에는 검사를 받고 자신들이 매치가 아니라는 사실을 알게 된 부부가 수백만 쌍이나 있어요." 엘리가 단호하게 입을 열었다. "하지만 그 사람들은 사랑했기에 서로의 곁에 남았죠. 초창기에 내가 몇몇 지름길을 이용했을 수는 있어요. 하지만 그렇다고 해서 매치된 사람들이 마지막에 내린 결정을 책임지지는 않을 거예요. 난 당신 아버지한테 의지박약인 당신 어머니를 떠나라고 강요하지 않았고, 당신 어머니 손에 술병을 쥐여주거나 당신 어머니 목구멍에 술을 쏟아붓지도 않았어요. 어느 순간에는 사람들이 자신의 행동에 책임을 져야 하는 법이죠."

"그럼 당신은 당신의 행동에 대해 어느 시점에 책임을 질 건가요, 엘리?"

"난 동성애 혐오, 인종차별, 종교적 증오를 박멸 직전까지 몰아넣었어요. 매치는 성적 지향이나 피부 색깔, 어떤 신을 섬기겠다는 결심 등을 인식하지 않으니까요. 매치는 온갖 신앙과 신념을 가진 사람들을 가능하리라고 생각도 못 했던 방식으로 단합시켰어요. 이 세상을 덜 적대적인 곳으로 만들기 위해 당신은 뭘 했나요?"

"하지만 당신은 '그들'과 '우리'를 만들어냄으로써 그만큼 많은 사람을 분열시켰어요. 사랑하도록 설계되어 있는 사람들과, 자신들의 관계에는 그만한 가치가 없다고 느끼게 된 나머지 사람들을 나눠놓은 거죠. 당신이 한 짓과 히틀러가 유대인들에게 한 짓이 얼마나 비슷한지 모르겠어요? 나치는 유대인이 망가진 소수집단으로 전락해 병충해처럼 취급받을 때까지 그들을 하나씩 하나씩 약화해 나갔어요. 매치되지 않은 사람들을 위한 당신의 계획이 그건가요? 서서히 그 사람들을 망가뜨리는 것?"

엘리가 웃었다. "당신, 생각보다 망상이 심하네요."

"매치된 사람들은 매치되지 않은 사람들에 비해 경제적으로 부유합니다. 매치된 부부는 세금우대도 더 많이 받고, 생명보험에서도 우대를 받고, 가정생활이 행복한 만큼 직장에서도 더 많은 성과를 낸다는 이유로 보다 좋은 일자리를 제안받아요. 매치되지 않은 사람들은 자살률이 더 높죠. 이혼과 우울증도 그렇고……."

"작년에는 더 많은 사람이 운명의 상대와 함께 행복을 찾게 되면서 그 두 수치가 실제로 더 떨어졌어요. 남녀를 상대로 한 가정폭력도 모두 줄어들었고요."

"그건 사람들이 자신의 매치가 신체적으로나 정신적인 학대를 저질렀다고 신고하기를 겁내기 때문이에요. 그 사람들은 매치가 아닌 사람과의 더 나은 관계를 시도해보는 위험을 감수하고 싶지 않을 테니까."

"이젠 이민도 별로 논쟁거리가 아니게 됐어요." 엘리는 탄력을 받아 계속 주장을 펼쳤다. 그녀는 이 매튜라는 자를 쓰러뜨릴 생각이었다. "사람들은 불필요한 행정절차를 거치지 않고 빠르게 이민을 가거나 올 수 있고, 전 세계를 여행하고 다른 나라에 있는 자신들의 매치와 정착할 수 있게 됐죠."

"그래서 다른 도시나 나라에 새로 자리를 잡는 바람에 전 세계 기업체의 5분의 1이 핵심 직원을 잃는 피해를 입었고요."

"숫자야 원하는 만큼 주워섬길 수 있겠지만, 매튜, 한 가지는 부정하지 못할 거예요. 당신 마음에 들거나 말거나 'DNA 매치'는 존재한다는 것."

매튜는 엘리에게 다 안다는 듯한 눈길을 던졌다. "부정하지는 않아요. 하지만 내 예상으로는 그것도 별로 오래가지는 않을 거예요."

"그거야 당신이 결정할 일이 아니죠."

"그 판단은 대중이 할 겁니다." 매튜가 말을 이었다. "대중이 언제나 이겨왔죠."

"무슨 말이에요?"

그는 일어서서 기지개를 켰다. "한 잔 더 할까요?"

엘리는 고개를 저었다. 그녀는 그가 스스로 세 잔째 위스키를 따라 마시는 것을 지켜보았다. 눈앞에 있는 남자는 도무지 그녀가 사랑했던 남자로 보이지 않았다. 매튜와 팀은 모든 면에서 달랐다. 그 오만함이나 태도, 앉은 자세까지도. 그토록 오랫동안 그녀 앞에서 가면을 쓰고 있으면서 얼마나 힘들었을까.

"내가 누군지 알게 된 지금도 당신은 날 사랑하고 있죠. 안 그런가요?" 매튜가 말했다. 위스키가 얼음 사이사이로 스며 나오며 얼음 덩어리들이 갈라지는 소리를 냈다.

엘리는 대답하지 않았다.

"그럴 줄 알았어요. 누군가가 신이라도 된 것처럼 당신 인생을 가지고 장난치다니, 별로 재미있지는 않죠?"

"우리 스스로를 속이지는 말죠. 당신은 신 역할을 하고 있는 게 아니에요. 그저 당신의 어리석은 어머니를 속였던 남자처럼 사람을 조종하고 있을 뿐이지. 다만 난 당신 어머니처럼 한심하지 않아서, 이 작은 실수가 남은 내 인생 전체를 결정하도록 내버려두지 않을 생각이고요. 내 DNA에 정해져 있는 만큼 난 언제까지나 당신을 사랑할 거예요. 하지만 절대 당신을 좋아하진 않을 거고, 오늘 이후로 우린 다시 만나지 않을 겁니다."

"날 그렇게 경멸하면서, 아직도 우리가 매치라고 믿어요?" 그가 비웃듯 말했다.

"네, 당연하죠. 그리고 하늘에 맹세컨대 난 우리가 매치가 아니었기를 바라요."

"있잖아요, 바로 그게 웃긴 거예요, 엘스. 우리는 매치가 아니고, 한 번도 매치였던 적이 없으니까."

엘리는 눈을 가늘게 떴다. "무슨 뜻이죠?"

"당신은 과학자인데도, 너무도 간절하게 누군가와 짝을 이루고 싶었던 나머지 단 한 순간도 결과를 의심하지 않았죠."

"난 '너무도 간절하게 누군가와 짝을 이루고' 싶지 않았어요. 당신이 나타나기 전에도 완벽히 행복한 삶을 살고 있었다고요."

"당신은 예전에도 지금도 돈 많은 멍청이들하고만 연달아 데이트해온, 얼음처럼 차가운 기업 장사꾼이야. 당신은 핑계를 대면서 가족을 피했고, 함께할 상대라고는 일밖에 없었지. 하지만 나와 함께하면서 모든 걸 가지게 됐어. 역설적인 일이야. 사실 난 당신한테 아무것도 아니니까."

"검사를 받은 17억 명 중에서 잘못 매치된 사례는 한 건도 보고되지 않⋯⋯."

"그야 지금까지 그런 거고. 당신과 내가 잘못 매치된 겁니다, 엘리. 내가 당신 서버를 해킹해서 결과를 조작했어요."

"헛소리 마시지." 엘리는 그럴지 모른다는 생각에 속으로 멈칫거리며 말했다. 그녀는 화를 내며 팔짱을 꼈다. "우리 서버는 전 세계의 거의 모든 주요 국제기업보다 보안이 더 잘되어 있어. 해킹 시도가 아주 많았지만 아무도 들어오지 못했어. 우리는 당신 같은 사람을 막으려고 돈으로 살 수 있는 것 중 최고의 소프트웨어와 팀원들을 갖추고 있어."

"어느 정도는 맞는 말이에요. 하지만 당신의 시스템은 당신의 허영심을 고려하지는 못했습니다. 얼마 전에 '올해의 여성 기업가상'이라는 제목이 붙은 이메일을 받았던 것 기억나요? 당신은 그걸 열어보지 않고는 참을 수 없었겠죠."

엘리는 몇 명밖에 알지 못하는 개인 계정으로 전송된 그 이메일을 읽었던 일이 어렴풋하게 기억났다.

"거기에 링크가 첨부되어 있었는데 당신이 클릭했을 때는 아무것도 열리지 않았을 겁니다. 안 그래요?" 매튜가 말을 이었다. "나한테는 '아무것도 열리지 않은' 게 아니었어요. 당신의 클릭 덕분에 내가 당신의 네트워크에 원격으로 접속했거든. 난 당신 파일들에 우회적으로 접근할 수 있게 해주는, 아주 작고 탐지되지 않는 맞춤형 악성코드를 풀어놨어요. 당신이 접근할 수 있는 모든 것에 나도 접근할 수 있었죠. 그렇게 난 당신 DNA를 거울처럼 비추는 내 DNA 가닥을 복제해냈습니다. 그때부터는 물러나 앉아서 당신이 연락해오기만 기다렸죠. 취업 면접을 보러 왔던 것도 그래서예요.

당신이 사용하는 프로그래밍과 시스템에 대해 좀 더 알기 위해서. 당신 인사부장한테 고맙다는 인사 전해주세요. 그 사람이 내 증명사진을 찍겠다면서, 고장 나지 않은 카메라를 찾겠다고 날 잠깐 빈 방에 자기 노트북과 함께 남겨뒀으니까. 덕분에 당신 네트워크에 접근하는 데 큰 도움이 됐습니다. 아, 그리고 다음번에는 면접 지원자들이 렌즈 변류기를 가지고 있지 않은지 몸수색을 해보라고도 전해주세요. 디지털카메라를 쓸모없게 만드는, 주머니에 들어가는 크기의 장치입니다."

엘리는 땅이 열려 자신을 통째로 삼켜주기를 바랐다. 두 뺨이 빨갛게 달아오르는 것이 느껴졌다. 의심 없이 그를 자신의 인생에 받아들였던 것에 대한 후회와 그를 믿은 자신을 향한 격한 분노가 뒤섞였다.

"당신은 자유의지에 따라서 나와 사랑에 빠졌던 겁니다." 매튜가 말을 이었다. "너무 간절히 바랐기에 당신 자신을 설득해서 사랑에 빠진 거라고요. 당신을 이런 구렁텅이에 빠지게 한 건 당신의 DNA가 아니에요. 전부 당신 탓이지."

엘리는 잠시 뜸을 들이며 가빠진 호흡을 다스렸다.

"내가 이런 일을 한 이유는 몇 가지가 있는데요." 매튜는 소파에 더욱 깊숙이 앉으며 말을 이었다. "당신한테 모욕을 주겠다는 것도 그런 이유 중 하나였어요. 하지만 우리가 인간으로서 얼마나 탐욕스러운지를 증명해 보이고 싶기도 했습니다. 저만큼만 가면 뭔가 더 나은 것이 있을지도 모른다는 말을 들으면 우리가 그간 소중하게 여겨온 모든 것을, 모든 사람을 얼마나 기꺼이 포기하는지 보여주고 싶었단 말이에요. 당신은 나한테 DNA 매치 때문에 감정을 느낀 게 아니었어요. 우린 서로의 반쪽도 아니고, 운명도 아닙니다. 당신이 사랑에 빠진 이유는 물질보다 대단한 정신 때문이지, 과학 때문이 아니었죠. 우리 관계는 남자가 여자를 만나는, 그런 오래된 관계였어요. 그 이상도 그 이하도 아니라고. 매치를 '발견한' 여자를 내가 어떻게 속였는지 모두에게 말하는 순간 당신은 웃음거리가 되고 당신의 신뢰도는 무너져 내리겠죠."

엘리는 성질을 이기지 못하고 소파 팔걸이를 꽉 잡았다. "그래서 뭐? 계속해봐. 가서 공개해, 막을 생각 없으니까. 난 살아남을 거야. 궁극적으로는 수많은 사람이 내 덕분에 가능하리라고 생각조차 못했던 진정한 사랑을 찾게 됐어."

"아, 엘스. 아직도 이렇게 순진하네요. 이래도 모르겠어요?"

엘리는 그를 노려보았다. 그가 무슨 말을 하는 건지 알 수 없었다.

"속아 넘어간 사람은 당신만이 아닙니다. 당신의 서비스를 이용하는 수백만 명의 인생도 머잖아 뒤집힐 거라고요."

"무슨 뜻이죠?" 엘리가 머뭇거리며 물었다.

"내가 당신과 나만 잘못 매치시켰을 것 같아요? 당연히 아니지. 난 당신 회사의 코드 전체를 새로 썼습니다. 지난 18개월 동안, 당신의 데이터베이스에 올라 있는 최소 2백만 명이 엉뚱한 사람과 매치됐어요."

엘리는 꿀꺽 침을 삼켰다. 심장이 너무 빠르게 두근거려 가슴뼈가 부러질 것만 같았다.

"내가 매치를 조작한 사람들은 완전히 무작위로 매치됐습니다.

나조차도 누가 영향을 받았을지 몰라요." 매튜가 말을 이었다. "그 기간에 서비스에 가입하고 매치된 사람이면 누구나—당신 회사의 성장률에 따르면 대략 2천 5백만 명일 텐데—내가 잘못 매치시킨 사람일 수 있습니다. 내 덕분에 당신 사업은 완전히 무가치해진 거죠. 아무도 자신의 매치가 진짜인지, 아니면 자신을 속여 그런 관계를 맺게 됐는지 모를 겁니다. 내가 당신을 망가뜨리겠다고 말했죠. 난 지키지 못할 약속은 절대 하지 않아요."

86

° 맨디

맨디는 이마의 욱신거리는 통증 때문에 무의식에서 깨어났다.

여전히 눈을 감은 채 천천히 얼굴로 오른손을 뻗어 달걀 모양의 혹을 만져보았다. 말랑말랑했다. 그 혹이 벌어지지 않게 한 줄로 꿰맨 자국이 만져졌다. 눈을 떠보려 했으나 눈꺼풀이 풀로 붙여놓은 듯 느껴졌다. 왼손을 움직여보려고도 했지만 손은 너무 무거웠고 그녀는 힘이 없었다. 맨디는 다른 손으로 왼손을 잡으려다가 왼손부터 팔목 중간까지 깁스가 이어져 있음을 알아차렸다.

맨디는 서서히 정신이 들었지만 자신이 어디에 있는지, 혹은 이곳의 냄새를 맡으면 왜 표백제나 구강청결제가 떠오르는지 알 수 없었다. 그녀는 자신이 화장실에 있는 게 틀림없다고 생각하다가 고개를 들고 눈을 가늘게 뜬 채 창문 너머를 보았다. 눈에 초점이 돌아오자 건물이 가득 들어선 창밖 풍경을 알아볼 수 있었다. 전에도 여기 와본 적이 있었다. 그녀는 저 풍경을 알아보았다. 아이들을 잃었을 때 두 번 다 이곳에 있었다. 병원이었다.

맨디는 갑자기 치솟는 공포감에 압도당했다. 맨디는 이불 아래의 튀어나온 배로 손을 뻗었다. 전보다 훨씬 납작해져 있었다. 아니, 또 이럴 수는 없어. 그녀는 무력하게 기도했다.

"거기 누구 있어요?" 맨디가 쉰 목소리로 말했다. 목구멍이 모래처럼 말라 있었다. 하지만 병실에는 맨디 혼자뿐이었다. 침대에서 몸을 일으켜 앉으려 애쓰다가 금속 틀에 기대 누웠지만, 날카롭게 쏘는 듯한 통증이 배에서부터 몸을 감아 올라왔다. 맨디는 인상을 찌푸렸다. 맨디의 손이 침대 옆에서 버둥거리며 거기 있을 게 틀림없는 버튼을 찾아 헤맸다. 맨디는 그 버튼을 세게 쳤다.

얼마 후 포니테일을 한 간호사가 그녀의 병실 문에 나타났다. "아, 깨셨네요. 좀 어떠세요?" 그녀는 외국어 억양이 섞인 말투로 말하며 맨디 곁으로 다가왔다.

"내 아기요." 맨디가 웅얼거리며 침대에서 기어 나오려 했다. "내 아기는 어디 있어요?"

"의사 선생님을 모셔 올게요." 간호사는 그렇게 말하고 병실을 나섰다.

맨디는 주변을 둘러보았다. 몸이 의지와는 상관없이 떨렸다. 계속되는 이마의 계속되는 통증이 배와 허리의 통증과 뒤섞여 구역질이 날 것만 같았다. 맨디는 겨우 침대 가장자리로 몸을 숙이고 바닥에 토했다. 의사가 도착했다.

"내 아기를 봐야겠어요……." 그녀가 웅얼거렸다.

"아뇨, 안 됩니다. 지금 그대로 계셔야 해요, 테일러 부인." 의사가 대답했다. 그러는 동안 간호사는 맨디가 몸을 닦을 수 있도록 도와주었다. 맨디는 너무 겁에 질린 나머지 의사가 자신을 테일러 부인이라 불렀다는 사실도 눈치채지 못했다. "아드님은 안전하게 잘 있습니다."

"아드님이라뇨?" 맨디가 물었다. 팻의 예언이 맞았다.

"네, 아드님요." 의사가 맨디의 침대 밑 고리에서 차트를 끌어당겨 힐끗 보며 말을 이었다. "닷새 전에 조산으로 아들을 낳으셨어요. 1.9킬로그램입니다. 아이는 안전하고 건강해요. 복도를 조금만 걸어가면 있습니다."

"전 어떻게 된 거죠?"

"저희가 듣기로는 계단에서 떨어지셨다는군요. 두부 외상을 입으셨고, 가벼운 뇌진탕과 함께 손목 골절이 생겼어요. 그래서 쇼크 상태에 빠지셨습니다. 며칠 동안 진정제를 투여받으셨고, 아기는 예비적 조치로 제왕절개를 통해 태어났어요. 이제부터 앞으로 며칠간은 아주아주 조심하셔야 합니다. 서두르시면 아기에게 아무 도움이 되지 않을 거예요."

"아기는 언제 볼 수 있을까요?"

"간호사에게 몇 분 안에 아기를 데려와달라고 부탁하겠습니다."

"감사합니다."

맨디는 베개에 머리를 기대고 안도의 한숨을 쉬었다. 그녀는 팻과 클로에게 따지다가 계단에서 굴러떨어졌던 게 간신히 기억났지만 그것 말고는 생각나는 게 거의 없었다. 아기가 세상에 태어나기에 이상적인 방법은 아니었어도, 어쨌든 아기는 태어났고 건강했다. 미소를 지으며 울자니 머리가 아파왔다. 어쨌든 그녀는 둘 다해냈다. 그녀는 엄마가 되었다.

하지만 몇 분 뒤 돌아온 의사의 얼굴을 보았을 때 그녀의 기쁨은 빠르게 걱정으로 바뀌었다.

"죄송합니다, 그리피스 부인. 지금은 아드님이 가족들과 함께 병원 다른 곳에 있는 모양입니다. 아마 신선한 공기라도 마시게 해주려고 뜰에 데려간 것 같습니다."

맨디의 눈이 휘둥그레졌다. "가족이라뇨?"

"네, 그분들은 그리피스 부인이 깨어나기를 기다리며 거의 내내 여기 계셨어요. 아기와 아주 많은 시간을 함께 보내고 계셨습니다."

"누가요? 아기를 데리고 있는 게 정확히 누구인가요?"

"그리피스 부인의 어머니와 언니인 것 같은데요. 부인이 타고 오신 구급차를 부른 그 사람들입니다."

맨디의 몸은 불길한 공포감으로 가득 차올랐다. 그녀는 당황한 의사의 팔을 꽉 잡았다.

"지금 당장 경찰을 불러주세요." 맨디는 화가 나서 낮은 목소리로 말했다.

87

°크리스토퍼

그녀의 1층 아파트 입구는 초라했다. 떨어진 회반죽에서 먼지가 날려 아래쪽 인도에 흩어져 있었고, 갈라진 퍼티가 창틀을 붙들어 놓고 있었다.

하지만 세월도, 부실한 관리 상태도 크리스토퍼에게는 이점이었다. 그건 지난 20년 동안 이 집이 거의 개선되거나 수리되지 않았다는 뜻이었다. 크리스토퍼처럼 노련한 사람에게 기초적인 2단 레버 장붓구멍 자물쇠 따기는 식은 죽 먹기였다.

통을 두 번 찰칵거리고 나자 그는 집 안에 들어와 있었다. 조용히 문을 닫고 아파트의 평면도를 익혔다. 몇 주 전에 30호 집을 마지막으로 방문했는데, 그 이후로 전혀 변하지 않았다. 지금도 그때처럼 축축한 냄새가 공기 중에 떠돌았고, 바깥의 가로등은 셀프 조립용 싸구려 가구를 비추었다.

크리스토퍼의 30번째 살인은 기념할 만한 일이 되어야만 했다. 가끔은 도저히 이루지 못할 것처럼 보이던 목표가 이제는 모든 어려움에도 불구하고 손닿는 곳에 있었다. 서른 구의 시신, 수천 건의 신문과 잡지 기사, 극적이고 엉뚱한 재구성을 담은 텔레비전 다큐멘터리와 경찰의 수배. 이 모든 것이 그의 노력 덕분이었다. 아직 이 사건의 배후에 누가 있는지, 그의 동기가 무엇인지 아는 사람은 한 명도 없었다.

하지만 크리스토퍼는 자신의 성취를 기념하고 싶은 기분도, 그 성취에 안주하고 싶은 기분도 아니었다. 그는 단지 마지막 살인을 끝내고 바깥의 인도에 자신의 표식을 남긴 뒤 집으로 돌아가고 싶을 뿐이었다. 그러면 내일 밤에는 에이미의 곁에서, 그녀의 침대에서 몸을 웅크리고 그녀의 가슴을 팔로 감싼 채 세상에 다른 사람은 아무도 없는 듯이 누울 수 있을 테니까.

그들은 과거를 등지고 평범한 커플들과 똑같은 일을 하며 살아나갈 수 있었다. 한때 크리스토퍼는 오직 낯선 사람을 죽이는 공상만을 했다. 하지만 이제는 사랑하는 여자와 함께 원예용품점과 내셔널 트러스트*에서 관리하는 땅들을 돌아다니면서 그들이 함께 살 집을 어떻게 장식할지 생각하며 주말을 보내거나, 함께 조깅을 하거나, 소파에서 서로를 안고 VOD를 보며 정크푸드를 먹는 일을 상상하게 됐다. 그는 남들과 다른 존재가 되는 것이 대단히 기쁜 일이라고 생각했으나 더는 아니었다. 에이미를 만나기 전의 사이코패

---

* 영국, 웨일스, 북아일랜드에서 역사적인 의미가 있거나 자연미가 뛰어난 곳을 소유, 관리하며 일반인에게 개방하는 일을 하는 민간단체.

스에게는 낯설던 모든 것이 이제는 매력적으로 느껴졌다. 그녀 덕에 자신이 보통 사람처럼 느껴졌다.

크리스토퍼는 조용히 아파트를 거닐며, 언젠가는 그녀에게 자신이 누구였고 그녀 덕분에 어떻게 변했는지 진실을 이야기할 수 있을까 고민했다. 하지만 커플이 된 이후로 그는 관계가 제대로 돌아가기 위해 진실을 모두 말할 필요는 없다는 것을 배웠다. 커플에게 필요한 건 두 사람 모두를 위해 뛸 만큼 커다란 심장을 가진 사람뿐이었다.

벽에 가로막힌 라디오 소리가 30호의 침실 문 밑으로 흘러나왔다. 크리스토퍼는 복도에 자리를 잡고, 익숙한 흰색 당구공과 치즈와이어를 배낭에서 꺼냈다. 이 짓도 마지막이었다. 하지만 그에게는 감상에 빠질 시간도 마음도 없었다. 그는 공을 벽에 던진 다음, 팽팽한 와이어를 두 손에 쥔 채 앞으로 일어날 일에 거의 미안함을 느꼈다. 그의 마음은 이 프로젝트를 떠난 지 오래였다. 그는 여자의 죽음에서 아무런 기쁨을 얻지 못할 터였다.

하지만 그가 낸 소리에도 침실 문은 계속 닫혀 있었다. 크리스토퍼는 여자가 잠든 게 틀림없다고 생각했다. 그야 문제도 아니었다. 18호 때도 이런 일이 있었다. 하지만 공을 집어 들고 그 과정을 반복하려 했을 때 두 개의 날카로운 뭔가가 그의 목 뒤를 찔러오는 게 느껴졌다. 그는 재빨리 돌아섰지만, 엄청난 전기충격이 덜컥하며 온몸을 찢어발겼다. 그는 아파서 즉시 바닥에 쓰러졌다.

온몸을 꼼짝 못 하게 만드는 경련이 그를 무의식 속으로 떠밀기 전, 그가 마지막으로 본 것은 에이미의 얼굴이었다.

88

○ **제이드**

....

수전과 제이드는 그 이상의 설명을 기다리며 마크를 쏘아보았다.

"네가 내 매치라니, 무슨 뜻이야?" 제이드가 고개를 저으며 물었다. "왜 그런 말을 해?"

"마크?" 수전이 어리둥절해하며 물었다. "대체 어떻게 된 거니?"

마크는 고개를 늘어뜨리고 눈을 감았다. 그는 심호흡한 뒤에야 다시 입을 열었다. "케빈과 저는 동시에 검사를 받았어요. 같은 날 검사 결과가 나왔죠. 그때 케빈은 초기 항암치료를 받느라 병원에 있었어요." 마크가 조용히 설명했다. "전 제 이메일을 열어봤어요. 내가 너랑 매치였어, 제이드. 하지만 케빈한테는 아무도 없었어. 엄마, 진단을 받은 뒤로 케빈이 어딘가에 자기 반쪽이 있는지를 얼마나 간절하게 알고 싶어 했는지 기억하시죠?"

수전이 고개를 끄덕였다.

"전 케빈의 이메일을 삭제하고, *케빈은 매치가 됐지만 전 안 됐다고* 말해줬어요. 그냥 케빈을 행복하게 만들어주고 싶었어요. 그래서 내가 돈을 내고 네 연락처를 받은 거야, 제이드. 그리고 그 정보를 케빈의 핸드폰에 보냈어. 케빈이 이메일 원본을 보지 못하게. 네 존재를 알고 케빈이 어떤 표정을 지었는지 너도 봤어야 해. 너희 둘이 서로 수천 마일이나 떨어져 있었는데도 말이야. 그땐 케빈이 꼭 옛날 그대로의 케빈처럼 보였어. 기억하시죠, 엄마? 케빈은 의사들한테 영국으로 가서 널 만나게 해달라고 애원하기까지 했어. 하지만 의사들이 허락해주지 않아서, 여행 경비를 감당해줄 보험금을 탈 수 없었어."

제이드는 수전이 당시를 떠올리며 고개를 끄덕이는 걸 보았다.

"치료가 본격적으로 시작되자 케빈은 머리카락도 빠지고 몸무게도 줄기 시작했어. 거의 알아볼 수 없을 정도로 말이야. 지켜보자니 너무 끔찍하더라. 하지만 케빈의 눈에서 옛 모습이 다시 나타나는 걸 볼 때나, 케빈이 네 문자메시지나 전화를 받고 미소 짓는 모습을 지켜볼 때는 내가 한 일이 그럴 만한 가치가 있었다고 확신했어."

제이드는 매치가 확인되었다는 이메일을 처음으로 받았던 날을 떠올렸다. 그 통지문은 회사 점심시간에 도착했다. 제이드는 너무 짜릿했던 나머지 상대방의 이름에는 별 주의를 기울이지 않고 링크의 정보에 돈을 냈다. 거의 곧바로 그녀는 케빈에게서 자기소개 문자를 받았다. 처음 대화를 나눈 순간부터 그가 자신의 매치라고만 생각했다. 그의 따뜻함과 열정이 좋았고, 바로 그에게 흥미가 생겼다. 싫어하는 직장에 다니며 부모와 산다는 것, 실패한 삶에서 오는 느낌과는 뚜렷한 대조를 이루는 감정이었다.

"우린 바로 이야기를 시작했고 죽이 맞았어." 제이드가 조용히 말했다. "이름이 맞는지 확인해볼 생각은 못 했어."

제이드는 시어머니의 실망감이 무뎌지는 것이 느껴졌다. 하지만 제이드 자신의 분노는 커지기만 했다.

"정말 미안해, 제이드." 마크가 말했다. "하지만 내 말 믿어줘. 지난 몇 주 동안 네가 얼마나 힘들었을지 알아. 너한테 현관문을 열어준 그 순간부터 난 사람들이 말하는 그 폭발을 느꼈어. 이 세상에서 내가 유일하게 사랑하는 여자에게 상처를 주게 돼서 비참한 마음이야."

"넌 나한테 얼마나 큰 상처를 줬는지 전혀 모르고 있어." 제이드는 심각하게 대답했다. 그녀는 끓어오르는 성질을 억눌러 참느라 손바닥에 손톱을 박아 넣었다.

"알아, 진짜야…… 케빈이 매일 밤 전화로 너와 이야기하는 소리를 듣고, 네 문자메시지가 올 때마다 거실에서 미소 짓는 모습을 보면서, 그 문자메시지를 읽고 있어야 하는 게 걔가 아니라 나였어야 한다는 걸 알고 있자니…… 지옥이었어. 난 너희가 서로에게 무슨 이야기를 하고 있을지 네가 케빈에게 어떤 감정일지 궁금했지만, 빌어먹을 한마디도 할 수 없었어. 네가 정말로 우리 집에 나타날 거라곤 전혀 생각 못 했고. 그러다가 네가 실제로 나타났을 때 그 일은 최악의 악몽인 동시에 최고의 사건이 된 거야. 갑자기 여기에 네가, 내 운명이 우리 집에 나타나 머물게 되었지만 네가 만나러 온 사람은 내 동생이고 내 동생은 네게 홀딱 빠져 있었으니까."

제이드는 눈이 흐려지자 깜빡여 눈물을 삼켰다. 감정을 다스리려고 애썼다. 그녀의 일부는 마크의 따귀를 때리고 싶었고, 다른 일부는 목숨이라도 달린 듯 그를 붙잡고 싶었다.

"넌 나한테 거짓말을 했어…… 케빈한테도……. 넌 입으로는 사랑한다고 말하면서 그 사람들한테 다 거짓말을 한 거야……. 어떻게 그럴 수가 있어?" 제이드가 물었다. "난 몇 주를 이 악몽에 갇혀 지냈어. 왜 케빈과 사랑에 빠지지 않는 걸까 자책하고, 나 자신을 이기적이고 무정한 년이라고 생각했어. 그런데 넌 내가 그런 무지막지한 구렁텅이를 지나가는 모습을 보면서도 한마디도 하지 않았어. 넌 보이는 게 전부가 아니라는 걸 넌지시 알리려고조차 하지 않았어. 내가 전부 혼자 알아서 하게 놔뒀다고. 네가 나한테 조그마한 단서라도 흘려줬다면, 최소한 나는 거기에 장단을 맞추고 싶은지 아닌지 생각해볼 수 있었을 거야. 하지만 너는 나한테서 그 선택지를 빼앗아갔어. 넌 날 이용했어, 마크. 그게 나한테 가장 큰 상처야."

"부탁이야, 내가 왜 그랬는지 조금만 이해해줘."

"이해는 해. 지금 당장 널 후려치지 않는 유일한 이유가 그거니까. 알아, 넌 케빈을 먼저 생각해야 했겠지. 하지만 난 누군가를 믿기까지 오래 걸리는 사람이야. 내 몸이야 너에 대해서 어떻게 느낄지 모르겠지만, 난 머리로든 마음으로든 다시는 널 믿지 못할 것만 같아."

"그런 말은 제발 하지 마." 마크가 애원했다. "한 번만 기회를 줘."

"미안, 정말 그렇게는 못 하겠어."

제이드는 서둘러 거실을 나가 게스트하우스로 돌아간 뒤 침실

문을 쾅 닫고 들어갔다. 그녀가 매치에게 품었던 모든 감정도 함께
가지고서.

89

° 닉

닉은 알렉스가 나오는 꿈을 꾸며 하룻밤을 더 설쳤다. 그는 손님 방에서 나와 커피를 타 마시러 주방으로 갔다. 샐리가 이미 주방 아일랜드 식탁에 앉아서, 한 입 먹은 초콜릿 크루아상으로 접시를 한바퀴 닦고 있었다. 그녀의 티셔츠 끄트머리는 더 이상 임신한 배를 가리지 못했다.

"안녕." 닉이 웅얼거리며 커피머신 쪽으로 갔다.

"안녕." 샐리는 움찔하며 엉덩이를 이쪽저쪽으로 움직였다.

"몸이 계속 불편해?" 닉이 물었다.

"응." 샐리가 대답했다. "밤새 이랬어. 아기가 방광을 누르는 거거나 날 차고 있는 거야."

"두통은 나아졌어?"

"딱히. 머리가 아프다고 약을 먹을 수 있는 것도 아니고. 가끔 아스피린밖에는 못 먹는데, 아스피린은 별 도움이 되지 않아."

"오늘 오후에 조산사한테 그 얘기를 하면 도움이 될까?"

"아마 아닐걸. 그냥 혈압이 높아서 그런다느니, 만성고혈압이라는 소리만 늘어놓으면서 마음을 편히 가지라고 할 거야. 누가 머리를 드릴로 뚫어도 마음만 편히 가지면 된다는 건지."

"뭐라도 좀 가져다줄까?"

"허브티가 좋겠어. 찬장에 있는, 레몬과 재스민이 들어간 걸로."

닉은 쿡탑에 주전자를 올려놓았다. 그들은 딱히 뭘 본다기보다는 멍하니 앞을 바라보면서, 주전자에서 휘파람 소리가 나기를 기다렸다.

닉이 알렉스를 떠난 지 5개월이 흘렀다. 닉은 샐리와 아기를 선택했다는 내용의 길고 진심 어린 편지를 남겼다. 닉은 자신이 내린 결정을 알렉스가 이해해주기를 바랐다. 그 편지가 알렉스에게 얼마나 큰 상처가 될지 알고 있었지만, 알렉스도 전 여자친구인 메리와 비슷한 상황에 놓여 있었다면 똑같이 했을 거라고 자신을 타일렀다. 죄책감을 무마하는 데는 별 도움이 되지 않았지만 말이다.

이 일은 닉이 여태껏 해야 했던 일 중 가장 힘들었다. 샐리에게 자신이 남자와 사랑에 빠졌다는 사실을 인정했을 때보다 훨씬 힘들었다. 그가 모든 것을 희생한 이유인, 아직 태어나지 않은 아기는 아버지가 자신을 위해 무엇을 포기했는지 전혀 모르는 채 자라게 될 것이다.

닉은 마지못해 샐리와 살던 아파트로 다시 이사했다. 밤에는 손님방에서 지냈지만 말이다. 그는 알렉스와 고통스럽고 미련이 남는 이별보다는 수월하고 깨끗한 작별을 하길 바랐지만, 그건 자신을 속이는 짓이었다. 닉은 잃어버린 사랑에 대해 곱씹지 않고는 한 시간도 버틸 수 없었다.

알렉스가 출국하기 닷새쯤 전, 닉은 자신도 모르게 알렉스의 집에 찾아가 사과하고 있었다.

알렉스는 차디차게 닉을 맞이했다. 겁쟁이가 된 그를 질책했다. 하지만 알렉스는 악감정을 오래 품지 못했고, 그들은 마지막 며칠을 함께 즐기기로 했다.

하지만 어디에 가고 무슨 일을 하든 그들의 관계는 더 이상 전 같지 않았다. 강렬한 감정은 그대로였지만 웃음과 자연스러움, 재미는 사라졌다. 시계는 알렉스가 닉의 인생에서 사라질 날을 거꾸로 헤아렸고, 그 시계를 지켜보며 기다리는 두 사람의 눈길이 모든 것을 대신했다.

막상 닥쳐온 그 일은 닉의 상상보다 훨씬 나빴다. 닉은 알렉스를 공항까지 배웅하겠다고 고집을 피웠지만 완전히 정신을 놓은 알렉스가 마지막 순간에 마음을 바꿔 혼자 가게 해달라고 애원했다. 그들은 경적을 울려대는 택시 기사를 더 이상 무시할 수 없을 때까지 서로를 오랫동안 조용히 껴안는 것으로 작별 인사를 대신했다. 그런 다음 택시가 모퉁이를 돌아 보이지 않게 되자 닉은 알렉스의 아파트 앞 계단에 앉아 흐느꼈다. 닉은 눈이 너무 짓물러서 더 이상은 울 수 없게 되었을 때에야 집으로 돌아갔다.

닉은 직장에 신청했던 안식 휴가를 취소하고 일주일 뒤 원래 다니던 광고 회사에 복귀했다. 그의 동료들은 닉의 실연에 대해 전혀 몰랐다. 닉은 다른 생각을 하지 않으려고 일에 뛰어들었고, 주말에는 출산을 앞두고 있는 여느 부부가 그러듯 샐리와 함께 필수 육아용품을 사러 다녔다. 닉은 샐리를 라마즈분만법 교실로 데려다주었고, 방문 간호사가 올 시간에 대비해 집에 있었으며, 샐리의 발과 발목이 부으면 마사지를 해주었다.

모르는 사람이 볼 때 샐리와 닉의 인생은 닉이 알렉스의 존재를 알기 전과 비슷해 보였다. 하지만 현실에서는, 알렉스의 그림자가 계속 그들에게 드리워져 있었다.

"최근에 수마이라랑 얘기해봤어?" 닉이 물었다. "아기들은 어떻게 지낸대?"

"어제 문자를 했어." 샐리는 별 열의 없이 말했다.

"분명 너희 둘 사이에 무슨 일이 있었던 것 같은데. 나한테는 말 안 해주지만 말이야. 수마이라가 아기를 낳은 게 벌써 4주 전인데, 넌 아직도 그 집에 안 갔잖아."

"전에도 말했잖아, 아무 일 없어. 그냥 수마이라가 안정될 때까지 시간을 주는 거야."

"수마이라가 임신했을 때도 둘이 거의 안 만났잖아. 나한테 말하지 않은 뭔가가 있는 거야?"

"닉, 난 머리도 아프고 피곤해. 이럴 기분 아냐."

주전자 주둥이에서 증기가 뿜어져 나와 둘 모두를 현실로 돌려놓았다. 닉은 샐리의 컵에 티백을 담그고 끓는 물을 채웠지만, 주방

어딘가에서 들리는 다른 물방울 소리가 그의 주의를 끌었다. 닉은 금이 갔는지 보려고 머그잔 밑바닥을 살펴보았다. 그때 날카롭게 숨을 들이쉬는 소리가 들렸다. 그는 고개를 돌렸다.

"양수야." 샐리가 불안한 듯 입을 열었다. "양수가 터졌어." 샐리의 잠옷 엉덩이 부분이 젖어 있었다. 샐리의 표정이 두려움으로 일그러졌다.

"예정일이 보름 뒤 아니었어?" 닉이 대답했다.

"아기한테 그렇게 말해봐."

90

° 엘리

엘리는 숨이 막혀왔다. 누군가가 무릎을 꿇고 그녀의 가슴 위에 앉아, 호흡을 방해하고 폐에 신선한 공기가 들어가지 못하게 막는 것만 같았다. 온몸에 있는 열 군데의 맥이 스테레오 스피커의 우퍼처럼 진동했다. 하지만 사무실에서 들리는 유일한 소리는 매튜의 고백이 남긴 울림뿐이었다.

정신 차려, 엘리. 그녀는 자신을 타일렀다. *저 사람이 거짓말하는 거야.*

"속아 넘어갔다는 사실을 아니까 기분이 어때요?" 매튜가 조용히 물었다. 치료사가 환자에게 쓸 법한 목소리였다. 그는 그 질문에 가식적인 진정성을 더하려고 손가락을 입 앞에 첨탑처럼 뾰족하게 모았다. "꼭두각시놀음의 달인께서는 다른 사람이 자기 줄을 당기고 있었다는 걸 알면 어떤 기분이 드시려나?"

"내가 알 바 아니지." 엘리가 대답했다. "날 조종하는 사람은 아무도 없으니까. 당신 얘기는 전부 헛소리야."

"그걸 어떻게 그렇게 확신합니까?"

"우리 IT팀이 증명해낼 거야." 엘리는 핸드폰으로 손을 뻗었지만 신호가 잡히지 않았다. 탁자에 놓인 전화기를 집어 들었는데도 송신음이 들리지 않았다. 그녀는 매튜를 노려보았다. "무슨 짓을 한 거야?"

"신호 차단기랑 핸드폰 교란기 두 대를 썼죠. 현대판 패러데이 케이지*라고나 할까."

"나한테 원하는 게 뭐야?"

"믿을지 모르겠지만 그런 건 전혀 없습니다. 돈 한 푼, 사과, 설명, 아무것도 바라지 않아요. 이 모든 게 공개되고, 앞으로 며칠에 걸쳐 온 세상 사람들이 침대 옆자리에 있는 사람이 정말로 거기 있어야 할 사람인지 의심하게 되면 충분히 만족스러울 테니까."

엘리의 마음속 무언가가 갑자기 끊어졌다. 남자들이 지배하는 경영계에서 여성으로 살아남은 엘리가 오랜 세월 쌓아온 자기방어 본능이 이글거리며 빠르게 끼어들었다. 엘리가 너무 갑작스레 일어나는 바람에 매튜도 놀라고 말았다.

"난 당신의 주장 인정 못 해. 누가 당신을 믿겠어?" 엘리가 비웃었다. "우리 언론팀은 피해 대책에 최적화되어 있어. 우린 당신을, 우리 회사 취업 면접에서 탈락한 한심하고 별 볼 일 없는 시스템

---

* 외부 정전기 차단을 위해 기계 장치 주위에 두르는 금속판.

분석가로 만들 거야. 그다음에는 당신의 모든 것을 알아내서 당신이 하는 말의 신빙성을 떨어뜨릴 거고. 난 당신의 죽은 어머니와 그 여자의 소아성애자 남자친구 이름을 진흙탕으로 끌고 다니면서 그 여자의 남은 명예를 무자비하게 짓밟을 거야. 당신한테 있을지 모르는 친구나 지인도 마찬가지야. 당신이 소속된 선데이 리그 축구팀 있지? 이번 주가 끝날 때쯤에는 그 사람들 모두가 직장을 잃게 될 거야. 내가 장담할게. 그다음에는 온갖 고소, 고발로 당신을 빈털터리로 만들어주겠어. 누울 침대 하나 살 돈도 없어질걸. 당신이 이 건물을 나설 때쯤, 우린 당신이 찾았다고 주장하는 구멍을 찾아서 당신이 우리 시스템에 침투했다는 증거가 하나도 남지 않도록 메워버릴 거야."

"난 당신의 약혼자야." 매튜가 자신감 있게 말했다. "그러니까 나한테는 훨씬 더 신빙성이 생기겠지. 운명의 사랑을 통해 엄청난 부를 쌓은 여자가, 2백만 명이 잘못 매치됐다는 사실을 은폐하려 든다고 얘기하면 더욱 그럴 테고. 최소한 수사는 이루어질걸. 당신이 여기서 빠져나갈 방법은 없어, 엘스."

"사람들은 당신 말을 믿지 않을 거야."

"아, 실망하게 해서 미안하지만 내 생각엔 믿을 것 같아. 내가 한 모든 일을 저장해뒀거든. 이 도시 전체에 숨겨둔 하드드라이브와 USB에도 백업해뒀고. 그 모든 게 위키리크스에 전송되기만을 기다리고 있어. 그쪽에서 이 이야기를 폭로할 거야. 그 사람들은 내부고발자를 아주 좋아하거든. 기업 부정행위와 관련된 내부고발일 경우엔 특히 더."

"내가 쌓아온 모든 것을 당신 때문에 잃지는 않아." 엘리가 내뱉었다.

매튜는 자리에서 일어나며 히죽거리더니 넥타이를 바로잡고 엘리에게 윙크했다. "과연 그럴까, 엘스? 살아가는 내내 사람들이 템스강만큼이나 길게 늘어서서 잘못된 시험결과와 자신들의 실패한 인간관계를 놓고 당신에게 소송을 걸 거야. 그러면 당신은 소중하게 여겼던 모든 것을 빼앗긴 다음에야 우리 어머니를 포함한 다른 무수한 사람들이 당신이 한 짓 때문에 어떤 기분을 느꼈을지 알게 되겠지. 자기야, 내 사랑. 당신은 신세 조진 거야."

엘리는 마지막 한마디를 던지는 매튜의 명료하고도 사무적인 태도를 보고 그의 말이 전부 진실이라고 확신했다. 엘리는 자신이 성취한 모든 것을 누군가가 순식간에 발밑에서 홱 빼내는 모습을 보았다. 엘리는 10년이나 괴롭힘과 비판을 견뎌냈으며 가족과 친구, 연인을 희생했지만, 그 모든 게 무용지물이 됐다. 고작 속임수를 써서 그녀의 인생으로 들어온 한 남자 때문에.

인내심의 한계를 넘어서는 일이었다.

문 쪽으로 가던 매튜는 고개를 돌려 마지막으로 엘리를 보았다. 하지만 그는 엘리가 하려는 일을 예상하지는 못했다.

엘리는 생각조차 하지 않고 탁자에 놓여 있던 크리스털 디캔터를 들어 그에게 던졌다. 묵직한 병이 그의 관자놀이에 부딪혀 그를 무릎 꿇렸다.

엘리의 그림자가 무력하게 바닥에 웅크린 매튜를 내려다보았다.

아주 짧은 순간 옛 시절의 팀이, 너무 오랫동안 휴면 상태에 빠져 있던 엘리의 일면을 끌어냈던 남자가 그의 눈 속에 보였다. 하지만 엘리가 무신경함을 깨고 따뜻한 모습, 다른 사람을 사랑할 줄 아는 모습을 드러내는 계기가 된 그 사건은 그녀의 약점이 되었다. 그녀는 이 발견을 위해 희생했던 모든 것을 무용지물로 만들 수는 없다고 다짐했다. 눈앞의 약하디약한 생명체에게 아주 작은 것도 빼앗기지 않을 작정이었다.

초점을 잡으려고 애쓰는 매튜의 눈알이 빙글빙글 돌아갔다. 매튜가 머리 옆을 꽉 쥐며 믿을 수 없다는 듯 엘리를 노려보았다. 매튜가 방향감각을 잃은 채로 무력하게 지켜보는 가운데, 엘리는 냉정하고 침착하게 디캔터를 집어 들어 두 번째로 세게 휘둘렀다. 엘리는 매튜 머리의 같은 곳을 정통으로 후려쳤다.

매튜의 두개골이 깨지는 게 느껴지는 듯했다. 동시에 디캔터는 산산조각 나 뼛조각과 유리, 위스키를 바닥에 흩뿌렸다.

엘리는 매튜의 몸이 경련을 일으키며 피가 깔개로 스며드는 것을 지켜보면서 꼼짝 않고 서 있었다. 매튜의 눈은 휘둥그레져 있었다. 매치의 오류가 갑자기 삭제되었다.

91

° 맨디

맨디는 5개월 동안 팻과 함께 살았던 집의 진입로에 뻣뻣하게 서 있었다.

"문이 열렸어요. 들어가셔도 됩니다." 맨디의 담당 경찰관인 로레인이 재촉했다. "천천히 하세요."

맨디는 망설이며 어깨 너머를 힐끗 보았다. 타고 온 경찰차에 그대로 앉아 있는 동생 폴라가 보였다. 폴라는 도와주겠다며 맨디와 함께 들어가겠다고 제안했지만, 맨디는 제 가족을 팽개치고 선택했던 다른 가족의 집을 보여주기가 창피했다.

로레인이 먼저 들어갔고, 맨디가 불안하게 그 뒤를 따랐다. 그들은 잠시 함께 복도에 서 있었다. 맨디의 눈길이 5주쯤 전에 굴러떨어졌던 계단 맨 아래로 휙 돌아갔다.

그녀는 복도에 나 있는 열린 방문들을 보고 두 팔로 배를 가리며 심호흡했다. 한때는 만삭의 배가 튀어나와 있던 곳이 이제는 그저 늘어진 피부일 뿐이었다. 갑작스럽게 움직일 때마다 제왕절개를 한 봉합 부위가 날카롭게 당겼다. 하지만 맨디는 비키니 라인 위의 가로줄 흉터를 소중히 여겼다. 그것은 자신과 아들이 함께 있었다는, 그녀의 몸에 남은 유일한 증거였다. 아기는 의식을 잃은 그녀의 몸에서 꺼내졌고, 그다음에는 잠깐 볼 겨를도 없이 인격이 뒤틀린 시댁 식구들에게 도둑맞았다. 맨디는 매일 아침 샤워를 하고 나서 수증기를 닦아낸 욕실 전신 거울 앞에 서서 손가락으로 빨갛게 도드라진 흉터 조직을 따라가며 아들이 어떻게 생겼을지 상상했다.

아주 힘겨운 몇 주였다. 맨디는 아들과 다시 만날 날을 대비해 정기적으로 유축기로 젖을 짜냈다. 젖꼭지에 매달린 것이 아이가 아니라 유축기라는 것이 저주스러웠다. 그녀는 아들과 유대감을 쌓아야 할 소중한 시간을 잃어가는 게 싫었으며, 경찰이 아기가 있는 곳에 대한 단서를 발견하게 해달라고 기도했다.

팻의 집은 거의 한 달 내내 환기를 시키지 않아 퀴퀴한 냄새가 났다. 맨디는 거실과 주방, 응접실을 잠깐 둘러본 뒤 로레인을 따라 계단을 올라갔다. 맨디는 로레인이 마음에 들었다. 로레인은 남성적인 외모와는 어울리지 않게 말씨가 조용조용했다. 이런 상황만 아니었다면 커스틴에게 소개해주고 싶은 사람이었다.

맨디가 병원 직원들에게 아이가 사라졌다고 알리자마자 병원에서는 경찰에 연락을 취했다. 팻의 집을 수색하기 위한 영장이 발부되었다. 경찰은 팻의 집에 맨디의 옷과 그녀가 아기를 위해 샀던 선물만 남아 있음을 알게 되었다. 클로에의 집도 비슷한 상태였다. 모녀의 은행 계좌도 비어 있었다. 그들은 아기와 함께 허공으로 사라졌다.

맨디의 가족들은 그녀를 걱정하며 돌아와서 자신들과 함께 지내라고 고집을 부렸다. 비극은 그들이 사과 한마디 주고받지 않고서 다시 연대를 다질 수 있게 해주었다. 가족들은 맨디가 불안해하며 경찰의 소식을 기다리는 동안 그녀를 지지해주었다. 그들은 팻이나 클로에에게 아기를 돌려줄 양심이 생기게 해달라고 기도했다. 그러나 그들과 아기가 실종된 다음 달에도 어떤 연락조차 없었다. 맨디가 전국 단위 신문에 호소문을 싣고 텔레비전에 중계되는 기자간담회를 한 이후로 세 사람을 봤다는 목격담이 몇 번 들려왔지만, 모두 잘못된 단서였다.

맨디는 온갖 감정을 다 겪었다. 아들에게 절대 손을 대서는 안 되는 사람들이 그 애를 데려가도록 놔둔 병원에 대한 분노, 새로운 단서를 찾아내지 못하고 있는 경찰에 대한 답답함, 회복 중이라 탐색에 물리적으로 또 적극적으로 참여하지 못하는 자신의 몸에 대한 좌절감까지. 맨디의 상처 부위는 아직도 피부가 여렸고, 몸을 움직이는 데도 한계가 있었다. 그 탓에 맨디는 부모가 해야만 하는 단한 가지 일, 즉 자신의 아이를 지키는 일을 해내지 못했다는 죄책감을 곱씹으며 많은 시간을 보내야 했다. 가족과 로레인, 의사들이 맨디의 잘못이 아니라고 아무리 여러 번 말해도 그녀는 그 말을 믿지 않았다. 이건 그녀의 잘못이었다. 자신이 불가능한 것을 좇았기 때문이었다. 결코 자신을 사랑해줄 수 없는 남자를 향한 사랑을 좇았기 때문이었다. 그래서 그녀는 아기를 잃었다.

"그 여자의 집으로 돌아가서 살펴보고 싶어요." 맨디는 속으로 오래 고민한 뒤 로레인에게 말했다. 정확한 이유는 모르지만 왠지 그래야 할 것만 같았다. 로레인은 그게 맨디의 회복에 과연 도움이 될지 확신하지 못했다. 그러나 맨디는 필요하다면 혼자라도 가겠다며 고집을 부렸다.

맨디는 팻의 방문 앞에 서 있었다. 서랍이 비어 있고, 팻의 열린 옷장 속 옷걸이들도 비어 있다는 걸 제외하면 평소와 다를 바 없는 모습이었다. 맨디는 자신이 대부분의 시간을 보냈던 리처드의 방으로 갔다. 팻의 방처럼 그곳도 경찰이 단서를 찾느라 뒤집어엎은 뒤였다. 잠시 맨디는 자신의 성스러운 장소가 범죄 수사로 더럽혀졌다는 생각에 슬퍼졌다.

마음 단단히 먹어. 맨디는 자신을 타이르며 주먹을 말아 쥐었다.

눈으로 리처드의 벽 전체에 펼쳐져 있는 사진 콜라주를 훑었다. 한때는 리처드의 인생 한 순간 한 순간을 찍은 사진들을 보면서 그를 더 일찍 찾았으면 좋았을걸 하고 생각했다. 하지만 사고를 당하기 직전 리처드의 전 여자친구가 폭로한 대로라면 그는 자신이 꿈꿔온 남자가 아니었다. 한 여자만 만나는 스타일도 아니고, 정착해서 자기 가정을 꾸리고 싶은 마음도 없는 듯했다. 그는 인간이었고, 결함이 있었다. 환상이 아니었다. 이제야 그 사실이 눈에 들어왔다.

사진들을 훑어보던 맨디의 시선이 유독 한 장의 사진에 머물렀다. 사진 속 리처드와 클로에는 아직 어렸다. 아마 열 살 남짓이었을 것이다. 그들은 완만하게 경사진 언덕과 숲으로 둘러싸인 오두막 앞에서 지나치게 큰 자전거를 타고 있었다.

맨디는 누군가가 따귀를 때려 자신을 깨운 듯한 기분이 들었다.

"내 아기가 어디 있는지 알겠어요!" 맨디가 큰 소리로 말하며 로
레인의 눈을 들여다보았다. "아기를 어디서 찾아야 할지 알겠어요."

92

° 크리스토퍼
....

크리스토퍼는 문득 차가운 액체가 머리 위로 쏟아지는 감각에
깨어났다.

눈을 떴지만 모든 것이 안개 긴 듯 아지랑이처럼 보였고 자신이
어디 있는지 알 수 없었다. 테이저 건의 촉이 닿았던 몸의 왼쪽이
아파왔다. 전신은 쐐기풀밭에 넘어지기라도 한 듯이 따끔거렸다.
의식을 잃은 이유가 바닥에 머리를 부딪칠 때의 충격 때문이었는
지, 아니면 그의 전신을 훑고 지나간 5만 볼트 때문이었는지는 알
수 없었다.

크리스토퍼는 정신을 차리면서 몇 차례 헛구역질을 하다가 스웨
터 앞섶에 위액을 토했다. 고개를 돌리고 끔찍한 맛의 위액을 옆에
뱉어냈다. 벽에 붙어 있는 텔레비전에서 흐릿한 상들이 번쩍였다.
소리를 들으니 앵커들이 그날의 주요 뉴스를 짚어주는 것 같았다.

드디어 두 눈에 초점이 돌아오자 크리스토퍼는 눈앞에 서 있는 익숙한 사람의 형상으로 시선이 갔다. 그는 정신을 잃기 직전에 일어났던 일을 떠올렸다. 에이미가 30호의 죽음을 막고 그의 프로젝트를 중단시켰다.

에이미가 여기에 있었다. 그 말은 그녀가 모든 것을 안다는 뜻이었다.

크리스토퍼는 손목을 내려다보았다. 그의 손목은 단단한 밧줄 두 가닥으로 의자 팔걸이에 매여 있었다. 그는 아직 30호의 주방에 있었다. 수갑이 그의 발목을 세게 죄었다.

바로 그때 그는 에이미가 지금도 이곳에 있음을 알아챘다. 파란색 비닐봉지로 감싼 그녀의 운동화가 보였다. 에이미는 그와 조금 떨어진 곳에 있었다. 크리스토퍼는 눈을 들어 에이미의 짙은 색 청바지와 검은색 운동복을, 그다음에는 얼굴을 보았다. 방한모가 그녀의 이마 선까지 젖혀져 있었다. 꼭 스웨트밴드처럼. 다른 상황에서라면 크리스토퍼는 에이미가 달리기하러 나가는 모양이라고 생각했을 것이다. 그는 그녀의 표정을 읽어낼 수 없었지만, 그 표정에 호의가 없음을 알기는 어렵지 않았다. 그의 맥박이 빨라졌다.

"30호는 어디 있어?" 크리스토퍼가 물었다.

"여태 그러고 다녔어? 번호를 붙이면서? 저기 있잖아, 그 여자들도 이름이 있어. *사람*이라고."

"*사람이었지*." 크리스토퍼는 에이미의 말을 고쳐주고, 길게 한숨을 쉬며 잠시 말을 멈추었다. "그 여잔 어디 있어?"

크리스토퍼가 보기에 수치심 비슷한 표정이 에이미의 얼굴에 잠시 스쳤다. "침실에 있어. 그 여자가 문을 열어줬을 때 내가 억지로 밀고 들어가서 그 여자를 제압하고 묶어놨어. 그런 다음 그 여자를 침실에 가두고 우리 소리를 못 듣도록 스테레오 소리를 키워놨지."

크리스토퍼의 입가가 약간 올라갔다. 평상시였더라면 미소를 지었겠지만 간신히 참았다.

"날 그런 식으로 보지 마. 난 그 불쌍한 여자를 죽도록 겁에 질리게 한 게 자랑스럽지 않으니까. 그 여자는 살아가는 내내 이 일을 잊지 못할 거야. 네 덕분에 내가 그 책임을 지게 됐어."

"어쨌든 네가 그렇게 하기로 한 거잖아. 우린 좋은 팀이 될 수 있었을 거야."

"네가 그 여자를 죽이도록 놔두느니 그 여자한테 이런 일을 겪게 하는 편이 나았어."

크리스토퍼는 어깨를 으쓱했다.

"네가 뭐라도 느낄 수 있다고 생각했다면, 난 네가 감추려고 애쓰는 감정이 실망감이라고 생각했겠지."

"나도 느낄 수 있어. 난 너에게 감정을 느껴."

에이미는 억지로 웃음소리를 냈다. "아니, 그렇지 않아! 넌 연기한 거야. 그거 하난 인정해줄게, 연기 잘하더라. 난 항상 네가 하는 그 역겨운 게임의 말일 뿐이었어."

"정말 그렇게 생각해?"

"뭘 어떻게 생각해야 하는데? 내 남자친구가 씨발 연쇄살인범인데! 어떻게 이럴 수가 있어, 크리스? 어떻게 이럴 수가 있느냐고!"

"넌 일개 말보다 훨씬 큰 존재였어."

"정말 그랬다면 어째서 내가 경찰이라고 말하자마자 무슨 핑계든 대고 떠나지 않은 거야? 정말 그렇게 나에게 신경을 썼다면 왜 내가 그냥 내 인생을 살아가도록 놔두지 않았어? 난 너한테 그저 또 하나의 도전 과제였을 뿐이야. 경찰과 연애하면서 이런 짓을 저지르고도 빠져나갈 수 있는지 보려는 거였겠지." 에이미는 눈물을 참으려 애쓰고 있었다.

"처음엔 그랬을지 모르지만 상황이 달라졌어."

"이 짓은 어떻게 끝내려고 했어? 아니, 끝내긴 할 거였니? 그냥 계속 죽이려고 했어?"

"지금 다른 방에 있는 그 여자가 마지막이었어. 최소한 내 계획은 그랬어."

에이미가 웃었다. "이런 우연이 있나."

"아니, 정말이야. 서른 명, 그게 내 목표였어."

에이미가 잠시 말을 멈추었다. "왜?"

"처음 시작할 때 도전 과제를 그렇게 잡았어. 하지만 처음에는 즐거웠던 일이 결국 그만큼 수고스러워지더라."

에이미는 고개를 젓고 눈을 들어 천장을 보았다. 신에게 자신이 크리스토퍼의 말을 제대로 들은 게 맞는지 조용히 물어보는 듯했다. "여자들을 죽이고…… 아무 죄 없는 사람들을 *살해하고*…… 그런 일이 너한테는 수고스러웠다고? 공장의 조립 설비 라인에서 일하고, 세차를 해서 먹고 살고, 거리를 청소하고, 그런 일들이 수고스러운 일이야, 크리스. 스물아홉 명의 목숨을 빼앗는 게 아니라!"

"언제 다 알게 됐어?" 크리스토퍼가 진심으로 궁금해서 물었다.

"내가 생각한 시간이 맞는다면 엿새 전, 네가 스물여덟 번째 피해자를 죽이러 나갔을 때야. 난 너희 집에 가서 네 책장에 놓인 심리학과 연쇄살인에 관련된 책들을 훑어보고 있었어. 무엇이 괴물을 움직이게 하는지 이해해보려고. 그러다가 네 앨범을 발견했어."

크리스토퍼는 천천히 고개를 끄덕였다. 마침내 자신의 작품을 그녀와 공유할 수 있게 되어 흡족했다.

"처음엔 이해가 안 됐어." 에이미가 말을 이었다. "왜 나의 크리스토퍼가 이런 사진을 가지고 있을까? 대체 어떻게 얻었을까? 난 경찰서 브리핑실로 돌아가서, 그 사진들을 시신에 남겨진 사진들과 비교했어. 거의 같았어. 사진 한 장 한 장이 모두 아주 약간만 다른 각도에서 찍혀 있었으니까. 그 말은 네 앨범에 들어 있던 사진들이 복제하거나 복사한 게 아니라는 뜻이었지. 누군지는 몰라도 사진을 찍은 사람은 모든 범죄 현장에 있었음이 틀림없었어. 하지만 마지막 의심을 벗겨준 건 네가 보관한 그 웨이트리스의 코걸이였어."

크리스토퍼는 변명하려는 시도도 하지 않았다. 에이미는 고개를 저으며 탁 트인 주방과 응접실을 어슬렁거리기 시작했다.

"네 정체를 알고 내 머릿속에 무슨 생각이 떠올랐는지 상상이나 할 수 있겠어?" 이건 답이 궁금해서 던지는 질문이 아니었다. 크리스토퍼도 알 수 있었다. 그는 마침내 미묘한 차이들을 알아챌 수 있게 되어 상당히 기뻤다. "난 네 집을 샅샅이 뒤지고, 네 망가진 냉동고에 들어 있던 비닐봉지에서 스마트폰 10여 개를 찾아냈어. 그 핸드폰들을 켜볼 만큼 켜보고, 거기에 설치된 유일한 어플이 데이트 어플인 유플러트이며 모든 피해자가 너한테 핸드폰 번호를 전송했다는 사실도 알게 됐고. 물론 네 컴퓨터는 암호가 걸려 있어서 접근하지 못했어." 에이미는 문득 마지막 문장이 생각난 듯 덧붙였다.

"그래, 그랬겠지." 크리스토퍼가 우쭐하며 대답했다.

"너 자신을 좀 봐, 크리스." 에이미가 날카롭게 대꾸했다. "우쭐거릴 상황이 아니야. 넌 네 생각만큼 영리하지 않아. 넌 살인 현장에 DNA 일부를 남겼어."

크리스토퍼는 고개를 저었다. "불가능해. 난 항상 주의가 깊거든. 그건 확신해."

"27호야."

"도미니카 보스코."

에이미의 눈썹이 휘어졌다. "그 사람들 이름을 알긴 아네?"

"그 여자만 이름을 알아."

"왜? 그 여자 아기도 죽여서?"

크리스토퍼는 에이미를 쏘아보았다. 둘이 대립하던 중 처음으로 에이미는 그의 눈에 깃든 후회를 알아보았다.

"법의학 팀이 아기에게서 아주 작은 DNA 조각을 찾아냈어." 에이미가 말을 이었다. "범죄 현장으로 돌아갔던 어느 시점에, 넌 서서 그 여자를 내려다보며 울었지. 법의학 팀이 아기 머리와 가슴에서 눈물방울을 발견했어. 나는 네가 'DNA 매치'에 보낸 면봉에서 네 DNA를 확보했고, 사설 연구소에 돈을 주고 아기에게 묻은 눈물을 급히 네 결과와 비교해달라고 했어. 결과는 99.97퍼센트 일치. 한 가지만 묻자. 그 여자와 아기 때문에 동요한 이유가 뭐야?"

"너 때문이었어." 크리스토퍼는 생명을 잃은 아기의 시신을 떠올리며 속삭였다.

"나?"

"누군가가 너한테 그런 짓을 하는 모습을 상상했어. 내가 너를 잃고, 네 시신을 내려다보면서 서 있다고 상상했어. 그러자 살면서 처음으로 감정을 통제할 수 없었어. 감정에 휘말렸어."

크리스토퍼는 팔짱을 끼고 있던 에이미의 두 팔이 풀리고 어깨가 살짝 처지는 모습을 지켜보았다. 그러다가 에이미는 똑같이 빠른 속도로 다시 긴장했다.

"하마터면 속을 뻔했네. 하지만 네 말은 한마디도 못 믿어. 왜인 줄 알아? 난 네가 형광펜으로 칠해놓았다가, 네 감정이라면서 토씨 하나 틀리지 않고 나한테 인용해댄 책을 몇 문단 읽었어. 넌 내가 듣고 싶어 할 거라고 생각되는 말을 하고 있을 뿐이야."

"내가 자기표현에 익숙하지 않아서 그래. 나한테도 이건 새로운 영역이야, 에이미. 나 같은 사람도 사랑에 빠질 수 있는지 몰랐어."

"너 같은 사람이라. 사이코패스를 말하는 거지?"

크리스토퍼가 고개를 끄덕였다.

"내 남자친구가 그 사이코패스라니. 네 책들을 읽고 내가 알게 된 게 한 가지 있다면, 사이코패스들은 사람을 조종하는 달인이라는 거야."

"맞아. 하지만 너에 대해서는 달라. 내가 어떤 식으로든 널 조종한 적 있어?"

"넌 너 자신이 어떤 사람인지 알고 네가 무슨 짓을 저지르는 중인지도 알고 있었으면서, 내가 너와 사랑에 빠지도록 방치했어."

"너 자신에게 솔직해야지. 난 아무 짓도 안 했어. 우리는 매치되었을 뿐이야. 우린 사랑에 빠질 운명이었어."

"검사를 받고 날 만나기로 선택한 건 너야. 네 안에 인간성이라는 게 조금이라도 있다면, 넌 내게서 아주 멀리 떨어져 있었어야 했어."

"미안해. 하지만 난 누가 나와 매치될지 궁금했어. 그다음에 널 만났을 때는 전에 한 번도 경험해보지 못한 뭔가를…… 완전히 낯선 뭔가를 느꼈고. 왜 그런 일이 일어나는지 알아보기 위해서라도 나한테 그런 영향을 미치는 사람에 대해 알아야 했어. 난 그런 일이 불가능하다고 생각했기 때문에 관련된 글도 찾아서 읽어봤어……. 난 너와 사랑에 빠지고 만 거야."

에이미는 고개를 저었다. "부탁이니까 거짓말 좀 그만해." 그녀가 말했다. 하지만 그 떨리는 목소리를 듣자 크리스토퍼는 에이미가 자신을 믿기 시작했다는 걸 알 수 있었다.

"난 내가 어떤 존재인지 알아, 에이미……. 최소한 내가 어떤 존재였는지는 알고 있어. 나는 범죄를 저지르고 악명을 얻고 싶어 안달 난 사람이었고, 다른 사람들의 목숨을 끊어놓으면서 설명할 수 없는 기쁨을 느끼는 놈이었어. 나는 이기적이었고 기만적이었고, 다른 무엇에도 누구에게도 관심이 없었어. 난 너와는 정반대인 사람이었어. 하지만 너랑 함께 있을 때면, 나는…… 나아졌어. 최소한 넌 내가 더 나은 사람이 되고 싶도록 만들었어."

에이미는 귀를 기울이며 소매로 눈을 훔치더니, 몇 발짝 머뭇거리며 앞으로 나와 웅크리고 앉아서 크리스토퍼와 눈높이를 맞췄다.

"날 사랑해, 크리스?" 에이미가 물었다. "아주 깊은 마음속에서는, 정말로 날 사랑하니?"

"응." 크리스토퍼는 단호하게, 한 박자도 놓치지 않고 대답했다. "그래, 난 널 사랑해."

크리스토퍼는 이번만큼은 감히 약점을 드러냈다. 의자에 단단히 묶여 있기 때문도, 에이미에게 잡혔기 때문도 아니었다. 그는 에이미가 어떤 사실을 알아차렸다는 것을 알 수 있었다. 에이미는 크리스토퍼가 길 잃은 어린아이, 한평생 사회에 적응하지 못한 사람, 옳은 일과 그른 일의 차이를 알면서도 어쨌든 그른 일을 선택해온 사람임을 알아보았다. 크리스토퍼는 그녀를 위해 달라지고 싶었다. 에이미의 눈에는 상대를 안정시키는 자신의 능력을 필요로 하는 누군가가 보였다. 그녀는 둘이 함께할 미래를 보았다.

에이미는 주머니에 손을 넣어 수갑 열쇠를 꺼냈다.

93

º **제이드**

제이드는 주방 벽장의 고리에서 케빈의 사륜구동 자동차 열쇠를 집어 들고 트럭에 올라탔다.

케빈이 아닌 마크가 자신의 DNA 매치라는 점이 밝혀진 이후, 제이드는 게스트하우스로 뛰어나가 한 시간 동안 침실에서 서성거렸다. 뒤죽박죽이 되어버린 감정을 다스려보려고. 그녀는 케빈을 사랑하지 않으면서 케빈과의 관계가 이렇게까지 진행되도록 놔둔 자신에게 화가 났다. 하지만 자신에게 거짓말한 마크에게도 화가 났다. 건드려서는 안 될 사람에게 매력을 느끼며 그토록 오랜 시간 동안 썩어빠진 인간이 된 기분에 허우적거린 것은 마크 때문이었다. 두 사람 사이에 신뢰도 진실함도 없는데 매치되었다는 사실만으로 함께할 수 있을까?

조수석에 올려놓은 여행용 가방에 옷을 던져 넣은 제이드는 고

속도로로 통하는 흙길을 따라 차를 몰았다. 라디오에서는 마이클 부블레 노래의 전주가 흘러나왔다. 그걸 들으니 케빈에게 나이 많은 주부 같은 음악 취향을 가지고 있다고 놀렸던 기억이 났다. 케빈은 상관없다고 했다. 음악은 음악이고, 음악을 통해 뭔가 느낄 수만 있다면 누가 그 노래를 부르는지는 상관없다고. 제이드는 「누군가가 당신을 사랑하기 전엔 당신은 아무도 아니야」의 음량을 높였다.

제이드는 뒤쪽 머리강 변의 도로 표지판을 따라 에추카 모아마 방향으로 갔다. 한 시간 뒤에는 저가형 호텔에 체크인했다. 결국 농장으로 돌아가 윌리엄슨 가족과 대면해야겠지만, 앞으로 며칠은 그들 모두와 떨어져 쉬고 싶었다. 특히 마크로부터는.

제이드는 동네를 구경하고, 역사적인 외륜선을 타고서 물길을 따라 여행하기도 하고, 매년 열리는 겨울 블루스 축제에서 블루스와 루트 음악을 듣는 낯선 사람 수천 명과 어울리기도 하고, 근처 마을과 붉은 고무나무 숲과 습지를 탐험하기도 하면서 마크를 생각하지 않으려고 애썼다. 하지만 그 무엇도 효과가 없었다. 마크에 대한 분노는 여전히 위력적이었다. 그의 행동이 이타적인 동기에서 나왔다는 걸 아는데도.

나흘째 잠을 설친 제이드는 새소리를 듣고 일찍 깼다. 케빈의 트럭에 오른 그녀는 기억을 떠올리며 농장에 도착한 다음 날 케빈이 해돋이를 보여주었던 곳으로 차를 몰았다. 새날이 밝아올 때의 평온이 시속 160킬로미터로 내달리는 두뇌의 속도를 늦추는 데 도움을 줄지도 모른다고 생각했다.

제이드는 자동차 앞 범퍼에 앉아 태양이 하늘 높이 솟아오르는 장면을 지켜보았다. 그때 자갈 밟는 소리가 그녀를 방해했다. 그녀는 고개를 돌렸다. 수전이었다.

"네가 여기 있으면 좋겠다고 생각했단다." 수전이 입을 열었다. "같이 있어도 괜찮겠니?" 수전의 말투는 며칠 전에 비해 훨씬 부드러웠고, 따지는 것 같지도 않았다. "네가 뛰쳐나간 뒤로 매일 아침 이곳에 돌아왔단다. 네가 올지도 모른다고 생각했거든. 마크와 케빈이 어렸을 때 난 그 애들을 데리고 여기 올라오곤 했어. 케빈은 최대한 멀리까지 보기를 좋아했단다. 언젠가는 전 세계를 여행하고 싶어 했지."

"케빈이 그런 말을 했던 게 기억나요." 제이드가 웅얼거렸다. "케빈은 저랑 함께 여행하고 싶어 했어요."

제이드는 눈을 감고 케빈의 목소리를 떠올리려 애썼다. 케빈이 세상을 떠난 지 겨우 몇 주밖에 되지 않았지만, 벌써 그의 목소리가 어땠는지 잊어가고 있었다. 마크에게 그 모든 감정을 느끼면서도 그의 동생과 매일 나누었던 대화가 여전히 그리웠다. 수전은 팔을 뻗어 제이드의 어깨를 감쌌다. "넌 내 아들을 사랑하지 않는데도 그 애와 결혼한 거구나."

제이드는 고개를 끄덕였다.

"왜 그랬니?"

"그렇게 하면 케빈이 행복할 테니까요. 전 케빈을 많이 좋아했고, 케빈의 마지막 나날이 행복하기를 바랐어요."

"너도 마크처럼 케빈을 위했던 거야. 케빈의 마지막 나날은 실제로 행복했단다. 난 그 점을 언제까지나 고마워할 거야. 너희 둘 다

더 원

자신보다 케빈을 앞세웠어. 이젠 그걸 알겠더구나. 그런 이유로 마크를 미워하지는 말아다오."

"미워하지 않아요, 수전. 지난 며칠 동안 믿을 수 없을 만큼 화가 나 있었던 건 사실이지만요. 전 보통 제 결정을 확신해요. 상대가 한 번만 잘못해도 아웃이죠. 하지만 마크는 제 머리를 온통 차지하고 있어요. 무슨 생각을 해야 할지, 뭘 어떻게 느껴야 할지 모르겠어요. 제가 아는 건 여기에 온 이후로 일어난 모든 일을 뒤로하고 당신의 가족에게서 벗어날 공간이 좀 필요하다는 것뿐이에요. 고약하게 들리시겠지만, 기분 나빠하시라고 하는 얘기는 아니고요."

"아니, 전혀 고약하게 들리지 않는단다, 애야. 그리고 네 마음이 어떤지 아는 척하지도 않을 거야. 하지만 나이 든 사람의 충고를 들어주렴. 행복해질 기회를 그냥 흘려보내지는 말려무나. 나는 내 아들을 죽여가는 그 병에 대한 분노도 내려놓아야 했어. 미움 때문에 상처 입는 사람은 나뿐이었거든. 이젠 너도 마크에 대한 분노를 내려놓아야 해. 분명 케빈도 그걸 원할 거야. 상대방이 널 사랑하는 만큼 너도 그 사람을 사랑할 기회가 있다면, 두 손으로 그 기회를 꼭 잡고 목숨이 달린 듯이 놓치지 말아야 한단다."

94

°닉

....

닉은 샐리가 진통을 좀 더 견딜 만하게 만들어주는 진통제를 왜 그렇게까지 기피하는지 이해할 수 없었다.

샐리는 거의 한 달 내내 정신을 못 차리고 구역질나는 두통에 대해 불평했지만, 파라세타몰보다 강한 약은 먹지 못했다. 이제 샐리는 혼합 약제를 권유받았는데도 전혀 투약받지 않으려 했다. 닉은 자신이 샐리의 입장이었다면 하마라도 기절시킬 수 있을 만큼 투약받았으리라고 확신했다. 특히 스무 시간째가 지나면서부터는 말이다.

샐리의 몸이 고통으로 일그러지는 모습을 지켜보던 닉은 샐리가 자신에게 눈치를 주려고 그러는 건 아닌지 궁금해졌다. 닉은 샐리와 아기를 위해 매치를 희생함으로써 마음에 상처를 입었다. 샐리는 자신도 상처를 받았다는 걸 증명하려고 그런 신체적 불편을 자발적으로 겪는 게 아닐까? 닉은 고개를 저으며 자신이 바보같이 굴고 있다고 생각했다. 남한테 눈치를 주자고 자신을 그런 지경에 빠뜨릴 사람은 없었다.

"잘했어요, 샐리." 조산사가 샐리를 안심시키며 말했다. "내가 말할 때마다 계속 밀어내요. 그리고 걱정 마요, 잘하고 있으니까."

"못 하겠어." 샐리가 소리를 지르더니 닉을 바라보았다. 그 눈에는 너무 큰 절망감이 담겨 있었다. 닉은 샐리에게 그토록 심한 고통을 주었다는 생각에 마음이 좋지 않았다. 그는 마음을 가다듬고 그녀의 손을 꼭 잡고 어깨를 어루만졌다.

닉은 과거에 무슨 일이 있었든, 혹은 무엇을 빼앗겼든 이 세상에서 가장 중요한 두 사람이 이 방 안에 함께 있다는 것을 깨달았다. 샐리와 그들의 전통적이지만은 않은 가정에 합류하고자 이 세상으로 나오고 있는 작디작은 생명을 위해, 닉은 최선을 다해서 이 관계를 꾸려나가겠다고 묵묵히 맹세했다.

"할 수 있어, 자기야." 닉이 조용히 말했다. "내가 여기 있어. 다시는 어디도 가지 않을게."

"하지만 혹시……."

"혹시라는 건 없어." 닉이 말을 잘랐다. "난 오랫동안 자기와 함께 이 일을 해낼 거야. 약속해."

분만 도중 쉬는 시간에 조산사는 닉에게도 쉬라고 권했다. 스무 시간이 지나 있었다. 뭔가를 먹어야 했다. 모든 수고를 하고 있는 사람은 샐리였지만, 돕는 일만으로도 닉은 기진맥진했다. 뭔가 단 것을 간절히 먹고 싶었다. 닉은 2파운드짜리 동전 하나로 스니커즈

한 개와 열량이 가득한 콜라 한 병을 샀다. 당분이 쏟아져 들어오면 기운이 날 거라는 기대에서였다. 그런 다음 보는 사람이 아무도 없는 복도에 이른 닉은 병원까지 타고 갈 택시를 기다리다가 주머니에 넣어두었던 전자담배를 몰래 몇 모금 빨았다.

닉은 잠시 알렉스 생각이 머릿속으로 들어오게 놔두었다. 뉴질랜드의 집으로 돌아간 알렉스는 어떻게 지내고 있을까? 그들은 페이스북에서 서로를 차단했으므로, 둘 다 상대방이 살아가는 모습을 볼 수 없었다. 하지만 알렉스가 다시 연애를 시작했는지, 만일 그렇다면 그 행운아는 누구일지, 또 그 사람이 남자일지 여자일지 궁금해지는 걸 막을 수는 없었다. 닉은 운명의 상대를 잃은 다음 새로운 누군가와 함께한다는 게 어떤 기분일지 상상조차 되지 않았다. 존재의 모든 부분을 다해 누군가를 사랑했는데, 대체 미래의 어느 관계에 희망이 있겠는가?

닉은 빈 깡통과 스니커즈 포장지를 쓰레기통에 던져 넣었다. 병실로 돌아가던 그는 샐리의 병실 쪽에서 들려오는 시끄러운 경보음과 삑삑거리는 소리를 들었다. 서둘러 발걸음을 옮긴 끝에 닉은 샐리의 조산사와 간호사 두 명이 그녀가 누워 있는 침대를 병실 밖 복도로, '수술실'이라 적힌 팻말이 붙은 쪽으로 밀고 가는 모습을 보았다.

"샐리!" 닉이 소리쳤지만 샐리는 대답하지 않았다. 샐리는 눈을 감은 채 꼼짝 않고 누워 있었다. "무슨 일이에요?"

"합병증이 있었어요, 닉." 환자 이동 담당자가 교대해주자 조산사가 침착하게 설명했다. "샐리가 의식을 잃었어요. 정신을 차리게 하려고 노력했지만 반응이 없어요."

닉의 얼굴에서 안색이 빠져나갔다. 다리가 휘청거리려 했다. "아기는요?"

"우리의 최우선 순위는 샐리예요. 하지만 지금 산부인과 전문의가 오고 있어요. 우리가 샐리를 보살피는 동안 응급 제왕절개 수술을 하려고요. 수술팀은 이미 수술실에 와 있어요."

"저도 같이 가도 되나요?"

"죄송하지만 안 돼요. 제가 대기실로 모셔다드릴게요. 뭐든 소식이 있으면 제가 가서 알려드릴 거예요."

"샐리가 몇 주 동안이나 머리가 아프다고 했어요……."

"저희도 최선을 다하고 있습니다. 이젠 대기실로 가세요."

유리문이 닫혔다. 닉은 무력하게 선 채로, 서둘러 복도를 달려가 사라지는 조산사를 바라보았다.

닉은 머리가 멍해 주변을 둘러보기조차 힘들었지만 텅 빈 방에 꼼짝 않고 꼿꼿이 서 있었다. 머릿속은 무슨 일이 일어나는지 이해하려고 빠르게 돌아갔다. 그는 이미 알렉스를 잃었다. 샐리와 아이까지 잃는다는 건 생각조차 할 수 없었다. 그들이 없다면 그에게는 아무것도 없다. 그가 아무것도 아니게 된다.

조산사는 15분 뒤에 돌아왔다. 산부인과 전문의와 함께였다. 닉은 그들의 표정을 보고, 무슨 말을 듣기도 전에 그들이 하려는 말이 무엇인지 알았다.

95

○ **엘리**

··

엘리는 생명이 빠져나간 매튜의 시신을 내려다보며 서 있었다.
모든 것을 바꾸어놓을 순간 속에 얼어붙어 있었다.

엘리는 손으로 입을 가렸다. 손이 떨리기 시작했다. 새삼 자기가
얼마나 큰일을 저질렀는지 깨닫고 겁에 질렸다. 본의 아니게 불쑥
비명을 지를지도 몰랐다. 두 다리로 전율이 번져가는 가운데, 어느
쪽을 보아야 하는지도 모르는 채로 사무실을 둘러보았다. 감히 자
리에 앉아 몸을 진정시키려 들면 다시는 일어나지 못할지도 모른
다는 생각에 두려워졌다. 사무실에서 도망쳐 자동차를 타고 더비셔
의 안전한 집으로, 가족에게로 돌아가고 싶었다. 매튜는 수백 킬로
미터 떨어진 곳에 놔둔 채로. 일부러 매튜를 죽이지만 않았더라면
그렇게 할 수도 있었을 것이다.

엘리는 몇 번 심호흡을 하고, 이제는 별로 남아 있지 않은 선택

더 원   475

지에 정신을 집중하려 애썼다. 안드레이는 자신을 도와줄 것 같았다. 엘리는 비상경보기를 더듬거려 찾고 세게 눌렀다. 1분도 채 지나지 않아 대리석 복도를 달려오는 안드레이의 신발 소리가 들렸다. 이윽고 안드레이가 손에 곤봉을 든 채 문으로 뛰어 들어왔다. 그는 엘리를, 그다음에는 피를 후광처럼 걸치고 바닥에 누워 있는 매튜의 시신을 빤히 바라보았다.

안드레이의 얼굴은 여전히 무표정했다.

"도움이 필요해요." 엘리가 말했다. 목소리는 낮았지만 겁에 질려 있었다.

안드레이는 잠재적인 위험 요소가 있는지 사무실을 둘러본 다음 핸드폰을 꺼냈다.

"신호가 안 잡힐 거예요." 그녀가 말을 이었다. "이 사람이 그렇게 해놨어요."

"깨끗한 옷으로 갈아입으신 다음 떠나겠습니다." 안드레이가 걸걸한 목소리로 그렇게 말하며, 엘리의 옷 전체에 점점이 뿌려진 피 얼룩을 가리켰다. "이런 일을 없었던 일로 만들 수 있는 사람들을 알고 있습니다."

엘리는 초조해하면서도 고마운 마음으로 안드레이를 힐끗 바라보았다.

"지금 갈아입으세요." 안드레이가 다시 말했다. 목소리가 좀 더 권위적으로 변했다.

엘리는 사무실에 딸린 욕실로 서둘러 간 다음, 여벌 옷가지를 보관해둔 옷장을 들여다보며 사실상 지금 입고 있는 옷과 똑같은 블라우스와 스커트를 꺼냈다. 수도꼭지 밑에 얼굴을 대고 헹군 다음 손에 남아 있는 피도 씻어냈다. 잠시 이 생생한 악몽을 온전히 이해하지 못한 채로 거울에 비친 자신의 모습을 빤히 바라보았다. "그 사람이 자초한 짓이야. 그 사람은 너한테 선택지를 주지 않았어." 엘리가 큰 소리로 말했다. "넌 이 세상을 위해 놀라운 일을 해낸 좋은 사람이야. 그 사람은 그걸 너한테서 빼앗아가고 싶어 했을 뿐 아니라, 다른 모든 사람들한테서도 빼앗아가고 싶어 했어. 그 사람이 자초한 일이야. 네가 저지른 일이 아니야."

사무실에서 난 쿵 소리가 엘리를 현실로 되돌려놓았다. 돌아가 보니 안드레이가 매튜의 시체를 매트로 돌돌 말고 있었다.

"이 방에서 나가시죠. 그럼 제가 부른 사람들이 청소할 겁니다." 안드레이는 그렇게 말하더니 매튜를 보이지 않게 욕실로 끌고 갔다. "아무도 못 들어오게 하세요."

엘리는 그 말에 복종했고, 안드레이는 엘리를 복도로 데려갔다. 바로 그때 울라가 달려왔다.

"전화를 안 받으시던데요!" 그녀가 걱정하며 말했다.

"회의가 있어서……."

하지만 울라가 그녀의 말을 잘랐다. "대표님 사무실요. 대표님 사무실이 온라인으로 생중계되고 있어요."

"뭐라고요?"

"보세요." 울라는 소리치더니 엘리의 팔을 잡고 자기 방으로 끌고 갔다. "인터넷에 온통 대표님과 팀 얘기예요. 모두가 두 분의 말싸움을 보고 들었다고요. 하지만 이해가 안 돼요. 어떻게 대표님이 여기 있는데, 제 컴퓨터에서는 여전히 대표님이 저 안에 있을 수 있는 거죠?"

엘리는 자신과 매튜가 나오는 동영상을 보았다. 동영상은 대략 15분 정도 지연되고 있는 걸로 보였다. 매튜가 두 번째 위스키를 따르는 그때, 그들이 말다툼을 시작하는 때였다. 엘리는 매튜가 디캔터를 다시 소파로 가져가는 모습을 지켜보며, 그 물건이 나중에 어떻게 쓰일지 생각하고 속으로 떨었다.

"이걸 볼 수 있는 사람이 누구누구죠?" 엘리가 놀라서 물었다.

울라가 확인했다. "제 생각에는 이 동영상이 내부 메신저 시스템을 통해 전 직원의 컴퓨터나 태블릿에서 자동으로 재생되고 있는 것 같아요."

"IT팀에 연결해서 차단하라고 하세요."

울라가 전화를 집어 드는 동안 엘리는 안심시켜달라는 듯 안드레이를 보았다. 하지만 엘리에게 고용된 이래 처음으로 안드레이의 강철 같은 잿빛 눈에 걱정스러운 기색이 떠올라 있었다.

"동영상 IP 주소가 대표님 사무실 데스크톱 컴퓨터래요." 울라가 말했다. "수십 개의 다른 온라인 소스로도 실시간 전송되고 있고요. 유튜브, 비메오, 페이스북, 트위터…… 전 세계 모두가 지금 바로 동영상을 볼 수 있어요. 모든 게 대표님 컴퓨터의 웹캠에서 나오고 있대요."

안드레이가 사무실로 뛰어 들어갔고 겁에 질린 엘리가 그 뒤를 따랐다. 엘리가 문을 닫자 안드레이는 아이맥에 연결된 모든 전선을 잡아 뽑은 다음 그 기계를 머리 위로 높이 들었다가 바닥에 내

던졌다. 안드레이는 그 기계를 대여섯 번 발로 짓밟았다.

안드레이와 함께 두 번째로 사무실을 나섰을 때, 엘리는 한 무리의 비서들이 이제는 울라의 화면 주변에 모여 있는 것을 보았다. 그들은 엘리가 다시 나타나자 어색하게 뒤로 물러났다.

"아직도 나와요." 울라가 말했다. "죄송하지만 IT 팀에서는 이 동영상이 우리 건물에 있는 서버에서 방송되는 것이 아니라서 재생을 중지시킬 방법이 없대요."

엘리는 얼어붙었다. 대략 5분 뒤면 온 세상이 매튜가 엘리의 데이터베이스를 위태롭게 만들었으며, 그녀를 신뢰한 2백만 명이 그가 조작한 가짜 매치의 피해자라고 설명하는 장면을 보게 된다. 그런 다음에는 세상에서 가장 저명한 여성 기업가가 아무 무장도 하지 않은 약혼자를 때려죽이는 모습을 보게 될 것이다. 엘리에게는 그걸 멈출 힘이 없었다.

엘리의 눈을 제외한 모든 눈이 울라의 컴퓨터 화면에 붙박여 있었다. 엘리는 마음을 가라앉히려고 연달아 심호흡한 다음 사무실 유리벽에 등을 기댄 채로 서서히 미끄러져 바닥에 주저앉았다.

안드레이의 명령에 따라 울라는 그들 셋만 남기고 모두를 내보냈다. 울라와 안드레이는 화면에서 눈을 돌리기 어려워했고, 엘리는 그들을 막으려 들지 않았다. 엘리는 매튜의 머리를 후려치는 디캔터의 묵직한 소리와 그가 무릎을 꿇고 쓰러지는 소리, 자신이 두 번째로 치명타를 가하는 소리를 어쩔 수 없이 다시 들어야 했다.

울라는 헛숨을 들이쉬더니 믿을 수 없다는 듯 엘리를 쏘아보았다.

"이리 오십시오." 안드레이가 자포자기한 채로 말하며 엘리에게 손을 내밀었다. "제가 건물 밖으로 모셔드리겠습니다."

하지만 엘리는 예의 바르게 고개를 저은 다음, 그들을 마주 보고 침착하게 입을 열었다. "두 분의 모든 노고에 감사드려요. 반드시 두 분이 전부 제대로 보상받으실 수 있도록 하겠습니다." 엘리는 치마 주름을 손으로 두드려 펴고 머리카락을 귀 뒤로 넘겼다. "올라, 방금 장면을 봤겠지만, 그래도 법무팀을 이사회실에 소집해주면 고맙겠어요. 내 생각에는 금방이라도 경찰이 들이닥칠 것 같군요. 이미 잡아놓은 일정은 모두 비워주세요."

엘리는 잠시 멈추어, 사무실 벽의 불투명 유리에 새겨진 'DNA 매치' 로고를 올려다보았다. 벽 너머에서 매트에 싸여 욕실 바닥에 움직임 없이 누워 있을 매튜의 모습을 상상했다. 그와 함께 있을 때면 상상 이상으로 행복했다. 하지만 이제야 그게 DNA에 의해 결정된 일이 아니었다는 걸, 자신이 사랑이라는 개념에 마음을 열었기 때문이었다는 걸 알게 되었다.

엘리는 바닥에서 몸을 일으키고 사무실로 들어가 문을 닫았다. 진토닉을 한 잔 따르고 자리에 앉았다. 복도 저편에서, 일행 중 가장 빠른 사람이 엘리베이터에서 내려 사무실 쪽으로 다가오는 발소리가 들려왔다.

엘리는 아이패드를 가져다가 화면을 손바닥으로 쓸어보았다. 늘 못마땅하게 여기면서도 일과가 끝나기 전에 완수하려 했던 기나긴 업무 목록을 마지막으로 한번 볼 생각이었다. 하지만 목록은 비어 있었다. 올라가 이미 지워버렸다.

96

° **맨디**

"제가 무슨 일인지 알아볼 테니 그 전까지는 차에 계세요. 여기서 움직이지 않겠다고 약속해요."

부탁이 아니라 명령이었다. 맨디의 담당 경찰관인 로레인은 단호하게 요구했고, 대답을 기다리지 않은 채 운전석에서 내려 서둘러 별장 현관으로 갔다.

경찰차 두 대와 밴 한 대가 이미 현장에 나와 구급차 두 대가 선자갈길에 주차되어 있었다. 자동차 뒷자석에 앉은 맨디는 거의 숨도 쉬지 못한 채 앞쪽으로 몸을 구부리고 목을 쭉 뺐다. 앞좌석의 머리 받침대 너머로 집 안에서 무슨 일이 일어나는지 더 잘 보고 싶었다. 그곳은 정신없이 분주했다. 제복 경찰관들이 오가며 무전기와 핸드폰으로 대화를 주고받는 중이었다.

결국 맨디는 답답해져 더 이상 기다릴 수가 없었다. 맨디는 문틀을 손가락으로 꽉 잡고 몸을 빼냈다.

에식스에서 호수 지방까지 오는 여정에는 다섯 시간이 걸렸다. 가뜩이나 스트레스가 심한데 가끔 자동차까지 덜컹거려 너무 불편했다. 로레인은 맨디가 풀밭 가장자리에 토할 수 있도록 갓길에 차를 대야 했다. 맨디는 아드레날린으로 머리가 핑핑 도는 듯했다. 아기가 정말로 그곳에 붙잡혀 있다면 아무도 그녀와 아이가 다시 만나는 걸 막을 수 없을 터였다.

리처드 가족이 호수 지방 별장에서 찍은 사진이 맨디의 기억을 문득 자극했다. 리처드가 그곳을 무척 좋아했다던 팻의 말이 떠올랐다. 형사들은 팻의 서류철에 묻혀 있던 그 별장의 부동산 권리증을 재빠르게 찾아냈고, 즉시 작전이 개시되었다. 시작은 잠복 경찰차에 탄 경찰관들이 그 부지를 훑어보는 것이었다. 클로에의 인상착의와 일치하는 여자가 집에 들어간 것이 확인되자 구조 작전이 본격적으로 개시되었다.

"아기는 어디 있어요?" 맨디는 겁에 질린 채 현관문에서 나오던 로레인에게 다가가면서 외쳤다.

"맨디, 침착하셔야 해요." 로레인이 그렇게 말하며 맨디의 두 팔을 잡았다. "클로에는 이미 체포해서 다른 곳으로 이송했어요. 당신의 아들은 팻과 함께 있고요. 다만, 팻이 문을 걸어 잠그고 욕실에 들어가 있어요."

"그 안에서 뭘 하는 거예요?"

"저희가 확실히 말씀드릴 수 있는 건 아이가 안전하다는 거예요. 하지만 팻은 먼저 당신과 이야기해보고 나서 문을 열겠다고 해요."

"전 그 여자한테 할 말이 없어요. 그저 아기만 돌려받고 싶을 뿐이에요."

"두말할 필요도 없지만, 우린 이 상황이 좋게 끝나길 바라요. 그러니까 한번 해보죠. 제가 곁에 있을 테니까 걱정하지 마세요."

맨디는 손등으로 눈을 닦고 안내를 받아 초가지붕을 얹은 작은 집으로 들어간 뒤, 카펫이 깔린 좁은 계단을 올라 나무로 된 양판문으로 향했다. 리처드의 가족사진이 끼워진 먼지 낀 액자들이 복도를 꽉 채운 경찰관 대여섯 명에게 살짝 가려진 채 벽에 걸려 있었다. 경찰관 중 한 명은 검은색 금속 곤봉을 들고서 필요할 경우 문을 부술 준비를 하고 있었다.

"긴장 푸세요. 심호흡한 다음, 이 모든 일이 일어나기 전에 팻에게 하던 그대로 말을 거세요." 로레인이 입을 열었다. "상냥하고 침착하게, 알았죠? 말싸움을 벌이거나 화를 내면 안 돼요. 이해했죠?"

맨디는 고개를 끄덕였다. 거의 지난달 내내 아기의 친할머니에게 자신이 그녀를 어떻게 생각하는지 말해줄 이 순간만 기다려왔으므로, 과연 어떻게 감정의 마개를 닫을 수 있을지 확신은 서지 않았지만 말이다.

"팻, 여기 당신과 이야기하고 싶어 하는 사람을 데려왔어요." 로레인이 그렇게 말하고 맨디에게 고갯짓을 했다.

맨디는 잠시 멈췄다가 심호흡을 하고 입을 열었다. "안녕하세요, 팻. 맨디예요."

맨디는 욕실 안에서 뭔가 움직이는 소리와 발을 끄는 소리를 들었고, 자신의 아들이 내는 소리도 난생처음으로 들었다. 약하디약한 아기의 낑낑거리는 소리였다. 맨디는 눈을 감고 울고 싶었다. 갑자기 자신의 아들이 현실적으로 느껴졌다. 그들을 갈라놓은 것이라고는 이제 몇 센티미터밖에 안 되는 나무와 석고뿐이었다. 맨디는 맨손으로 문을 부수고 싶은 마음을 참기가 힘들었다.

"아기는 안전한가요, 팻? 아기가 안전한지만 알려주실래요?"

"아기는 괜찮아." 안쪽에서 팻이 대답했다. 기진맥진한 목소리라고, 맨디는 생각했다.

"팻, 난 아기를 봐야겠어요."

"나도 알아. 그냥 조금만 더 아기랑 같이 있고 싶어서 그래."

"충분히 오래 같이 있었잖아요, 팻. 난 아직 아기를 한 번도 못 봤어요."

"제 아빠랑 닮았어. 그치, 아가? 눈도 똑같고, 피부나 머리색도 똑같아."

"저도 너무 만나보고 싶어요."

맨디는 자신이 제대로 말하고 있는지 확인하려고 로레인 쪽을 보았고, 로레인은 응원하듯 고개를 끄덕였다.

"왜 아기를 데려간 거예요, 팻? 왜 아기를 데리고 도망쳤어요? 모두 너무 걱정했어요."

"미안해. 하지만 선택의 여지가 없었어. 넌 우리가 아기를 보지 못하게 했을 테니까."

그건 맞는 말이라고 맨디는 생각했다. 팻과 클로에가 리처드의 죽음에 대해 어떤 거짓말을 했는지 알자마자 그녀는 아기와 함께 최대한 멀리 도망치고 싶었다.

"당연히 만나게 하죠." 맨디는 거짓말했다. "당신은 아기의 할머니잖아요. 못 만나게 할 이유가 뭐예요?"

"네 말을 믿을 수가 없구나, 얘야. 어쨌든 우린 그 계획이 통할지 봐야 했어⋯⋯." 팻의 목소리가 흐려졌다.

"무슨 계획이 통해요?"

욕실과 복도가 모두 조용해졌다. "팻, 무슨 뜻이에요? 무슨 계획이 통하는지 본다는 거예요?"

"우리는 네가 생각한 것처럼 아기로 리처드를 대신하려던 게 아니야⋯⋯."

"그럼 왜 제 아기를 데려갔어요? 이해가 안 돼요."

"클로에가 어딘가에서, 매치된 부부의 아이는 아주 강력해서 코마에 빠진 부모를 깨울 수도 있다는 얘기를 읽었어⋯⋯. 아기가 우리의 마지막 희망이었어."

맨디는 팻의 말이 사실인지 몰라 로레인을 보았다. 로레인은 어깨를 으쓱했다.

"하지만 리처드는 코마에 빠진 게 아니에요. 영구적으로 식물인간이 된 거죠. 그 두 가지는 아주 달라요."

"나도 알아. 하지만 모르겠니? 시도는 해봐야 했단 말이다. 우린 리처드의 아들을 요양병원으로 데려갔고, 함께 몇 시간이나 앉아 있었어. 하지만 아무 일도 일어나지 않더구나. 리처드는 움직이지 않았어. 내 아들이 움직이지를 않았어⋯⋯."

맨디는 문 뒤에서 조용히 흐느끼는 소리가 들린다고 생각했다.

"그럼 그다음에는 왜 아기를 데려오지 않았어요?"

"모르겠어." 그녀가 속삭였다. "모르겠어. 이제 우린 쉬어야겠구나. 미안하다."

맨디는 점점 더 불안해졌다. "이젠 아기를 돌려받아도 될까요? 부탁이에요, 팻."

답이 없었다.

맨디가 다시 한번 목소리를 높여 말했다. "팻!"

"난 그냥 좀 자야겠어." 팻은 조용히 대답했다. 목소리가 거의 들리지 않았다. "내 손자와 나 말이다. 우린 좀 자야겠어. 클로에가 진실을 알게 되면, 내가 그 애한테 미안해하더라고 전해다오."

"저게 무슨 말이에요?" 맨디가 로레인에게 물었고, 로레인은 고개를 돌려 다른 형사를 보았다. "로레인!" 맨디가 소리쳤다. "무슨 말이냐고요!"

맨디는 누군가가 자신의 어깨를 잡고 뒤로 당기는 것을 느꼈다. 경찰관이 곤봉으로 문손잡이를 내려쳐 자물쇠를 부쉈다. 경찰관 세 명이 욕실로 달려 들어갔고, 맨디는 아들을 찾으러 그 뒤를 따랐다.

욕조 옆면에 기대어 바닥에 푹 수그리고 있는 것은 할머니와 손자의 움직이지 않는 몸뚱이였다. 둘 다 눈을 감고 있었고 살갗은 눈처럼 희었다.

97

° 크리스토퍼
....

에이미는 마지막 살해 대상의 집 안에서 의자에 묶인 채 앉아 있
는 크리스토퍼 앞에 무릎을 꿇었다. 에이미는 주먹을 꽉 쥐고 있었
고, 그 손바닥에는 그의 발목을 단단히 묶은 수갑을 풀어줄 열쇠가
들려 있었다.

그들이 나눈 연대감은 잠깐이지만 너무도 강력했다. 크리스토퍼
는 에이미의 생각을 읽을 수도 있을 것 같았다. 크리스토퍼가 그녀
덕분에 더 나은 사람이 되었다고 인정한 순간, 에이미는 그 말의 진
정성을 믿었다. 크리스토퍼는 자신의 내면에 깃든 악에도 불구하고
그녀가 자신을 사랑한다고 확신했다.

"이 끔찍하디끔찍한 악몽에서 조금이라도 좋은 점이 있다면, 널
이렇게 만든 사람이 내가 아니라는 사실뿐이야." 에이미는 열쇠를
자물쇠에 넣으며 말했다. "살인한 날짜들을 모두 조합해봤는데, 살

인은 우리가 만나기 3주 전부터 시작됐더라."

크리스토퍼가 고개를 끄덕이며 말했다. "이런…… 내 머릿속의 이런…… 날 만드는 어떤 것은…… 너랑 아무 상관도 없어. 처음 너랑 데이트를 시작했을 때 너 모르게 살인을 저지르면서 전율을 느꼈던 건 사실이야. 여자친구 몰래라서가 아니라 경찰관 몰래라서. 하지만 널 알면 알수록 더 깊이 빠져들었어. 이 일이 점점 짜릿하지 않게 됐고. 날 믿어줘. 난 우리가 함께 보내는 시간이 길어질 수록 나 자신이 다른 사람으로 변해가는 걸 느낄 수 있었어."

에이미는 열쇠를 돌리다 말고 멈췄다. "그럼 더 이상 짜릿함을 느끼지 않는데도 계속 살인을 한 이유는 뭐야?"

"뭐라고?"

"내가 널 더 나은 사람으로 만들었다면, 넌 왜 계속해서 살인을 해야 했던 거냐고?"

"왜냐면 아주 오래전부터 서른 명을 죽이는 게 목표였으니까."

"그럼 더는 살인을 해야 할 강박을 느끼지 않았는데도 그냥 살인하기로 선택한 거네? 너 자신의 본성과는 관계없이, 의식적으로 그런 결정을 내렸다는 거야?"

"그런 것 같아."

"그런 다음에는? 그냥 멈출 생각이었어?"

"응."

"뭘 얻고 싶어서 이런 짓을 한 거야? 사람들의 인정? 경찰에 자수할 생각이었어? 아니면 나한테라도?"

"아니. 아무도 내가 누군지, 내가 왜 이런 일을 시작했고 또 갑자기 멈췄는지 모르리라는 걸 알기만 해도 충분했어."

"서른 명을 못 채웠다면? 네가 우리 관계를 살인보다 우선시했다면? 그랬다면 무슨 일이 일어났을까?"

"모르겠어. 그 생각도 해봤지만, 내 계획을 막은 너한테 점점 화가 날까 봐 두려웠어. 그래서 내가 혹시라도…….."

"……나까지 죽이게 될까 봐?"

크리스토퍼는 고개를 끄덕였다. 에이미의 눈빛이 왠지 달라졌다. 그 순간 에이미는 아직 잠겨 있는 수갑에서 열쇠를 빼내고 일어섰다. "너한테 물어보고 싶은 게 너무 많지만, 어디서부터 시작해야 할지 모르겠어. 무슨 말을 듣게 될지 두렵기도 하고."

"물어봐."

"태어날 때부터 이랬니?"

"응."

"예전부터 살인자였어?"

"아니."

"여자를 싫어하는 이유가 뭐야?"

"안 싫어해. 그냥 남자보다 여자가 제압하기 쉬울 뿐이야."

"살인은 왜 시작했어?"

"살인을 저지르고도 빠져나갈 수 있는지 알고 싶어서."

"왜? 넌 똑똑한 사람이잖아. 내가 널 사랑하는 이유 중 하나가 그건데. 왜 사람들한테 도움이 되는 일을 해보지 않았어?"

"내 뇌는 그런 식으로 돌아가지 않아. 난 다른 사람들이 어쩌든 상관없어. 너만 상관있지."

"저녁 식사를 하자면서 코걸이를 한 젊은 웨이트리스가 일하는 레스토랑에 날 데려간 이유는 뭐야?"

"모르겠어."

"알잖아, 크리스. 넌 나중에 그 여자를 죽일 거면서 그 여자한테 서빙을 받고 변태적인 자극을 얻으려 했어. 쥐를 가지고 장난하는 고양이처럼, 넌 허세를 부렸던 거야."

크리스토퍼는 에이미의 눈을 피했다.

"피해자들의 집 앞 도보에 스프레이 페인트로 남긴 상징은 무슨 의미야?"

"성 크리스토퍼. 여행자들의 수호성인. 그 사람이 어린 그리스도를 업고 강을 건너는 모습이야."

"네 생각에는 네가 그런 사람이라는 거야? 여자들을 이승의 삶에서 저승의 죽음으로 안내하는 성 크리스토퍼?"

"비슷해. 하지만 그 사람들은 죽은 채로 남아 있지 않을 거야. 언제나 이 사건과 연결될 테니까. 누군가 기억해준다면 정말로 죽었다고는 할 수 없지."

"너 자신을 속이지 마, 크리스. 그 사람들은 정말로 죽었어."

"이젠 내가 질문 하나 해도 될까? 내가 누군지 알아냈으면서 왜 날 동료들에게 넘기지 않은 거야? 그래야 마땅한데. ……지금 그러지 않잖아."

에이미는 고개를 가로저으며 머리를 쓸어 넘기려 했다. "그러지 마." 크리스토퍼가 명령했다. "한 가닥이라도 떨어지면 DNA를 남기게 돼." 에이미는 그가 걱정하는 소리를 듣고 놀랐다.

"사람들은 우리가 평등한 시대에 살고 있고 일하고 있다고들 해. 나한테도 남자 동료들처럼 승진 사다리를 올라갈 기회가 많다고. 하지만 내가 너에 대해 아는 것을 그 사람들한테, 또 내 친구와 가족, 거리에서 만나는 낯선 사람에게 말하면, 너를 다룬 책과 너와 내가 나올 텔레비전 드라마에서 난 언제까지나 이 나라 최악의 연쇄살인범을 남자친구로 두었던 여자 경찰관으로 남겠지. 여자들의 목숨을 빼앗고 그 가족들을 망쳐놓은 것처럼 넌 나도, 내 경력도, 내가 다른 남자와 행복을 찾았을지 모를 행복해질 기회를 모두 망쳐놓았을 거야. 세상은 나를 파손된 상품으로 여길 테니까."

크리스토퍼는 에이미가 다른 남자를 언급하자 질투 비슷한 무언가를 느꼈다. 처음으로 에이미가 다른 누군가와 있다면 어떤 기분일지 상상했다. 마음에 들지 않았다.

"날 풀어줘. 그럼 날 계속 가질 수 있어. 망가진 나이긴 해도." 크리스토퍼가 설명했다. "날 풀어주고 함께 이 일을 해결해보자. 이제 넌 나에 대해 알아야 할 모든 걸 알고 있어. 우린 잃을 게 아무것도 없어. 넌 내가 우리한테 있던 뭔가를 망쳐버렸다고 생각하지만, 꼭 그렇지만은 않아. 우린 지금부터 많은 것을 가질 수 있어. 난 그것들을 절대 망치지 않을 거야."

"나한테 그런 부탁을 하면 안 되지, 크리스." 에이미가 말했다. 목소리에 힘이 빠져 있었다. 에이미의 얼굴은 눈물을 참느라 일그러지기 시작했다. 그를 믿고 싶은 마음이 너무나 간절했다. 에이미는 매치에게 느끼는 사랑과 그녀가 아는 옳은 일 사이에서 눈에 띄게 갈등하고 있었다. 에이미는 크리스토퍼와 부딪히지 않으려고 주의를 기울이면서 다시 방을 서성거리기 시작했다.

"네 진짜 본성이 그 추악한 머리를 다시 쳐들면 어떻게 되지? 네가 살인의 전율을 다시 느끼고 싶어지면? 그 프로젝트, 그 짜릿함은 내가 줄 수 없잖아. 넌 기회가 있었는데도 살인을 멈추지 않았어. 그만큼도 날 사랑하지 않았다고. 나도 이런 일이 다시 일어나리라고는 생각하기 싫지만, 그때가 돼서 우리가 함께한다면 그 이유는 사랑이나 공통의 DNA가 아니라 네가 다시 다른 사람을 공격하고 다치게 할지도 모른다는 내 두려움 때문일 거야."

"이해를 못 하는구나." 크리스토퍼가 날카롭게 대답했다. 에이미를 설득하는 싸움에서 뒤지자 점점 더 답답해졌다. 에이미와 함께하는 한 그는 절대 다른 사람을 다치게 할 필요가 없었다. "난 널 사랑해, 에이미."

에이미가 크리스토퍼의 말에 반응하기도 전에 텔레비전 뉴스 진행자의 목소리가 그녀를 방해했다. "오늘 저녁에 전해드린 소식과 관련된 속보입니다." 앵커가 입을 열었다. "앞서 'DNA 매치'의 대표이사 엘리 스탠퍼드가 그녀의 약혼자로 알려진 남자와 말다툼을 벌인 끝에 그를 살해하는 장면을 생중계 동영상으로 보셨는데요. 이에 관해 'DNA 매치'가 전 세계의 매치에 개입이 있었다는 폭로에 대하여 즉각 조사를 개시했다고 공식적으로 발표했습니다."

에이미와 크리스토퍼는 화면을 노려보며 앵커가 이어나가는 말에 주의 깊게 귀를 기울였다. "10년 만에 최대 규모로 벌어진 이번 개인정보 침해로 2백만 명에 달하는 매치가 영향을 받았을 것으로 보입니다. 이에 따라 지난 18개월 동안 성사된 모든 커플의 관계가 의심의 대상이 되고 있습니다."

크리스토퍼는 에이미를 돌아보았다. 뉴스를 이해하느라 에이미의 이마가 잔뜩 찌푸려져 있었다. 크리스토퍼는 사람의 마음을 읽는 데 능숙하지 않았지만, 에이미의 얼굴에 떠오른 표정의 의미는 이해했다.

"에이미." 에이미가 그의 시선이 닿지 않는 곳으로 벗어나자 크리스토퍼가 떨리는 목소리로 애원했다. "그렇다고 뭐가 달라지는 않아. 우린 우리가 서로의 운명임을 알고 있잖아……."

하지만 말을 이을 겨를도 없이, 크리스토퍼는 스물아홉 건의 서로 다른 사건에서 사용했던 치즈와이어가 자신의 목을 감고 조여오는 것을 느꼈다. 몸을 앞뒤로, 그다음에는 양옆으로 흔들며 풀려나려 애썼지만, 에이미는 손아귀 힘을 풀지 않았다. 크리스토퍼도 에이미가 힘이 센 줄은 알고 있었다. 하지만 지금 에이미는 그를 제압하려고 팔과 상체의 모든 근육이 터질 만큼 힘을 쓰고 있는 게 틀림없었다.

와이어가 피부를 관통하기 시작하면서 크리스토퍼는 문득 몸부림을 멈추고 평온함이 자신의 몸과 마음을 차지하도록 놔두었다. 그는 머리를 뒤로 젖히고 에이미의 눈을 들여다보았다. 에이미의 턱에서 눈물이 떨어져 자신의 눈물과 섞이는 것을 지켜보았다. 결국 모든 것이 캄캄해질 때까지.

98

° **제이드**
··

제이드는 농장에서의 마지막 날을 거의 호주 동부 해안 여행을 준비하며 보냈다.

제이드가 음식을 챙겨 가게에서 돌아왔을 때쯤에는 수전이 그녀의 모든 옷을 빨아서 말리고 다린 다음, 그녀의 여행 가방 옆에 깔끔하게 개어놓은 후였다. 댄은 케빈의 트럭 열쇠를 가져가 타이어에 공기가 가득 차 있는지, 스페어 바퀴가 트렁크에 들어 있는지, 오일과 물, 냉각수, 브레이크액이 가득 차 있는지 확인해두었다. 그는 비상 상황이 발생할지 모른다며 자동차에 2리터짜리 생수 일곱 병을 실어두고, 필요할 경우에 대비해 제이드에게 여분의 핸드폰 충전기를 주었다. 댄은 제이드에게 여행 중에 찍은 사진을 이메일로 보내주겠다는 약속을 받아냈다.

떠나기 전 제이드는 시간을 내 케빈의 묘지에 들렀다. 그녀는 묘비가 만들어지기를 기다리는 동안 임시로 세워둔 나무 십자가 앞에 앉았다. 눈을 감고 주변 환경에 마음을 기울이면 산들바람에서 케빈을 느낄 수 있었다. 심호흡하면 꽃에서 그의 향기를 맡을 수 있었다. 케빈은 나무들 속에도 있었고 그녀가 일찍 일어나 보는 매일 아침의 해돋이에도 있었다. 케빈은 항상 그녀 안에 남아 있을 터였다. 여행이 그녀를 어디로 이끌든 간에.

제이드는 핸드폰 스크롤을 넘겨 보며 이곳에 오기 전부터 케빈과 6개월 동안 알고 지내며 나눈 대화 수백 건을 다시 살려냈다. DNA 매치든 아니든 제이드는 케빈이 끔찍하게 그리웠다. 케빈처럼 그녀를 잘 알았던 사람은 세상 어디에도 없었다.

제이드가 농가로 돌아와보니 수전과 댄이 샌드위치와 샐러드로 꽉 찬 타파웨어 통을 뒷자리 조수석 쪽 발밑으로 옮기고 있었다.

"준비는 다 됐니?" 수전이 물었다.

"많이 했어요."

"현대 기술이 너를 실망시킬 수도 있으니. 네 여행 경로를 표시한 지도를 뒷자리에 놔뒀다." 댄이 말했다.

"고맙습니다." 제이드는 그렇게 말하고 몸을 기울여 댄을 끌어안았다.

"아니, 우리가 고맙지." 수전이 말했다. "쉽지 않았으리는 거 알아. 특히 지난 몇 주가 그랬을 거야. 하지만 우리가 여전히 친구라서 기쁘구나. 이제 한 가지만 더 약속해주겠니?"

"그럼요. 뭔데요?"

"우리 아들을 잘 부탁한다."

"엄마, 난 괜찮을 거예요." 마크는 미소 지으며 수전의 뺨에 입을 맞춘 뒤 배낭을 뒷자리에 던졌다.

"약속할게요." 제이드가 말했다. "우리 둘 중 누구도 가까운 미래에 이 가족을 떠나지 않을 거예요."

99

°닉
....

닉의 시선은 장의사들이 관을 화장터로 끌고 가는 내내 문에 고
정되어 있었다.

닉이 선택한 에이미 와인하우스의 곡이 스피커에서 울려 퍼지는
가운데, 고리버들로 만든 관이 사람들로 가득 찬 방 앞 탁자에 놓이
고 목사가 자리를 잡았다. 닉의 부모는 그의 양쪽에 서서 그의 팔을
각자 한쪽씩 잡고 있었다. 샐리가 그들 앞에 안식을 취하러 왔다.

장의사는 죽은 지 8일이 지나서야 샐리의 시신을 가족들에게 전
해주었다. 사인 규명은 진행되다 말고 끝났다. 하지만 닉은 전에는
발견되지 않았던 동맥류가 샐리의 뇌에 있었다는 정보를 비공식적
으로 전해 들었다. 그게 샐리가 최근에 두통을 그토록 심하게 앓았
던 이유일 가능성이 컸다.

닉의 세계는 갑작스럽게 샐리를 잃고 큰 충격을 받았다. 하지만

그것만이 유일한 충격은 아니었다. 샐리는 죽었지만 그녀의 갓난아기는 응급 제왕절개 수술로 자궁에서 나왔다. 아기는 살아 있었다. 다만 아기의 피부는 머리카락처럼 짙은 갈색이었다.

"몇 번이나 그랬어?"

"여러 번."

"여러 번이 몇 번이냐고." 닉은 더 단호하게 되풀이했다.

"세어보지 않아 모르겠어. 그래도 꽤 자주였던 것 같아."

"그냥 섹스였냐?"

"아니."

"그럼 또 뭐였는데?"

"샐리는 내 매치였어."

"뭐라고?"

"검사를 받아봤는데 샐리가 내 DNA 매치였어. 최소한 우린 그렇게 생각했어."

닉은 거실을 어슬렁거리다 말고 디팩을 뚫어지게 바라보았다. 아기 딜런이 닉의 가슴 가까이, 닉의 어깨에 걸친 수건에 기대어 잠들어 있었다.

딜런을 만나러 온 가족들은 샐리와 닉의 분필 같은 창백한 피부와 아기의 짙은 색 피부 사이에서 차이점밖에 발견하지 못했다. 샐리가 죽어 충격을 받은 데다 아들이 생물학적인 친자가 아니라는 사실을 알게 된 뒤, 닉은 왠지 아기의 진짜 아버지가 가까운 곳에 있으리라는 생각이 들었다.

　　　　　　　　　　　　　THE ONE

얼마 지나지 않아, 마찬가지로 최근에 부모가 된 수마이라와 디팩이 위로를 전하고 처음으로 딜런을 만나러 아파트에 찾아왔다. 디팩의 당황한 표정만 보고도 닉은 자신이 두려워했던 일이 사실임을 알아차렸다. 디팩 부부는 별말을 하지 않았고 오래 머물지도 않았다. 닉은 나중에 그들이 샐리의 장례식에도 오지 않았다는 걸 알게 됐다.

지금 디팩은 닉의 소파에 뻣뻣하게 걸터앉아 있었다. 디팩의 두 눈은 충혈된 채 짙은 그늘이 드리워져 있었다.

"그러니까 몇 달 전 샐리랑 내 사이가 엉망으로 틀어진 그날, 너랑 수마이라가 매치가 아니라고 했던 내 말이 맞았던 거네?"

디팩은 고개를 끄덕였다. "우리는 결혼한 다음에 검사를 받았어. 하지만 수마이라는 너무 부끄러워서 그 사실을 누구에게도 인정하지 못했어. 몇몇 사람이 매치가 아닌 부부를 얼마나 깔보는지 너도 알잖아."

"하지만 왜 샐리가 네 매치라고 생각한 거야?"

"수마이라랑 나는 두어 해 전에 검사를 받고 우리가 매치가 아니라는 걸 알게 됐어. 이메일이 와서 보니까 내 매치가 샐리더라. 샐리는 수마이라의 직장 동료였고. 대단한 우연이지? 샐리를 만나보고 싶어서 내가 수마이라한테 모임을 주선하게 했어. 우리 모두가 함께 중국 음식을 먹으러 나갔던 그날 밤 말이야……."

닉이 천천히 고개를 끄덕였다. "샐리가 몸이 좋지 않아서 우리 커플이 일찍 떠나야 했던 그날 저녁이구나."

"그래." 디팩이 웃었지만, 눈에는 여전히 눈물이 어려 있었다.

"그날 다들 술을 진탕 마셨잖아? 난 맥주를 엄청나게 많이 마셨는데도 느낄 수 있었어. 내 말이 무슨 뜻인지 알 거야. 마치 내 머릿속의 모든 전구가 동시에 켜진 듯했어."

닉은 그의 말이 무슨 뜻인지 잘 알고 있었다. 닉은 알렉스를 처음 만났던 그날을 떠올리지 않으려고 애썼다. "샐리도 너랑 같은 걸 느꼈겠네."

"응."

"그래서 둘이 같이 자기 시작한 거고."

"아냐, 그건 한참 뒤였어. 우리는 먼저 페이스북 친구가 됐고, 그 다음에는 메신저로 이야기하기 시작했어. 그리고 가끔 점심시간에 만나서 커피를 마시거나 저녁을 먹었고. 하지만 그걸로는 충분하지 않아서, 점점 관계가 깊어졌어."

닉은 거짓말했다는 이유로 샐리를 증오한다면 위선적인 일이 되리라는 걸 알고 있었다. 그와 알렉스의 관계도 거의 같은 패턴을 따랐으니까. 하지만 디팩의 말은 받아들이기가 힘들었다.

"샐리는 널 떠날 생각이었어." 디팩이 머뭇거리며 덧붙였다. "그리고 난 수마이라를 떠날 계획이었고. 우리는 너무 오랫동안 너희를 속여왔고, 이젠 공개적으로 함께하고 싶었어. 그때 수마이라가 쌍둥이를 임신했고 난 정신을 차렸지. 아내를 버리고 그냥 떠날 수는 없었어. 그래서 샐리와 끝낸 거야. 샐리가 좋아할 리 없었지만, 수마이라와 함께하고 싶다는 확신이 있었기 때문에 샐리한테도 그렇게 말했어. 샐리가 너와 다시 잘 지내보려고 브뤼주로 가는 표를 예약했던 게 그때야."

생각해보니 갑자기 함께 여행을 가고 싶어 하던 샐리의 욕심이 뭔가 이상했다. "계속해봐." 닉이 디팩에게 말했다.

"샐리는 임신했을지도 모른다는 생각에 당황했어. 우리 중 누가 아빠인지 몰랐으니까. 너한테 진실을 말하면 네가 곁에 있어주지 않고 알렉스와 함께 떠날까 봐 두려워했고. 싱글맘이 되기가 너무 두려웠던 거야."

"그럼 샐리가 날 이용했구나."

"그런 것 같아."

디팩의 이야기에는 어딘지 신경 쓰이는 구석이 있었다. "넌 수 마이라를 선택했고, 듣자니 샐리는 날 선택한 것 같은데. 너희 둘은 어떻게 함께하지 않고 견딜 수 있었어? 매치를 만났을 때의 느낌이 얼마나 강력한지 나도 아는데……." 알렉스를 마지막으로 본 지 벌써 6개월이 지났다. 알렉스가 곁에 없다는 사실에 닉은 죽을 것처럼 몸이 아팠다.

"우린 사실은 매치가 아니었던 것 같아." 디팩이 머뭇거리며 인정했다. "나도 신문에서 기사를 읽었어. 난 우리가 그 가짜 매치 중 하나였다고 생각해. 이제 와서 생각나는 거지만, 처음에 몇 번 흥분되는 시간이 끝난 뒤에는 불꽃이 천천히 잦아들었어. 우린 배우자 몰래 바람을 피우는 다른 모든 커플처럼 변해갔어. 우리가 처음 만나서 사람들이 말하는 '폭발'을 느꼈던 때도 이제 와 생각해보면 그래. 우린 그냥 취해 있었고 분위기에 휩쓸렸던 것 같아. 정말 미안하다, 친구."

디팩의 사과에는 진심이 담겨 있었지만 닉은 차마 그 사과를 받아들일 수 없었다.

"우린 둘 다 그 사실을 알고 있었어. 하지만 서로 매치되었다고 믿었기 때문에 상대의 곁을 지켜야 한다고 생각했어. 결국 그냥 바람을 피웠을 뿐이지만."

"신경 쓰이는 게 하나 더 있는데." 닉이 끼어들었다. "샐리는 너와 매치되었으면서 왜 나랑도 검사를 받고 싶어 했지?"

"내 생각엔 샐리는 너한테 빠져나갈 '구멍'을 주고 싶었던 것 같아……. 매치와 함께할 수 있도록 널 보내주면, 너에게 상처를 주는 나쁜 사람이 되지 않고도 널 떠날 수 있으니까. 오히려 샐리가 피해자가 되겠지. 네가 남자와 매치되었을 때는 너만큼 우리도 많이 놀랐어. 네가 그 사람을 만나고 싶어 할 거라고는 생각조차 못 했고. 샐리는 그를 만나보라는 말에 네가 설득되는 걸 보고 놀라더라."

"뭐, 날 치워버리겠다는 *계획*이 맞아 들어갔다니 샐리한테는 다행이었네." 닉이 비꼬듯 말했다.

"그러지 마, 친구. 어쨌든 결국은 모든 게 좋아졌잖아?"

좋다는 게 죽은 약혼자와 자기 자식도 아닌 아이, 지구 반대편으로 날아가버린 영혼의 동반자를 의미하는 거라면, 그래, 끝내주는 상황이지. 닉은 씁쓸하게 생각했다.

표정을 보니 디팩도 자기가 한 말이 얼마나 멍청했는지 깨달은 듯했다. 디팩은 바닥을 내려다보았다.

닉은 자포자기한 샐리가 얼마나 멀리까지 갔는지 알고 충격을 받았다. "샐리가 그렇게 사람을 잘 조종하는 성격인 줄은 진짜 몰랐네." 닉이 웅얼거렸다. "남편이 가장 친한 친구를 임신시킨 걸 알고 수마이라는 뭐래? 네 아내는 거의 모든 일에 의견이 있는 것 같던데."

"수마이라는 비참해했어. 날 쫓아내지는 않았지만 샐리의 아기를 보고 싶어 하지도 않아."

"넌 어때? 넌 아기와 어떤 미래를 원해?" 아기를 키우는 임무는 닉의 몫이 되었고, 닉은 그 아기를 세상 끝까지 사랑했다. 하지만 가끔은 진짜 아버지와 함께하는 편이 딜런에게 더 좋지 않을까 고민했다.

디팩은 잠시 멈춰 시선을 돌렸지만, 닉은 단호했다. 그는 디팩이 내놓을 대답에 얼마나 마음을 졸이고 있는지 감추려고 처절히 노력했다. 닉은 수많은 남자들이 생물학적으로 자신과 이어지지 않은 아이를 버린다는 것을 알고 있었지만, 딜런을 포기하기엔 이미 너무 많은 것을 희생한 뒤였다. 그의 품 안에서 너무도 평화롭게 잠들어 있는 약하디약한 작은 아기는 태어나기도 전에 엄마를 잃었다. 닉은 딜런이 기꺼이 그의 아버지가 되어줄 남자마저 잃도록 내버려두지 않을 생각이었다. 닉은 아들에 대한 압도적인 사랑을 느꼈다. 그랬다. 닉은 아기를 자신의 아들로 생각했다.

"아이랑 함께할 미래 같은 건 없을 것 같아." 디팩이 결국 이렇게 대답했다.

"없을 것 같은 거야, 없는 거야?"

"확실해."

"아기한테 아무것도 안 느껴져?"

"응. 그리고 그 점을 인정하기가 부끄럽지도 않아. 여기 앉아서 아기를 보고 있는데도 아무것도 느껴지지 않거든. 내 눈엔 그 애가 골칫덩어리, 문젯거리로만 보여. 딸들하고는 다르게 그 아기한테는 안아주거나 포옹해주고 싶은 충동마저 생기지 않아. 수마이라가 아기를 거부하지 않았더라도 난 아기와 함께하고 싶지 않았을 거야."

닉은 디팩의 말에 역겨움을 느꼈다. "너랑 샐리는 네 생각보다 잘 어울려. 너희 둘 다 자기 생각밖에 안 하네."

"아기와 함께 있고 싶다면 네가 서명해달라는 모든 서류에 서명해서 공식적으로 그렇게 만들어줄게." 그 말을 끝으로 디팩은 자리에서 일어나 현관으로 걸어갔다. "닉." 디팩이 돌아보지 않고 말했다. "전부 정말 미안해. 네가 내 말을 믿어줬으면 좋겠어."

닉은 대답하지 않았다. 문이 닫혔을 때 그는 아들을 꼭 끌어안고 아들의 이마에 오랫동안 부드럽게 입맞춤했다.

100

° 맨디

"팻이 자기 아이가 아닌 어린아이를 데려간 게 이번이 처음은 아 닌 것 같아요." 로레인이 말했다. "리처드의 DNA 검사 결과도, 클 로에의 DNA 검사 결과도 팻의 검사 결과와 일치하지 않아요. 세 사람 다 혈연이 아니에요."

"입양했을 수도 있잖아요?"

"유럽과 미국 데이터베이스를 확인해봤는데 아직까지는 입양 사 실이 확인되지 않았어요. 지금은 리처드와 클로에가 태어난 즈음에 신고된 아동 실종 미제 사건을 살펴보는 중이에요."

"세상에." 맨디는 믿을 수 없어 고개를 저었다. 자신이 리처드의 사진 속에서 호수 지방의 별장을 알아보지 못했다면 무슨 일이 있 었을지 생각하자 가슴이 철렁했다. 맨디는 가슴에 안은 아들을 더 꼭 끌어안았다. 리처드와 클로에의 생물학적 부모가 자신의 아이에

더 원

게 무슨 일이 일어났는지 몰라 어떤 심정이었을지 생각하면서.

"클로에는 어떻게 되나요?" 맨디가 맞은편에 앉은 로레인에게 물었다. 일주일 전, 맨디의 아기가 구조된 뒤로 둘이 직접 만난 것은 이번이 처음이었다.

"아동 납치로 기소됐지만, 전과가 없어서 보석금을 내면 추후 조사를 전제로 석방될 거예요. 우린 변호인 측에서 심신미약을 주장할 거라고 예상하고 있어요. 하지만 걱정하지 마세요. 맨디나 맨디의 집 근처에는 가지 못하도록 접근 제한이 걸렸어요. 팻은 약물 과다 복용 때문에 정신과 병동에 수용되어 있지만, 전체적인 이야기를 알아내기까지는 시간이 좀 걸릴 거예요."

맨디는 아이를 처음 본 순간이 잊히지 않았다. 아기는 수건에 싸여 팻에게 헐겁게 들려 있었고, 팻은 의식을 잃은 채 텅 빈 알약 껍질에 둘러싸여 있었다. 로레인이 맨디를 붙들고 있는 동안 다른 모든 것은 슬로모션으로 변했고, 맨디는 아기를 잡으려고 두 팔을 뻗어 버둥거렸다. 맨디 대신 구급대원이 아기를 들어 올려 층계참의 안전한 곳으로 재빨리 옮긴 후 바닥에 뉘였다. 사람들이 아기의 수건을 벗기고 다친 흔적이 있는지 살펴보았다. 아무 상처도 없다는 게 확인된 뒤에야 맨디는 처음으로 아기를 안아볼 수 있었다.

맨디는 아기를 품에 안자 털썩 무릎을 꿇었다. 아기 머리의 냄새를 맡아보고 그 부드러운 가슴을 손가락으로 쓸어보고, 아기가 피부에 닿는 자신의 심장박동을 느낄 수 있도록 몸에 꼭 붙여 안았다.

맨디는 구급대원들이 팻에게 응급처치를 하러 달려가는 것도, 팻을 옆으로 돌아 눕게 하고 그녀의 목에 관을 집어넣어 억지로 토하게 하는 것도 보지 못했다. 맨디에게 말을 거는 목소리는 전부 뭔가에 가로막힌 듯했다. 그녀에게 들리는 소리라고는 아기가 숨을 쉬는 약하디약한 소리뿐이었으니까.

"원래는 말하면 안 되지만, 말씀드려야 할 게 하나 더 있어요." 로레인이 말을 이었다. "팻의 의료기록에서 발견된 내용이에요. 팻은 정신과적 발작 이력이 있는 게 분명해요. 팻을 치료했던 의사들은 그게 여러 번의 유산과 최소 두 번의 사산에서 기인했을 거라고 보고요. 어느 시점에선가 이런 발작이 멈춘 것으로 보이는데, 그게 리처드와 클로에가 팻의 인생에 들어온 시점과 일치해요."

맨디는 팻이 오래전 겪었을 괴로움 때문에 어쩔 수 없이 그녀를 동정하게 됐다. 맨디는 유산이 얼마나 끔찍한지, 그런 일이 어떻게 인생을 망가뜨릴 수 있는지 알고 있었다. 그렇다고 팻이 이후에 저지른 일이 면죄되지는 않지만, 조금은 이해가 갔다.

맨디는 로레인을 끌어안는 것으로 그녀가 해준 모든 일에 감사 인사를 전한 다음 요양병원의 개인 병실을 나섰다. 이어 맨디는 아들을 안아 들고 리처드를 보러 갔다. 잠시 마음을 가다듬은 다음 천천히 리처드가 누워 있는 병실 문을 열었다. 맨디가 6주 전 처음으로 그에게 인사를 건넸을 때 그가 누워 있던 바로 그 병실이었다.

"안녕, 리처드." 맨디가 부드럽게 입을 열고, 리처드 옆 의자에 앉았다. "당신에게 보여줄 사람이 있어요. 당신 아들 토머스예요. 몇 년 전 돌아가신 우리 아버지 이름을 따서 지었어요. 당신도 괜찮다고 생각했으면 좋겠네요. 지난번 당신의 어머니가 토머스를 데려왔을 때 아기를 한번 만나봤다는 건 알고 있지만, 우리 셋이 함께라면 좋을 것 같아서요."

맨디는 아버지와 아들을 번갈아 바라보고 팻의 말이 맞는다는 걸 인정했다. 둘 사이에는 확실히 닮은 점이 있었다. 피부와 머리색이 같았고, 뺨의 보조개 자리도 같았다.

맨디는 'DNA 매치'의 결과가 조작되었다는 스캔들을 다룬 신문의 헤드라인을 떠올렸다. 앞서 요양병원으로 차를 몰고 오면서 그 소식을 들었다. 하지만 맨디는 자신과 리처드의 결과가 조작되었다 해도 별문제는 아니라고 생각했다. 결과는 여전히 자신의 옆자리 베이비시트에서 안전띠를 차고 있는 이 아름다운 아기일 테니까. 한때는 맨디도 매치를 통해 태어나지 않은 아기를 매치를 통해 태어난 아기만큼 사랑할 수 없을까 봐 걱정했다. 하지만 이제는 그런 일이 없으리라는 걸 알고 있었다.

방 안의 강한 소독제 냄새에 맨디는 코가 얼얼해져 두 차례 재채기를 했다. 그러자 토머스가 꺄르륵거렸다. 맨디는 자리에서 일어나, 리처드가 몸 옆에 부지깽이처럼 똑바로 늘어뜨린 팔과 침대 난간 사이에 아기를 내려놓은 다음 티슈를 찾느라 주머니를 뒤졌다.

하지만 맨디가 아들을 안아 들려고 다시 돌아섰을 때는 뭔가 달라져 있었다. 리처드의 팔이 더는 그의 옆에 놓여 있지 않았다. 대신 손바닥이 위를 향하고 있었다. 아들의 손이 그 손안에 단단히 잡혀 있었다.

맨디는 날카롭게 숨을 들이쉬었다. 보고도 믿을 수 없었다. 그녀는 리처드의 손가락이 천천히, 의지를 담아 아들의 손가락을 감싸는 모습을 지켜보았다.

101

° 에이미

에이미는 차마 자신이 사랑한 남자, 자신이 목숨을 끊어버린 남자의 텅 빈 얼굴을 바라볼 수 없었다.

그녀가 묶어둔 의자에 쓰러져 있는 크리스토퍼의 머리는 뒤로 젖혀 있었고, 충혈된 눈가에는 여전히 눈물이 보였다. 에이미는 너무도 사랑했던 남자를 되살리고 싶은 마음이 간절했다. 하지만 그녀에게 죽은 사람을 살릴 능력이 있다 한들, 크리스토퍼는 그녀가 너무도 싫어하는 충동을 간직한 채로 부활할 터였다.

다른 모든 여자와 에이미 자신을 위해서라도 이 방법밖에 없었다. 괴로움에 시달리는 그의 영혼을 해방할 사람은 에이미여야만 했다. "정신 차려." 에이미는 자신을 타이르고, 주먹을 꽉 말아 쥐었다. 슬픔에 휩싸이지 않기 위해서였다. 에이미는 몸을 계속 떨면서 자리에서 일어나 크리스토퍼의 배낭을 샅샅이 뒤졌다. 그녀는 크리스토퍼의 장비를 사용해 여자의 집에 들어왔던 흔적을 모두 지웠다. 에이미가 앞서 침실에 묶어뒀던 그 여자는 자기 집에서 무슨 일이 일어났는지도 모르고 그때까지 겁에 질려 있었다.

에이미는 며칠 전 일을 떠올렸다. 평생의 사랑이 연쇄살인범임을 알고 나서, 앞으로 잃을 것들을 조용히 애도하며 그의 앞에서는 아무것도 모르는 척 허세를 부렸다. 크리스토퍼가 마지막 피해자를 죽이기로 계획한 바로 그때, 에이미는 깊은 자기 성찰과 고민을 거쳐 그를 죽이기로 결정했다.

에이미는 어느 날 밤 이즐링턴의 조용한 주거 구역으로 차를 몰고 가던 크리스토퍼를 미행했다. 그가 걸어서 그 길을 순찰하며 가로등 위치와 아파트 1층 뒤쪽 출입구, 쓸 수 있는 탈출로를 머릿속에 메모해두는 모습을 안전거리를 두고 지켜보았다. 그녀는 자동차 밖의 누군가가 자신이 흐느끼는 소리를 엿들을까 봐 두 손으로 입을 틀어막았다.

에이미가 그의 살인 일정을 제대로 추적했다면, 다음 공격은 앞으로 48시간 이내에 벌어질 터였다. 그리고 크리스토퍼가 급한 마감이 잡혔다며 저녁 약속을 취소했을 때 에이미는 그가 어디로 갈지 정확히 알고 그보다 먼저 그곳에 도착했다.

일단 그 집에 들어간 에이미는 크리스토퍼가 진짜 모습을, 살인을 준비하는 잔혹하고 능력 있는 사이코패스로서의 모습을 드러내는 걸 경악하며 지켜보았다. 에이미가 여자의 집 그림자에 몸을 숨긴 채 지켜보는 동안 크리스토퍼는 정해진 위치로 가서 발치에 가방을 내려놓고 치즈와이어를, 그다음에는 당구공을 꺼냈다. 그런 뒤 30호의 관심을 끌려고 당구공을 벽에 던졌다. 크리스토퍼 뒤에서 테이저 건을 들고 서 있던 에이미는 그에게서 흘러넘치는 아드레날린의 냄새를 맡고 구역질을 할 뻔했다.

범죄 현장을 청소하고 나서 에이미는 크리스토퍼의 주머니를 뒤졌다. 그 안에 들어 있는 것은 핸드폰 두 대뿐이었다. 그가 평소에 들고 다니는 핸드폰과 30호의 위치를 확인하느라 사용했던 대포폰이었다. 둘 다 주인의 신원에 대한 단서는 전혀 담고 있지 않았다. 하지만 에이미는 핸드폰을 챙겼다.

에이미는 크리스토퍼 앞에 서서 심호흡을 했다. 그런 다음 온 힘을 다해 크리스토퍼를 의자에 앉힌 채 주방 건너편으로 끌고 갔다. 그가 침입한 뒷문으로, 그다음에는 뜰로 조금씩 조금씩. 에이미는 집 안으로 돌아가 손님방에서 이불을 가져다가 크리스토퍼를 머리부터 발끝까지 감쌌다. 그녀는 집주인 여자의 유선 전화를 이용해 999에 전화를 걸고 경찰을 불러달라고 한 다음 교환원이 연결되자 "도와주세요"라고 속삭였다. 그런 다음 전화기를 주방의 조리대에 내팽개쳤다. 경찰은 한 시간 안에 도착해 여자를 발견할 것이었다.

밖에 나간 에이미는 그녀 나름대로 챙겨온 살인 도구인 2리터들이 백유* 병들을 꺼내, 이불로 감싼 크리스토퍼의 몸이 완전히 젖을 때까지 부었다. 그런 다음 물러나 성냥에 불을 켠 뒤 크리스토퍼에게 던졌다. 그리고 그에게 불이 붙자 등을 돌려 멀어져갔다. 사랑했던 남자의 뼈에서 살이 녹아내리는 모습은 지켜보고 싶지 않았다.

---

* 석유를 증류하여 만든 휘발성 투명 액체.

방금 매치 중에도 가짜가 있다는 얘기를 들었잖아. 크리스토퍼는 정말로 내 운명의 상대였을까? 아니면 난 그냥 매치를 찾았다는 생각과 사랑에 빠져 있었던 걸까? 에이미는 문득 자신에게 질문했다. *생각해봐. 하늘에 맹세코, 너처럼 좋은 일을 하고 싶어 하는 사람이 저런 인간과 매치될 리 없잖아? 네 결과는 해킹된 게 틀림없어. 넌 그냥 그 순간에 휩쓸렸던 거야.*

에이미는 고개를 끄덕이며 그것만이 논리적인 설명이라고 생각했다. 마음속 깊은 곳에서는 확신이 서지 않았지만 말이다. 알고 보니 연쇄살인범인 남자를 선택에 따라 사랑하게 됐다면, 그건 그저 잘못된 판단일 뿐이었다. 자신의 DNA가 그와 매치된 경우보다는 훨씬 나았다. 그편이 차악이었다. 시간이 흐르면 그 사실을 안고도 그럭저럭 살아갈 수 있을지 몰랐다.

30호의 집 앞에 스텐실 그림을 남긴 에이미는 크리스토퍼의 신원이 제대로 확인되기까지 몇 달이 걸릴 수도 있다는 걸 알고 있었다. 그녀는 크리스토퍼의 집으로 다시 차를 타고 가 그의 열쇠로 문을 따고 안에 들어갔다. 그리고 다음 주 내내 그곳을 샅샅이 청소해 그녀 자신의 DNA를 최대한 제거하기로 했다. 그런 다음에는 열쇠 구멍에 열쇠를 끼워둔 채로 크리스토퍼의 자동차를 런던 남부 범죄 다발 지역에 남겨둘 것이다. 그곳에서라면 자동차가 오래 남아 있을 리 없으니까.

경찰이 크리스토퍼의 정체를 알아낸다 한들 크리스토퍼와 에이미를 연결할 방법은 별로 없을 터였다. 크리스토퍼는 언제나 현금을 냈으므로 그들이 함께 식사하거나 방문한 곳에는 신용카드 흔적이 남지 않았다. 그의 컴퓨터는 암호로 철저하게 통제되고 있었지만, 망치로 모두 부순 다음 내다 버릴 생각이었다. 상대방의 친구나 가족, 동료를 만난 적이 없었으므로, 둘을 커플로 묶을 만한 근거는 아무것도 없을 것이다. 'DNA 매치' 연결만이 예외였다. 하지만 그들이 매치된 상태에서 한발 더 나아갔음을 증명할 증거는 절대 발견되지 않을 터였다. 처음 서로를 소개하며 주고받은 몇 안 되는 문자메시지 대화도 크리스토퍼의 익명 선불 핸드폰으로 보낸 것이었다. 에이미는 그 핸드폰을 산산조각으로 부숴버렸다.

앞으로 몇 달이 흐르더라도 에이미의 동료들은 당혹스럽고도 설명되지 않는 이 연쇄살인 사건에서 마지막으로 죽은 사람이 남성이었던 이유나 그가 선택된 이유, 그의 몸이 불에 탄 이유를 알아내지 못할 것이다. 그게 이야기에 반전을 더할 것이다. 에이미는 크리스토퍼가 그녀의 자기방어 능력을 인정해줄 거라고 확신했다.

크리스토퍼는 자신의 목표에 도달했다. 단지 그가 30번째 살해 대상이었을 뿐이다. 그는 그토록 원하던 익명성도 지켰다. 그의 이야기에서 빠진 건 그가 받지 못해 수치스러워한 별명뿐이었다. 문득 에이미에게 그 별명이 떠올랐다.

내일 출근하면, 사람들한테 널 성 크리스토퍼 살인범으로 부르자고 할게. 에이미는 혼잣말하며 그가 자신을 지켜보는 모습을 상상했다. 그리고 그의 미소를 떠올렸다. *30번의 살인과 이름…… 결국은 소원을 이뤘네, 그렇지?*

102

° 닉

마을은 닉이 구글 거리 뷰로 찾아보고 상상했던 것보다 더 웅장하고 그림 같았다.

기후는 훈훈하니 지중해 날씨 같았다. 닉은 카고 반바지와 티셔츠에 플립플롭 차림으로 그 마을의 스페인 미션식 건축물을 둘러싸고 있는 잘 정비된 거리를 돌아다녔다. 그는 지금 나무로 된 버스 정류장 벤치에 앉아 뜨거운 12월의 아침을 느끼고 있었다. 여러 줄로 늘어선 맞은편 가게들은 깔끔하게 정돈되어 있었으며, 마을 주민 7만 3천 명을 만족시킬 만큼 충분히 많았다.

가끔 딜런이 유모차에서 기분 좋게 꾸르륵거리는 소리를 냈다. 그의 손목에 연결되어 있는, 알록달록한 농장 동물들이 달린 플라스틱 고리가 재미있고 신나는 듯했다. 그 동물들은 딜런이 손을 저을 때마다 달그락거렸다. 딜런은 4개월짜리 아기치고 스물세 시간의 비행을 놀랄 만큼 잘 감당했다. 유난히 심각했던 난기류를 지날 때 간혹 울음을 터뜨렸을 뿐이다.

닉은 에어비앤비에 체크인한 뒤, 잠에 굴복하기에는 너무 에너지가 넘쳐서 겨울 정원을 살펴보고 오리에게 먹이를 주러 공원으로 첫 여행을 나섰다. 그런 다음 그들은 잠시 카페에 들러 간식을 먹은 뒤 러셀 가의 목적지로 향했다. 눈앞에 있는 오른쪽에서 세 번째 건물 문에 그들이 만나기 위해 1만 9천 킬로미터를 날아온 남자가 살고 있었다.

점심시간 동안 거래가 계속 이어지고 직원들이 카페에서 간식을 먹거나 친구들을 만나러 자리를 비우면서 뉴질랜드 헤이스팅스의 거리는 점점 더 분주해졌다. 닉은 때를 엿보며 침착하려고 애썼지만, 사실 하고 싶은 일이라고는 가게로 뛰어 들어가 자기가 왔다고 알리는 것뿐이었다.

문을 열기 직전부터 닉은 그의 존재를 느낄 수 있었다. 수만 마리의 나비가 떼를 이루어 그의 배 속 깊은 곳에서 날아올라 몸속을 날아다니는 기분이었다. 그가 나타났을 때 닉은 정말로 숨이 멎는 듯했다.

알렉스는 그를 보지 못한 채 잠시 가만히 서 있었다. 닉은 알렉스의 구불구불한 머리가 약 9개월 전 마지막으로 봤을 때보다 짧아졌음을 알아차렸다. 까칠한 수염도 깎아 말쑥하고 각진 얼굴을 드러내고 있었다. 문득 알렉스는 뭔가 이상하긴 한데 뭐가 이상한지 꼬집어 말하지 못할 때의 허둥거리는 표정을 지었다.

닉은 알렉스가 어떤 심정인지 알고 있었다. 그도 똑같이 느꼈으니까.

둘의 시선이 맞물린 그 순간 알렉스는 깜짝 놀라 뒤로 물러났다. 유모차가 특히 놀라웠을 것이다.

"안녕하세요, 처음 뵙겠습니다." 닉은 알렉스에게 다가가 말했다.

알렉스는 너무 놀라 대답하지 못했다.

"알렉스, 여긴 딜런이야. 딜런, 이 사람은 알렉스야." 알렉스는 못 믿겠다는 시선을 닉에게서 딜런에게로 돌렸다. 그는 아기의 짙은 색 피부를 보고 당황해 닉을 보았다.

"사연이 아주아주 길어." 닉이 말을 이었다. "이건 경고해둘게. 딜런하고 나는 세트로만 다녀. 하지만 네가 우릴 받아준다면, 우린 영원히 여기 있을 거야."

알렉스는 두 손으로 입을 가리려 했지만, 그 커다랗고 환한 미소를 가리거나 얼굴로 흘러내리는 눈물을 막기에는 너무 늦었다. 알렉스는 살면서 받아본 것 중 가장 굳세고, 무엇보다도 열망해왔던 포옹을 닉에게 했다. 닉은 그것을 좋다는 뜻으로 받아들였다.

103

° 엘리

엘리는 사무실 책상 뒤에 앉아, 17개월 전 자신이 약혼자를 때려 죽인 지점을 빤히 바라보았다.

엘리는 회사에 남은 직원 몇몇이 숙덕거리는 소리를 들었다. 그들은 엘리가 그토록 폭력적인 사건이 벌어졌던 사무실에 계속 남아 있는 이유를 궁금해했다. 그 사무실에서 나가지 않으려 드는 엘리의 태도가 언론에 새어나갔을 때는 언론도 그 행동을 소름 끼치고 섬뜩한 것으로 낙인찍었다. 하지만 엘리는 그 누구도 자신을 런던에서 가장 높은 건물의 72층에서 몰아내지 못하게 할 생각이었다. 매튜가 살해당한 날의 일 때문에 그녀가 모든 것을 희생해가며 자기 것으로 만든 일에 한계가 생기지는 않을 것이다. 매튜는 죽을 짓을 했고, 엘리는 그 결정을 한 순간도 후회하지 않았다. 사무실에 홀로 남아 있는 지금, 그녀는 다른 모든 사람보다 높은 자리에 있을 권리를 얻은 셈이었다.

그날 이후로 엘리는 팀이라고 생각했던 남자를 기억에서 효과적으로 삭제했다. 재판의 증인석에서 반대 신문을 받을 때도 그와 함께 보낸 삶에 대해서는 애매하게만 말했다. 사람을 죽이는 모습이 수백만 명에게 중계된 괴물이 아니라 인간다운 존재로 그녀를 묘사하려던 법정 변호사의 진땀 어린 노력에도 말이다. 법정 변호사가 그려내려는 그 엘리는 비통하고 무력했으며, 자신을 기만한 끝에 사랑할 이유가 전혀 없던 한 남자와 사랑에 빠지고 말았다. 그 엘리는 자신의 비참함이 빚어낸 결과물이었다. 그리고 이 엘리는 그 여자를 다시 만나거나 흉내 내고 싶은 마음이 전혀 없었다. 그래서 엘리는 절대 스스로를 동정하지 말라고 일깨우는 유령과 함께 일주일에 7일을 사무실에서 일하며 보냈다.

문득 엘리는 사무실을 둘러싼 복도와 다른 사무실들이 얼마나 조용한지 의식했다. 그리 멀지 않았던 전에는 그곳이 생기로 부산스러웠다. 울라와 그녀의 조수들이 전화를 돌리고 수다를 떠는 소리가 들려오곤 했다. 하지만 지금은 사업이 축소되고, 직원 중 3분의 1이 그만두었으나 대체인력을 채용하지 않은 상태라 층 전체가 조용했다. 그녀 자신의 사무실마저 그랬다. 컴퓨터는 꺼져 있고 유선전화는 치웠으며 핸드폰은 비행기 모드로 전환되어 있었다.

엘리는 사무실 건너편, 그 주의 신문과 잡지가 쌓여 있는 유리로 된 커피 테이블을 힐끗 보았다. 첫날부터 그녀의 체포와 기소에 대한 언론의 반응은 예상한 그대로 흘러갔다. 타블로이드 신문은 뻔하디뻔하고 잔인한 인격 살해로 큰 성공을 거두었고 미결 사건을 합법적으로 보도할 수 있는가라는 문제에서는 자주 선을 넘었다.

엘리의 인생을 바꿔놓은 20분짜리 동영상은 뉴스와 온라인에서 너무 자주 재생된 나머지 하나의 상징이 되었다. 쌍둥이 빌딩이 무너지는 장면이나 스리랑카에 수천 명을 휩쓸어 죽인 쓰나미가 닥치는 장면이 계속 재생되던 때처럼, 시청자들은 점점 그 이야기의 가장 중요한 부분, 즉 자신들이 보고 있는 영상이 한 사람이 살해당하는 장면이라는 사실에는 무뎌졌다. 엘리에게는 유리한 점이었다. 점점 많은 사람이 매튜를 적으로 돌렸으니까.

언론의 비평가들과 심리학자들은 동영상을 심도 있게 분석해 매튜의 성격과 보디랭귀지, 거짓말과 동기를 분석하고 그에게 경계성 인격장애라는 이름을 붙였다. 이를 받아들이고 한 단계 더 나아가 엘리를 정신적, 감정적 학대의 피해자들을 대변하는 본보기로 만든 것은 트위터와 페이스북을 비롯한 SNS였다. 10년도 더 전에 엘리가 갑작스러운 명성을 얻은 이래 처음 있는 일이었다. 한때는 엘리를 원하는 것을 얻기 위해서라면 주저 없이 누구라도 짓밟는 잔혹한 여성 사업가로 묘사했던 사람들이 이제는 그녀를 잔인하게 조종당한 평범한 여자로 보고 있었다. 엘리가 수십만 파운드를 주고 고용한 홍보 회사에서 훌륭한 일을 해내고 있었다. 엘리는 대중이 자신을 보는 방식을 혐오했지만, 거대 규모의 법무팀은 그렇게 함으로써 감옥에 들어가지 않을 수만 있다면 그게 대의를 위해 좋은 일이라고 자주 상기시켰다.

하지만 높아진 엘리의 인기와는 달리 'DNA 매치'의 신뢰도는 전례 없이 낮았다. 그렇게 여러 달이 지나고 활발한 마케팅 캠페인이 진행됐는데도 'DNA 매치'는 여전히 매튜가 저지른 2백만 건의 잘못된 매치가 남긴 여파로 고전하고 있었다. 첫째 달에는 새로운 검사 키트를 신청한 사람의 수가 94퍼센트나 감소했다. 이후 몇 주 동안 가파른 하향 곡선이 조금 완화되는 듯 보였으나, 잠재적 고객들은 더 이상 마음의 문제를 더러워진 손에 맡기려 하지 않았다.

소송이 잇따라 몰려들었고, 전 세계의 TV 채널은 자신이 2백만 쌍의 커플 중 하나라고 믿는 사람들에게 패소 시 무보수라는 조건을 제안하는 로펌들의 기회주의적인 광고를 방송했다. 'DNA 매치'의 보험사들은 손해배상 요구가 인정될 경우 보험금을 지급하지 않겠다고 위협하면서, 회사가 효과도 없는 온라인 보안 조치를 두고 업무에 태만함으로써 매튜의 해킹을 허용했다고 비난했다. 보험사들이 뒷받침해주지 않으면 'DNA 매치'는 불가피하게 파산하고 말 터였다.

엘리는 시계를 보았다. 오후 2시였다. 그녀는 일어나 립스틱을 새로 바르고 선글라스를 낀 다음 핸드백을 어깨에 걸치고 사무실을 나섰다. 최근 임명한 삼인조 경호원을 거느리고서 엘리베이터에 타고 샤드의 레스토랑 여섯 곳 중 하나가 있는 층으로 내려가면서, 엘리는 잠시 옛 경호팀장 안드레이를 떠올렸다. 안드레이는 본인을 위해서라도 엘리의 세계에서 완전히 사라지는 게 최선이었다. 그러지 않으면 매튜의 시신을 처리하도록 도와주었다는 혐의에 직면할 테니까. 그녀는 그가 동유럽으로 돌아갔을 거라고 생각했다. 보상금은 그가 앞으로 여러 해 동안 일하지 않아도 될 만큼 후했다.

엘리는 북적이는 응접실을 자신 있게 지나가면서 자신이 테이블을 하나하나 스치고 지나갈 때마다 사람들이 목소리를 죽이고 고 개를 갸우뚱하는 것을 눈치챘다. 엘리는 더 이상 사람들이 자신에 대해 뭐라고 생각하든 걱정하지 않았다. 그 문제는 홍보팀이 처리할 테니까. 매튜가 죽은 뒤로 한 번도 만난 적이 없는 가족에게도 해당하는 얘기였다. 엘리는 울라를 통해 가족과 간헐적으로 연락하긴 했고, 가족의 집이 기자들에게 포위당했을 때는 엄청난 죄책감도 느꼈다. 하지만 팀을 자신들의 인생에 받아들임으로써, 그들도 그녀의 장벽을 무너뜨리고 팀과 공모해 우물에 독을 탈 기회를 준 셈이었다. 엘리 생각에 팀과 자신의 가족은 떼어놓을 수 없이 연결되어 있었다. 그를 잘라내기 위해서는 가족도 잘라내야 했다.

엘리는 지배인이 템스강을 내려다보는 구석의 자리로 안내해주는 동안 선글라스로 계속 눈을 가리고 있었다. 평소처럼 헨드릭스 진토닉을 주문하고, 그녀의 잔에 탄산수를 채워주면서 손을 떨며 초조해하는 젊은 웨이터에게 고맙다고 인사했다. 엘리는 울라가 자신의 식탁에 이르기 전부터 그녀의 향수 냄새를 맡을 수 있었다.

"귀찮게 해드려서 죄송하지만, 법정 변호인이 방금 전화해서요." 울라는 걱정을 감추지 못하고 말했다. "배심원들이 평결을 내릴 준비가 되었다고 하네요."

엘리는 고개를 끄덕이고 술을 홀짝인 다음, 울라와 보디가드들을 따라 엘리베이터에 타서 직원용 출입구 옆에 주차된 자신의 자동차로 향했다. 그들은 그녀가 지난 4개월간 매튜의 살인으로 재판을 받으며 하루하루를 보냈던 올드 베일리 법원 쪽으로 속도를 높여 떠났다. 엘리는 한정 책임 능력을 근거로 적극적인 '무죄'를 주장했다.

"재검사는 어떻게 할까요? 매치가 진짜인지 확신하지 못하는 사람들에게 재검사를 제안할까요?"

"아뇨, 그러지 않는 게 좋겠어요." 엘리가 차갑게 대답했다. "그 시기에 들어오는, 매치가 제대로 되었거나 제대로 되지 않았을 모든 사람은 자신의 본능에 따라야 할 거예요. 가끔은 울타리 너머의 풀밭이 더 푸르러 보이겠지만, 실은 그렇지 않을 때가 있으니, 우린 우리가 속한 관계에 머물러야 해요. 그리고 가끔은 모든 걸 확률에 맡기고 도박을 하면서 최선의 결과가 있기를 바라야죠."

"대표님이 원하는 평결을 받지 못하시면요?" 울라가 물었다. "그땐 어쩌죠?"

"어떻게 해야 하는지는 당신이 잘 알죠." 엘리가 대답했다. "버튼을 누르고, 세상이 다시 실수를 저지르게 하세요."

옮긴이 **강동혁**

서울대학교 영문학과와 사회학과를 졸업하고 같은 학교 대학원에서 영문학 석사학위를 받았다. 옮긴 책으로는 『워터 댄서』, 『해리포터』 시리즈 1-7권(새번역), 『일곱 건의 살인에 대한 간략한 역사』, 『레스』, 『이 소년의 삶』 등이 있다.

더 원

초판 1쇄 발행 2020년 6월 10일
초판 3쇄 발행 2020년 10월 26일
개정판 1쇄 발행 2021년 3월 25일

지은이 존 마스
옮긴이 강동혁
펴낸이 김선식

경영총괄 김은영
기획편집 이상화 **디자인** 문성미 **크로스교정** 조세현
콘텐츠사업2팀장 김정현 **콘텐츠사업2팀** 문성미, 김보람, 이상화
마케팅본부장 이주화 **마케팅3팀** 박태준, 유영은
미디어홍보본부장 정명찬 **홍보팀** 안지혜, 박재연, 이소영, 김은지
뉴미디어팀 김선욱, 염아라, 허지호, 김혜원, 이수인, 배한진, 임유나, 석찬미
저작권팀 한승빈, 김재원
경영관리본부 허대우, 하미선, 박상민, 권송이, 김민아, 윤이경, 이소희, 이우철, 김재경, 최완규, 이지우

펴낸곳 다산북스 **출판등록** 2005년 12월 23일 제313-2005-00277호
주소 경기도 파주시 회동길 490
대표전화 02-704-1724 **팩스** 02-703-2219 **이메일** dasanbooks@dasanbooks.com
홈페이지 www.dasanbooks.com **블로그** blog.naver.com/dasan_books
종이·인쇄·제본·후가공 (주)갑우문화사

ISBN 979-11-306-3640-5 (03840)